이
순
신
의

나
라

1

이순신의 나라 1

© 임영대 2015

초판1쇄 인쇄   2015년 10월 16일
초판1쇄 발행   2015년 10월 22일

지은이   임영대

펴낸이   박대일
편집   이문영 · 임유리 · 신지연
교정   박준용
마케팅   송재진
표지디자인   박현주

펴낸곳   새파란상상
출판등록   2004년 9월 14일 제313-2004-00214호

주소   121-897 서울시 마포구 성지1길 32-36 (합정동)
전화   02.3141.5589(영업부) 070.4616.2012(편집부)
팩스   02.3141.5590
전자우편   paranbook@gmail.com
카페   http://cafe.naver.com/paranmedia
트위터   @paranmedia

ISBN   978-89-6371-234-5(04810)
       978-89-6371-233-8(전2권)

이순신의 나라

1

새파란상상

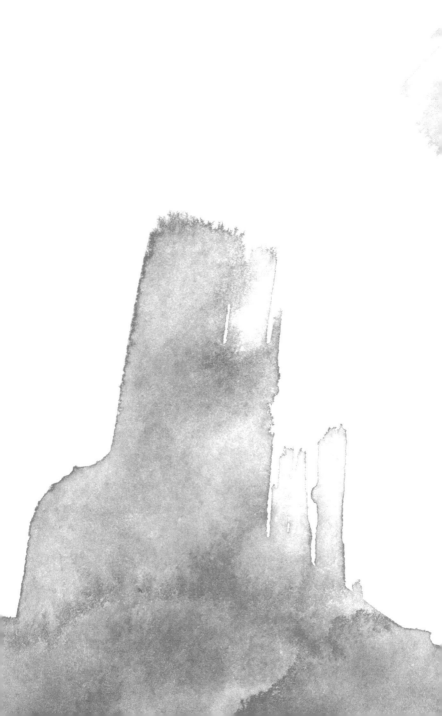

차 례

제1장 **고금도의 밤**   7

제2장 **반역의 깃발**   26

제3장 **한양에 몰아친 폭풍**   69

제4장 **깃발 아래로**   120

제5장 **다시 울돌목에서**   184

제6장 **믿을 놈, 못 믿을 놈, 안 믿을 놈** 240

제7장 **서해를 물들인 핏물**   310

제8장 **도성을 덮은 구름**   392

제1장
고금도의 밤

"네 이놈들! 어서 비켜나지 못할까!"

"그리는 못 하오! 어서 통제사또를 놓아주시오!"

"네놈들이 정녕 역적의 일당으로서 도륙을 당하고 싶은 게로구나!"

횃불이 일렁이는 고금도 통제영 앞마당은 사람으로 가득 차 있었다. 서슬 퍼런 금부도사 일행이 환도를 뽑아 들고 불호령을 내렸지만 그 누구도 꿈쩍하지 않았다.

"어서 길을 열어라! 지금이라도 길을 열어 함거가 지나가게 하면 무지한 백성들인 너희에게는 죄를 묻지 않을 것이다. 죄는 오직 여기 있는 죄인이……."

"누구를 보고 죄인이라는 것이오!"

누구 한 사람의 목소리라고 특정할 수 없는 부르짖음이 금부도사의 말을 끊고 터져 나왔다.

"나라님이 우리를 버리고 하늘이 우리를 버렸을 때, 우리 목숨을 구해 주시고 평안히 살게 해 주신 유일한 분이 바로 이 통제 대감이시오! 그런 분이 역적이라면 세상에 역적 아닌 이가 누구요? 통제 대감을 놓아주시오!"

"부탁이오. 제발 통제 대감을 그대로 두시오!"

"나리, 제발 통제 대감을 잡아가지 마시오!"

함거를 가로막은 수천 명의 군중은 그대로 땅바닥에 엎드려 길을 막았다. 금부도사를 따라온 나장들이 고성과 함께 붉은색 몽둥이를 휘두르며 위협을 해도 누구도 일어서려 하지 않았고, 함거를 끄는 소가 군중의 앞으로 다가서자 비키기는커녕 소몰이꾼을 밀어내고 고삐를 빼앗으려 할 정도였다.

도무지 길을 열 수가 없자 초조해진 나장 한 사람이 참다못해 끌고 온 역마에 올라타고 군중 앞으로 그대로 말을 몰았다. 하지만 길을 비키라는 나장의 호령과 푸르륵거리는 말의 숨소리, 말발굽의 진동에도 누구도 일어나지 않았다. 백성들의 태도를 보고 기가 질린 나장이 도리어 말이 사람을 밟기 전에 고삐를 당겨 제풀에 멈추고 말았다.

"어명이다! 어서 길을 비키렷다!"

"나리, 제발 이 비천한 것들을 가엾게 여기셔서 우리의 기둥이신 통제 대감을 그대로 여기 머무르게 해 주소서. 비록 지금은 왜적이 바다를 건너 물러갔다 하나, 언제 다시 쳐들어올지 모르지 않습니까. 통제 대감은 우리 힘없는 것들을 지켜 주신 방패이자 지붕이십니다. 제발 저희에게서 통제 대감을 빼앗아 가지 마시오!"

마상의 나장이 밟고 나가는 것은 포기하고 다시 한 번 고함을 지르자 좌중의 연장자인 듯 머리와 수염이 모두 희게 물든 노인 한 사람이 일어나 간절하게 호소하였다. 그 목소리가 자신들의 의견을 대변하는 것으로 여겼음인지, 노인이 말하는 동안은 잠시 입을 다물고 있던 주변에 있던 백성들은 노인의 말이 끝나자 다시 입을 모아 외쳤다.

"통제 대감을 놓아주시오!"

"통제 대감이 이렇게 우리를 살렸는데 우리가 대감을 죽게 할 수는 없소!"

자신을 둘러싸고 이렇게 치열한 다툼이 벌어지고 있는데도 함거 안에 하얀 바지저고리 차림으로 앉아 있는 중늙은이는 눈을 감은 채 꼼짝도 하지 않았다. 초조한 표정의 금부도사 김수백이 함거 안을 계속 흘긋거렸지만 죄인은 그저 수척한 몸을 짚더미 위에 기대고서 만사를 체념한 듯 초연한 표정을 짓고 있을 뿐이었다. 김수백으로서는 나름대로 죄인의 처지에 대해 안쓰러움을 느껴 특별히 짚을 깔아 주어 배려한 것이었는데, 왠지 밉살맞아 보이는 그 태도를 보자 그것도 해 주지 말걸 그랬다는 심술궂은 생각이 들었다.

"토색질하는 관리나 보내고, 어디 박혀 있는지도 모르는 상감 따위보다 왜적에게서 우리를 지켜 주신 통제 대감이 훨씬 소중하오! 어서 통제 대감을 놓아두고 물러가시오!"

아우성치는 백성들 가운데서 유독 크고 뚜렷한 목소리가 울려 퍼졌다. 단순히 이순신을 변호하는 정도가 아니라 대놓고 국왕의 권위를 무시하는 이 말이 들려오자 잠시 딴생각을 하고 있던 김수백은 아연실색했다.

"방금 소리를 지른 놈이 누구냐! 내 당장 그놈을 포박하여 의금부로 끌어갈 것이다!"

얼굴이 벌게진 그가 환도를 뽑아 들고 나서서 호령하자 앞에 있던 백성들은 싹 조용해졌다. 그들로서도 방금 자신들 중 누군가가 감히, 그것도 금부도사 앞에서 뱉은 말이 어떻게 들릴 수 있는지 너무나 잘 알고 있었기 때문이다. 곧이어 터져 나온 김수백의 호령이 담고 있는 위협은 그들의 예상을 한 치도 빗나가지 않았다.

"네놈들이, 네놈들이 감히 상감마마께서 내리신 어명을 거역하고 전하의 명을 받고 나온 금부도사의 앞을 막는 것이냐! 지금이라도 길을 비킨다면 용서할 것이로되, 계속해서 죄인이 갈 길을 막는다면 네놈들도 역적의 일파가 되어 저잣거리에 효수되고 삼족이 노비가 될 것이다! 여봐라, 당장 방금 고함을 친 놈을 잡아내어라!"

무시무시한 위협에도 불구하고 남녀노소가 뒤섞인 백성들은 하나로 뭉쳐 엎드린 채 함거 앞을 떠나지 않았다. 김수백의 명에 따라 방금 소리 지른 자를 잡아내려던 나장들이 차마 이들을 밟지 못하고 주춤거리자, 좀 전의 그 노인이 다시 일어섰다.

"나리 말대로 지금 물러나면 상감마마께 역적이 되는 것은 피할 수 있을지 몰라도 그것은 사람이 할 일이 아니오. 목숨을 건져 준 통제 대감의 은덕을 잊는다면 사람이 아닌 개돼지가 될 것이오! 은혜를 모르는 개돼지가 될 바에는 차라리 역적이 되는 편이 낫소!"

너무도 단호한 노인의 태도에 김수백은 자기도 모르게 함거를 돌아보았다. 이 정도였던가. 일개 무인인 삼도수군통제사에게 쏠린 남부 지방의 민심이 이 정도로 걷잡을 수 없는 것이었단 말인가. 조정에서 걱정하는 반란의 가능성이 결코 허언이 아니었단 말인가.

문득 출발 전에 내관으로부터 내밀히 전해 받은 임금의 밀지를 떠올린 김수백은 자기도 모르게 칼자루를 쥔 손에 힘을 주었다. 여차하면 반역이 현실화되기 전에 자신의 칼로 이자를 해치워야 한다. 지난 7년간의 전란에서 단 한 번도 적에게 패전하지 않은 역전의 명장인 삼도수군통제사, 이순신을 말이다.

밤이 깊도록 통제영 앞을 메운 백성들은 비키려 하지 않았다. 김수백으로서는 칼을 휘둘러 위협을 하고 어명의 권위를 들이대도 일어날 생각을 하지 않는 군중을 어떻게 해야 좋을지 도무지 짐작이 가지 않았다. 정말로 칼을 들어 몇 명을 베어 죽일까 하는 생각도 해 보았으나, 왜군도 난군도 아니고 무지한 백성에 불과한 이들을 차마 그렇게 할 수는 없었다.

힘으로 밀어내고 길을 열려고 해도 그가 한양에서 데려온 열 명도 안 되는 나장과 군사들만으로는 수가 너무 적어 역부족이었다. 통제영 군사들을 동원하면 간단하겠지만 이순신의 부하인 그들이 이순신을 압송하는 길에 힘을 빌려 줄 리가 없었다. 지금도 그들은 바로 코앞에서 이런 소동이 벌어지고 있는데도 통제영 안에서 아예 밖으로 나오지도 않고 있었다.

"너희가 정말 죽기를 원하느냐? 나는 어명을 받아 움직이는 금부도사다! 지금이라도 길을 비킨다면 죄를 묻지 않을 것이다!"

"통제사를 놓아주십시오!"

대답은 한결같았다. 하긴 정말로 저들이 처벌을 받지 않으리라고는 김수백 자신도 믿지 않았다. 그가 보고를 하지 않는다 해도 거느리고 온 부하들 중 누군가는 입을 놀릴 것이고, 이순신에 대해 화가 나 있는 임금은 고금도 백성 전부를 처형하지는 않더라도 주동자를 뒤져내어 북변으로 귀양을 보내거나 노비로 만들고도 남을 것이다. 그리고 보고하지 않은 그도 역적의 일당이라 하여 벌을 받으리라. 가볍게 처벌한다 해도 최소한 파직은 확실할 것이다.

"도대체 이게 무슨 일이냐!"

김수백이 이 난감한 상황을 어찌해야 하나 고민하고 있는데 갑자기 쩌렁쩌렁한 고함 소리가 들려왔다. 그쪽을 보니, 말을 탄 양반 하나가 역시 말을 탄 대여섯 명의 수행원들을 거느리고 군중 저쪽에 서 있는 것이 아닌가. 방금 전 고금도에 도착한 듯, 부두 쪽에서 올라오는 길에 서 있었다. 서른은 넘었지만 마흔은 아직 되지 않은 듯한 무골형의 꽤 젊은 남자였다.

"나는 통제사 대감을 뵈러 왔는데 너희가 길을 막고 있지 않느냐! 도대체 무슨 일이냐? 내가 누구인지 알아볼 수 있다면 어서 길을 비켜라! 그리고 저 함거는 대체 뭐란 말이냐?”

“아이고 수사또 나리! 아이고 수사또 나리!”

“말고삐를 잡지 말고! 어서 길을 비키라니까!”

말을 타고 있는 자가 다시 고함을 지르자 금부도사가 어명을 거론하며 윽박질러도 열리지 않던 길이 마치 썰물이 빠지듯이 통제영 문 앞까지 죽 열렸다. 이루 말할 수 없는 황당함을 느낀 김수백 일행이 입을 딱 벌리고 보고 있는 사이, 정체불명의 양반 일행은 유유히 말을 몰아 그들의 눈앞에 서 있었다. 정신을 차린 김수백이 이 틈에 함거를 출발시킬 생각을 했으나 잠시 열렸던 틈은 어느새 닫히고 말았다. 말 앞에서 길을 비켰던 백성들이 그들 불청객 일행이 지나가자마자 그대로 다시 길을 메웠던 것이다. 대야 속의 물을 손으로 휘저었을 때 일순간은 바닥이 드러나지만 곧 그 자리가 다시 물로 채워지는 것과 같았다.

자신이 지나가는 길 좌우의 백성들 대다수가 울면서 통곡하고 있고, 이제 살았다, 이제 되었다는 식으로 소리치고 있으며, 통제영 문 앞에 함거가 서 있는 것을 본 그 젊은이는 도무지 무슨 상황인지 알 수 없다는 표정을 지었다. 횃불이 충분치 않아 현재 상황이 잘 파악되지 않았던 것이다. 그는 지금 벌어지고 있는 일들이 무슨 영문인지 알 수가 없는지 혼잣말을 되뇌었다.

“아니, 통제영에 금부도사가 웬일이란 말인가. 이 함거는 또

뭐야? 도대체 누굴 끌어가는 거지? 설마…… 에이, 아니겠지.”

김수백이 뭐라 제지할 틈도 없이, 수사또라고 불린 도포 차림의 젊은 남자는 말 위에서 그대로 상체를 내밀어 함거 안을 들여다보았다. 함거 안의 이순신은 그러거나 말거나 눈을 감고 꼼짝도 하지 않았지만, ‘죄인’의 얼굴을 알아본 남자의 표정에는 경악과 공포가 나타났다. 구르듯이 말에서 뛰어내린 그는 함거의 나무 기둥을 붙잡고 매달렸다.

“토, 통제 대감! 이것이 어떻게 된 일이옵니까!”

“……”

이순신은 여전히 아무 말도 하지 않았다. 나무 기둥을 잡고 부들부들 떨고 있던 남자는 벌떡 일어서더니 통제영 앞을 가득 메우고 있는 백성들 쪽으로 휙 돌아섰다.

“이게 무슨 영문이냐! 내가 고금도에 없는 사이 도대체 무슨 일이 벌어진 것이냐?”

남자가 고함을 지르자 소리를 참고 있던 백성들이 일제히 통곡하며 호소하기 시작했다. 하지만 워낙 많은 사람이 한꺼번에 소리를 질러 대니 명확히 구분해서 들을 수가 없었다. 남자가 인상을 찌푸리자 아까의 그 노인이 다시 일어섰다.

“수사또 나리, 저 금부도사 일행이 글쎄 통제 대감을 역적이랍니다! 역적이라서 한양으로 압송한다고 하니 수사또께서 잘 말씀하셔서 제발 그런 억울한 소리 하지 말고 우리 통제 대감을 놓아주도록 잘 말해 주시옵소서!”

노인의 이야기를 들은 남자는 단박에 사태 파악이 된 듯 표정이 굳어졌다. 조용히 몸을 돌린 그가 자신을 향해 이를 악문 채 다가오는 것을 보면서 김수백은 다소 안도의 감정을 느꼈다. 아무래도 행색을 보건대 지금 여기 있는 고금도 백성들처럼 막무가내로 나오지는 않을 사람으로 보였고, 양반이니만큼 역적과 한패로 몰린다는 것이 어떤 의미를 갖는지도 잘 알고 있을 사람 같았기 때문이다. 게다가 아까 그렇게 쉽게 길을 연 것을 보면 이곳 백성들에게 가지고 있는 영향력도 상당해 보이니 여기 갇혀 있는 자신을 해방시켜 줄 수도 있을 것 같았다. 천천히 다가온 남자가 무겁게 입을 열었다.

"여보시오, 금부도사. 저 노인의 말이 정녕 사실이오? 통제사께서 역적이라는 혐의를 받아 의금부로 압송되는 것이 사실이란 말이오?"

김수백은 잠시 대답을 망설였다. 관복을 입은 것은 아니지만 상대에게서 뭔가 지위와 권력의 냄새가 풍겼기 때문이다. 혹시라도 엇나간 대답으로 상대의 비위를 거슬렀다가는 상황이 더 악화될 것이 분명하다고 생각했다. 다만 한 가지 이상한 것은 백성들이 이 사람을 수사또라고 부른 점이었다. 전라좌수사는 이순신 본인이 겸하고 있고, 우수사 김억추는 저런 차림으로 여기 올 리가 없을뿐더러 나이도 훨씬 많았다. 그럼 도대체 누구란 말인가?

"여보시오, 내 말이 들리지 않소? 통제사께서 무슨 이유로 압송되시는 것이냐고 물었소."

"아, 죄, 죄송하옵니다. 전 삼도수군통제사 겸 전라좌수사 이순신은 전란 중에 임금의 명을 따르지 않았고, 고금도에서 자기 멋대로 세력을 모으고 군기를 정비하니 그 기미가 심히 불온하다 하여 관직에서 파직하고 상감께서 직접 문초를 해 보시겠다는 명이 있으셨습니다. 소관은 그 이상의 내막은 알지 못하옵고, 금부도사로서 맡은 바 임무를 다하기 위하여 내려왔을 따름이옵니다."

잠시 생각에 빠져 있던 김수백은 자기도 모르게 깜짝 놀라 황급히 고개를 숙인 다음 상대의 정체도 모르는 채 극존칭을 써 가면서 자신의 임무에 대해 아는 대로 털어놓았다. 김수백의 설명을 들은 남자의 표정이 처참하게 일그러지는 것을 보면서 등골이 서늘해졌지만 다행히 상대는 아무 말도 하지 않았다. 다소 안심한 김수백은 조심스레 말을 꺼냈다.

"한데 무지한 백성들이 사리를 이해하지 못하고 소관 일행이 함거를 끌고 지나갈 길을 막고 있어 어명을 수행할 수가 없사옵니다. 이는 자칫하면 참형을 당해도 할 말이 없을 정도의 중죄이오니, 나리께서 이들을 타일러 길을 열도록 부디 말을 좀 해 주시옵소서. 그리만 해 주신다면, 이들에게는 아무 피해가 가지 않도록 오늘 있었던 일은 불문에 부치도록 제 수하들에게도 잘 이르겠나이다. 한데 나리의 존함은 어찌 되시는지요?"

김수백은 말이 통하는 상대를 만난 것 같다는 기쁨에 다소 안도감을 느끼고 있었다. 이제 저 사람이 길만 열어 주면 한양으로 가서 의금부에 이순신을 넘기면 되는 것이다. 그런데 상대의 이를 악문 입에서 신음하듯 새어 나온 대답은 말 그대로 맑은 하늘에 뇌성벽력이었다.

"그럼! 역적의 일당이 어떤 취급을 받는지 잘 알고말고! 내가 바로 역적 정여립의 오촌 조카라는 이유로 얼마 전 파직당한 전 전라우수사 안위요!"

상대가 안위라는 사실을 알게 된 김수백은 두 다리를 사시나무 떨듯 떨기 시작했다. 그도 그럴 것이, 안위가 누구인가? 10여 년 전 역모를 꾸미다가 발각되어 일족이 폐족되다시피 한 정여립의 일가붙이, 그것도 오촌 조카라는 상당히 가까운 촌수의 친척이다. 그러니만큼 안위에게 있어 조정의 억지 역모 덮어씌우기와 그에 따른 연좌제 형벌은 실로 원한이 깊고 저주스러운 것이었다.

여기에 지난 전쟁 동안 안위가 한 일들을 생각해 보면 불안감은 더 커진다. 전란 후기, 안위는 둘째가라면 서러울 만한 이순신의 심복이 되어 전투 때마다 목숨을 아끼지 않고 싸웠다. 명량에서 싸웠을 때 단 한 번 이순신을 두고 도주할 움직임을 보여 '안위야, 네가 군령 아래 죽고 싶으냐!'고 이순신의 질책을 받았지만, 그날도 결국 맨 앞에서 적진에 뛰어들어 용전분투한 바 있었다. 말 그대로 이순신이 죽으라고 하면 죽을 수 있는 사람, 그것이 바로 안위였다.

"아, 저, 전, 전 우수사 영감이셨습니까? 이거 제가 지나치게 과, 과문하여 모, 몰라뵀습니다. 시, 실례를 용서하소서!"

김수백은 황급히 고개를 숙여 떨리는 두 손과 후들거리는 수염을 상대의 시선으로부터 가렸다. 가뜩이나 이순신에 대한 정이 깊은 안위인데 얼마 전에 파직까지 당했다. 잘못 건드리면 그 화가 어떻게 폭발할지 알 수 없었다. 그나마 안위가 사대부이자 벼슬아치 출신이고, 사리판단을 제대로 할 수 있는 사람일 것이라는 생각에 조금 안심이 되었다. 역적의 일가라는 이유로 큰 곤욕을 치른 그이인만큼, 길을 막고 있는 백성들이 잘 이해할 수 있도록 설득하여 길을 열어 줄 수도 있는 것 아닌가.

"괜찮소. 사람을 몰라볼 수도 있는 것이지. 그보다 통제 대감과 이야기를 좀 해야겠소."

안위의 나직한 음성에는 거부할 수 없는 의지가 담겨 있었다. 김수백이 자기도 모르게 한 걸음 뒤로 물러서자, 거침없이 함거로 다가간 안위가 두 무릎을 꿇었다.

"통상, 지금 이 일이 무슨 의미인지 아십니까?"

"……."

"지금 이대로 끌려가면 어떻게 될 것인지 아십니까?"

"……."

"저 백성들이 어명이라는데도 비키지 않고 이 앞을 이렇게 막고 있는 이유를 아십니까?"

"……."

"통상, 정녕 이렇게 아무 말 없이 가시렵니까? 저희를 두고, 통상 하나만 바라보며 7년을 살아온 저 가련한 백성들과, 통상과 함께 7년 전란을 함께 싸워 온 수군 장졸들을 그대로 두고 이대로 혼자 역적이 되어 가시렵니까? 그 잔혹한 형문을 또다시 받고 옥중고혼이 되시겠다는 것입니까?"

"……."

김수백은 조마조마한 기분을 억제할 수가 없었다. 안위의 발언이 위험한 수위를 아슬아슬하게 넘나들고 있었기 때문이다. 금방이라도 나와서는 안 될 말이 터져 나올 것 같았다. 대답 없는 이순신을 향해 안위의 한 맺힌 절규가 이어졌다.

"통상! 제발!"

"……그냥 놔두게."

"뭐, 뭐라고요?"

열린 듯 만 듯 가늘게 열린 이순신의 입술에서 한참 만에 대답이 흘러나왔다. 들릴 듯 말 듯 가느다란 목소리라 알아들을 수 있는 사람은 안위와 김수백 두 사람뿐이었다.

"그냥 놔두라 하였네. 내가 지금 가야 나 한 사람으로 끝이 나네. 저 백성들과 우리 수군을 지키려면 나 한 사람이 가는 것으로 족하네. 내가 가지 않으면 저 백성들이 모두 죽고 수군도 모두 없어질 것이네. 그리고 나도 지쳤네. 이만 쉬고 싶네."

시선을 마주치지도 않고 눈을 감은 채 이야기하는 이순신의 담담한 태도에 두 사람은 할 말을 잃었다. 하지만 감동해서 할 말을 잃은 김수백과 달리, 안위는 곧 분노를 폭발시켰다.

"통상! 정말 통상 한 사람만 가면 모두가 안전하리라고 여기십니까? 수군이, 하삼도의 모든 백성들이 안전할 것 같으십니까?"

"……."

이순신의 관자놀이 핏줄이 잠시 꿈틀거렸다. 하지만 그는 대답하지 않았다.

"상감의 성격을 모르십니까? 정여립의 일, 김덕령의 일을 보고도 모르십니까? 통상께서 이대로 의금부로 끌려가 역적이라고 국문을 당하면, 통상 한 사람만 옥중고혼이 될 것 같습니까? 아니, 혼자 하는 역모도 있던가요? 역모를 일으키려면 군사를 모으고 군량과 병장기를 비축하여 거병해야 하는데, '역적'을 도와 그 수족이 되어 변란을 준비한 자들은 누구란 말입니까. 바로 대감과 함께 지난 7년을 싸워 온 수군 장수들이죠! 장수들뿐일까요? 회는요! 완이는요! 그 아이들인들 무사할 것 같습니까? 제가 잘 압니다. 제가 바로 역적 정여립의 당질입니다!"

이회는 이순신의 장남, 이완은 친조카이다. 이들은 아버지이자 숙부인 이순신과 함께 지난 7년간 전장을 누비며 누구보다도 용감히 싸워 왔다. 누구보다 사랑하는 아들과 조카의 이름이 언급되자 이순신의 감은 눈썹이 꿈틀거렸다.

"쉬고 싶다고 하셨지요? 안 됩니다. 통상은 아직 쉬실 수 없습니다. 통상을 하늘처럼 믿고 따르는 수만 백성들이 있고, 통상을 아버지처럼 따르는 수군의 수천 장졸이 있습니다. 이들이 만족할 때까지, 이들이 통상의 고마움을 잊고 이만 가시라고 내칠 때까지 통상은 쉬실 수 없습니다!"

안위가 숨을 몰아쉬며 벌떡 일어섰다. 바짝 긴장하여 두 사람의 대화를 듣고 있던 김수백이 움찔하여 뒤로 두 걸음 물러섰다. 그 순간 이순신이 두 눈을 번쩍 떴다. 마치 호랑이의 눈처럼 강하게 빛나는 두 개의 안광이 안위를 정면으로 쏘아보았다.

"섣부른 수작 하지 마시게, 안 수사!"

"통상! 군주를 가리켜 천자라 하나 천하의 근본은 백성이며 민심이야말로 천심입니다. 눈을 뜨고 앞을 보시옵소서! 이 백성들이, 수많은 민심이 통상을 원하고 있는 것이 보이지 않으십니까! 이들을 버리신다고요?"

안위는 이 말을 통제영 전체가 울릴 만큼 쩌렁쩌렁한 소리로 내질렀다. 이제까지의 대화가 세 사람 사이에서만 들을 수 있었던 것과 달리 안위의 이 외침은 통제영 앞마당에 있는 군중 전체가 들을 수 있었고, 이들의 반응은 즉각적이었다.

"통상! 우리를 버리지 마옵소서!"

"대감! 대감!"

"떠나시면 아니 됩니다!"

통제영 앞마당을 메우고 있던 백성들이 우르르 달려들어 함거를 붙들고 매달리기 시작했다. 김수백이 데려온 부하들로서는 도저히 막아 낼 수가 없었다. 함거 안의 이순신은 비통한 표정으로 다시 눈을 감았다. 말없이 감은 눈에서 굵은 눈물이 흘렀다. 함거 옆의 안위가 조용히 입을 열었다.

"통상, 보십시오. 이들이 모두 평안할 수 있는 세상, 임금이 누구인지 아무도 신경 쓰지 않는 고복격양鼓腹擊壤의 시대가 언젠가는 꼭 올 것입니다. 하지만 그 세상을 만들 사람이 누구라고 해도 지금의 주상은 아닙니다. 충신열사를 이렇게 쉽게 토사구팽하는 이런 상감 따위, 그런 천하를 만들 생각도 능력도 없습니다. 차라리 대감이, 그리고 우리 백성들이 함께 나서서 힘을 합쳐 그런 세상을 만드는 것이 낫습니다."

말을 마친 안위는 도포 자락 사이에 감춰져 보이지 않던 패검을 뽑아 들더니 조용히 돌아섰다. 주변 백성들은 숙연해졌고, 잠시 눈을 감고 있던 이순신도 스르릉거리는 칼 뽑는 소리에 번쩍 눈을 떴다. 김수백은 자신을 정면으로 노려보는 안위의 눈 속에서 명백한 살의를 읽었지만, 그의 칼은 칼집 밖으로 빠져나오지 않았다. 온몸이 굳어져서 사시나무 떨듯 떨리기만 할 뿐, 손을 움직여 칼을 뽑아내지 못한 것이다. 안위의 팔이 올라가자 이순신의 호통 소리가 들려왔다.

"안 수사!"

"걱정하지 마소서. 치지 않을 테니까요."

칼을 치켜든 안위는 입을 일그러뜨리면서 웃었다.

"조정 대신이라면 모를까, 금부도사 따위가 무슨 힘이 있고 대감께 악의가 있겠습니까? 이런 자 하나 죽인들 아무것도 좋을 것이 없습니다."

말을 마친 안위는 그대로 칼을 내려쳤다. 죽이지 않겠다는 말을 듣기는 했지만 겁을 먹은 김수백은 눈을 질끈 감았고, 칼날이 나무에 박히는 소리를 연달아 들었다. 이순신의 호통 소리가 들려왔다.

"그만두게! 이제 겨우 7년 전란이 끝났네. 이런 행동이 백성들을 평안하게 할 것이라 생각하는가? 남도 백성들 전체를 역적으로 만들어 주상으로부터 핍박받게 만들 뿐! 멈추게!"

"통상께서 순순히 끌려가면, 그러면 남도 백성 전체가 역적이 되지는 않겠지요. 하지만 그게, 그게 사람이 할 짓입니까!"

분노를 억누르는 안위의 목소리와 나무 찍는 소리가 계속 이어졌다. 김수백이 질끈 감고 있던 눈을 조심스레 떠 보니 안위가 함거를 끄는 소의 양편에서 끌채와 연결된 새끼줄을 몽땅 잘라 버렸고, 이제 함거 문을 부수려고 하는 참이었다. 놀란 김수백은 자기도 모르게 비명을 질렀다.

"수, 수사 영감! 지금이라도 멈추신다면 죄를 모면하실 것입니다. 영감이라도 연루를 피하셔야 할 것 아닙니까! 도대체 어쩌려고 이러십니까!"

"글쎄, 나도 모르겠군."

안위는 잠시 쓴웃음을 짓더니 곧 표정을 굳히면서 힘을 주어 마지막으로 한 번 더 내리쳤다. 함거의 나무 기둥을 얽어맨 새끼줄이 후드득 끊어지면서 가로장이 바닥에 떨어지자, 주변에 둘러서서 보고 있던 백성들이 우르르 몰려들어 함거를 마저 부수고 이순신을 꺼냈다.

"통제사또, 가지 마십시오!"

"통제사또!"

백성들의 손에 이끌려 나온 이순신은 하염없이 눈물을 흘리며 고개를 들어 하늘을 보다가 시선을 내려 주변의 백성들을 둘러보았다. 그리고 떨리는 손을 자기 앞에 무릎을 꿇은 노인의 어깨에 얹었다. 노인이 이순신의 무릎에 매달려 통곡하는 것이 마치 신호가 된 듯 통제영 앞마당의 수천 백성들이 일제히 울음을 터뜨리자 그 울음소리에 통제영 일대가 떠나가는 듯했다. 꼼짝 않고 있던 통제영 안의 수졸과 군관들도 몰려나와 울음을 터뜨리는 그 장면을 보면서, 김수백은 아연할 수밖에 없었다.

"이보게, 금부도사. 남도의 민심을 본 기분이 어떤가?"

안위의 냉랭한 목소리에 김수백은 차마 입을 열 수가 없었다. 그저 임금이 만일 이 광경을 본다면, 이순신은 물론이고 고금도 전체가 결딴날 거라는 생각이 머릿속을 맴돌 뿐이었다. 김수백과 그를 따라온 의금부의 나장, 군사들이 꼼짝도 못하고 함거 곁에서 밀려나 통제영 담장 한편에 몰려 있는 꼴을 보자 안위가 조금 표정을 풀었다.

"사실 나는 그대들을 모두 죽여 없앨까도 생각하였었지. 한양에 며칠이라도 이상한 소리가 흘러 들어가지 못하게 해야 할 것 아닌가."

스르릉!

안위의 입에서 그 말이 떨어지는 순간 이제까지 안위의 뒤에 서 있기만 하던 안위의 부하들이 일제히 허리에서 검을 뽑아 김수백 일행을 겨누었다. 안위 역시 냉소를 지은 채 아까 뽑은 검을 여전히 들고 있었는데, 김수백과 부하들은 무기를 들어 대항할 엄두도 내지 못했다.

"하지만 아까 통상께 말씀드렸듯, 일개 심부름꾼에 불과한 금부도사 하나 베어 죽인다 하여 유리할 것도 없지. 통상께서도 기꺼워하지 않으실 것이고. 살려 주겠네. 다만 우리가 통상을 모시고 앞으로 어떻게 해야 할지 의논하는 동안 좀 가두어

두어야겠으니 그 점은 양해하시게. 그대들이 지금 이 길로 한양으로 가서 주상에게 모든 것을 고해바치게 할 수는 없는 일 아니겠는가."

말을 마친 안위는 통제영 군사들을 소리쳐 불렀다.

"이자들을 데려다 적당한 장소에 가둬 두어라. 만에 하나라도 놓치는 날에는, 네놈들도 통상께 위해를 끼치려는 자들과 한패로 간주할 것이다."

"걱정 마십시오, 우수사 나리!"

스무 명 남짓한 통제영 군사들은 김수백 일행의 무기를 빼앗은 다음 통제영 안으로 끌고 들어갔다. 김수백은 일단 목숨을 건진 것에 안도했지만, 마음에 먹구름이 끼는 것은 어쩔 수 없었다. 이대로 일이 진행되면 반기를 든 이순신에게 처형당할 것이고, 설사 풀어 준다고 해도 역모를 현장에서 제압하지 못한 죄로 임금에게 처형되거나 귀양을 가게 될 것이 분명했다. 그저 앞이 깜깜할 뿐이었다.

제2장
반역의 깃발

"먼 길 오느라 바쁘셨을 게요. 어서 말에 오르시오."

"우수사 영감이 여긴 웬일이십니까? 낙향하셨다고 들었는데."

이순신 휘하에서 용장으로 이름을 떨친 녹도만호 송여종은 예상치 못한 인물이 나루터에서 자신을 맞이하자 깜짝 놀랐다. 얼마 전 전라우수사 자리에서 밀려난 안위가 고금도 나루터에 와 있었던 것이다.

"뭐, 통상께 문안 여쭈러 왔소. 그 김에 다른 수군 장수들 얼굴도 좀 볼 겸……."

말끝을 적당히 얼버무린 안위는 몸을 돌려 끌고 온 말 쪽으로 가자고 손짓했다. 약간 어색한 상황이긴 했지만, 송여종으로서도 잘 아는 사람인 안위를 군이 경계하거나 할 필요는 없었으므로 순순히 말에 올랐다.

말구종이 이끄는 데 따라 천천히 앞으로 가던 송여종은 문득 뭔가 이상한 기분을 느꼈다. 늘 활발하던 안위가 입을 꾹 다문 채 한마디도 하지 않았던 것이다. 하지만 최근에 파직당한 것을 생각하면 말을 안 하는 것도 무리는 아니다 싶었기에 자신이 먼저 입을 열었다.

"갑자기 통제사께서 부르셔서 놀랐습니다. 활이라도 한 판 쏘시려는 건가요?"

"그런 건 아니고 아마 다른 할 말이 있으신 모양이오. 좌수영 관할의 다른 첨사, 만호들도 모두 통제영 안에 모였소이다. 송 만호가 마지막이오."

"그런가요."

"전란은 벌써 끝났건만, 아직도 모두가 첨사, 만호구려. 나는 무관無官이고. 하하⋯⋯."

허탈하게 웃는 안위의 웃음소리를 듣자 송여종도 갑자기 불쾌함이 치밀어 올랐다. 마지막 싸움인 부산포해전 이후, 수군에서는 벼슬이 오르거나 품계를 더 높여 받은 이가 거의 없었다. 적어도 이순신 휘하에서 싸웠던 장수들은 말이다.

처음에는 절차가 있어시라고 했다. 지난 정월에 조정에서는 전란 중에 세운 각자의 공이 얼마나 되는지 세밀히 조사하여 등급을 매겨 공신으로 책봉하고, 그에 맞는 벼슬과 품계를 줄 것이라고 했다. 그래서 다들 조금만 기다리면 상이 있으려니 했다.

그런데 4월이 되어 명군이 철수하기 시작하자 갑자기 임금은 무슨 생각이 들었는지, 벌써 옛일이 된 칠천량에서의 패전을 들먹이며 그 전투에 참전했던 수군 장수들에게 그때의 죄를 묻겠다고 했다. 칠천량에서의 패배는 주장主將인 원균의 졸렬한 지휘가 결정적인 원인이었지만, 주장을 버리고 도망간 죄가 있는 장수들로서는 그저 간이 쪼그라들 수밖에 없었다.

이것뿐이라면 그나마 나았다. 대간들은 별로 대단하지도 않은 잘못을 침소봉대하여 거론하면서 첨사 모 아무개는 탐학한 관리이니 마땅히 파직해야 한다는 상소를 올려 댔다. 남이 목숨을 걸고 왜적의 총탄과 화살비 아래에서 싸울 때 팔자 좋게 글줄이나 읊조리던 자들로부터 탄핵을 당한다고 생각하면 어처구니가 없을 뿐이었다.

그렇다고 해서 임금이 패전한 적도 없고 늘 청렴결백한 통제사 이순신에게 상을 주었느냐 하면 그것도 아니었다. 이순신에 대해서는 수군을 독선적으로 지휘하고 임금인 자신의 명을 따르지 않았다고 욕했다. 그나마 명군이 많이 있는 동안은 그 말들이 지방에 있는 장수들의 귀에까지 들어오지는 않았는데, 요즘 들어서는 상감이 통상을 아주 많이 싫어한다는 것을 백성들도 알 정도였다.

"자, 이만 내립시다. 정말 오랜만에 송 만호와 말을 타는데 나루터에서 통제영까지는 참 짧기도 하구려."

말에서 내리던 송여종은 문득 생각나는 것이 있어 입을 열었다.

"참, 우수사 영감! 통상에게 금부도사가 내려왔다는 소문이 있던데 그 일에 대해서 뭔가 아시는 것이 있으십니까?"

"나도 잘 모르겠소. 아마 통상께서 그 문제에 대해서도 말씀이 있으시지 않겠소?"

송여종은 안위가 자신의 시선을 회피하는 것 같다고 느꼈지만 크게 괘념치는 않았다. 기분이 안 좋으니 그럴 수도 있겠다 싶을 뿐이었다.

"자, 어서 들어갑시다. 다른 장수들이 기다리겠소."

"예, 영감."

*

아무도 입을 열지 않았다. 일렁이는 촛불 아래 숨 막히는 침묵이 흐를 뿐이었다.

"앞으로 어떻게 하면 좋을까요?"

발포만호 소계남이 조심스럽게 입을 열었다. 삼도수군통제사의 집무실 안에 둘러앉은 열 명 남짓한 전라좌수영 소속 장수들 사이에서 잠시 더 침묵이 이어졌다.

이들 전라좌수영 관내 수령들은 모여서 이순신이 들어오기를 기다리던 참에 난데없이 들어온 안위에게 그동안 있었던 모든 일에 대해서 들었다. 임금이 통제사를 역적으로 간주하여 한양으로 압송하려 했다는 사실은 사실 이들에게 있어서 마른하늘에 날벼락은 아니었다. 임금의 이순신에 대한 적개심은 이들 모두 익히 알고 있었다.

하지만 그 분노가 전쟁이 끝나자마자 이런 형태로 터져 나올 것이라고 예상한 사람은 아무도 없었다. 말 그대로 토사구팽이었다.

결국 지금은 무관이고, 일가친척은 이미 정여립의 난으로 산산조각이 났으며, 처자식도 없고, 따라서 부담도 훨씬 적은 안위가 나섰다.

"무슨 논의가 필요하겠소! 상감이 이렇게까지 나오는 이상, 우리로서도 앉아서 죽을 수는 없는 일이오. 통상을 맨 먼저 제거하고 나면 그 뒤에는 우리 모두를 굴비 두름 엮듯이 엮을 것이고, 다들 의금부에 잡혀 들어가서 치도곤을 맞고 주리를 틀리게 될 거요. 그리고 언제 풀릴지 모르는 유배 끝에 눈앞에 놓이는 사약 그릇! 그 빤한 종말이 보이지 않으신다는 말이오?"

"하지만 그래도……."

방답첨사 민정붕이 쭈뼛거리며 입을 열었다. 그는 잠시 망설이다가 기왕 시작한 것, 마음먹은 말을 계속했다.

"통상에 대한 주상 전하의 대우가 너무 혹독하고 배은망덕한 짓임은 안 수사께서 굳이 다시 말할 필요 없습니다. 수군에 대한 박대도 진절머리가 납니다. 하지만 그렇다고 하여 우리가 일제히 거병한다면 전라좌수군 전체가 역적이 될 테지요. 장수들은 물론이고 거느리고 있는 수졸들 모두 역적이 되어 일가족은 노비가 되고 거사에 동조한 이들은 누구 하나 조선 땅 어디에도 발을 붙이고 살 수가 없게 될 것입니다. 그런 선택을 섣불리 할 수는 없습니다."

그러자 누군가 얼굴을 숙인 채 말을 이었다.

"저희는 정여립의 난, 이몽학의 난을 모두 보았습니다. 수천의 목숨이 옥중고혼이 되고 그 가족들이 줄줄이 노비가 되는 모습을요. 통상께는 정말로 죄송합니다. 정말 죄송합니다. 하지만 저희 한 사람의 목숨을 통상을 위해 거는 것은 기꺼이 할 수 있지만, 늙으신 부모님과 자식의 목숨까지 거는 것은 차마 쉽게 할 수 없는 일입니다."

이순신이 만약 이 자리에 있었다면 이들은 이렇게 쉽게 자신의 의견을 표할 수 없었으리라. 하지만 이순신은 일부러 이 자리를 피했다. 애초에 전라좌수영 관내 장수들을 불러 모은 것부터가 이순신의 지시가 아니라 안위가 주도적으로 저지른 일이었다. 관인을 찍지 않고 그저 통상의 이름으로 된 소집 편지를 받은 장수들은 뭔가 이상하다고 생각하면서도 별다른 걱정은 하지 않고 고금도로 모여들었고, 도착한 뒤에야 안위로부터 날벼락 같은 소식을 전해 들었다.

"하지만 이 문제도 생각해야 합니다. 이미 주상 전하는 통상을 역적이라고 규정했고, 우리는 그런 사실을 모르고 여기 모였다고는 하나 주상은 절대 그렇게 생각하지 않을 것입니다. 자신이 통제사를 역적이라 하여 도성으로 압송토록 하였는데, 도리어 통제영에서 금부도사를 감금하고 부하 제장들이 모여 뭔가 논의를 가졌다면 이는 주상 전하가 보기에는 곧 역적들의 거병 논의일 터. 이 자리에 있었던 이들은 무슨 짓을 해도 모두 목이 떨어질 겁니다. 통상의 목이라도 베어 가지 않는 이상 말이지요…….”

침통한 표정으로 녹도만호 송여종이 무겁게 입을 열자 좌중의 분위기가 살벌해졌다. 이들 중에는 이순신에게 생긴 일을 알았다면 절대 이곳에 오지 않았을 자들도 있었기 때문이다. 내가 역적이 되어 목이 잘리고 가족이 노비가 될 수 있다고 했을 때, 누가 선뜻 왕명에 거스를 수 있겠는가. 하지만 전란 중에 이미 박대를 받아 온 이들은 깨닫고 있었다.

“어차피 주상 전하께서는 통제사 대감을 찍어 내기로 결정했다 이겁니까? 그리고 우리는 임금께서 그렇게 마음먹은 순간부터 ‘역적 괴수의 졸개들’로서 불벼락을 피할 수 없게 되었다 이 말씀인 건가요?”

광양현감 나대용이 침울한 표정으로 입을 열며 동료 장수들을 둘러보았다.

“그럼 우리는 어떡해야 합니까? 이대로 죽는 수밖에 없는 것인가요?”

누구도 대답하지 않자 나대용이 허망하게 말하며 웃었다.

“가만히 있었어도 역적모의에 연루된 혐의로 형문을 받았겠지만, 이제 우수사 영감 덕분에 문초를 할 필요도 없는 확실한 역적이 되었군요. 빠져나가지 못하도록 저희를 아주 단단히 옭으셨습니다. 뭐, 저야 임진년부터 통상 대감과 함께한 터. 그 졸개로 취급되어 같이 처형당한다 해도 후회는 없습니다. 저승에 가면 대감을 모시고 대작이나 해야겠군요.”

“지금 그런 한가한 소리나 할 때가 아니잖소!”

나대용의 옛 상관인 소계남이 우거지상이 된 채 버럭 소리를 질렀다.

"전란 때 싸움에 나가던 시절처럼 그냥 우리 한 사람이 죽고 끝나는 문제가 아니오. 일가친척이 몰살함은 물론 일족 자체가 역적이 되어 가문의 명성에 누를 끼칠 수도 있는 일이오!"

"그럼 어쩌시겠습니까, 발포만호 나리? 기왕에 일이 이렇게 된 것, 정말 거병하여 통상과 함께 한양으로 진군하시기라도 할 셈이시오?"

나대용이 빈정대듯 던진 한마디에 좌중은 그대로 얼어붙었다. 군사를 일으켜 한양으로 진군하는 것. 그것은 말 그대로 역모를 뜻한다. 곧 덮어씌워질 역적의 누명과 그에 따르는 가혹한 고문, 최후에는 생명과 가족, 명예까지 잃게 될 운명이 닥쳐올 위기에서 과연 이대로 오랏줄에 묶이는 것만 기다리고 있어야 하는가, 아니면 이렇게 된 김에 정말로 칼을 들고 일어서서 조선왕조 역사상 최대 규모가 될 군사 반란의 주동자가 될 것인가.

조선왕조가 수립된 지도 어느덧 200여 년. 무인들의 힘이 강했던 고려와는 달리 애초부터 조선은 무武보다 문文을 장려한 절대적인 문인 우위 사회였기에 고려 시대처럼 무신들이 권력욕을 바탕으로 정변을 일으키거나 지역을 장악하고 반란을 일으키는 경우는 없었다. 왕조의 창립자인 태조 이성계부터가 고려의 군사령관으로 재직하고 있던 중에 휘하의 군사력을 동원하여 권력을 잡고 보위에 올랐던 전과가 있었으니, 그의 후손들은 유사한 사례가 발생하지 않도록 휘하 무장들에 대한 억압과 단속을 게을리하지 않았던 덕분이다.

물론 조선왕조 수립 이후 무신이 주도하여 일으킨 대규모 반란이 아예 없었던 것은 아니다. 국초에 조사의의 난이 있었고, 세조 집권 시기에 발생한 이징옥의 난과 이시애의 난도 있었다. 하지만 이 셋은 모두 지금 이들이 처한 상황과 약간은 다른 점이 있었다.

먼저 조사의의 난의 경우, 공식적으로는 신덕왕후 강씨의 원한을 갚는다는 명목으로 안변부사 조사의가 일으켰으나, 이는 사실 아들인 태종 이방원에 의해 왕위에서 밀려난 태상왕 이성계가 반격을 시도하면서 벌어진 부자간의 권력 다툼에서 파생된 문제였다. 또한 이시애의 난은 세조의 중앙집권 강화에 따라 자신들이 차지하고 있던 기득권이 침해당하는 데 불만을 품은 함경도 토관土官과 호족들의 반발이 결정적인 원인으로 작용했다. 즉, 이들은 기존에 가지고 있던 것을 빼앗기는 데 대한 불만으로 반란을 일으켰던 것이다. 지금 이순신과 그를 따르는 전라좌수영 장졸들의 처지에 가장 비할 만한 것은 바로 이징옥의 난이라고 할 수 있었다.

과거 '북방의 호랑이' 김종서 휘하에서 용장으로 이름을 날렸던 이징옥은 함길도 도절제사로 있으면서 북방의 야인들을 견제하는 업무를 성실히 수행하였다. 그러던 중 세조가 일으킨 계유정난으로 옛 상관이던 김종서가 모살당하고, 그의 심복이었던 자신도 제거될 것이라는 것을 알자 세조가 자신과 교체하기 위해 보낸 후임 도절제사를 죽인 뒤 휘하에 있던 군사를 거느리고 '대금황제大金皇帝'를 자칭하면서 반란을 일으켰다. 하지만 두만강 건너 야인의 땅으로 가서 그곳에 새 왕국을 세우겠다는 그의 계획은 배반으로 인해 좌절되고 만다. 내일이면 두만강을 건널 것이라는 꿈에 부풀어 잠든 그날 밤에 조정의 회유에 넘어간 부하들의 칼이 이징옥의 목을 내리쳤던 것이다.

"……거병이라."

조용히 앉아 있던 통제영 조방장 우치적이 무의식적으로 중얼거렸다. 우치적 역시 공을 세우고도 그에 걸맞은 관직을 받지 못했다는 점에서는 안위와 마찬가지 입장이었다. 그전에 가지고 있었던 순천부사의 직위는 이미 빼앗긴 지 오래고, 전쟁이 끝난 지금도 다른 관직을 받지 못했다. 조방장은 애초에 직접 관할하는 병력 없이 싸움이 있을 때만 다른 장수들의 병력을 빌려 대신 지휘하는 입장. 각 수영의 전선들이 본래의 진포로 돌아가 통제영에는 전라좌수영밖에 남지 않은 지금 상황에서 조방장이란 없는 거나 마찬가지 벼슬이었다.

여기에 우치적의 위치는 안위보다 더 위험했다. 우치적은 원균이 조선 수군을 완전히 말아먹었던 칠천량해전 당시 원균의 핵심 지휘부인 중군장中軍將이었고, 이때 있었던 일 때문에 지금도 임금의 미움을 받고 있었다. 중군장으로서 주장主將을 보좌하고 받들어 지켜야 하는 의무를 지키지 않고 적에게 잡혀 죽도록 원균을 버리고 달아났다는 것 때문에 작년 이맘때 임금은 우치적을 가리켜 '한산도에서 패한 자로서 당장 참수할지 말지도 아직 확실하지 않은 자'라고까지 언급하며 극렬히 비난했을 정도였다.

다만 우치적의 발언은 그저 귀로 들어온 말을 무의식적으로 다시 입을 통해 내보낸 것일 뿐, 거병할 것을 감안한 의도적인 발언은 아니었다. 지금 이 자리에 있는 사람들 모두가 전란 중의 무관이라고는 하지만 조선에서는 무관도 기본적으로 사대부였다. 사대부에게 있어서 임금에 대한 충성이란 졸리면 잠을 자는 것이 당연하듯 몸에 밴 습성. 이 자리에서의 한마디 말로 쉽게 반란을 결의할 만큼 가볍게 버릴 수는 없었다. 그동안 이순신과 함께 그렇게 임금에게 박대를 받은 우치적 역시 마찬가지였다.

"무엇을 망설이는 거요? 이대로 앉아 있다가는 우리 모두 형장에 맞아 죽거나 망나니의 칼에 목이 떨어지리라는 것은 불을 보듯 빤한 일이오. 아니면 귀양을 간 다음 사약을 받겠지요. 귀공들은 주상이 마음을 고쳐먹고 이제라도 통상을 용서한다는 교지라도 내릴 것이라고 생각하는 거요? 내 차라리 평수길이 다시 살아나서 재차 조선을 노린다는 말을 더 믿겠소."

평수길은 작년에 죽은 왜적의 우두머리 히데요시를 말한다. 안위는 눈앞에 다가온 임금의 위협을 강조하며 앞으로 나서서 장수들에게 일어설 것을 노골적으로 부추겼다. 하지만 장수들은 씁쓸한 표정을 지을 뿐이었다. 잠시 뒤 묵묵히 앉아 있던 장수들 중 송여종이 먼저 일어서서 안위의 말에 반박하고 나섰다.

"우수사께서는 지위도 가족도 더 이상 잃을 것이 없으시지 않습니까. 그러니 쉽게 나서실 수 있지만, 저희는 대부분 육지에 일가가 있고 가문을 지켜야 합니다. 통상과 함께 거병하는 그날로 우리 일가붙이들은 형리에게 끌려가 어육이 될 것인데……. 다들 그런 걱정을 하고 있다면 필시 누군가는 배반하여 독자 구명을 시도할 겁니다. 지금 당장은 다들 아니라고 할 수 있겠지요. 우리들 대부분은 임진년부터 일곱 해를 수군으로 싸우며 생사고락을 함께했습니다. 하지만 자기 자신의 영달을 위해서는 배신하지 않는다고 해도, 가족과 가문의 안녕을 위해서 통상을 배신할 자들은 분명히 있을 것입니다."

송여종은 여기서 말을 멈추고 둘러앉아 있는 장수들을 향해 시선을 돌렸다. 대부분 그와 눈이 마주치자 눈을 내리깔았다. 그와 당당히 마주 보는 이는 거의 없었다. 동료들의 마음을 확인한 송여종이 중단했던 말을 다시 이었다.

"일신의 안녕을 원하는 자가 아니라고 해도 마찬가지입니다. 통상이 거병한다고 하면 군주에 대한 충성을 무엇보다 우선시해야 할 사대부로서 반적의 편에 들 수 없다 하며 주상의 편에 서는 자가 분명히 나올 것입니다. 없을 것 같으십니까? 분명히 있습니다!"

조선의 모든 관료는 문무관을 막론하고 기본적으로 유학을 공부한 사대부이다. 고려라면 모르되 조선에는 미관말직이 아니라면 칼과 활밖에 모르는 무식한 자는 무장일지라도 존재하지 않았다. 필마단기로 장판파의 조자룡을 재현할 수 있는 용장이라 해도 유자儒者가 아니라면 그저 갑사, 일개 병졸일 따름이었다. 그것이 조선 사회였다.

송여종의 열변이 이어졌다.

"무엇보다 거병의 가장 큰 걸림돌은 통상 자신입니다! 군관 송희립 같은 통상의 수족은, 통상의 화살 끝 자체가 되어 움직이는 자들은 통상께서 무슨 일을 하든 그 뒤를 따라 섶을 지고 불 속에라도 뛰어들 겁니다. 우리 역시 통상이 거병을 결심하고 동참하라 권유하신다면, 진심으로 거병을 결의하신다면 그 길이 아무리 험난한 가시밭길이라도 따를 의사가 있습니다. 하지만 통상 자신은 어떤 생각을 하고 계십니까? 지금도 금부도사를 감금한 것 자체가 잘못되었다고 생각하시고, 저희를 만날 생각도 하지 않고 계시지 않습니까. 진심으로 통상께서 군사를 일으키고자 하신다면, 마땅히 저희를 직접 만나셔서 군사를 정비하여 나서라 명하셔야 합니다. 일부 이탈자가 생길 것을 우려하시더라도, 일단 따르는 자만이라도 모아서 금상에게 맞설 수 있을 만한 전력을 만들어야 하기 때문입니다. 하지만 이런 판국에 통상께서는 방에서 나오지도 않고 계신다면서요? 이런 상황에서 우수사 영감이 저희를 부추기는 것이 무슨 소용이 있습니까? 저희가 거병을 결의한다 한들, 통상께서 '내가 금상의 심기를 어지럽힌 죄인이니 칼을 쓰고 어전에 나가 죗값을 받겠다. 너희는 무기를 거두라.'고 하시면 도로 아미타불이 되는 것 아닙니까!"

송여종의 신랄한 지적에 안위조차 대꾸할 말을 찾지 못했다. 송여종이 거칠게 자리에 앉자 숨죽인 채 조용히 그의 말을 들으며 둘러앉아 있던 장수들이 제각기 웅성거리기 시작했다.

거병하자는 안위와 거병은 불가하다는 송여종의 대립은 팽팽했다. 그리고 그 이야기를 들은 장수들의 의견도 분분했다. 여기저기서 수군대던 중에 방답첨사 민정붕이 엉거주춤하게 일어서더니 다시 한 번 입을 열었다.

"저도 지금의 주상 전하는 싫습니다. 하지만 거병이 성공할 가능성이 없다는 송 만호의 말씀에도 동감합니다. 그렇다면 차라리 남해의 섬을 몇 개 차지하고 조선이라는 나라에서 아예 떨어져 나가는 것은 어떻겠습니까? 임금은 만백성의 부모라 하나, 부모가 자애롭게 자식을 돌보지 않는 것은 부모의 도리를 제대로 한 것이 아닙니다. 부모도 자신의 도리를 지켜야 하는데, 이를 제대로 하지 않는다면 자식이 분가하여 스스로 일가 一家를 창립함이 마땅합니다. 남해의 섬 중에 사람이 살 만한 곳을 골라 터를 잡고 주상을 따르지 않는 이들을 모아 신천지를 건설함은 어떨는지요."

다소 엉뚱한 민정붕의 말에 안위가 반박했다.

"그건 청해진이요, 삼별초요? 장보고가 자리 잡은 완도나 삼별초가 틀어박혔던 진도처럼 육지에서 가까운 작은 섬에 들어박혀 있어 봐야 육지에서 대규모 토벌군이 오면 그대로 끝장이란 말이오. 도원수가 이끌고 온 육군이 전라도 해안에 좍 깔리고, 전라우수군과 경상우수군이 동서 양쪽 바다에서 우리를 협공하면 어쩔 생각이오?"

잠시 후 민정붕이 새로운 의견을 내놓았다.

"그럼 제주도는 어떨까요? 제주도는 섬이지만 바다 멀리 있는데다, 땅도 제법 크고 이번 전란에서 왜적의 피해도 입지 않아 근거지를 세우기에 괜찮은 땅입니다."

이번에는 안위가 아니라 그와 맞서던 송여종이 나서서 민정붕을 공박했다.

"아니, 그건 저도 반댑니다. 우선 제주도가 꽤 넓은 섬이기는 하나 그 토지가 좋지 못해 곡식이 넉넉하지 않고 호구수가 적습니다. 그리고 유황과 동철을 구할 수 없어 화약과 병장기를 만들 수 없는데다, 백성의 말이 우리와 통하지 않으며 성품도 거칩니다. 게다가 제주도에 거점을 만들려면 일단 제주목사 성윤문成允文이 거느린 제주도 군사들과 싸워야 하는데, 이번 전란에서 전혀 피해를 입지 않은 제주도 군사를 과연 우리 수군이 쉽게 이길 수 있을까요? 제주도를 완전히 확보하려면 해안뿐 아니라 한라산까지 모두 장악해야 합니다. 게다가 우리 좌수영만으로 제주도에 터를 잡아 봐야, 우수영과 경상우수영이 함께 쳐들어오면 당해 낼 수가 없습니다. 제주도가 육지 군사의 공격을 받고 당해 낸 경우가 얼마나 있습니까?"

송여종은 잠시 말을 멈추고 주변을 둘러보았다. 다들 조용히 자기 말을 경청하고 있는 것을 보자 그는 묘한 기분이 들었는지 피식 웃고는 말을 이어 나갔다.

"옛날 천 년 전 탐라국이 백제에게 망한 이래, 제주도를 근거지로 반기를 든 이들 중 누구도 육지에서의 공격에 버텨 낸 경우가 없습니다. 고려의 삼별초는 2년을 못 갔고, 원이 명에게 밀려난 뒤에도 제주도에서 버티던 원의 목호들은 고려의 최영에게 한 계절도 못 가서 격멸되었습니다. 혹 제주도 백성들을 완전히 우리 백성으로 만들 수 있다면 모르겠으나, 제주도 백성들에게는 통상 대감도 한양에 있는 상감과 별로 다르지 않아 보일 겁니다. 어차피 똑같은 '육지 것들'일 테니 말입니다."

송여종이 말을 마치자 그동안 계속 한숨만 푹푹 쉬고 있던 소계남이 무겁게 입을 열었다.

"난 아직 거병을 해야 한다는 의견에 동의하고 나서는 것은 아니지만…… 그래도 이거 하나는 동의하오. 우수사께서도 말씀하셨지만, 반기를 든답시고 나서서는 아무 일도 하지 않고 고금도나 진도나, 하여간 어느 섬에든 틀어박히는 건 정말 바보짓이오. 거병 소식을 들은 한양의 조정에서는 곧바로 토벌군을 편성해서 보내올 것이며, 그 수는 아무리 줄여서 잡는다고 해도 우리가 거느린 군사보다 몇 곱절은 족히 많을 것이니까 말이오. 우리가 최대한 끌어 모아야 격군을 포함해서 1만 명 정도 군사를 모을 수 있을까? 외로운 섬에서 대군에 포위당한다면 군사들이 두려워하는 것은 인지상정. 더구나 저들이 관군의 위명을 내세워 투항하는 자에게는 관직과 재물을 내리고 죄를 용서해 주겠다며 감언이설로 유혹한다면 그 어찌 넘어가지 않을 자가 있겠소? 아예 우리 모두가 관직을 버리고 일가를 끌고 잠적하는 것이라면 모를까, 그러지 않을 생각이라면 기껏 거병해서 고작 섬에 틀어박히는 따위의 짓을 해서는 절대로 안 되오. 정말로 우리가 통상과 함께 거병을 한다면, 가능한 한 빨리 한양을 들이쳐서 싸움을 끝내야 하오. 상감이 토벌군을 조직해서 고금도로 쳐들어오기 전에 말이오."

소계남의 발언이 끝나자 회의실 안에는 살벌한 정적이 흘렀다.

군사를 일으켜 한양을 들이친다!

여기 앉아 있는 사람들 중 누구도, 적어도 이 자리에 앉기 전까지는 그런 생각을 해 본 이는 단 한 명도 없었다. 하지만 입 밖으로 나온 이상 이제 이 말은 모두의 머릿속에 확고하게 자리를 잡았다. 그러나 그것을 대놓고 말할, 아니, 적어도 대놓고 그렇게 하자고 주장할 배짱이 있는 사람은 아직까지 없었다. 그 말을 입 밖에 꺼낸 장본인인 소계남 역시 마찬가지였다.

"분명히 말하지만 난 아직 거병에 찬동하는 것이 아니오! 그저, 만약 거병을 한다면 이래야 할 것이라고 말한 것뿐이니 행여 어디 가서 내가 거병을 선동했다고 말하지 마시오! 젠장, 독한 소주 한 사발만 있었으면 참 좋겠군."

자기 자리에 도로 주저앉은 소계남이 투덜거렸다. 골치 아픈 대화를 밤새 이어 나가다 보니 피로가 쌓였고, 자연스레 술 생각이 간절했던 것이다. 소계남이 주저앉자 뒤쪽에서 자그마한 소리 하나가 또 새어 나왔다. 이번에도 발언자는 역시 민정붕이었다.

"그렇다면 아예 먼 곳으로 가 버리면 어떻겠습니까? 제주도에서 더 남쪽으로 가면 먼 바다 남쪽에 유구국琉球國이 있습니다. 그쪽으로 가서 아예 조선 땅 밖에 새 나라를 세우면 상감이 거기까지 쫓아오기야 하겠습니까? 유구는 군사가 강한 나라도 아니니, 전라좌수영의 힘만으로도 충분히 점유할 수 있을 것입니다. 그러면 상감과 맞설 일 없이 살 수 있습니다."

"유구? 그런 곳에 가서 뭘 하겠다는 말이오. 통상을 홍길동으로 만들어 율도국이라도 세우자는 말이오?"

이제까지 별말 없이 듣고만 있던 보성군수 김극제가 냉소를 내뱉었다.

남해 바다 저 건너에 있는 유구국의 존재는 수군 장수들 모두가 알고 있었다. 무역이 발달한 남쪽의 작은 섬나라. 일본과 약간 비슷하지만 일본도 중국도 아닌 곳. 남해에서 풍랑으로 길을 잃은 조선 어민들이 종종 유구까지 밀려갔다가 송환되어 오곤 했기 때문에 남해 바다를 관할하는 이들은 1년 내내 따뜻한 그곳에 대해서 어느 정도 알고 있었다.

"유구는 날씨도 온화하고 땅도 비옥하여 갖가지 곡물이 다 잘되는 땅이라 들었습니다. 제 생각에는 방답첨사의 생각도 나쁘지만은 않은 것 같은데요."

나대용이 민정붕을 거들고 나서자 김극제가 벌컥 화를 냈다.

"이런 무지한 작자들 같으니! 우리가 홍길동이고 활빈당이오? 홍길동이 이끄는 활빈당은 도적의 무리였으니 그 무리 속에는 부녀자가 없었고 거개가 집과 가족을 버리고 나온 장정들

뿐이었소. 그러니 두령이 가자고 하면 곧바로 가는 것이고 시간을 지체할 필요가 없었단 말이오. 하지만 우리가 거느리고 있는 수천 군졸은 모두 처자식이 있고, 이들을 버리고 갈 수 없으니 모두 데려가야 하오. 그들이 과연 조상의 무덤이 있는 고향 땅을 버리고 귀공들을 따라나설지도 알 수 없을뿐더러, 군졸들의 가족을 다 수습하여 데리고 가려면 도대체 몇 척의 배가 필요할 것이며 준비 기간은 얼마나 걸린다고 생각하시오? 그동안 상감께서 귀공들을 어서 가라며 과거 보러 가는 아들을 보내는 부모처럼 내버려둘 것이라 생각하시오? 그리고 좌수영 관할 지역에 몰려 있는 군졸들의 가족은 그렇다 치더라도, 한양을 비롯해 팔도 각지에 있는 귀공들의 일가는 어쩌고 떠날 거요? 부모 형제를 역적의 일족으로 만드는 패륜을 저질러 놓고 자신은 이방異邦으로 빠져나가겠다니, 정말 제정신인 거요?”

김극제는 민정붕을 노려보며 말을 이어 나갔다.

“그것뿐만이 아니오. 유구로 곧바로 가자면 남해의 먼 바다를 천 리나 나가야 하오. 우리 판옥선이 그 먼 거리를 갈 수 있다고 생각하시오? 매일 포구에 들어가 잠을 자고, 땔감을 구해다 육지에서 밥을 지어 먹는 우리가? 게다가 우리 수군 장수들 중에는 유구국까지 직접 가 본 사람이 하나도 없소. 뱃길 안내를 할 사람이 없다는 이야기요. 어부들 중에는 난파하는 바람에 유구까지 표류했다가 돌아온 사람이 꽤 있으니 그렇게 표류했던 이들을 길잡이로 쓸 수도 있겠지만, 그들도 의도하고 유구로 간 게 아니라 그저 흘러간 것이니 그 길을 그대로 따라가려 시도했다가는 물과 식량이 떨어져 모조리 배 위에서 죽고 말 것이요. 확실히 유구로 갈 수 있는 가장 안전한 길은 대마도를 거쳐 왜의 땅인 구주 연안을 따라가는 길이라 알고 있는데, 왜놈들이 제정신이라면 우리를 고이 그 길로 보낼 까닭이 절대로 없소. 그러니 유구로 가자는 것은 미친 소리 이상도 이하도 아니오. 그리고 무엇보다, 유구는 빈 땅이 아니오! 엄연히 그 땅에서 살아가는 유구의 백성들이 있고 그들을 다스리는 왕과 사대부가 있소. 지금 나오는 이야기는 유구국에 귀부하여 그 나라의 백성이 되자는 것도 아니고 아예 그 땅에다 새 나라를 세우자는 것이잖소. 내 땅에서 살기 조금 힘들다고 남의 땅을 침략하여 그 원주인을 축출하고 나라를 빼앗는다는 도리에 어긋나는 생각을 사대부로서 어찌 할 수 있다는 것이오!"

김극제의 준엄하고 신랄한 비판에 민정붕은 그대로 꼬리 내린 개가 되어 쥐구멍을 찾아야 할 상황이 되었다. 일단 상대 하나를 쓰러뜨리고 난 김극제는 곧바로 성난 눈길을 다른 장수들에게 돌렸다.

"이 역적들! 주상 전하의 은혜를 받아 지금 이 자리에 있는 귀공들이, 어찌 주상 전하께 충성을 다짐한 그 입을 가지고 여기서 반역을 논하고 있는 것이오? 군주는 곧 만백성의 부모이고 부모와 자식 사이는 끊을 수 없는 천륜인 것! 설사 부모가 자식을 대하는 데 있어 다소의 섭섭함이 있다 할지언정 자식은 절대 효도를 게을리해서는 아니 되오. 설사 부모가 자식을 죽이려 한다 한들, 순임금이 계모의 살해 의도를 피하기 위해 지붕에서 뛰어내리고, 우물에서 옆으로 굴을 판 그 이상의 행동은 하면 안 되는 것이오! 여기에 귀공들의 행동은 부모가 나를 해하려 한다는 생각만으로 칼을 들고 맞서려는 것이니 그 죄가 얼마나 크겠소. 나는 단연코 여기 가담하지 않겠소!"

송여종이 조용히 한마디를 내뱉었다.

"그것 보시오, 우수사 영감. 제가 뭐라고 했습니까? 저런 이가 분명히 있을 거라 하지 않았습니까."

벌떡 일어선 김극제가 뿜어내는 살벌한 기상은 회의실 전체를 제압했다. 아직 입을 열지 않고 듣고만 있던 장수와 수령들의 상당수가 여기에 위압당하여 김극제 편에 서려는 기미가 보이자, '거병파'의 영수라고 할 수 있는 — 아직까지는 그 자신이 사실상 유일한 거병파이지만 — 안위가 다시 일어섰다. 구군복 차림인 다른 장수들과 달리 평복 차림이었지만 그 역시 기세는 만만치 않았다.

"보성원의 이야기는 잘 들었소! 하지만 생각해 보시오. 우리가 생각해야 할 것은 단순한 충군忠君의 관념이 아니오. 이 자리에 있는 제공들도 잘 생각해 보시오."

안위는 이번 일을 기화로 하여 거병을 하기로, 그리고 이순신을 필두로 하여 임금과 맞서기로 확실히 결심을 굳히고 있었다. 그러기 위해서 다른 장수들을 이 자리에 불러 모은 것 아닌가. 송여종이 이야기한 것처럼 김극제 같은 충군론자가 나타날 위험성은 사실 안위 자신도 어느 정도는 예측하고 있었다. 이제 예상하고 있던 사태가 벌어진 만큼, 생각해 놓았던 대로 대처하여 태도를 확실히 결정하지 않은 다른 이들, 그리고 저편에 속해 있는 자들까지 하나로 뭉쳐야 했다.

"분명 임금을 모시는 것은 큰 효도이고, 임금을 거역하는 것은 불효이자 불충이오. 하지만 지금 상감이 통상을 대하는 태도, 그리고 수군 장수들을 보는 태도는 역적으로 보는 것 바로 그것이오. 그런데 여러분, 잘 생각해 보시오! 우리가 언제 역적 모의 비슷한 것이라도 한 적이 있소? 왜적을 물리친 후에 왕을 바꾸자고 하거나, 아니면 조정 대신들을 다 쓸어 없애고 우리가 권력을 잡자고 꿈에라도 생각한 일이 있소? 나 안위는 단 한 순간도 그런 마음을 품은 적이 없소! 내 비록 역적 정여립의 혈족으로 많은 핍박을 받고 고난을 겪었던 것은 사실이오. 그러나 역적의 일족으로서 마땅히 받아야 할 대우였기에 다소 원망은 했을지언정 그것들을 참고 견뎠고, 상감께 앙갚음을 할 마음 따위는 추호도 품지 않았소. 제장들께서도 마찬가지일 것이오. 생각해 보시오! 만약 우리 중에 역심을 품고 있는 자가 있었다면, 상감이 금부도사를 보내기 전에 통상 대감께서 먼저 그자의 목을 쳤을 것이오!"

"옳소!"

"옳습니다!"

"우수사 영감의 말이 맞습니다!"

장수들이 이구동성으로 외치는 중에 최연장자인 배흥립이 일어섰다.

"우수사 영감의 말은 확실히 사실이오. 통제사께서는 전라좌수사 부임 이래로 단 한순간도 역모 비슷한 말을 꺼낸 적이 없었고, 휘하 장수들이 임금에 대한 소소한 불만을 말하는 것조차 막으신 분이오. 원 통제의 무고로 인하여 억울하게 통제사 직을 잃고 온갖 고초를 겪은 뒤에도 복수를 획책하기는커녕 임금을 원망하는 말 한마디를 내뱉은 적이 없었소. 통제사 대감 밑에 있는 우리 장수들 역시 통제사 대감 앞에서 임금을 직접 겨냥하여 욕하는 것은 상상할 수도 없는 일이 아니오.”

배흥립이 말을 마치자 잠시 쉬었던 안위의 말이 계속해서 이어졌다.

“그런데도 통상은 역모 혐의를 받았소. 이대로 통상이 의금부에 끌려가면, 그 뒤를 따를 것은 바로 우리들이오! 그게 누가 되었건 역모를 일으키려 한다면 가장 시급하게 해야 할 일은 군사를 모으는 것인데, 통상이 반역한다면 거기 필요한 군사를 동원하는 것은 누구겠소? 이미 누차에 걸쳐 말했지만, 그것은 통상 밑에서 직접 군사를 움직이고 통상과 7년을 함께한 우리들이 될 수밖에 없소! 물론 보성원은 그런 혐의를 받지 않을 것이오. 보성원이 임지에 부임해 온 것은 올해 초니까 말이오. 도리어 지금 바로 한양으로 사자를 보내 통제사를 비롯한 수군 장수들이 역모를 꾸민다는 사실을 고변하면, 그 공으로 공신으로 책봉을 받고 정난공신이 되어 막대한 포상을 받고 자손만대로 부귀영화를 누릴 수 있으실 것이오. 대신, 통상을 비롯해 7년간 전란 속에서 싸워 온 우리 모두는 형리의 난장질과 인두질에 몸이 만신창이가 된 채 망나니의 칼에 목이 떨어지는 신세가 될 것이고 말이오."

안위는 회의실 안의 공기가 술렁이는 것을 느낄 수 있었다. 만사를 초월한 듯, 다른 장수들이 동요하는 와중에도 여전히 평온한 표정을 짓고 있던 우치적이 조용히 안위의 말을 받아 안위가 미처 하지 않은 말을 이어 갔다.

"사실 역모의 초기 단계에 참여했다가 어느 정도 계획이 진행된 시점에서 동료들을 배신하고 발을 빼는 것은 외면하기 어려운 유혹이 맞소. 확고하게 자리 잡은 왕권을 무너뜨린다는 위험한 도전을 계속할 필요가 없고, 처음에는 타도하려던 대상이었던 상감의 주변 권신들과 한패가 되어 권세를 누릴 수 있는 기회를 잡을 수 있으니까 말이오. 아닌 말로 옛적 세조대왕 때 사육신의 시역 음모만 해도 원래 한패였던 김질의 배신이 아니었더라면 그렇게 처참하게 실패하지는 않았을 것이오."

우치적의 차분한 이야기를 듣고 난 안위는 크게 고개를 끄덕이며 다시 입을 열었다.

"조방장 우치적 영감 말이 맞소. 말이야 바른말이지, 지금 당장 상감이 통상과 그 휘하의 '역도들'을 포박하여 한양으로 압송하라는 명을 내린다고 해도 보성원께서는 잡혀가지 않으실 게요. 보성원께서 출신이 무관이고 보성원의 임지가 전라좌수사 관할이기는 하나, 보성원께서 어디 단 한 번이라도 통상과 같이 서서 왜적과 싸운 적이 있소? 보성군수 직위에 보임된 것도 전란이 끝난 뒤가 아니오. 당연히 주상으로부터 통상의 일당이라고 간주될 것도 없고, 여기 앉아 있는 우리들이 굴비 두름처럼 묶여 의금부로 끌려가도 까딱없으실 분이 보성원이오. 보성원의 심정 충분히 이해하오. 자기 앞에 칼이 떨어질 것도 아닌데 무엇 때문에 위험을 무릅쓰고 싶은 생각이 들겠소."

"영감! 나, 나를 어떻게 보고……."

안위의 비꼬는 말에 얼굴이 시뻘게진 김극제가 벌떡 일어섰지만 너무도 화가 나서 감정이 제대로 말이 되어 나오지를 않았다. 그도 그럴 것이 군주에 대한 충성에서 비롯된 문제를 말 몇 마디 더 하는 것으로 졸지에 뒤엎어 버렸기 때문이다.

"어, 어찌 말 몇 마디를 가지고 사람을 공이나 탐내고 일신의 안녕만을 찾아 의를 이루는 것 따위에는 관심이 없는 소인배로 만들어 버릴 수가 있소! 내가 정말 고작 출세 따위를 위해 통상을 팔아넘길 것이라고 여기는 거요!"

이런 상황을 이미 예상하고 있던 안위의 표정은 지극히 냉정하고 평온했다. 김극제가 안위에 대한 분노를 참지 못하고 뭐라고 더 고함을 지르려는 찰나, 이순신의 직속 군관 송희립이 회의실 문을 열고 들어왔다.

"통상께서 들어오십니다!"

둘러앉아 있던 장수들은 화급히 자리에서 일어섰다. 침울한 표정의 이순신이 말없이 걸어 들어와 최고 상석에 앉았다. 구군복 차림의 이순신은 만사를 체념한 사람 같은 표정으로 고개를 푹 숙이고 있었다.

자리에 앉은 이순신의 얼굴에는 피곤함이 역력했다. 실제로 금부도사에게 끌려갈 뻔했던 사흘 전의 밤 이후 이순신은 이틀

밤을 거의 꼬박 새웠고, 앞으로의 거취에 대해 심각하게 고민하고 있었다. 피곤한 표정의 이순신이 착석하자 안위가 일어서서 그동안 회의장에서 오간 이야기를 간추려서 고했다. 하지만 이순신은 안위의 이야기를 듣기보다는 이미 하루가 지난 전날 밤에 있었던 대화를 떠올리는 데 좀 더 열중하고 있었다.

*

"대감, 거병하십시오."

너무도 쉽게 거병을 제안하는 바람에 이순신이 미처 대답을 하지 못하자 그와 마주 앉아 있던 정 참봉은 미소를 지으며 부연 설명을 했다.

"상감께서 잠시 잘못된 생각으로 옳지 않은 영을 내리실 수도 있는데 어찌 그것을 가지고 군사를 일으킬 수 있겠느냐고 생각하시는 것 압니다. 하지만 상감께서 도가 지나쳤어요. 대감께서 그동안 바친 충성이 얼마입니까? 그런데도 대감을 역적으로 몰다니, 이건 제대로 된 사리판단을 할 수 있는 사람이라면 할 수 없는 일입니다. 임금께서 넋이 나가신 겁니다."

이제 40줄에 막 들어선 정 참봉은 임진년에 전사한 녹도만호 정운의 먼 친척 되는 사람으로, 10년 전까지 군기시참봉으로 있다가 갑자기 그만두고 산천을 떠돌아다니는 사람이었다. 나이는 자기보다 여섯 살이 많지만 항렬로는 조카뻘이 되는 정운이 죽은 곳을 보고 싶다며 이순신을 처음 찾아왔는데, 그 인연으로 친하게 되어 그 뒤에도 종종 사적으로 찾아오곤 했다. 고작 참봉 벼슬에 있던 사람답지 않게 박식하고 말주변이 좋아 이순신이 도원수 권율 밑에서 백의종군을 하던 기간에도 종종 술병을 들고 찾아와 위로해 주곤 했었는데, 이번에는 무슨 생각인지 그동안 일절 하지 않던 임금에 대한 비판을 시작한 것이다.

"상감께서는 지금 눈과 귀가 흐려져 있습니다. 그렇기 때문에 대감께 이런 처사를 행할 수 있는 것이지요. 대감뿐만이 아닙니다. 우수사 안위 영감도 이미 말했지만, 통상 대감의 휘하에서 싸운 수군의 전 장수가 그 숙청 대상이 될 것입니다. 자, 그렇게 되면 왜적이 재침했을 때 바다에서 저들을 무찌를 이가 누가 있겠습니까? 명나라 수군을 다시 부를까요? 명나라 수군이 얼마나 믿을 만한지는 대감께서 익히 알고 계실 것입니다. 의병이요? 의병을 모은 자가 공을 세워도 자칫 조그만 꼬투리만 잡히면 무리를 모아 역모를 꾸민다고 의병장이 목을 잘리는데 누가 의병을 일으키겠습니까?"

임금에 대한 정 참봉의 비판은 매서웠다. 평소라면 상대가 누가 되었건 이런 이야기를 꺼내는 즉시 치도곤을 안기거나 입을 다물게 했을 이순신이건만, 상황이 워낙 위태롭다 보니 제지하지 않고 조용히 듣고 있었다.

"상감의 눈과 귀가 그리 흐려진 것은 다 주변에 있는 못된 간신배들 탓입니다. 상감의 둘레를 에워싸고는 세상의 바른 소식을 막고 자신들의 권세만을 추구하니, 세상의 어떤 충신이라 하더라도 그들의 눈 밖에 나면 자리를 보전할 수 없습니다. 생각해 보시지요. 대감께서 어디 저들의 비위를 맞추려고 한 적이 한 번이라도 있습니까? 허리를 숙여 굽실거리기를 했습니까, 원 수사처럼 뇌물을 바리바리 실어 보내기라도 했습니까?"

원균의 이야기에서 정 참봉은 입술을 한껏 일그러뜨렸다. 원균이 부하들에게 먹일 군량미를 횡령하고, 집에 돌아가고 싶어 하는 수졸들에게 귀가시켜 주는 대가로 뇌물을 받아 그것들을 고스란히 한양의 조정 대신들 개인 창고에 실어 보낸 사실은 수군을 드나드는 사람이라면 모르는 이가 없었기 때문이다.

"지금 상감의 곁을 지키고 있는 신하들의 면면을 살펴보면, 서애 대감이나 오리 대감 같은 진실로 충성스럽고 유능한 할미꽃과 같은 신하는 모두 쫓겨나고 장미 같은 신하들만이 남아 교언영색巧言令色으로 상감의 눈을 가리고 있습니다. 어두워진 상감의 눈을 뜨게 하려면 군사를 일으켜서라도 간신배들을 몰아내고 바른 신하들을 상감의 곁에 돌려놓아 국정의 난맥을 바로잡고 백성들을 도탄지위에서 구하는 수밖에 없습니다. 이것은 역모가 아닙니다. 누란지위에 처한 사직을 바로잡는 정사靖社일 뿐입니다. 세조대왕께서도 그리하여 황보인, 김종서 등을 몰아내지 않으셨습니까."

서애西厓는 유성룡, 오리梧里는 이원익의 호다. 두 사람 모두 지난 전란을 치르는 데 절대적인 공을 세운 사람들이었으나, 현실을 생각하여 일본과 화의하자는 주장을 내세웠다가 명분을 내세우는 이들에게 공박당해 전란이 끝나자마자 실각하고 낙향한 상태였다.

"상감을 강제로 보위에서 쫓아내자는 건 아닙니다. 금상은 권력욕이 강하고 신하들을 경계하는 사람입니다만, 연산군과 같이 사람의 도리를 모를 정도의 폭군은 아니니 반정을 일으켜 금상을 바꾸기까지 할 명분은 없습니다. 오직 상감 주변의 간특한 자들을 몰아내어 궐 안을 깨끗이 하고 사직을 바로잡는 정도면 충분할 것입니다. 그래야만 전란의 상처를 입은 백성들을 따뜻하게 어루만져 평안히 생업에 종사하게 할 수 있으실 것입니다. 하지만 정 상감께서 대감의 충의를 이해하지 못하시고 계속해서 잘못된 신하들과 함께하시기를 고집하신다면, 그만 상왕으로 물러나시게 한 후 세자 저하께서 왕위를 이어받으시도록 하는 방법도 있습니다. 세자 저하께서는 이번 전란을 치르면서 정사에 밝고 만사 영명하다는 것을 충분히 입증해 보이셨으니, 훌륭한 임금이 되실 수 있을 것입니다. 만약 세자 저하께서 등극하신 뒤에 대감께 군사를 일으킨 것에 대한 죄를 묻겠다고 하신다면, 이미 이루고자 한 바를 다 이루었으니 그때 가서 머리를 풀고 죗값을 받으셔도 될 것입니다."

＊

이순신은 안위의 보고를 듣는 와중에도 정 참봉의 조언을 곱씹고 있었다. 이제까지 옳다고 믿고 지켜 온 사대부로서의 도리를 죽음에 이르러서도 지켜야 할 것인가, 아니면 잘못된 것을 바로잡고 지켜야 할 것을 지키기 위하여 적극적으로 나서야 할 것인가.

억울한 백의종군 중에 모친상을 당한 것 등 그동안 쌓인 수많은 사건들로 인해 임금을 향한 마음은 복잡했지만, 전란이 완전히 끝나지 않았고 신하 된 입장에 충실하고자 했기 때문에 그동안은 수군통제사로서의 임무에만 집중해 왔었다. 그리고 금부도사를 맞았을 때는 이제 할 일이 다 끝났다고 생각하고 영원한 휴식의 길로 들어갈 것을 생각했다. 하지만 안위에 의해, 아니, 고금도에 있는 수천 백성들의 손에 의해 이순신은 그 길에서 끌려나오고 말았다.

이순신도 알고 있었다. 왕이 보낸 금부도사가 감금당하는 초유의 사태가 터진 이상 이제 사건은 걷잡을 수 없이 커지고 말았다는 것을 말이다. 임금의 성격으로 보아 이제 자신의 목숨 하나로 만족할 리가 없었다. 이순신 자신이 스스로 목에 칼을 쓰고 맨발에 차꼬를 찬 뒤 머리를 풀고 임금의 앞에 나가 죗값을 청한다고 해도 이미 늦었다. 임금은 자신과 관련된 모든 사람들을 잡아다 문초하는 것은 물론, 역적의 무리로 몰아 그대로 처형하거나 심심산골로 귀양을 보낼 것이 분명했다.

그것뿐만이 아니다. 고금도를 비롯한 남해의 수천 백성들이 겪을 고생은 또 어떻겠는가. 대놓고 백성들을 죽이지는 않겠지만, 노비로 만들고 북변으로 귀양을 보내는 등 임금이 할 수 있고 분명히 할 일들은 엄청나게 많았다. 자신이 의도한 것은 아니지만, 자신이 지난 7년간 지켜 온 백성들이 그렇게 되도록 내버려둔다는 것은 너무도 가슴 아픈 일이었다.

하지만 이번에 싸우기로 한다면 칼을 맞댈 적은 왜군이 아니다. 임금이 보낼 관군은 자신이 거느린 군사와 똑같은 조선의 병사들, 조선의 백성들이 아닌가. 그들을 이끌고 나올 장수들도 왜장이 아니라 자신과 같은 조선의 장수들로 어쩌면 자신과 함께 싸웠거나 친분이 있는 사람들일 수도 있다. 이순신의 고민은 깊어질 수밖에 없었다.

"그런 상황입니다, 통상."

"그러한가."

상념에 잠겨 있던 이순신을 다시 현실로 끌어낸 것은 안위였다. 안위의 말이 끝나자 감고 있던 눈을 뜬 이순신은 탁자 주위에 빙 둘러앉은 수하의 수령, 장수 들의 얼굴을 천천히 둘러보았다. 그의 시선이 다가오자 고개를 들고 눈길을 마주치는 이, 고개를 푹 숙여 탁자만 내려다보면서 그와 눈길을 마주치는 것을 피하는 이, 고개를 들어 먼 산만 바라보는 이……. 다들 이번 사태에 대해서 제각기 다른 생각을 하고 있음을 곧바로 알 수 있었다. 최악의 경우, 저들이 어떤 선택을 할 것인가에 대해서도 대충 짐작이 갔다.

어젯밤 정 참봉과의 대화 후 오늘 낮 내내 이순신이 고민했던 문제도 바로 이것이었다. 만약 그가 남도 백성들을 주상의 앙갚음으로부터 보호하기 위하여 거병한다고 할 경우, 과연 휘하의 장수들이 따라 줄 것인가?

지금 이순신이 하려는 것, 아니, 할 수밖에 없는 것은 조선의 수천 년 역사에서 유례가 없는 일은 아니었다. 하지만 한 가지 또 생각해야 할 것은 이순신을 비롯한 모든 장수들이 가지고 있는 지위와 권력이 임금으로부터 받은 권위에 바탕을 두고 있다는 것이다. 왕에게 받은 권위를 가지고 왕에게 맞서는 군사를 일으킨다는 것은 도리에 맞지 않을 뿐더러, 성공한 뒤에도 배신자라는 주변의 시선 때문에 민심 장악에 문제가 생길 수 있었다. 과거 후백제를 세웠던 견훤의 경우가 그랬다. 견훤은 처음부터 자기 힘으로 반란을 일으킨 것이 아니었다. 신라의 군대에 들어가 한 지역을 책임지는 장수로 승진한 다음 자기 휘하의 군 병력을 가지고 반란을 일으켰다. 이런 정통성 없는 건국 때문에 재위 내내, 그리고 후대에까지 반역자라는 비난을 들어야 했다.

　왕에게 임명받은 지방관이 반란을 일으키는 사례 자체는 흔하게 있다. 지금의 왕조인 조선만 하더라도 이미 이징옥의 사례가 있고, 전조인 고려조에서 있었던 수많은 지방의 군사 반란 역시 비록 실패하기는 했지만 지방관들이 휘하 병력을 이끌고 일으킨 바 있었다. 그리고 그 이전 시대로 거슬러 올라가면 정말 셀 수 없을 만큼 많은 지방관들의 반란이 있었다.

　하지만 고려 시대 이전에 반란을 일으킨 이들은 대개가 사병을 가진 왕족이나 귀족, 호족 들이었다. 왕의 병사가 아니라 자신의 병사를 이끌고 왕과 맞선 것이기에 뒤가 불안할 것도 없었다. 그러나 왕의 병사를 이끌고 반란을 일으켰던 이징옥은 결국 자신의 부하들에게 배반당해 죽었다. 부하들이 반역자의 신하가 아니라 조선 임금의 신하로 남기를 바랐던 탓이다.

조선 땅의 역사에서 신하로서 자신이 옥좌에 오르는 것을 목표로 반란을 일으켜 성공한 경우라면 앞에서 이미 말한 견훤을 제외한다면 이성계 정도를 들 수 있는데, 이성계 역시 고려의 관직을 받기는 했으되 애초에 그 세력 자체가 원나라의 영역에 속해 있는 동북면의 호족이었다. 그가 거느리고 전공을 세운 군대 역시 고려의 정식 관군이 아니라 그가 거느린 사병이었고, 당시 고려의 왕권 역시 정통성에 문제가 있는 우왕과 창왕으로 이어지면서 많이 취약해져 있는 상태였다. 만약 공민왕이 신하들에게 암살당하지 않고 계속 재위했다면, 그리고 정통성 있는 왕세자가 자리하고 있었다면 이성계가 그렇게 쉽게 등극할 수 있었겠는가.

지금 이순신이 거느린 병사도 왕의 병사이다. 만약 반란을 일으킨다면— 어떤 말로 포장해도 왕에 맞서 군사를 일으키는 것은 반란이라고 할 수밖에 없다 — 그들이 과연 적극적으로 동참해 줄 것인가? 아니, 병사들은 차치하고라도 중간에서 그 병사들을 지휘해야 하는 장수와 수령, 군관 들은 어느 편에 설 것인가?

"우수사의 이야기는 잘 들었소. 이 한 몸의 못난 구석으로 인해 여기 모인 여러 사람에게 위험을 끼친 점 내 진심으로 미안하게 생각하오."

모두 자기 부하들이지만 이순신은 고개를 숙여 유감을 표했다. 아니, 엄밀하게 말하자면 그들은 더 이상 이순신 자신의 부하가 아니었다. 금부도사는 그를 삭탈관직하고 한양으로 압송하라는 명령을 받고 내려오지 않았던가. 그가 가지고 있던 삼도수군통제사 직책을 임금이 빼앗겠다고 결정한 이상, 이순신은 더 이상 이들에게 명령할 권한을 가지고 있지 않았다.

"아, 아닙니다, 통상!"

황급히 고개를 마주 숙이는 수령들을 보며 이순신은 천천히 입을 열었다.

"사흘 전에 있었던 일에 대해서는 안 수사에게 들으셨을 거요. 내 지난 사흘 동안 어느 길이 진정 나라의 사직과 백성을 위하는 길인지 고심하였으나 판단하기가 매우 힘들었소. 마지막 결정을 내리기 전에 먼저 여기 계신 분들의 의견을 묻고 싶은데……."

이순신은 천천히 김극제 쪽으로 시선을 돌렸다. 그의 눈에는 부드러우면서도 애틋한, 상대를 부러워하는 것이 분명한 빛이 드러나 있었다.

"……주상 전하의 성총聖聰을 흩뜨리는 간신배의 무리를 조정에서 쫓아내고 백성들을 지키기 위해서 벌이는 부득이한 방편이라고 해도 상감께서 계신 쪽을 향해 칼을 뺄 수 없다고 생각하는 이들은 자리에서 일어나 주시오."

이순신의 눈길이 어느 편으로 가 있는가는 회의실 안의 누구라도 알 수 있었다. 주변에서 쏟아지는 시선을 느낀 김극제는 잠시 주저하는 빛을 보였으나 곧 마음을 정했는지 결연한 태도로 자리에서 일어났다.

"통상! 통상께서 어떤 결심을 내리셨는지는 소인이 알 수 없으나, 안 수사가 주장하는 대로 주상 전하께 거역하는 군사를 일으키신다면 이는 분명한 역모라는 것을 아셔야 합니다. 지금 통상께서 억울하게 누명을 쓰실 위기라고는 하나 억울한 누명은 언젠가 밝혀지기 마련인 것. 섣부른 욕심으로 군사를 일으켜 진짜 대역 죄인이 되는 길로 들어서는 것은 피하시기 바랍니다. 설사 대감께서 제 충언을 듣지 않고 거병하신다 해도 따르는 이는 결코 많지 않을 것입니다!"

이순신은 김극제의 준엄한 충고를 듣고도 별다른 말을 하지 않았다. 하지만 옆에 있던 안위는 그의 이야기에 코웃음을 쳤다.

"그 누명은 언제 벗겨지는 거요? 우리가 형장에서 다 죽고 뼈도 삭아서 없어진 300년쯤 뒤? 그게 무슨 소용이요?"

"우수사 영감! 사대부라면 당연히 일신의 안위보다는 후세에 길이 남을 자신의 이름을 명예롭게 유지하는 데 더 힘써야 하는 법입니다. 우수사 영감의 개인적인 원한으로 일을 크게 만들어 통상 대감을 만고의 역적으로 만드는 일이 없었으면 하오!"

"그만! 두 사람 모두 그만하시오."

안위가 벌컥 화를 내며 일어설 기미를 보이자 이순신이 손을 저어 두 사람의 언쟁을 중단시켰다. 그의 얼굴에는 여전히 아쉬움과 유감이 짙게 드러나 있었다.

"보성원의 말은 내 잘 알겠소. 그럼 보성원의 주장에 동조하는 이는 더 없소? 보성원 혼자만이 내가 이대로 다시 흰옷을 입고 죗값을 청하며 주상 전하께 앞으로의 모든 처분을 맡겨야 한다고 보는 것이오?"

안위는 이순신과 장수들을 번갈아 쳐다보며 조바심을 쳤다. 이순신이 확 세게 나가면서 '나는 새 나라를 열기로 결심하였으니 모두 내 뒤를 따르라! 따르지 않는 자는 참하리라!' 이렇게 외쳤으면 좋겠는데, 아직도 무슨 미련이 남았는지 자꾸 뒤만 돌아보고 있는 것이다. 혹시 저러다가 아까 송여종의 말대로 스스로 칼을 쓰고 죗값을 청하겠다 나서는 것은 아니겠지?

시간은 결코 많지 않았다. 아무리 길어야 이레 안에는 임금이 함흥차사가 되어 돌아오지 않는 금부도사의 행방에 대해 의심을 품을 것이고, 그렇게 되면 변고를 접하게 되는 것은 금방일 것이다. 거병하자면 그 전에 좌수영의 군사를 집결시키고, 경상도의 각 수영과 전라우수영에 연통을 돌려 동조할 자들을 모아야 했다. 이순신이 그렇게 하는 대신 김극제의 말에 따라 임금 앞에 무릎을 꿇는다면 안위로서는 지옥문이 열리게 되는 셈이니 일이 그런 방향으로 돌아가는 것은 절대, 절대 원하지 않았다.

"서로의 눈치를 볼 것 없으니 보성원에게 동조하는 분들은 어서 일어서시오. 괜찮소."

안위는 애가 탔다. 아까 김극제에게 노골적으로 찬동하는 태도를 보였던 흥양현감은 물론 가만히 있던 여도만호도 그쪽으로 기울어질 눈치가 보였기 때문이다. 그도 그럴 것이 그들은 모두 전란 말기에 부임한 자들로 이순신과 함께 싸운 적이 없다. 마지막 싸움인 노량해전, 부산진해전에도 나가지 않았다. 그들은 이순신의 휘하 집단이 가진 수군으로서의 동질감 같은 것을 가지고 있지 않았던 것이다.

여기에다 지금 이순신의 태도가 이들이 거취를 결정하는 데 기름을 부었다. 이들이 보기에 이순신에게는 거병하겠다는 결의 같은 것이 보이지 않았다. 만약 이순신이 김극제의 말을 들어 반역을 포기하고 국왕의 앞에 엎드린다면, 김극제는 반란이 일어나기 전에 사전 진압한 공으로 엄청난 상을 받을 것이다. 하지만 가만히 있던 자들은 역모에 동조하려는 생각을 가지고 있었던 것으로 간주당해 모조리 의금부의 형틀 맛을 보게 될 것이다. 성공 여부는 차치하고라도 이순신 자신에게 거병의 의지가 없어 보임에야, 이들이 어느 편에 서는 것이 이득이 될 것이라고 판단할지는 두말할 필요가 없었다.

게다가 이들 역시 김극제와 마찬가지로 이순신 '일당'과의 연계 같은 것은 거의 없는 만큼, 이순신이 거병을 포기하고 스스로 오라를 받은 뒤 이순신의 옛 부하들이 줄줄이 의금부로 끌려가더라도 피해를 볼 일이 없을 것이기도 했다. 피해를 보기는커녕 숙청으로 인해 비어 버린 수군 지휘부의 공백을 메우기 위한 승진의 대상이 될 가능성이 훨씬 높았다.

안위의 타는 속을 아는지 모르는지 이순신은 태연자약한 표정으로 탁자 주변을 휘휘 둘러보았고, 은연중에 마음이 통했는지 자기들끼리 눈치를 보던 '놈들'은 슬금슬금 자리에서 일어섰다. 김극제까지 세 사람이 일어서자 이순신이 조용히 입을 열었다. 어조는 더할 나위 없이 부드러웠다.

"더 없소?"

이 말에 힘을 얻었는지 그동안 한마디도 안 하고 눈치를 보던 낙안군수와 사도첨사까지 일어섰다! 그중 낙안군수 전백옥은 전란이 끝나기 전부터 전라좌수영 관할 고을인 낙안군수 자리에 있으면서 수군에 있던 작자라는 점을 생각하니, 안위는 머리가 돌 지경이었다. 이제 다 끝났다는 생각에 그 자리에 주저앉으려는 참인데 이순신이 조용히 입을 열었다.

"알겠소. 그럼 유감이지만 귀공들은 당분간 통제영 객사에 머무르셔야 할 것 같소. 내 이러고 싶지는 않지만 이럴 수밖에 없게 되었구려. 정말 유감이오이다."

거병에 반대하는 자들을 연금한다! 이는 임금을 향해 칼을 들기로 결심했음을 알리는 명백한 선언이었다. 나대용, 소계남, 송여종 등 오랜 시간 이순신과 함께해 온 장수들은 책상 위의 주먹을 불끈 쥐었고, 안위는 자기도 모르게 자리에서 벌떡 일어났다. 그래, 이제 하는 거다!

"우수사, 우수사도 보성원에게 동조하는 것이오?"

"예? 아, 그, 그게 아니라……."

흥분하여 일어섰던 안위가 황급히 자리에 앉았다. 나대용이 쿡쿡거리며 웃음을 참는 소리가 들리자 안위의 얼굴이 붉어졌다. 잠시 안위를 바라보던 이순신이 조용히 입을 열려는 순간 김극제가 먼저 나섰다.

"대감, 이성을 찾으시옵소서! 아무리 주상 전하께서 대감을 핍박하신다 해도 우리는 조선의 신하입니다! 이러시면 아니 됩니다!"

"보성원이 옳다는 것을 내 모르는 바가 아니오. 그러나 나는 내 한 몸의 안위 때문에 이러는 것이 아니오. 나로 인해서 수천 백성들이 위험에 빠졌기에, 그리고 아무 일도 하지 않는다면 더 많은 백성들이 또 위험해질 것이기에 백성들을 위해 나서는 것이오."

"그것은 궤변입니다! 7년 전란이 끝난 것이 고작 반년 전입니다. 오랜 전란과 흉년, 질병, 약탈에 지친 백성들을 보듬고 위무해야 할 판국에 내란이라니요! 이는 또 다른 전란 속으로 수백만 조선 백성들을 끌어들여 괴롭게 만드는 것 이상도 이하도 아닙니다. 아직 늦지 않았으니 경거망동은 그만두십시오!"

김극제의 눈에서는 불똥이 튀는 것 같았다. 하지만 이순신은 조용히 마주 볼 뿐이었다.

"나도 마음이 아프오. 불충한 신하가 되는 것도 통탄할 일이고, 그 과정에서 많은 백성들이 참화를 입을지도 모른다는 사실에 또 마음이 아프오. 하지만 지금 바로잡지 않으면 끊임없이 옳지 않은 일이 계속될 거라는 생각으로 결정을 내렸으니, 이 점 보성원께서 부디 용서해 주시기를 바라오. 송 군관!"

송희립이 나섰다.

"예, 통상!"

"이분들을 객사로 모시어 그곳에 계시게 해 주겠는가? 관노들로 하여금 침식寢食에는 부족함이 없도록 잘 보살필 것을 명해 주게. 다만 빠져나가거나 외부와 연통할 수 없도록 군사들로 하여금 잘 지키도록 해 주면 고맙겠네."

이순신이 조용히 손짓하자 송희립은 우렁차게 외치며 고개를 숙였다.

"명을 받들겠습니다! 한데 편히 말씀해 주십시오. 통상께서 그리 말씀하시면 제가 도리어 받들기 어렵습니다. 이제까지 명하던 대로 해 주십시오."

이순신은 씁쓸하게 웃었다.

"하지만 난 더 이상 조정의 명을 받은 삼도수군통제사가 아닐세. 그런데 어찌 자네에게 명령을 내릴 수 있겠는가? 그저 양해를 구할 수 있을 뿐이네."

"아닙니다! 통상께서는 저희들의 영원한 통제사 대감이십니다. 저희 통제영 장졸들은 통상과 함께라면 지옥 끝까지라도 함께 갈 것입니다! 통상 대감 스스로가 아닌 그 누가 막는다고 해도 저희의 뜻은 꺾을 수 없습니다!"

송희립의 부릅뜬 눈에서 불꽃이 튀었다. 회의실 안에 있던 사람 모두 그것을 보았고, 이순신은 슬픈 듯이 미소를 지었다.

"정말 고맙네. 이 못난 사람을 그렇게 따라 주다니……. 그럼 저들을 객사로 모셔 주게."

"예, 알겠습니다. 여봐라! 지금 일어서 계신 분들을 객사로 뫼셔라!"

"예!"

곧 밀려들어 온 십여 명의 군사들은 어리벙벙한 상태로 서 있던 김극제 이하 다섯 수령들의 양팔을 붙잡아 그대로 끌어냈다. 사태의 급전개를 미처 제대로 받아들이지 못한 김극제 이외의 나머지 수령들은 군사들에게 팔을 잡히자 미친 듯이 소리를 질러 댔다.

"토, 통상! 살려 주십시오!"

"거사에 참여하겠습니다! 부디 목숨만……."

순식간에 태도를 바꾼 그들의 모습에 안위를 비롯한 이순신의 구장舊將들은 어처구니없다는 표정을 지었지만 사실 그들의 표변이 이해가 가지 않는 것은 아니었다.

"역모가 성사되는 현장에 있었던 자로서, 동참하기를 거부한 자는 제거되는 것이 당연한 일이겠지."

그 광경을 보며 송여종이 씁쓸하게 웃었다. 저들을 그냥 놓아두면 거사 정보를 필히 유출시킬 터이니 입을 다물게 하는 조치는 꼭 필요했다. 죽이지 않는 것만으로도 다행이라 여겨야 할 것이다.

"통상! 후회하실 것입니다!"

다만 김극제는 이순신에게 구명을 청하지 않았다. 김극제는 수졸들이 자기 팔을 붙잡고 끌어내자 고개를 돌려 이순신을 정면으로 노려보며 일갈했다. 이순신은 담담히 대답했다.

"보성원이 꾸짖지 않아도 이미 후회하고 있소. 차라리 노량에서 왜적의 조총에 맞았을 때 살아나지 말고 그대로 죽었으면 이런 날도 오지 않았을 것이라고 말이오. 하지만 숨이 붙어 있는 이상 나라와 백성을 위해 해야 할 일을 할 뿐이오. 그것이 설령 이제까지의 내 삶의 기준을 벗어난다 해도 어쩔 수 없는 일이구려. 편히 쉬고 계시기를 바라오."

김극제까지 다 끌려 나가자 이순신은 남아 있는 옛 부하들 쪽으로 시선을 돌렸다. 안위를 비롯한 부하들은 이순신이 갑자기 초췌해졌다고 느꼈다. 그 초췌한 얼굴에서 씁쓸한 한마디 한마디가 흘러나왔다.

"여기 남은 그대들 중에서도 어떤 이유에서건 주상 전하께 맞서는 일이 옳지 않다고 생각하는 이들은 저들과 함께 나가도 좋네. 저들에게 약속했듯, 동참하지 않는다고 해도 어떤 위해도 가하지 않겠다고 약속하네."

잠시 침묵이 흘렀다. 하지만 그 정적은 순식간에 깨졌다.

"동참하겠습니다!"

"통상께서 원하신다면 함께하겠습니다."

"저희를 믿어 주신다면 이 한 몸 다 바칠 뿐입니다."

더 이상 망설임은 없었다. 남아 있던 이순신의 옛 부하들 전원이 자리에서 일어서서 굳게 다짐하며 외쳤다. 안위, 우치적, 송여종, 나대용……. 그들의 면면을 바라보던 이순신의 눈에서 한 방울 눈물이 흘렀다.

"고맙네, 정말 고맙네. 주상 전하를 거역하는, 천륜을 거스르는 일인데도 이렇게 홀로 힘없는 사람인 나와 함께하다니……."

말을 잇지 못하는 이순신을 향해 우치적이 군례를 올리더니 분연한 태도로 입을 열었다.

"통상! 지난 7년간의 전란 동안 수군에게 임금은 존재하지 않았습니다. 오직 통상이 수군의 기둥이었으며 가련한 백성들의 방패였습니다. 군사들은 질병과 엄한 군율에 시달리면서도 가족과 나라를 지키기 위해 통상과 함께 왜적과 싸웠습니다. 그리고 지금, 모든 것을 지켜 준 통상을 위해서라면 그 누구와도 싸울 것입니다. 혼자라고 생각하지 마십시오. 통상의 뒤에는 남해의 전 백성과 수군이 있습니다!"

우치적의 단호한 말에 이순신은 가슴이 벅차올라 아무 말도 할 수 없었다. 다른 장수들 역시 결연한 태도를 보이는 가운데 새로운 날이 밝는지 어슴푸레한 새벽빛이 떠오르고 있었다.

제3장
한양에 몰아친 폭풍

"이순신을 잡으러 간 금부도사는 아직 돌아오지 않았느냐?"

"예, 전하."

"에잉, 게을러터진 것들. 그게 뭐 힘든 일이라고 이렇게 시간을 끄는 건지."

"아직 도로가 정비되지 못하여 그런 것으로 보입니다. 게다가 금부도사 홀로 오는 것이 아니라 죄인을 실은 함거를 끌고 와야 하는 길이라……."

"시끄럽다!"

임금은 애꿎은 입직 승지에게 화를 내고 거친 발걸음으로 야밤의 정릉동 행궁 뜰을 거닐었다. 중추절이 한 달 남은 7월의 보름달이라 달빛은 밝건만, 달빛에 비친 궁궐도 마음에 안 들었다. 멀쩡하게 잘 있던 정궁 경복궁을 비롯한 모든 궁궐이 임진년에 왜군의 손에 불타 버려 월산대군의 옛 저택을 고쳐서 임시 행궁으로 쓰고 있는 처지. 집도 없는 왕이라는 생각에 한층 더 기분이 나빠졌다.

"에잇, 멍청한 것! 벌써 한양을 출발한 지 열이틀이 다 되지 않았는가. 가는 길은 급하게 말을 달려서 가라고 했으니 나흘이면 될 것이고, 오는 길은 아무리 소가 끄는 함거를 몰고 오는 중이라고 해도 이 정도면 슬슬 한양에 도착했을 터! 여차하면 죄인을 끌고 직접 오는 길은 늦더라도, 파발을 먼저 띄워 며칠에 고금도를 출발했고 언제쯤 도착할 것이라는 연락은 보내야 할 것 아닌가! 못난 놈들."

기분 같아서는 눈앞에 있는 소나무라도 후려쳐서 꺾고 싶었지만 임금은 자신이 태종이나 세조만 한 장사가 아니라는 사실을 스스로도 잘 알았다. 공연히 객기를 부렸다가 나무는 꺾지도 못하고 손만 다치면 뒤따르는 사관과 내관에게 비웃음만 살 것이다. 임금은 화가 치밀었지만 사관이 적을까 봐 욕지거리조차 크게 말하지 못하고 입으로만 웅얼댈 수밖에 없었다.

'빌어먹을 놈의 이순신! 왜놈의 조총에 맞았으면 그대로 뒈져 버릴 것이지 뭣 때문에 자리에서 일어난 건가? 노량에서 그대로 죽었으면 만사가 편했을 터인데!'

*

노량에서 고니시 군의 탈출을 저지하던 이순신은 시마즈 군의 조총에 맞아 총탄이 왼쪽 어깨를 관통하면서 어깨뼈가 부서지는 중상을 입고 이틀 동안 사경을 헤맸다. 이순신이 또 적의 총에 맞았다는 소식을 들었을 때, 임금은 짐짓 그의 용태를 심히 걱정하는 척하면서 더 이상 출전하지 말라는 금지령을 내렸다.

이런 명령을 내린 표면적인 이유는 귀중한 장수를 전쟁이 다 끝나 가는 막바지에 무리한 싸움을 벌여 잃을 수 없다는 것이었지만, 사실 임금은 내심 이순신이 죽을 것을 기대했었다. 이순신의 나이 벌써 쉰넷으로 몸이 건강한 무관이라고 해도 슬슬 노인 취급을 받을 나이이다. 게다가 지난번 옥사 이후 이순신의 몸이 많이 약해져 수시로 앓아눕고 구토를 하며 몸을 가누지 못하는 날이 잦다는 사실은 임금도 익히 들어 알고 있었다. 그런 몸에 총까지 맞아 중상을 입었으니, 살아나지 못하리라고 여겼던 것이다. 어차피 죽을 이순신이라면, 자애로운 군주인 척 한 번쯤 연극을 해 두는 것도 손해 볼 것이 없었다.

그런데 그때 이순신이 다시 일어났다. 이순신은 왜군이 일본으로 돌아가고 있다는 보고를 받고, 정신을 차리자마자 곧바로 출격하였다. 옷이 젖을 만큼 어깨에서 피를 흘리면서도 초인적인 정신력을 발휘하여 군사들을 이끌고 나섰던 것이다. 이순신을 이 세상 그 누구보다 존경하게 된 진린조차 명 수군이 노량해전에서 너무 지쳐 버려 따라나서지 못했건만, 이순신은 군사들을 이끌고 나갔다. 그리고 1500여 척에 달하는 왜선과 싸워 전멸시키지는 못했지만 셀 수 없이 많은 적선을 불태우고 가라앉혀 수없이 많은 왜적을 죽였다. 당연히 이순신이 죽었을 것이라고 안심하고 있다가 마지막 전투에 대한 이순신의 장계를 받고 당황한 임금의 첫마디는 이것이었다.

"뭐? 부산진에서 왜적과의 마지막 싸움을 치른 데 대한 통제사의 장계라고? 이순신이 지난번 노량에서 조총에 맞은 상처로 죽지 않았다는 말이냐?"

얼핏 들으면 이순신이 살아서 다행이라는 의미일 것 같지만, 평소 임금이 이순신을 어떤 태도로 대했는지 빤히 아는 사람들에게는 그 재수 없는 놈이 죽지 않고 살아 있었단 말이냐는 의미로 들렸다. 실제 임금의 의도도 그랬다는 것에는 변명의 여지가 없었다.

그나마 그 자리에는 이순신을 편드는 유성룡이나 이원익, 정탁 등의 신하도 있었고, 중립적이긴 하나 이순신의 공적에 대해서는 곧이곧대로 평가하는 이항복이나 이덕형도 있었으므로 임금도 얼른 태도를 바로잡고 말을 조심했다. 사실 만에 하나라도 왜군이 재침한다면 이순신이 필요했기 때문이다. 당장 왜군이 쳐들어오는 코앞에서 이순신을 처단할 배짱까지는 임금에게 없었다.

"험험, 통제사가 목숨을 건졌다는 소식은 매우 다행이로구나. 그래, 읽어 보아라."

그 자리는 그렇게 넘어갔다. 하지만 임금의 마음속에는 앙금이 쌓여 갔다.

*

"이순신, 이순신! 그놈을 없애야 해!"

임금의 마음속에서는 모반하여 자신의 왕권을 노릴지 모르는 이순신을 죽여야겠다는 원망이 여전히 치솟고 있었다. 작년에는 중상을 입은 이순신이 얼마 못 가서 죽을 것 같았기에 꾹 참고 잠시 기다려 보았더니, 웬걸? 한겨울을 골골거리고 넘기나 했더니 봄이 되자 건강을 거의 다 회복하여 일어나서 돌아다니는 것이 아닌가. 임금으로서는 분통이 터질 일이었다.

이런 상황에서 왜군이 재침하지 않을 것 역시 확실해지자 임금의 마음속에 있던 이순신에 대한 증오가 다시 불타오르기 시작했다. 여기에 이순신을 비호하던 조정 중신인 유성룡, 이원익 등이 모두 실각하고, 명군까지 철수하며 이순신에 대한 옹호 세력이 거의 사라지자 임금도 마침내 결단을 내린 것이다.

"과인에게 위협이 되는 놈은 없애야지. 없애야 하고말고."

*

"아바마마, 간밤에는 어찌 그리 잠을 이루지 못하셨는지요."

"내가 잠을 자지 못한 줄은 어찌 알았느냐?"

이순신 문제로 기분이 좋지 않은 임금은 세자 광해군의 아침 문안에도 삐딱한 태도로 답했다. 가시가 돋은 대답에 잠깐 멈칫했던 광해군은 황급히 머리를 조아렸다.

"용안의 안색이 어째 밝지 못하고 초췌한 듯하여……."

"밝지 못하지! 역적 놈이 얼른 끌려오지 않고 활개 치고 있는데 내 마음이 편할 리 있겠느냐!"

임금의 신경질은 곁에 서 있는 사관이 불편함을 느낄 정도였다. 아직 젊은 스물다섯 살의 광해군 역시 불편함을 느꼈는지 잠시 얼굴이 굳었으나, 작심한 듯 평소와 다르게 국정에 대한 의견을 꺼냈다. 그동안 아침 문안에서는 간밤의 안부에 대해서만 물을 뿐 국정에 대해 논하지는 않는 것이 상례였다.

"아바마마, 이순신을 꼭 내치셔야 하겠습니까?"

"무엇이라?"

마뜩찮은 듯 얼굴을 찌푸리고 있는 부왕을 향해 광해군은 용기를 내어 입을 열었다. 이순신이 정녕 충성스러운 인재이자 수군에 없어서는 안 될 존재라는 것은 분조를 이끌며 전란을 직접 치렀던 자신의 눈으로 볼 때 말할 필요도 없는 일이었기 때문이다. 부왕이 왜 이순신을 경계하는지 그 이유가 어슴푸레하게 짐작이 가기는 했지만, 이순신은 가담 여부도 분명치 않은 역모 따위로 찍어 내기에는 너무도 아까운 인재였다. 아니, 가담했다는 것도 아니고 아직은 역모를 꾸몄다는 보고조차 없지 않은가.

"아바마마, 이순신은 정말 충성스럽고 유능한 무장이옵니다. 제가 전란 중에 각지를 다니며 직접 보고 들은 사실이지만,

여러 장수들 중 이순신만큼 충성스러운 이도 별로 없었습니다. 그런 이순신이 역적일 리가 있겠습니까?"

광해군 나름대로는 고심 끝에 어휘 하나하나를 잘 선별해서 한 말이었지만 부왕의 마음에는 들지 않았던 모양이다. 임금의 인상이 확 일그러졌다.

"충성스러운 장수가 이순신밖에 없다고? 네가 몰라서 하는 말이다! 과인이 여러 장수들의 보고를 직접 받기도 하고 여러 중신들로부터 그에 관해 말을 들어 보기도 했지만, 역시 과인에게 온몸을 바쳐 충성을 다한 장수로는 통제사 원균만 한 이가 없었다. 비록 마지막 싸움에 임하였을 때 천운이 따르지 않아 왜적에게 패하고 한산의 무너짐에서 목숨을 잃었으나, 그만큼 충성스럽고 능력이 출중한 용장도 없었느니라."

분조를 이끌고 각지를 순행하면서 원균의 패악질로 인한 수군의 붕괴와 그로 인해 조선 팔도에서 빚어진 참혹한 결과를 직접 본 광해군으로서는 기가 막히고 코가 막힐 이야기였다. 부왕의 원균에 대한 다소 지나친 편애는 익히 알고 있는 바였지만, 이미 원균이 유명을 달리한 지 몇 년이 지났는데도 이런 모습을 보이는 데는 비록 아들이지만 어처구니가 없었다.

"원균뿐만이 아니다. 각지에서 충성을 바쳐 의무를 다한 장수들, 의기를 떨쳐 일어나 선비로서의 도리를 다한 의병장이 어디 한둘인 줄 아느냐? 이 땅이 왜적에게 넘어가지 않고 사직을 지킬 수 있었던 것은 온전히 그들의 공이지 방자한 이순신의 얕은 재주에 의함이 아니다. 조정에서는 김성일을 비롯한 많은 중신들이 각지를 돌며 물자를 모으고 백성들의 의기를 북돋웠고, 육군에서는 신각, 권율, 김시민, 신립, 최경회, 황진 등 수많은 장수들이 용전분투하여 많은 왜적을 무찌름으로써 저들의 간담을 서늘하게 하였다. 조헌, 고경명, 김천일, 고종후 등과 같은 의병장들의 충의는 또 얼마나 기릴 만하냐?"

부왕이 거명하여 나열하는 인물들의 면면을 살피던 광해군은 그들에게 뭔가 공통점이 있다는 생각을 했다. 하지만 그것을 입 밖으로 꺼내 의문을 표하기 전에 부왕의 말이 계속 이어졌다.

"네가 지금 그토록 옹호하려는 이순신이 있었던 수군도 마찬가지다. 수군의 싸움을 어디 이순신이 혼자 하였느냐? 통제사 원균은 경상우수사로 재임하면서 왜적의 기습에 큰 해를 당하였으나 남은 군세를 추스르고 적을 공격하여 적선 10여 척을 분멸하였으며, 수천에 달하는 적의 군선을 만나 중과부적으로 밀려나게 되자 적시에 전라좌수영에 구원을 청하여 힘을 합쳐 왜적을 쳐부수는 큰 공을 세웠다. 그 뒤에 이순신과 함께 싸우면서도 늘 전군의 선봉에 나가 싸워 적을 분멸하였으니, 이 어찌 이순신을 능가하는 장수가 아니겠느냐. 원균 하나뿐이 아니다. 녹도만호 정운은 나가 싸우기를 겁내는 이순신을 크게 꾸짖어 나가 싸우게 하였으니, 이는 원균과 더불어 수군에서 세운 가장 큰 공의 하나이니라. 전라우수사 이억기는 임진년 첫해부터 한산의 무너짐이 있던 그날까지 한순간도 빠지지 않고 최선을 다해 원균과 함께 왜적과 싸웠고, 충청수사 최호도 육군과 수군에서 두루 공을 세우다가 한산의 무너짐이라는 불운을 만나 사력을 다해 싸우다가 중과부적으로 패멸하여 원균과 이억기와 함께 전사하였으니 이 세 사람이야말로 수군의 최고 명장이고 이제까지 수군이 세운 공의 전부를 이루어 낸 이들이라 할 것이다. 이순신은 이들에 비하면 충의도 부족하고 재주도 뛰어난 이가 아니다. 그저 경상우수영과 전라우수영 사이에 위치하여 원균과 이억기를 연결하였고, 운이 좋아 한산의 무너짐 당시 수군에 있지 않았을 뿐이다. 한산의 무너짐은 너무도 엄혹한 패전이었는데, 그나마 원균이 있었기에 10여 척이라도 살려서 탈출시킨 것이지 이순신이 통제사로 있었다면 그대로 전 수군이 전멸하였을 것이다. 일이 그리되었다면 지금 이순신을 공신이랍시고 논할 자가 과연 그 누가 있었을 것 같으냐?"

여기까지 듣고 나자 광해군은 부왕이 치켜세운 인물들의 공통점을 깨달을 수 있었다. 그들은 모두 전란 중에 왜군과 싸우다 유명을 달리한 이들이었던 것이다. 부왕은 지금도 살아 있는 곽재우, 정문부 등의 장수들에 대해서는 일언반구의 칭찬조차 하지 않았다. 게다가 부왕은 전란을 끝낸 결정적인 공은 아예 명나라에 돌렸다.

"그 무엇보다, 천조天朝에서 보내 준 천병天兵"이 있었기에 지난 전란에서 우리 조선이 살아남을 수 있었다. 천장天將"이여

---

* 명나라
** 명나라 군대

송은 평양성을 탈환하고 한양의 왜군을 몰아냈으며, 제독 진린은 왜의 수군을 몰아내어 매 해전마다 수많은 수급을 얻었다. 이들의 도움이 아니었다면 이순신이 어찌 그만한 허명이나마 이루었겠느냐. 진실로 이르노니, 우리는 천조에서 보내 준 천병에게 재조지은再造之恩의 은혜를 입은 것이다."

원균 대신 이순신이 있었다면 아예 칠천량의 패전 자체가 없었을 것이다. 명나라 수군 역시 물량으로 왜군을 견제하는 이상의 별다른 역할은 하지 못했으며, 전투의 주력은 늘 조선 수군이었다. 명군은 그저 공적을 보고하기 위해 매 전투마다 이순신에게 수급을 구걸하는 존재였으며, 왜군과 내통하여 이순신을 골탕 먹인 횟수만 해도 부지기수였다.

광해군 역시 상식을 가진 사람으로서 그런 것들을 다 알고 있었지만, 구태여 부왕 앞에서 그 말을 꺼내 상황을 더 나쁘게 만들고 싶지는 않았다. 대신 임금이 여기까지 이야기하고 그치자, 광해군은 그렇긴 해도 지금은 이순신을 남겨 놓을 수밖에 없다는 다른 말로 이순신의 역성을 조금 더 들었다.

"하지만 아바마마, 그들 명장들은 모두 왜적과 싸우다가 순절하였고, 명군도 이제 거의 다 떠났으니 바다에서 왜적을 막을 이로 남은 것은 이제 이순신 하나밖에 없는 것 아닙니까. 만에 하나라도 왜적이 다시 쳐들어오는 것을 막으려면 이순신을 수군통제사의 자리에 놓아두어야 합니다."

"안 된다! 이순신은 불충한 자다. 일찍이 바다를 건너 재침하는 청정을 나가 잡으라 했을 때 잡지 않았고, 지난해 노량에서는 내가 그자의 몸을 걱정하여 싸움에 나가지 말라 하였더니 나갔다. 또한 동료인 원균의 공을 탐하였을 뿐만 아니라 부하의 공을 수차 빼앗았다. 조정에서 보내라 한 공물도 제 날짜에 바치지 않은 때가 많았고, 명을 내려도 이래저래 핑계를 대며 이행하지 않았다. 세자 네가 분조에서 호출하였을 때도 감히 업무가 밀렸다는 핑계로 코빼기도 안 비치지 않았느냐. 그런 불충한 자가 이 조선에서 군권을 쥐고 있도록 할 수는 없다."

너무도 단호한, 그러면서도 도저히 이해하기 힘든 부왕의 태도에 광해군은 뭐라 할 말을 찾지 못했다. 그런데 이때 입시해 있는 주변 사람들의 눈치를 날카로운 눈빛으로 슬쩍 살핀 임금이 자리에서 일어섰다.

"이미 해가 뜬 지 오래인데 밖으로 나가는 것이 어떻겠느냐. 아직 시간이 있는 동안 잠시 너와 함께 뜰을 거닐고 싶구나."

본래 일과대로 하자면 이 시간은 왕과 세자 두 사람 모두 조강朝講을 시작해야 할 시간이다. 하지만 임금과 광해군은 별말 없이 함께 궁궐 뜰을 걷고 있었다. 두 걸음 뒤에서 부왕을 따라가던 광해군은 한참을 혼자 고민해도 이 영문 모를 산책의 의미를 알 수 없자 결국 먼저 입을 열었다.

"아바마마, 소자 여쭐 것이……."

"조용히 해라. 사관 놈은 따라오느냐?"

엉뚱하게 속삭이는 목소리로 사관의 위치를 묻는 부왕의 질문에 광해군은 잠시 어리둥절했지만 곧 정신을 차리고 자기도 나직하게 대답했다.

"따라오고 있습니다. 십여 보가량 떨어져 있습니다만⋯⋯."

"지금 과인과 네가 주고받는 말을 들은 것 같으냐?"

"아닙니다. 붓을 들고는 있으되 움직이지 않고 있습니다."

광해군의 대답을 들은 임금은 만족한 듯 고개를 주억거렸다.

"좋다. 저자는 사관들 중 배짱이 없는 편이라 우리가 여기서 멈춰 선다 해도 더 다가오지는 못할 게다. 지금 정도의 목소리로 나지막하게 이야기를 하면 지금 하는 이야기가 새어 나갈 일은 없겠지."

임금은 몸을 홱 돌려 광해군과 시선을 마주쳤다. 부왕의 얼굴에 피어오르는 차가운 미소를 보자 광해군은 등허리에 소름이 오르는 느낌을 받았다. 아들의 표정에 떠오르는 경계심을 읽었는지, 임금은 헛기침을 하면서 표정을 바꾸었다.

"어, 어흠. 내 얼굴에 뭐라도 묻었느냐?"

"아, 아닙니다. 그저 아바마마께서 뭔가 깊이 생각하시는 모양이라고만 여겼습니다."

임금은 말없이 고개를 끄덕거렸다. 그러고는 아들을 향해 질문을 던졌다.

"내 한 가지 묻겠다. 여전히 이순신을 처형하지 말아야 한다고 생각하느냐? 마음속에 단 하나의 숨김도 없이 솔직히 말해 보아라."

잠시 망설이던 광해군은 부왕의 얼굴을 올려다보았다. 그리고 아까 방 안에서와 같이 분노하지도, 방금 전에 본 것처럼 차갑지도 않은 평온한 표정을 보았다. 최근 들어서, 특히 자신이 분조를 맡아 부왕과 따로 떨어져 전쟁을 지휘한 임진년 이후로는 거의 볼 수 없었던 표정이었다. 그것이 자신을 비롯한 형제들과 부자지간의 정으로서 진심으로 대화를 나누려고 할 때의 표정이라는 것을 상기한 광해군은 솔직하게 자신의 의견을 말했다.

"그렇습니다. 이순신이 방자한 모습을 보인 적이 있는 것은 사실이고 저도 그 점은 별로 탐탁지 않습니다. 하지만 이순신이 유능한 수군 장수인 것도 사실이며, 그가 아니었다면 임진년에 전라도 해안이 무사하지 못했을 것이라는 사실 또한 분명합니다. 이번 전란을 치르고 나서 생각해 본 소자의 어리석은 소견은, 만약 이순신이 경상우수사였다면 왜선이 부산진에 나타나자마자 공격에 나서서 조선 땅에 내리기도 전에 모조리 수중고혼으로 만들어 버렸을 것이라는 결론이었습니다. 그리되었다면 기습적으로 나타난 왜적의 1진이 상륙하는 것은 막지 못했다 하더라도 순차적으로 들어온 2진, 3진은 모조리 바다에 가라앉혀 고기밥으로 만들었을 것입니다. 그리고 부산진에 고립된 왜적의 선봉장 평행장은 목을 내놓았겠지요."

임금은 선선히 고개를 끄덕거렸다.

"맞다. 이순신은 분명 그리할 수 있었을 것이다. 과인 역시 그럴 수 있는 인재라고 보았기 때문에 이순신을 그렇게 빨리 승진시켜 전라좌수사로 앉힌 것이다. 너는 모르겠지만, 과인이 이순신을 전라좌수사로 앉힐 적에 대간의 잔소리가 얼마나 많

앗는지 아느냐? 그럼에도 불구하고 반발의 소리를 무릅쓰고 내
가 이순신을 발탁한 것은 그의 탁월한 능력을 인정했기 때문이
다. 하지만!"

임금은 여기서 말을 잠시 멈추고 표정을 굳혔다.

"이순신의 공은 너무 거대하다. 단순히 큰 공을 세운 것이라
면 그에 맞는 포상을 주어 다스리면 된다. 하지만 이순신이 세
운 공에 맞는 상을 주려면 도대체 무엇을 얼마나 주어야 할 것
같으냐? 이 아비는 이순신을 백의종군에서 끌어내어 삼도수군
통제사의 직위를 다시 받아들이도록 청하기 위해 그 앞에 꿇어
엎드리는 것이나 마찬가지의 굴욕을 당해야 했다. 여기에 더해
서 무엇을 또 해야 하는 것이냐?"

평온한 것처럼 보였던 임금의 얼굴에 다시 분노가 나타났다.

"그것만이라면 모른다. 하지만 이순신은 너무 방자하다. 모
름지기 너무 올곧고 바른 자는 대하기 껄끄러운 것이 당연한
데, 이는 자신이 옳다고 확신하는 문제에 대해서는 절대 타협
하지 않기 때문이다. 하지만 세상살이가 어찌 원리원칙만으로
움직일 수 있겠느냐. 가끔은 도리에 어긋나는 일, 원칙을 벗어
나는 일도 해야만 한다. 그것이 정치이다. 하지만 이순신은 정
치를 모른다. 전란 전 아직 말직에 있을 때 자기 상관들과 있었
던 일이나, 전란 중에 과인과 네가 내린 이런저런 지시에 대해
꼬투리를 잡아 가며 따르지 않은 것만 해도 몇 번인지 모른다.
이제까지 이순신이 그른 적이 없었다 하나, 앞으로도 그러리라
는 보장이 어디 있느냐."

억지였다. 아무리 생각해도 억지였다. 지금 이어지는 장광설이 이순신을 폄하하기 위해 부왕이 억지로 가져다 붙인 핑계에 불과하다는 것을 알았지만 광해군은 그냥 잠자코 듣고 있었다. 그 자신도 부왕의 생각을 좀 더 명확히 알고 싶었기 때문이다. 그리고 다음 순간 질문이 이어졌다.

"이순신 자신은 반역의 생각이 없을 수도 있다. 한데 태조대왕께서는 처음부터 고려조를 뒤엎으려고 하셨을 것 같으냐?"

광해군은 선뜻 대답할 말을 찾지 못했다. 아버지 앞에서 조상에 대한 평가를 어떻게 해야 할지 판단할 수가 없었기 때문이다. 아들의 침묵을 본 임금은 차분하게 설명을 이어 나갔다.

"그렇지는 않았다. 태조께서도 분명 한때는 고려의 신하였고, 고려가 잘되게 하려고 최선을 다하셨다. 몽고, 여진, 홍건적, 왜구 등 고려 땅에 들어온 외적이란 외적과는 모두 싸웠고 언제나 승리를 거두셨다. 또한 군주에 대한 충성도 따를 자가 없으셨지. 하지만 불행히도 총기가 흐려진 공민왕이 어지러운 정치를 펴다가 간악한 신하들에게 암살당하여 크게 혼란이 일어나자 역도 신돈의 씨앗이 왕통을 자처하며 왕위에 오르는 참람한 일이 일어났다. 그때 늙어 판단이 혼미해진 권신 최영이 정통성이라고는 없는 신우의 편을 들어 국정을 농단하고 만백성을 도탄에 빠뜨리려 하니, 어찌 백성들을 도탄에서 구하기 위해 나서지 않으실 수 있었겠느냐. 이때 태조께서 살피시니 고려의 국운이 이미 쇠하여 더 이상 왕조를 유지하는 것이 의미가 없으매, 하늘의 뜻을 받아 나서서 만백성을 다스리게 되신 것이다."

신우는 공민왕의 뒤를 이어 즉위한 우왕을 가리킨다. 그 어머니가 신돈의 첩이었기 때문에 조선 왕실에서는 그가 공민왕이 아닌 신돈의 아들이라고 주장하였고, 그것이 역성혁명의 주요 근거 중 하나였다. 잠시 말을 멈춘 임금은 허공을 보며 말을 이었다.

"하지만 그렇게 된 데는 주변 신하들의 욕심으로 인한 책동이 없었다고 할 수 없다. 물론 백성의 안위를 걱정하는 우국충정으로 태조께서 보위에 오르도록 성심성의껏 도운 자들이 많으나, 태조께서 보위에 오르면 자신들에게도 넉넉한 논공행상이 내려지리라 생각하고 삿된 욕심을 가지고 고려조를 무너뜨리는 것을 부추긴 자들도 많다. 그런 자들은 나중에 모두 마땅히 그 욕심에 대해 치러야 할 벌을 받았다. 아무리 공이 크다 해도, 왕실의 인척이라 해도 예외는 없었다."

공이 컸음에도 벌을 받은 이들이 누구를 말하는지 광해군은 바로 알아챌 수 있었다. 태조의 책사였던 삼봉 정도전이 그 대표가 아니겠는가. 인척이란 필시 태종의 처가였던 민씨 일가를 말하는 것이 분명했다. 잔인한 일이긴 해도 외척인 그들을 제거한 것이 왕권 강화에 꼭 필요했음은 광해군 자신도 알고 있었다. 광해군이 잠시 홀로 생각하는 사이 자신의 결정에 대한 해명이라면 해명일 부왕의 이야기는 결론을 향하고 있었다.

"이순신 역시 마찬가지다! 적어도 지금까지는, 이순신 본인은 반역할 생각이 아마도 없을 것이다. 하지만 정여립의 도당이나 이몽학의 도당, 그 외에 이 나라의 번성에 온갖 불만을 가진 자들이 이순신의 옆에 붙어 세력을 결집해서는 그를 부추겨 역모에 동참하도록 만들지 말라는 법이 없다. 명망 있고 유능한 무장에게는 언제나 그런 유혹이 따르기 마련이며, 여기에 넘어가면 그대로 역적이 되는 것이다. 당장 이순신의 심복인 안위 그놈부터가 정여립의 조카가 아니더냐. 그놈은 분명 흉계를 꾸미고 있을 것이다!"

임금은 나지막하게 뇌까리며 이를 갈았다. 마치 쥐구멍의 쥐 떼를 몰살시켰는데 한 마리를 놓쳤다는 사실에 화를 내는 고양이 같은 태도였다. 만약 정말로 안위가 이순신을 부추기고 있다는 사실을 안다면 멋진 그림이 되겠지만, 유감스럽게도 아직은 모르는 상태이다.

"이순신의 반역을 우려하여 이순신을 단순히 수군에서 물러나게 한다면 그놈이 불만을 품을 것이고, 불순한 자들이 그런 이순신에게 모여든다면 이는 곧바로 본격적인 역모의 씨앗이 된다. 그러니 이순신은 절대 조금의 숨이라도 남겨서 살려 두어서는 안 되고 아예 없애 버려야 하는 것이다."

광해군은 고개를 숙인 채 조용히 듣고만 있었다. 부왕의 속마음을 이렇게 깊이까지 듣는 것은 처음이라, 뭐라고 답을 해야 할지 알 수 없었던 것이다. 잠시 그런 아들을 물끄러미 바라보던 임금이 다시 입을 열었다.

"세자야!"

"예, 옛, 아바마마."

화들짝 놀라는 아들을 차갑게 바라보며 임금은 입을 열었다.

"경거망동하지 마라. 내 나이 이제 고작 마흔여덟. 앓고 있는 병도 없으니 보위에서 물러나려면 아직 멀었다. 내가 너에게 세자위를 준 것은 전란 중에 위급하여 그런 것이지, 지금 당장 보위를 내주겠다는 것이 아니다."

"꾸, 꿈에도 그런 생각은 한 적이 없습니다!"

당황한 광해군은 그 자리에 무릎을 꿇고 머리를 조아렸다. 저만치 있던 내관과 사관이 놀란 것 같았지만 지금은 그들을 신경 쓸 여유가 없었다. 임금도 굳이 광해군을 일으키려 하지 않고 목소리만 낮춰서 말을 계속했다.

"잊지 마라. 열둘이나 되는 네 형제들 중 너만 한 왕재가 없는 것은 사실이다. 하나 내 나이 아직 쉰도 되지 않았고, 얼마든지 적통 대군을 생산할 수 있다. 그리되면 너를 세자위에 놓아둘지 말지를 결정하는 것은 전적으로 내 소관이다. 서자 주제에 전란 통에 얻은 세자 자리를 고이 지키고 싶다면, 공부에 힘을 쓰도록 하고 감히 이순신이 충신이네 어쩌네 하며 내가 결정하는 국사에 간섭할 생각일랑 꿈에도 하지 않는 것이 좋을 것이다."

광해군은 그 자리에 엎드린 채 꼼짝도 하지 않고 부들부들 떨었다. 아침이라고는 하지만 7월인데, 등판 한가운데로 식은 땀이 주르르 흘렀다.

"이제 그만 조강이나 하러 가 보아라. 나는 조회에 나가야겠다."

임금은 땅바닥에 엎드린 아들을 그대로 둔 채 몸을 돌려서가 버렸다. 한참을 더 엎드려 있던 광해군은 후들거리는 무릎을 떨며 일어나서는 동궁으로 돌아갔다. 그러던 중 문득 아까 부왕의 입에서 나온 단어 하나가 뇌리에 휘몰아치는 것을 느꼈다. '정통성'이라는 말이.

정통성이라니, 정통성이라니. 부왕이야말로 200년 넘은 조선 역사에서 처음 나온 방계 왕통이 아닌가. 부왕은 정실 왕비가 생산한 대군의 아들이 아니라 중종의 9남 덕흥군의 아들로 그것도 3남이었다. 서자의 셋째 아들인 부왕이나, 그 서자인 자신이나 다를 것이 무엇인가.

*

오전 내내 임금은 기분이 좋지 않았다. 이순신을 잡으러 간 금부도사의 소식이 들어오지 않는 것도 불만인데, 아침 문안을 왔던 세자 광해군에게 홧김에 너무 깊은 속을 드러내고 만 것이다. 자고로 희로애락을 쉽게 드러내지 않아야 군자라 하는 것인데…….

용산에 주둔하고 있는 명나라 군대의 지휘관인 부총병 해생解生을 만나고 오는 길도 별로 유쾌하지 않았다. 해생은 임금과 인사를 나누자마자 이순신은 정말 위대한 장수라면서, 조선에 대한 예의를 어기는 일만 아니라면 이순신을 명나라로 데려가 황제께 명나라 수군을 지휘하는 진짜 명나라 수군 제독으로 천거하고 싶다는 소리를 한참 늘어놓았다.

덕분에 임금은 해생 방문의 본래 목적인 이순신 제거에 대해 양해를 구하는 일에 대한 얘기는 입 밖으로 꺼내지도 못하고 돌아오고 말았다. 뇌물로 준비한 은자와 비단만 한 짐 안겨 주고 돌아왔을 뿐이다.

임금이 쓰디쓴 입맛을 곱씹으며 용상에 앉아 있는데 눈앞에 펼쳐진 광경은 가관이었다. 편전에 죽 늘어앉은 대신들이 별것도 아닌 일을 가지고 심각한 듯이 논의를 하고 있는 꼬락서니를 보자 임금은 한심한 기분이 들었다.

아니, 지금 역적 이순신을 당장이라도 무릎 꿇려 문초를 해야 할 판에 홍여순, 구의강, 홍식 따위가 뭐 어쨌단 말인가. 털기만 하면 먼지가 서 말은 나올 그딴 놈들이야 언제든 마음만 먹으면 내쫓을 수 있는데 왜 저 파리 떼 같은 소리를 들어야 하는 건지. 임금은 짜증을 냈다.

"따를 만한 일이라면 왜 따르지 않겠느냐. 번거롭게 논하지 말라. 그 이야기를 논한 지 벌써 한 달이 되었는데 매일 그 이야기만 논할 것이냐?"

왕이 짜증을 내며 답했지만 양사의 간원들은 굽히지 않았다.

"홍여순, 홍식, 구의강 등은 음험하고 방종하여 관직에 있어서는 안 될 자들입니다. 어서 파직하소서!"

"됐으니 물러가라. 내 생각해 보고 처결하겠노라."

허구한 날 누굴 파직시키라는 소리, 지겹다 지겨워. 저놈들 덕분에 유성룡을 몰아낸 건 다행이지만, 그 뒤에 힘을 실어 주는 놈마다 저 난리니 원.

하지만 그렇게 간관들의 탄핵을 받을 만큼 흠이 있는 자들을 등용하는 것은 임금의 선택이기도 했다. 약점이 있는 자들은 언제라도 왕의 마음이 바뀌기만 하면 그 약점이 꼬투리가 되어 자신의 자리에서 쫓겨나 비참한 신세가 될 수 있다는 사실을 잘 알았고, 그 때문에라도 임금의 개가 되어 충성을 다했다. 하지만 이순신은 그러지 않았고, 그것이 왕의 미움을 산 결정적인 이유였다.

"저 매일같이 계속되는 비난 말고 다른 국사도 있으니 그 일을 의논해야 하지 않겠는가? 속히 고하거라."

간신히 간관들을 물러나게 한 임금이 귀찮다는 듯 입을 열자 도승지 최천건崔天健, 우승지 이상의李尙毅, 동부승지 김상용金尙容 등이 나섰다.

"천병의 진중에서 이르기를, 천조가 왜적과 강화할 움직임을 보인다고 하옵니다. 역관 표헌이 왜국에서 돌아온 포로와 그들을 데리고 함께 온 왜인이 진중에 있는 것을 보고 이를 수상히 여겨 중군中軍 손방희孫邦熙에게 따져 묻자, '단지 왜적들이 그리 원할 뿐이지만 귀국과 왜적은 불구대천지수不俱戴天之讎가 아닌가. 우리는 귀국의 양해 없이 그렇게 할 의사가 없다.'고 하였다 합니다. 다만 명의 장수들이 지난 전란 때부터 왜적과 은밀히 내통하여 일을 꾸미는 경우가 많았으니, 또 그런 짓을 벌이지 않도록 마땅히 대신을 보내 추궁하고 비변사에서 논하여 만약의 경우에 대비해야 할 것 같아서 감히 아룁니다."

"으음! 천장이 무슨 일을 하려는지 모르겠으나, 천병이 와서
우리 조선이 살아난 것은 사실이니 행여나 천장이 화를 낼 일
은 하지 않도록 하라. 하지만 적이 어떠한 간계를 써서 천장을
속이고 있는지도 알 수 없는 일이므로 조심히 상황을 알아보도
록 하라."

"예, 상감마마."

＊

명나라 장수들은 자기가 따로 공을 세우려고, 혹은 지겨운
전쟁을 어서 빨리 그만두고 한시라도 먼저 명나라로 돌아가려
고 전란 중에도 왜군과 독자적으로 교섭하는 경우가 적지 않았
다. 작은 규모로는 성을 내주면 추격하지 않는 정도가 있는 것
이고, 크게 가면 심유경이 저지른 것처럼 명—조선—일본 삼국
을 어우른 대규모 사기극으로 발전하는 것이다.

도요토미 히데요시와 종전 조건을 협상하라는 임무를 띠고
일본에 파견되었던 명나라 사신 심유경은 무슨 짓을 해서든 단
박에 전쟁을 끝내는 대공을 세우겠다는 욕심을 가졌다. 그렇기
에 일본 쪽에서 똑같은 생각을 한 고니시 유키나가와 짜고 둘이
서 명나라 조정과 히데요시 양자를 모두 속이는 대규모 사기극
을 기획했다. 어쨌거나 전쟁만 끝내면 된다고 생각한 것이다.

이들은 히데요시가 종전의 조건으로 내놓은 '명의 공주를 일

본 천황의 후비로 내놓을 것. 조선 팔도의 절반을 일본에 할양할 것.' 등의 미친 요구 사항은 절대로 용납될 리가 없다고 보았다. 그래서 히데요시의 원 요구 사항은 이들 둘이 중간에서 은폐해 버리고, 히데요시의 요구는 자신의 일본 국왕 책봉과 감합 무역의 재개 허용 정도라고 적당히 축소하여 명나라 조정에 보고했던 것이다.

언뜻 보면 엉뚱한 요구 사항인 것 같지만 막부의 쇼군이 일본 국왕의 인수를 받은 사례는 그리 오래지 않은 과거에 전례가 있었다. 무로마치 막부의 3대 쇼군이었던 아시카가 요시미쓰[足利義滿]가 명과의 직접 교류를 바란 끝에 명의 황제인 건문제와 영락제에게 일본 국왕으로 책봉을 받았고, 이후 무로마치 막부의 쇼군들은 명과의 교류에서 계속 일본 국왕을 칭했으므로 명나라 조정에서는 조선 정복을 포기한 히데요시가 그 대신 자신의 지위를 국제적으로 공인받는 것으로 목표를 바꾸었다고 생각했다. 또한 왜구의 발호 때문에 무역을 금지시킨 것이 일본 측의 불만이라는 것도 알고 있었다.

그래서 이를 받아들이기로 결정한 명나라 조정은 히데요시를 일본 국왕으로 책봉하는 문서와 국왕의 인장을 보냈다. 히데요시가 어려운 한문을 잘 모르는 덕에 성공할 뻔했지만, 명나라가 보낸 문서를 대독한 승려 세이쇼 쇼타이가 고니시의 설득에도 불구하고 문서를 원 내용 그대로 읽어 버리는 바람에 탄로가 나고 말았다. 결국 분노한 히데요시가 재진격 명령을 내리면서 정유년에 왜군이 대규모로 밀려와 하삼도 지방에 생지옥이 펼쳐지고 말았던 것이다.

이런 과거를 생각하면 명나라 장수들이 왜군과 교섭하는 것은 절대적으로 막거나, 아니면 그 내역을 상세하게 파악하여 대책을 미리 세워야 했다. 혹시나 왜적이 명의 장수들을 속여 명나라로 돌려보낸 다음 또 오기라도 하면 큰일이 아닌가. 그럴 리야 없을 것 같기는 하지만.

"명심하라. 왜적은 음흉하고 간교하니 언제 어떤 흉악한 술수로 우리를 현혹할지 알 수 없는 일이다. 그리고……."

"전하, 급보이옵니다!"

임금이 점잖게 신하들을 훈계하려는 참인데 승정원에 남아 있었을 좌부승지 임몽정任夢正이 새파랗게 질린 얼굴로 편전으로 뛰어 들어왔다. 법도가 아니라며 붙잡는 내관을 뛰어오던 발로 그대로 차 넘어뜨려 버리고 들어와 부복하는 임몽정을 본 임금의 눈이 동그래졌다.

"아니, 좌부승지는 대관절 무슨 일이기에 그리 법도에 어긋난 짓을 하는가?"

"저, 전하! 이순신이! 통제사 이순신이……."

"이순신이 뭐? 이제야 의금부에 도착하였는가? 으흠! 그럼어서 국문을 시작할 준비를 하도록 하면 될 것을 왜 그리 서두르는가? 쯧쯧."

임금은 내심 기분이 좋았지만 겉으로는 내색하지 않으면서 속으로 쾌재를 불렀다. 드디어 네놈이 다시 내 손에 들어왔구나! 이번에야말로 끝장을 보자! 한데 다음 순간 임몽정의 입에서 떨어진 한마디는 말 그대로 청천벽력이었다.

"이순신이 고금도에서 군사를 일으켰습니다! 역모, 역모이옵니다!"

순식간에 편전 안의 공기가 얼어붙었다. 7월의 무더운 날이건만, 바짝 얼어붙은 중신들은 임몽정의 얼굴만 바라보았다.

"뭐, 뭐라고? 네, 네 방금 무엇이라 하였느냐? 이순신이 여, 역모를 일으켰다고?"

당황한 임금은 자신이 말을 더듬고 있다는 것도 알아채지 못할 정도였다. 하지만 신하들 중에도 이를 지적할 만큼 정신을 차리는 이가 없었으니, 상관없다고 할 수 있을지도 모르겠다.

"예, 전하! 대역무도한 역적 이순신이 감히 무리를 모아 작당하여 난을 일으켰습니다. 지금 전라좌수영 전체가 이순신의 술수에 넘어가 반기를 들었으니, 시급히 군사를 보내 토벌할 필요가 있습니다. 지금 당장 도원수를…… 아, 아니, 하여간 장수와 군사를 모아 토벌하셔야 하옵니다!"

임몽정은 자기가 바로 군사를 담당하는 좌부승지임에도 지금 벌어진 사태에 너무도 놀라 도원수 권율이 이미 죽었다는 것을 깜박 잊고 말을 더듬었다. 권율은 보름 전인 7월 1일에 지병으로 죽은 터라 지금 조선에는 권율의 뒤를 이어 군사를 통합하여 직접 지휘할 권한을 손에 쥔 이가 없는 상태였다.

"호, 혹시 잘못 전해진 것이 아닌가? 이, 이순신이 여, 역모라니!"

방금 전 대간의 탄핵 대상이 되었을 때도 낯빛이 변하지 않던 사헌부 대사헌 홍여순이 백짓장같이 하얗게 변한 얼굴로 더듬거리며 질문을 던졌다. 그 옆에 앉아 있는 행 병조판서 김명원의 안색 역시 마찬가지였다. 만약 이순신이 정말로 반란을 일으켰다면 임금의 비호고 뭐고 그 누구보다 먼저 자신의 자리가 날아갈 판이었기 때문이다. 군사의 최고 책임자가 바로 병조판서 아닌가. 휘하의 군사를 제대로 다스리지 못한 죄, 파직 정도로 끝날 리가 없었다.

이유는 다르지만 다른 중신들도 혹여나 잘못 들은 것이 아닐까 자신의 귀를 의심하면서 임몽정을 쳐다보았다. 이순신이 반란을 일으켰다니 도저히 믿을 수가 없었던 것이다. 하지만 피를 토하는 듯한 임몽정의 절규는 그들에게 명백한 현실을 일깨워 주었다.

"대감, 제가 잘못 전한 것이 아니고 정말 이순신이 난을 일으켰사옵니다! 지금 전 전라좌수영이 이순신에게 붙었으며 남해 일대의 군선과 수졸들이 이순신의 휘하로 모여들고 있습니다. 정녕 큰일이 났사옵니다!"

경악한 대신들은 모조리 그 자리에서 굳어 버렸다. 그중 첫 번째로 입을 열어 경악의 외침을 발한 것은 호조판서 윤자신尹自新이었다. 그는 정여립의 난과 이몽학의 난 등 굵직굵직한 역모 사건을 수습하는 과정에서 연루자들을 잡아 처벌하면서 임금의 신임을 얻었고, 전란 때는 임금을 호종했을 뿐 아니라 종묘서제조宗廟署提調로서 종묘에 있던 왕실의 신주를 송도에 묻어 보존한 공을 인정받아 자헌대부의 품계를 받았다. 그 밖에도 평소 재물 관리를 잘한다는 평을 받아 전란 중에는 군수품의 조달 등 중책을 맡아 호조참의에서 참판으로, 그리고 판서로 직책이 수직 상승하였다.

"전라좌수영이 통제사에게 붙어 반란을 일으켰다는 것, 그것은 단순히 조정에 적대하는 세력이 생겼다는 것을 의미하지 않습니다. 그들이 한양으로 짓쳐들어오는 것은 둘째 치고, 그에 앞서서 남해 일대의 수운이 끊기게 됩니다. 그러면 어찌 조운이 유지될 수 있으며, 국가 유지에 필수인 경상도와 전라남도 일대의 세곡이 한양으로 올라올 수 있겠습니까!"

재정을 담당하는 호조의 책임자로서 당연한 반응이었다. 호조판서의 경악에 찬 외침은 그것으로 끝이 아니었다.

"거기서 한발 더 나아가 만약 전라우수영 지역까지 반란에 휩쓸린다면, 서해를 돌아 한양의 경창으로 들어오는 세곡은 대부분이 끊겨 버리게 됩니다. 가뜩이나 전란을 치르느라 나라 살림이 바닥난 터에, 올해의 조세 수입이 끊긴다면 얼마나 엄청난 타격이겠습니까. 과거 고려조 시절 몽고가 쳐들어왔을 때 삼별초의 반란이 큰 힘을 발휘한 것도, 또 왜구가 국가의 재정을 파탄 냈던 것도 같은 이유에 기인하고 있습니다. 이들이 조운선을 습격하여 재정 수입을 차단하니 버텨 낼 재간이 없었던 것 아닙니까!"

"다들 진정하시오! 진정하시오!"

영의정 자리가 며칠 전 이원익의 사임 이후 공석이고, 좌의

정 이덕형은 명나라 군대의 일로 지방에 내려가 있는지라 임시로 조정의 영수 역할을 맡고 있는 우의정 이항복이 서둘러 나서서 주위를 진정시켰다. 어릴 때는 동리에서 악동으로 명성을 떨쳤지만, 지금은 조정의 4대 명신 중 한 사람으로 평가받는 이항복인지라 충격적인 사태로부터의 회복도 빨랐다.

"승지! 내 너무 놀라운 소식이라 다시 한 번 묻겠네만, 정말 통제사가 역모를 일으켰는가? 확실한가? 그렇다면 그것은 누구의 보고인가?"

이항복은 그 자신의 성향은 서인에 가깝지만 남인의 영수인 유성룡과도 친하게 지냈으며, 유성룡의 절친한 친구인 이순신에 대해서도 꽤 호의적으로 생각하고 있었다. 유성룡과 이원익이 조정에 없어도 그와 이덕형이 조정에 버티고 있었다면 임금도 이순신을 잡아들이는 것을 조금은 더 망설였을 것인데, 이항복은 벌써 한참 전부터 몸이 좋지 않아 사직을 청하며 집에 있었고, 이덕형은 명나라 군사의 주둔과 관련된 사무로 요즘 계속 조정을 비우고 있었다. 그 틈에 임금이 일을 벌인 것이다.

벌써 열한 번이나 되는 연이은 사직 요청을 임금이 받아들이지 않는데다가, 이순신이 억울하게 소환되었다는 이야기를 들은 이항복은 그 김에 자신의 사직도 직접 청할 겸, 이순신을 좀 옹호도 할 겸 하여 겸사겸사 편전에 나온 것인데 이순신의 반란이라는 날벼락 같은 소식을 접한 것이다. 지금의 질문도 꼭 답을 얻으려고 한 것은 아니었다. 그보다 그로서는 좌부승지에게 질문을 함으로써 시간을 얻어 자신의 생각을 먼저 좀 정리할 필요를 느꼈기 때문이었다.

"우상 대감, 제가 어찌 어전에서 거짓을 고하겠나이까? 정녕 통제사가 난을 일으킨 것이 맞사옵니다! 지금 이 소식을 전한 것은 전라우수사 김억추이옵니다. 여, 여기 파발꾼이 가져온 우수영으로부터 대지급으로 급히 올린 파발이 그 장계이옵니다!"

너무도 당황하다 보니 임몽정 자신도 자기가 무슨 소리를 하고 있는지 모를 정도로 말이 꼬였다. 그러면서도 임몽정은 떨리는 손으로 쥐고 있던 장계를 내밀었다. 그 자신도 충격적인 소식에 정신을 차리지 못하고 있던 임금은 김억추라는 소리에 마치 어둠 속에서 등불을 만난 사람처럼 기뻐하며 일어나 외쳤다.

"그래, 김억추가 있었지! 김억추는 역시 충신이로다! 어서 읽어 보아라!"

"아, 알겠사옵니다."

명을 받은 임몽정은 부들부들 떨면서 김억추의 장계를 펴들었다. 국왕을 비롯해 어전에 있는 모든 사람의 시선이 그 한 사람의 입으로 모였다. 마침내 임몽정의 입에서 김억추가 보낸 이번 반란에 대한 소식이 흘러나오기 시작했다.

신 전라우수사 김억추, 삼가 대역이 일어난 사항을 고하나이다. 금일 경신庚申일* 아침, 소장의 관할에 있는 각 진포 중

---

* 7월 13일

전라좌수영에 인접하고 있는 몇몇 진포로부터 급보가 날아들었습니다. 좌수영 소속 협선들이 통제사 이순신 명의의 격문을 각 진포를 담당하는 장수와 군사들에게 뿌린 바, 그 내용은 아래와 같았습니다.

　나 삼도수군통제사 이순신이 우수영 장졸들에게 고하노라. 자고로 군주의 도리는 하늘의 섭리와 같아 공을 세운 신하에게 상을 주고 죄를 지은 신하에게 벌을 주며, 백성의 안위를 어버이와 같이 살펴 의식을 충족시켜 주고 여름의 더위와 겨울의 추위로부터 지켜 주며, 외적의 침탈로부터 보호해야 할 것이다.

　하나 지금 조정은 백성들의 괴로움을 어여삐 여기지 못하고 있다. 전란이 끝났음에도 여전히 굶주리고 병들어 죽어 가는 자가 허다하지만 권세가의 문에는 뇌물로 들어가는 쌀섬이 끊이지 않으며, 지난 전란에서 목숨을 바친 충신열사들이 제대로 상도 받지 못하고 역적이라고 누명을 쓰고 있는 반면에 원균과 같이 제대로 싸우지 않고 포학과 탐학으로 일관하며 심지어 조선 백성의 머리를 베어 왜적의 머리랍시고 조정에 바친 자들에 대한 처벌은 이루어지지 않고 있다. 이 어찌 밝은 정치라 할 수 있겠는가.

　이 모든 것은 전란으로 인해 빚어진 혼란을 틈타 성상의 눈과 귀를 가리고 자신의 이득만을 도모하는 간신배들로 인해 발생한 것이다. 작금의 조정은 바른 신하가 아니라 간신배로 가득 차 있으니 어찌 세상의 밝은 선비들이 말하는 곧은 소리가 성상께 가서 닿을 수 있겠느냐. 이자들은 부와 권세를 탐하여 스스로의 욕망을 채우고자 아첨과 거짓으로 성상의 총기를 흐리고 세상 사람들의 옳은 의견을 듣지 못하게 하니, 왜적이 아니라 이들이야말로 나라를 위태롭게 하는 진짜 역적일 것이다. 전란 전에 이들이 권세 싸움에만 열중할 것이 아니라 나라 살림을 튼튼히 하고 충실히 병비를 갖추었다면 어찌 왜적이 그리도 쉽게 강토를 휩쓸었겠는가. 그것이 다 썩은 장수와 대신들이 군사를 다스림에 있어 올바르지 못했기 때문이 아니었는가.

이에 나 삼도수군통제사 이순신은 나를 따르는 좌수영 군사 전부를 이끌고 한양으로 올라가 간특한 역신의 무리를 모조리 몰아내어 조정을 깨끗이 하고 올바르게 바로세우고자 한다. 그대들이, 곧 우수영 관내의 병사와 장수들이 지난 7년간의 전란에서 수많은 고초를 겪었음은 내 이미 알고 있다. 그대들은 임진년부터 나와 함께 왜 수군과 치열한 싸움을 벌였으며, 정유년에 왜적이 재침했을 때는 그대들의 가족 역시 필설로 이루 형용할 수 없는 참화를 겪었음을 알고 있다.

그럼에도 그대들에게 이런 글을 쓸 수밖에 없는 나 통제사의 가슴은 찢어지는 듯하다. 아! 어찌 조선 수군끼리 활을 겨누어야 하는 이런 비극을 내가 바라겠는가. 내 스스로가 부하로서 이끌었던 장수들과 병兵을 내어 서로 겨루기를 바라겠는가. 금수가 아닌 다음에야 어찌 그런 것을 바랄 수 있겠는가.

하나 옛일을 돌이켜 볼 때, 태종께서는 피를 토하는 심정으로 동기간인 소도군昭悼君과 그를 받들어 망령된 짓을 꾀하는 정도전 등을 치셨으며, 세조께서는 심장에 흐르는 피를 사발에 받으며 조카 노산군을 자기들의 욕심대로 움직이려는 세종대왕의 고명대신들을 치셨도다. 차마 나 스스로가 선대왕들의 고명하신 업적에 비할 바는 되지 못하나, 장수로서 이 비루먹은 몸을 바쳐 역신을 타도하고 사직을 바로잡고자 한다.

우수영의 장졸들이여, 그대들에게도 충의가 있다면 작금의 조정 대신들의 행태가 누구를 위한 것인지 알기가 어렵지 않을 것이다. 한산의 대패를 당하도록 원균 그 역적을 데려다 그대들을 거느리게 한 이가 누구인가? 원균의 인척이라는 이유로, 원균에게 뇌물을 받아서 그자를 지지하고 통제사 직을 받게 한 이른바 조정 대신이라는 자들이 아닌가. 본관이 그대들을 계속 거느리고 왜적을 막았다면 어찌 한산의 대패가 있었을 것이며, 어찌 왜적이 전라도를 침범하였을 것인가. 행장이나 청정, 마다시가 진짜 왜장이 아니라 한산에서 수군을 무너뜨린 원균이 진짜 왜장이고 그를 추천한 조정 대신들이 진짜 왜장일 것이다. 조선의 신하로서 성상께 충성하고자 하는 자라면 마땅히 이들의 수급을 베어 천지에 제사를 지내고 사직을 바로세우며 만사에 백성들을 평안케 하고자 해야 할 것이다.

우수영의 장졸들이여, 내 너희에게 이르노니 조정의 썩은 신료들을 옹호하지 말지어다. 곧 내가 거느린 군사가 우수영에 당도할 터이니 곱게 길을 비켜라. 그리한다면 우리가 내세우는 곧은 대의에 항거하는 어리석음을 면할 수 있을 것이다. 내 너희를 혈육처럼 느끼는 수군의 우두머리로서 어찌 너희를 치고 싶겠느냐. 내 간신을 치러 가는 길을 너희가 막지 않는 것으로도 족하니, 그리 알고 현명하게 판단하여라. 하늘이 너희를 보고 계시노라.

이상이 방자한 역도 이순신이 휘하의 탐망군을 시켜 하루 전부터 우수영 관내 각 진포에 뿌린 격문의 내용이옵니다. 현재 우수영 내에는 통제사와 좌수영의 역모라는 가공할 소식을 받아 경악과 분노가 넘쳐흐르고 있으며, 당장이라도 난군이 짓쳐들어오지 않을까 하는 우려가 팽배해 있사옵니다. 소관이 당장이라도 군사를 몰아 이순신을 치고 싶사오나 군사들의 준비가 되어 있지 않은데다가 이곳 우수영 군사들은 한때 이순신의 휘하에 있던 자들이 많아 신뢰하기가 어려우며 근일 건강조차 별로 좋지 아니하니, 소관 대신 우수영을 맡을 이를 서둘러 보내 주심이 어떨까 하옵니다. 또한 좌수영 관할의 군사가 육지를 통해 도성을 범하려 할 수도 있을 것으로 보이니 전라병영을 비롯한 육군의 각 진영에도 동원의 영을 내리셔야 할 것으로 보옵니다.

이 사태는 무엇보다도 빨리 알려야 할 일이라 판단하여 우수영에서 구할 수 있는 가장 빠른 말을 골라 장계를 올리오니 성상께서는 시급히 사태의 귀추를 판단하시어 어떻게 대응하면 좋을지에 대한 성지를 내려 주시기를 바라옵니다.

소도군은 태조 이성계의 세자 책봉과 권력 계승에 불만을 품은 태종이 일으킨 1차 왕자의 난으로 죽었던 태조의 제8왕자의안대군 이방석을 가리킨다. 훗날 임금으로 즉위한 태종은 왕권 때문이기는 해도 어린 이복동생을 무참히 죽인 것이 좀 미안했는지, 자신이 즉위한 지 12년째 되던 해에 그를 신원시켜 본래 가지고 있던 세자의 자리까지는 아니지만 군호를 가진 왕족의 지위는 회복시켜 주었다. 그리고 그 뒤를 이은 세종은 자기 아들인 밀성군 이침의 둘째 아들 춘성군 이당으로 하여금 자기 숙부인 이방석의 후사를 이어 제사가 끊어지지 않도록 해 준 바 있다.

노산군은 세조가 일으킨 계유정난 때 축출된 문종의 아들 이홍위이다. 세조에게 양위하고 상왕으로 물러앉았다가 노산군으로 격하되어 유배된 다음 사사당했고, 이쪽은 아직 임금의 지위를 회복하지 못했다. 사실상 왕위를 찬탈한 세조의 후손인 현 왕실로서는 정통성의 문제가 있어 노산군의 복권은 힘든 일이기는 하다.

우수영에 있는 김억추가 장계를 보낸 날짜는 13일인 경신일이고, 오늘이 16일인 계해일이니까 사흘 전이다. 그렇다면 방울 세 개를 단 파발이 말 그대로 미친 듯이 달려서 한양으로 온 셈이었다. 임봉정이 장계를 떨리는 목소리로 읽는 동안 바늘 떨어지는 소리가 들릴 만큼 조용했던 침묵을 가장 먼저 깬 것은 임금이었다.

"역시 이순신 그놈은 역모를 꾸미고 있었도다! 거봐라, 과인이 그동안 뭐라고 하였더냐! 미리 계획하지 않고서야 어찌 금부도사가 당도하자마자 이리 반란을 일으킬 수가 있다는 말이냐! 진즉에 그놈을 잡아다가 참하였어야 했다!"

수염을 부들부들 떨면서 길길이 날뛰는 임금을 말릴 이는 없었다. 대부분의 대신들은 너무도 충격적인 소식에 성난 임금을 말리느라 애를 먹으니 기운이 빠질 때까지 벙어리처럼 입을 다물고 기다리는 편을 택했으나 이항복은 역시 달랐다.

"전하, 지금은 화만 내고 계실 때가 아니옵니다. 무엇보다 사태의 진상을 확실히 파악할 필요가 있습니다."

"진상? 진상? 진상이 뭐 어쨌다는 건가! 이순신이, 내가 그전부터 역적이라고 그렇게 말했던 이순신이 역모를 꾸며 왔음이 분명해졌는데 우상은 무엇을 더 확인하자는 것인가!"

임금이 펄쩍 뛰는 모습을 보면서도 이항복은 털끝만큼도 동요하지 않았다. 적어도 겉으로는 그랬다. 지금은 그렇게 흥분해도 좋은 상황이 아니라는 것을 너무도 잘 알고 있었기 때문이다. 흥분하는 것도 그럴 여유가 있을 때나 할 수 있는 일이었다.

"고정하시옵소서, 주상 전하. 지금 무엇보다 먼저 확인해야 할 것은 과연 전라우수사 김억추의 장계가 모두 사실인가 하는 것이옵니다. 우수사 김억추는 통제사 이순신과 사이가 별로 좋지 않았던 것으로 알고 있는데, 그럴 경우 작은 일을 침소봉대하여 모함하는 경우가 생길 수 있습니다."

"그래서, 그래서 경은 지금 이순신이 역모를 하지 않았다는 것인가! 그리고 김억추가 가짜 격문까지 만들어 과인에게 거짓을 고하고 있다는 것인가!"

눈길을 마주친 임금이 얼굴이 시뻘겋게 되어 화를 내고 있는데도 이항복은 태연했다.

"그럴 수도 있다는 것을 말씀드렸을 뿐입니다. 저로서도 아무리 통제사와 전라우수사가 사이가 좋지 않다 해도 가짜 격문까지 만들어 가면서 통제사를 모함하리라고는 생각하지 않습니다. 제가 확실히 파악해야 한다는 것은 이것입니다. 첫째로, 과연 전라좌수영 전체가 이순신과 함께 반란을 일으키기로 하였는가를 파악해야 합니다. 만약 좌수영 전체가 반란에 가담하기로 했다면, 그것이 고금도에 있는 일부 군선과 수졸에만 국한된 것인가, 아니면 육지에 있는 관아의 관장들과 백성들까지 모두 합심하여 이순신의 편에 선 것인가 이것을 빨리 파악해야 합니다."

"우상 대감, 그것이 왜 중요하다는 말입니까?"

뒤에서 들려오는 떨리는 목소리에 잠시 말을 멈춘 이항복은 뒤를 돌아보았으나 다들 겁먹은 표정이라 딱히 누가 말을 한 것인지 드러나지는 않았다. 저런 멍청한 소리를 누가 했는지 구태여 확인할 필요도 못 느꼈으므로 이항복은 그쪽에는 신경을 끄고 임금을 향해 자신이 그것을 궁금하게 여기는 이유를 말했다.

"만약 이순신과 고금도에 주둔한 수졸들만이 일으킨 반란이라면 장흥에 있는 전라병영에 명하여 즉시 빠른 병사를 내어 강진, 장흥의 해안에 군사를 배치하여 고금도를 코앞에서 위협하고, 좌수영의 근거지인 광양, 보성, 흥양, 낙안 등지를 모조리 점거하게 하여 고금도를 고립시켜야 합니다. 그러고는 이순신 휘하의 수졸들에게 가족을 앞세워 투항하게 하며, 전라, 경상 양 도의 수군을 동원하여 동서에서 이순신을 압박하면 간단히 난군을 토벌할 수 있습니다. 하지만 우수사 김억추의 보고대로 좌수영 관할의 백성과 관장 모두가 이순신에게 붙어 반란을 일으켰다면, 고금도라는 작은 섬 하나가 아니라 전라좌수영 자체를 토벌해야 하는 것이 됩니다. 이 어찌 큰일이 아니겠습니까. 준비해야 할 군사의 규모 자체가 달라집니다. 그래서 김억추의 장계가 사실 그대로를 담고 있는 것인지, 이순신의 격문을 보고 놀라서 설레발을 친 것인지를 확인해야 하는 것입니다. 잡을 것이 고양이인지 호랑이인지를 알아야 개를 보내든 착호갑사를 보내든 할 것이 아닙니까."

사실이 그랬다. 만약 역모 혐의로 몰린 이순신이 발작적으로 반란을 일으킨 것이라면 좌수영 관할의 각 지역에서 병력이나 물자를 제대로 동원하지 못했을 것이고, 그 규모도 무척 작을 수밖에 없을 터였다. 게다가 이순신의 근거지인 고금도가 바로 좌수영이 아닌 우수영 관할구역 안에 있는 것이다. 이항복은 곧이어 그 점을 지적했다.

"둘째로, 전라우수영은 얼마나 믿을 수 있느냐, 이것이 아주 중요합니다. 전라우수사 김억추는 반란에 절대 가담하지 않았을 것이라 저도 믿지만, 나머지 우수영 장졸들은 얼마나 믿을 수 있을 것인가, 이순신에게 합류하지 않는다는 보장이 있을까, 이것을 아주 조심스럽게 따져야 합니다. 김억추의 장계에도 휘하 장졸들을 믿을 수 없다는 언급이 있는데, 이것이야 김억추가 지레 겁먹은 것이라고 해도, 우수영 군사들이 이순신의 휘하에 오래 있었던 것은 사실입니다. 게다가 고금도 코앞에 있는 강진은 우수영 관할이니, 이순신이 정녕 난을 일으켰다면 우수영의 품 안에서 난을 일으킨 셈입니다. 만약 김억추가 장계에다 이 격문을 어느 진포에서 받은 것인지 상세히 적었다면 이순신이 병兵을 일으킨 날짜를 확실히 파악하기가 쉬웠을 것이고 전라 우수영 관할 각 진포의 반란 동조 여부도 확인할 수 있었을 것인데, 그러지 못한 것이 아쉬울 뿐입니다. 이미 상황이 이렇게되었으니 전라병영에서 사태에 대한 소식을 접하고 필히 올려보낼 장계를 기다려 조금 더 여유를 두고 판단함이 옳을 것입니다. 설사 강진현감이 이순신에게 붙는다 해도 전라병사 이광악은 절대 그리하지 않을 것이니, 장흥으로부터 올라오는 장계를 기다림이 옳습니다. 그래야 상황이 확실해질 것입니다."

"한데 우수영보다 전라병영이 고금도에서 가깝지 않습니까. 그럼에도 우수영의 장계가 먼저 올라온 까닭이 무엇이란 말입니까?"

행 병조판서 김명원이 여전히 목소리를 떨며 질문하자 이항복은 미간을 찌푸리며 답했다.

"그거야 본관도 알 수가 없소. 다만 생각하기로는 전라병사가 지금 병영을 비운 탓이 아닐까 싶소. 고금도에 있는 통제사 이순신이 가까운 우수영 진포에 격문을 뿌렸다면 절대 강진을 빠뜨렸을 리가 없는데, 강진에 바로 인접해 있는 장흥의 전라병영이 보낸 장계가 올라오지 않음은 그것 이외에는 설명할 방법이 없소. 아마 출발이 조금 늦었을 뿐 지금 올라오고 있는 중이 아닐까 싶소만."

말을 마친 이항복은 잠깐 생각하는 듯하더니 피식 웃으며 한마디를 더 던졌다.

"어쩌면 자기는 육군이니까 수영으로 들어오는 수군의 문서 따위 신경도 안 썼을지도 모르지요. 하하!"

이항복이 좌수영의 반란을 쉽게 진압할 수 있는 작은 일로 치부하고 웃기까지 하자 편전 안의 분위기는 많이 부드러워졌다. 일부러 농담으로 주변을 안정시키고 난 이항복은 지금 당장 확인할 것들에 대한 이야기를 계속했다.

"자, 그럼 세 번째로 확인할 것이 있습니다. 그것은 바로 경상우수영의 움직임은 어떠한지 파악하는 것입니다. 이순신이 변란을 일으킨 것을 알았을 때 전라우수영과 함께 진압에 나설 것인가, 아니면 이순신에게 합류할 것인가, 혹은 왜적의 위협을 빌미로 삼아 개입하지 않고 방관하려 할 것인가 하는 것을 파악해야 합니다. 고금도의 위치로 볼 때, 사흘, 아니, 김억추의 손에 격문이 들어오는 데 걸린 시간을 감안하여 나흘 전에 전라우수영 관할 진포에 이순신의 격문이 뿌려졌다면 지금쯤은 경상우수영 관할 진포에 이순신의 격문이 들어가고도 남았을 것입니다."

잠시 말을 쉬면서 숨을 돌린 이항복의 발언이 이어졌다.

"예전부터 경상우수영은 백여 척에 달하는 판옥선을 보유하여 여러 수군영 중에서도 최강의 전력을 보유한 수영입니다. 자연스레 수사들 중에서 원래 가장 서열이 높은 것도 경상우수사였고, 이순신의 전라좌수영은 해안선이 짧기 때문에 보유하는 전력이 적어서 원래는 서열이 매우 낮았습니다. 임진년 난리가 시작되었을 때도 왜적의 기습을 받고 미처 대응하지 못한 원균이 후퇴는 하더라도 자기 휘하 전선들을 몽땅 자침시켜 버리는 이적 행위만 하지 않았다면 전라수군과 함께 군사를 움직일 때 그 주도권은 원균에게 있었을 것입니다. 만약 그랬다면, 원균의 반의반밖에 안 되는 전력을 가진 이순신은 꼼짝없이 주장主將 원균의 선봉장 노릇이나 했을지도 모르는 일이 아닙니까."

"하지만 경상우수영은 큰 전과를 내지 못하지 않았습니까. 전선도 부족하여……."

"지금은 아니올시다."

이항복은 예조판서 심희순의 미약한 의문을 그대로 무시했다.

"분명 경상우수영은 그 근거지가 대부분 왜군에게 점령당한 탓에 전란 중에는 전력을 크게 증강하지 못했소이다. 그러나 전란이 끝난 뒤 상감마마께서 전라좌수영과 우수영의 함선을 경상우수영에 이양하도록 조처하시면서 다시 조선 최대의 전력을 가지게 되었다는 것을 잊으셨소이까? 지금 경상우수영의 전선은 전라도의 좌우 두 수영을 합친 것보다 많소이다."

사실이었다. 원균이 칠천량에서 날려 버린 함선들을 다시 건조하느라 이순신이 통제사로 복귀한 뒤 보화도, 고금도 등을 오가며 피땀 흘려 재건한 전선들을 전쟁이 끝난 지 얼마 되지도 않아 임금이 생짜로 빼앗아 경상우수영에 줘 버린 것이다.

이순신은 휘하 장수들의 반발에도 불구하고 아무 말 없이 어명에 따라 경상우수영에 함선을 넘겼다. 왜적의 재침이 있을 경우 제일 먼저 일선에서 맞싸워야 할 곳이 경상우수영이라는 임금의 주장에도 나름의 논리적 배경이 있었기에 별다른 충돌 없이 그 일은 마무리가 되었다. 그 덕분에 지금도 수영들 중 가장 많은 전선과 수졸을 보유한 곳이 경상우수영이었고, 예상치 못했던 이순신의 반란이라는 사태를 맞아 경상우수영의 가치가 더 올라간 것이다. 모든 대신들이 침묵하며 경청하는 가운데 이항복의 말이 이어졌다.

"하지만 이 경상우수영을 맡고 있는 우수사 유형은 이순신 밑에서 수전을 맡아 싸우던 자로서, 김억추를 믿을 수 있는 전라우수영과는 전혀 상황이 다릅니다. 따라서 여기서도 우수영의 거취에 대해 제가 이미 말씀드린 세 가지 상황을 다시 가정해야 합니다. 첫째, 유형이 이순신과의 옛정을 무시하고 왕명에 따라 반란 진압에 나선다면 두말할 것도 없이 가장 좋습니다. 하지만 유형이 관군에 가담하여 나선다 해도 이순신을 적극적으로 공격하리라 보기는 힘듭니다. 따라서 크게 기대할 수는 없습니다. 둘째, 경상우수영이 이순신에게 합류한다면 이는 최악의 사태일 것입니다. 하지만 이 경우 역시 기본적인 대처법은 전라좌수영과 같습니다. 경상우병사 이수일로 하여금 병을 이끌고 우수영 관할 고을을 육상에서 치게 하면 우수영 수졸들은 가족이 걱정되어 난에 동참한 그 우두머리를 따르지 못할 것이고 관군에 투항하게 될 것입니다. 시간이 좀 걸리겠지만 경상우수영 역시 진압할 수 있습니다. 셋째, 유형이 이순신에 대한 의리를 생각해서든 정말 왜적이 두려워서든, 왜적에 대한 경계를 위해 관할 구역을 떠날 수 없다고 한다면 그건 그것대로 나쁘지 않습니다. 이순신에게 동참하지 않는 것만 해도 한시름 놓을 일이니, 왜적에 대한 경계가 허술해지지 않도록 경상우수영은 그대로 놓아두고 대신 경상우병사 휘하의 육군을 전라도로 이동시켜 전라좌수영 진압에 투입하면 됩니다. 전라우수사 김억추가 우수영을 단단히 지키고 전라병사 이광악이 통제영을, 경상우병사 이수일이 좌수영을 육지에서 제압한다면 수군을 유지할 근거지를 잃고 고금도에 고립된 통제사 이순신은 손발이 잘려 얼마 안 가 패멸하게 될 것입니다. 소인으로서는 이 안이 가장 합당하다고 생각됩니다. 그러니 이상의 세 가지, 아니, 다섯 가지 사실에 대해서 가능한 한 빠른 파악이 이루어져야 합니다. 올라오는 장계를 기다리기만 할 것이 아니라 선전관을 보내 사태를 파악하고 보고를 재촉하며 불안해하고 있을 여러 장수들을 어루만지셔야 합니다. 그래야만 혹시 나타날지 모르는 이순신의 동조자들을 하나라도 줄일 수 있습니다."

이항복이 차분하게 하는 말을 들으니 확실히 이순신이 반란을 일으켰다 한들 별것 아니었다. 임몽정이 가져온 보고에 일순간 광란 상태에 빠져들었던 편전은 다소간의 불안감은 남아 있음에도 많이 안정화되었다. 그러자 기운을 되찾은 임금이 역정을 냈다.

"한데 그리하면 경이 처음에 말한 대로 이순신을 토벌할 수 없지 않은가. 경은 분명 육지를 점거하여 고금도를 봉쇄하고 동서 양 바다에서 경상우수군과 전라우수군을 총동원하여 고금도를 공격해야 한다고 하지 않았는가!"

임금이 역정을 냈지만 이항복은 침착하게 답변했다.

"전하, 그 얘기는 어디까지나 정론이옵니다. 하지만 정론은 언제나 써먹을 수 있는 게 아니지 않습니까. 현재로서는 유형을 이순신의 동조자로 보고 곧바로 해임할 경우 유형이 반발할 것을 무릅써야 하며, 이는 유형이 이순신의 진영으로 넘어갈 위험을 크게 합니다. 차라리 유형을 잘 타일러 지금의 위치에 일단은 그대로 머무르게 하고, 새롭게 경상우수사의 자리에 올릴 장수를 비밀리에 물색하여 급작스럽게 교체하여야지, 지금 유형에게 무리한 명령을 내려 이순신과의 의리로 인해 번민하게 만들어 보아야 하등 도움이 되지 않습니다."

말을 마친 이항복은 잠시 생각하는 것 같더니 결심한 듯 입을 열었다.

"하지만 제가 말한 이 모든 것은 조선 군사들끼리 서로 싸우게 만드는 하책일 뿐입니다. 상지상上之上의 계책은 따로 있습니다. 이순신을 달래시어 투항하게 만드시는 것입니다."

"뭐, 뭣이라고! 지금 과인에게 역적을 달래라는 말인가?"

이항복의 한마디에 편전 안은 다시 싹 얼어붙었다. 겨우 풀어지는 것 같던 임금의 얼굴도 다시 분노로 타올랐고, 다른 신하들은 백짓장처럼 하얗게 되었다. 하지만 이항복은 여전히 태연했다.

"소인이 보건대 지금 이순신이 변란을 일으킨 이유는 갑자기 역적으로 몰린 데 대한 반발입니다. 소인이 들은 바에 의하면 이순신은 평소 매우 충성스러운 사람으로, 따를 수 없는 상황이 아니라면 어명을 따르지 않은 적이 없습니다. 그럼에도 불구하고 역적이라는 누명을 쓰고 함거에 실려 두 번째로 압송을 당하는 처지가 되자, 도저히 더 참지 못하고 일어선 것으로 보입니다. 아마 딱히 역모를 일으킨 뒤에 어떻게 하겠다는 계획도 없을 것입니다. 말씀드리기도 망극한 일이오나, 주상 전하를 폐하고 종실의 다른 이를 임금으로 세울 것인지, 이 격문의 내용대로 조정의 신하들만 쓸어내고 자신이 권력을 잡을 것인지, 혹은 아예 천명을 내세우며 역성혁명易姓革命을 일으킬 것인지도 결정하지 않았을 것입니다. 지금 상황에서 시간이 흐르면 흐를수록 주상께 불만을 가진 반적들이 이순신에게 모여들 것입니다. 전라도에는 정여립의 난 때 말려들어 피해를 본 자들이 아직 많이 남아 있으며, 멀지 않은 충청도에는 이몽학의 잔당들이 있을 것입니다. 그리고 추포령이 내렸으나 아직 잡히지 않은 전 경상우수사 배설 같은 자들도 속속 이순신의 휘하로 모여들 것입니다. 여기에 이순신은 그동안 전라도와 충청도를 물길로부터 왜적에게서 지켜 주었다 하여 남도 백성의 지지를 강력하게 받고 있습니다. 이런 이순신과 군사를 내어 싸우는 것은 전하와 사직을 위해서 아무 도움이 되지 않습니다. 신이 불충을 무릅쓰고 용기를 내어 청하오니, 이순신과 그 부하들에게 용서의 교지를 내리시어 반기를 내리고 다시 조정에 귀순하게 하소서. 아직 반군과 관군의 충돌은 한 군데서도 일어나지 않은 상황이오니, 그리하신다면 전하의 성덕은 사해에 떨치고 백성들은 전혀 피해를 입지 않은 채 이 난리를 평화롭게 가라앉힐 수 있을 것이옵니다. 만에 하나 이순신을 토벌하는 사이 왜적이라도 재침하면 어쩌실 겁니까? 그보다는 그 군사력을 북방의 오랑캐 토벌에 사용하여 북변 백성들의 생활을 안정시키는 것이 더 나을 것입니다."

이항복 정도의 배짱이 아니면 누구도 할 수 없는 말이었다. 신하의 반란으로 분노한 임금에게 그 반란을 일으킨 신하 앞에 엎드려서 상대를 달래라고 한 것이나 마찬가지인 것이다. 다른 신하들은 모두 조마조마한 기분으로 태연한 표정의 이항복과 분노한 임금을 번갈아 바라보았다. 시뻘게진 임금의 이마에 힘줄이 솟았다.

"우상…… 우상!"

임금의 목소리가 떨렸다. 편전 안에는 침묵이 흘렀다.

이순신이 거병한 이유에 대해 지금 이항복이 한 말이 전적으로 사실이고, 이를 다스리기 위해 취해야 할 방책도 모두 옳은 말임은 편전에 둘러앉은 다른 신하들도 다들 깨닫고 있었다. 전쟁 중에 나라님 하나 제대로 보필하지 못하느냐고 백성들의 욕을 먹는 조정이지만 진짜 멍청이들의 모임은 아닌 것이다.

당연히 개중에는 이항복이 입을 열기 전부터 이순신의 봉기

이유에 대해 그와 비슷한 생각을 한 이들도 있었다. 하지만 그들이 입을 다물고 있었던 것은 이순신을 쳐 내려고 이미 결심한 임금의 의도를 파악했기 때문이었다. 차마 그 말을 입 밖에 내었다가 임금의 역린逆鱗을 거스르는 게 두려웠던 것이다. 지금 이항복이 말한 것처럼 여느 신하가 말했다면 그 자리에서 이순신의 일당으로 취급받아 곧바로 의금부로 끌려가 국문을 당하기 십상이었다. 지금도 임금의 분노가 막 폭발하려는 모습이 어느 신하의 눈에도 명백하게 보였다.

그러나 이항복은 달랐다. 그 자신이 배포 하나라면 누구에게도 지지 않을 만큼 두둑한 사람으로, 병조판서로 군사를 지휘하고 명나라 군대와의 교섭을 담당하는 등 전란 중에 세운 공은 조정에서 둘째가라면 서러울 정도였다. 게다가 그는 얼마 전 사망한 도원수 권율의 사위였으며, 동인과 서인 같은 붕당에는 속하지 않았으나 평소 대인관계가 매우 좋아 친한 이들이 많고 적대하는 이들은 거의 없었다. 게다가 지금 조정을 떠받치는 두 기둥 중 하나라고 불릴 정도의 중신으로 이항복을 대체할 수 있는 인재는 없는 것이다. 주변의 조마조마한 시선 속에서 앙다물고 있던 임금의 입술이 마침내 벌어졌다.

"우상! 경은 한참 전부터 건강에 문제가 있으니 사직시켜 달라 청하였겠다!"

"그러하옵니다. 금일도 열두 번째 사직 상소를 올리려고 등청한 참이었지요."

국왕의 분노를 보면서도 이항복은 전혀 긴장하지 않았다.

도리어 뒷전에 앉아 있던 다른 신하들이 그만하라고 옷깃을 잡아당기는데도 태연하게 발언을 계속하기만 했다.

"하나 전하께서 이 사직 상소를 가납하시기 전까지는 소신은 이 나라의 우의정으로서 국정에 대해 의견을 말할 의무가 있습니다. 그러니 어찌 국가에 큰일이 생겼는데 가만있을 수 있겠습니까."

낯빛 하나 변하지 않고 태연한 이항복을 바라보는 임금의 눈에서 불꽃이 튀었다. 다른 신하들이 차마 두 사람의 얼굴을 바라볼 수 없어 고개만 숙이고 부들부들 떨고 있기를 1각*. 마침내 임금의 입에서 불호령이 떨어졌다.

"그대의 사직 상소를 받아들이겠노라! 건강이 좋지 않아 국정을 돌보기 힘들다 하였으니, 즉시 우의정의 자리에서 물러나 고향인 포천으로 내려가 정양하도록 하라!"

"지엄하신 어명 즉시 받들겠나이다. 성은이 망극하여이다."

다른 대신들이 미처 말리거나 붙들 틈도 주지 않고, 이항복은 왕에게 하직 인사를 올린 다음 곧바로 편전에서 물러나 나가 버렸다. 뜻밖에도 임금은 불경스럽다면 충분히 불경스러울 수 있는 그 태도를 보면서도 이항복을 향해 고함을 지르거나 하지는 않고 도리어 역성을 들었다.

"그 역적 놈이 살아 있는 것이 과인에게는 최대의 재앙이로다! 어찌 역모를 꾸민 자에게 관용을 베풀 수가 있다는 말인가.

---

* 15분

이는 필시 우의정이 건강을 상한 나머지 정신이 흐려진 데서 나온 잘못된 생각일 것이다. 내 더 일찍이 우의정의 사직 상소를 받아들여 쉬게 하였어야 할 것을 그랬구나. 내 부덕의 소치로다."

차마 이항복까지 이순신처럼 처단할 수는 없었던 터라 그로 인한 분노는 곧바로 이순신에게 더해졌다. 반란 진압에 동원할 군사의 규모가 이항복이 건의한 것보다 더 늘어난 것이다.

"비변사에서는 즉각 동원할 수 있는 군사의 수를 파악하여 반적을 토멸할 수 있도록 준비를 갖추도록 하라! 우상의 견해 중 받아들일 부분이 없지 않으니, 전라병사에게 명을 내려 즉시 강진 해안에 진을 쳐서 고금도를 견제하도록 하고 경상우병사에게는 전라좌수영을 칠 준비를 하라 이르라. 그 외에 한양과 경기의 군사를 선발하여 도원수……."

"전하, 도원수는 보름 전 전 도원수 권율이 병으로 사망한 이래 후임을 아직 정하지 않았습니다! 다른 이를 후임으로 정하여야 합니다."

좌부승지, 이 눈치 없는 놈 같으니. 적당히 좀 알아들을 것이지……. 여기서 임금은 잠시 멈칫거렸다. 도원수 권율은 이미 죽고 없는 것을 스스로도 알고 있건만, 그놈의 지난 몇 년간 입에 밴 말버릇 때문에 자신도 모르게 무의식적으로 군사 지휘권 하면 권율부터 거명한 것이다. 잠시 인상을 찌푸린 임금은 다른 인물을 대신 지휘자로 명했다.

"준비하던 북벌을 미루고, 북벌을 준비하고 있던 북병사 이

일을 도순변사로 명하니 그로 하여금 한양과 경기의 정병을 소속과 관계없이 원하는 대로 뽑아 이끌고 내려가도록 하라! 또한 전라우수사 김억추에게 군사와 전선을 모아 고금도를 치게 하고, 경상우수사 유형에게도 즉시 선전관을 보내 이순신을 치도록 명하라! 유형이 어찌 나오는지에 따라 경상우수영에 대한 처분을 다르게 할 것이다. 유형이 비록 충직한 장수라고는 하나, 그 상관인 통제사 이순신이 반란을 일으킨 상황이니 방심할 수 없다."

임금이 자기 성미를 거스른 이항복을 쫓아내기는 했으나 이항복이 내놓은 제안들이 타당성 있고 상식적이라는 것조차 못 알아들을 정도로 멍청한 임금은 아니었다. 그리고 자신의 머리로도 이항복이 제시한 전체적인 계획에 맞춘 '실행 조치'를 정하는 것은 어렵지 않다고 생각했다. 하지만 이제부터 나오는 이야기는 이항복이 거론하지 않았던 부분이었다.

"하나 역모란 밖에서만 일어나지 않는 법이다! 이순신이 군사를 일으키면, 그에 따라 도성을 비롯한 각지에서 저들과 내응하기로 한 자들이 필시 있을 것이다! 특히 이순신의 밑에서 오랫동안 수군으로 복무한 자들 중에 이순신과 내통한 자들이 있을 가능성이 크니, 그들을 중심으로 하여 적당의 세력을 찾아 진멸토록 하라! 특히 전 충청수사인 경기방어사 권준, 전 경상우수사인 포도대장 입부 이순신 등은 한양을 지키는 정말로 중요한 자리에 있으므로 필히 심문하여 가담 여부를 캐어야 할 것이다!"

임금이 이순신 휘하에 있었던 수군 출신 장수들, 특히 그중에서도 권준과 입부 이순신을 특별히 거명까지 해 가면서 지명한 것은 이들이 가장 유명한 이들인 것도 있지만 직책 탓이 컸다. 권준의 경우 중요한 경기도의 군사를 손에 쥔 경기방어사 자리에 있었고, 입부 이순신은 포도대장 겸 도총관으로 도성의 군사 통제권을 한손에 쥐고 있었기 때문이다.

게다가 입부 이순신에게는 또 한 가지, 임금이 경계할 수밖에 없는 요소가 있었다. 지난 기미일*에 막 판서 자리에 오른 공조판서 이광정이 조심스럽게 말을 꺼내자, 그에 대해 불호령을 내리면서 임금이 속마음을 드러냈다.

"전하, 다른 사람은 몰라도 입부 이순신은 종친으로서 그동안 충심을 다해 전하를 섬겨 오지 않았습니까. 그런 이까지 치실 것은……."

"이순신 그놈이 입부가 종친이라는 점을 이용하여 입부를 왕으로 세워 주겠다고 유혹하여 한편으로 끌어들였을지 누가 아느냐! 김억추가 보낸 격문에서는 이순신 그놈이 '조정의 간신배들'을 토벌할 것이라 운운했지만, 정말로 그것으로 그칠 것이라 여기느냐? 놈은 필시 제가 주동이 되어 불궤不軌를 도모하고자 할 것이다! 다만 아무리 망령된 생각을 가졌다고 해도 제 놈이 감히 직접 보위에 오를 생각은 하지 못할 터. 당연히 과인을 폐하고 종친부에 속한 이들 중 자기가 다루기 쉬운 이

---

* 12일

를 골라 허수아비 임금으로 세우고 멋대로 하려고 들 것인데, 그러자면 제 놈과 가까운 입부가 제일 먼저 그 대상이 될 것이 분명하다는 말이다!"

왕조 국가에서 무력을 가진 왕족은 언제나 임금이 경계해야 할 대상이다. 그동안 입부 이순신이 아무리 충성을 바쳤어도 임금에게는 결국 위협 요인에 지나지 않았던 것이다.

입부 이순신을 향해 터진 임금의 분노는 자연스럽게 다음 차례로 넘어갔다. 역모가 터졌을 때 언제나 덤으로 피해를 보는, 가장 억울한 입장에 처하는 이들에 대한 빠질 수 없는 언급이다.

"역적의 일족 역시 피붙이의 역적모의에 대한 책임을 져야 하는 바, 이순신과 그 휘하 반란에 동참한 장수들의 일가붙이를 모조리 잡아 의금부로 압송하도록 하라! 어린아이라 할지라도 예외를 두지 말고 낱낱이 색출하라!"

임금의 이 마지막 명령으로 도성 일대에는 한바탕 피바람이 몰아치게 되었다. 또한 한양의 각 군영에서는 서둘러 병사를 뽑아 전라도로 내려보낼 준비를 시작했다. 본격적인 충돌을 향한 바퀴가 돌기 시작한 것이다.

제4장
깃발 아래로

'성즉군왕 패즉역적成即君王 敗即逆賊!'

성공하면 군왕이 되고 실패하면 역적이 된다. 예전에는 다들 불경스러운 글귀라고 여겼지만 이제 고금도에서는 대놓고 외치지는 않더라도 모두가 동감하는 구절이 되어 있었다. 임금의 권위에 맞서 거병하기로 한 지금, 만약에 실패한다면 여기 참가한 장졸들은 모조리 역적이 되어 대대로 고초를 겪게 될 것이 분명했기 때문이다. 아니, 임금의 성질을 생각하면 과연 후손을 남기기나 할 수 있을지 모를 일이다.

"여보게, 왜 땅에도 이와 비슷한 말이 있는가? 자네들은 지난 100년간을 마치 전국시대처럼 군웅이 할거하고 모략이 난무하며 배신이 판을 치는 시대를 살았다고 하지 않았는가."

"그야 당연히 있지요. 하지만 일본에는 이미 천황이라는 지엄한 존재가 있기 때문에 누구도 왕이 될 수 없습니다. 황실이나 공가公家의 사람, 그러니까 왕족이나 귀족이 아니라면 천황의 조정에서 벼슬을 받는 것은 그저 장식의 의미밖에 없습니다. 그래도 권위는 생기니까, '이기면 관군, 지면 도적'이라고 합니다. 물론 실속을 따지자면 허울밖에 없는 경도에 있는 조정에서 이름뿐인 벼슬을 받는 것보다 땅을 얻어 다이묘가 되는 것이 훨씬 실속 있는 일이기는 합니다만."

이순신 휘하의 유일한 항왜장 임승조林勝助는 우치적의 질문을 받고 웃으며 답했다. 그는 사야가沙也可나 여여문呂汝文, 준사俊沙 등 우치적이 이제까지 접하거나 이야기를 들은 다른 항왜병들과 달리 왕으로부터 사성을 받은 것도 아니면서 조선식으로도 어색하지 않은 어엿한 이름을 가지고 있었다.

임승조가 본래 가진 일본식 이름은 '하야시 카츠스케'로, 읽는 방법을 조선식으로 했을 뿐 임승조라는 이름은 어엿한 그의 본명이었다. 또한 그의 집안은 평범한 병사나 사무라이가 아니라 꽤 유서 깊은 성씨를 가진 무사, 그것도 상당한 세력이 있는 일족이었다. 그는 본래 오다 가문을 대대로 섬겨 온 가신 하야시[林]가의 일원이었으나, 19년 전 수령인 하야시 미치카츠가 한때 배반을 했다는 이유로 오다 노부나가에 의해 축출되자 집안이 망했고, 아직 어렸던 그 역시 끈 떨어진 연 신세가 되었다. 그 뒤로 한때 촉망받는 인재였던 하야시 카츠스케는 가문도 없이 주군을 바꿔 가며 여기저기의 다이묘에게 하급 지휘관으로 능력을 파는 신세가 되고 말았다.

조선에 온 것도 자의는 아니라, 고니시 군의 하급 사무라이 지휘관으로 채용되어 있던 터라 명령에 따라 왔을 뿐이었다. 그는 고니시 군이 치른 첫 전투인 부산진성전투에서부터 시작하여 동래성전투, 탄금대전투, 평양성공방전, 행주산성싸움 등 수많은 격전에 모조리 참전하여 조선군과 명군을 상대로 죽을 고비를 몇 번이나 겪고 나름의 전공도 세웠으나, 출신 배경 탓에 상관들에게 별로 호감을 얻지 못해 공훈도 인정받지 못하고 승진도 하지 못했다.

심지어 7년간 단 한 번도 일본에 돌아가지 못했으며, 급기야는 육군임에도 불구하고 일본군 입장에서는 죽음의 신이었던 이순신과도 싸우는 팔자가 되고 말았다. 작년 초 절이도해전 때는 익숙하지도 않은 군선을 타고 싸우다가 이순신에게 죽을 뻔했고, 구사일생으로 사지를 벗어난 뒤에는 순천성에 포위되어 갇혀 있다가 탈출하면서 또 한 번 이순신이 펼친 죽음의 덫을 아슬아슬하게 빠져나갔다.

이후에는 부산진성을 최후까지 지키는 후미 부대의 지휘를 맡았다. 고니시의 부하들 중에서도 가장 세력이 없는 떠돌이 출신이다 보니 말 그대로 버림받은 셈이었고, 휘하에 배정받은 병사들도 죄다 고니시 휘하의 정규 아시가루가 아니라 돈으로 고용된 잡병들이었다. 고니시로서는 모조리 버리고 가도 아깝지 않은 이들만 남긴 셈이다.

이렇게 거느린 400여 명의 부하들과 함께 훨씬 수가 많은 일본 수군이 이순신에게 제대로 맞서지도 못하고 박살이 나서 패퇴하는 장면을 처음부터 끝까지 보고 난 카츠스케는 주변에서 접근하는 조명 연합군이 아닌 이순신의 수군에게 부산진성의 문을 열었다. 그리고 서슴없이 이순신의 부하가 되겠다며 이순신 앞에 무릎을 꿇었고, 평소 항왜를 활용하는 데 큰 거부감이 없었던 이순신은 고금도로 돌아가는 판옥선 위에서 그의 항복을 직접 받았다.

일본이라면 그렇게 해서 이순신의 부하가 되는 것으로 그의 처분은 끝이었을 것이다. 하지만 조선에서는 장수가 사사로이 병력을 거느릴 수 없었으므로 조정의 의향에 따라 카츠스케의 부대는 해체되고 병사들은 각각 다른 지방으로 보내지는 것이 당연했다. 항왜들 중 적이 일부러 침투시킨 첩자가 섞여 있을 가능성, 또는 이들이 합심하여 난을 일으킬 가능성 등을 고려할 때 함께 항복한 왜병들이 원래의 지휘 체계를 유지하는 하나의 집단으로 있도록 그대로 두지 않고 분산하여 흩어 놓는 것이 당연한 조치였기 때문이다.

하지만 전쟁이 끝나자 조선 조정에는 처리해야 할 일과 고민해야 할 문제가 카츠스케의 부대를 처분하는 것 말고도 쌓이고 쌓여 있었다. 여기에다 그동안 항복한 항왜만 해도 수천에 달하는데, 고작 400에 불과한 이들을 서둘러서 먼저 처리해야 할 필요를 크게 느끼지 않았음도 물론이다. 덕분에 카츠스케는 부하들을 그대로 거느린 채 통제영에 어영부영 객식구로 눌러앉을 수 있었다.

7년이나 일본에 돌아가지 않고 조선에서만 지내면서 조선말도 능숙하게 쓸 수 있게 된 그는 마침 자신의 성인 하야시林가 조선에서도 드물지 않은 성씨였기에 자신의 이름을 그냥 조선식으로 읽어서 '임승조'라고 사용하며 지내고 있었다. 아직 일본식 상투를 틀고 있지만 두건이나 투구를 쓰고 행동거지만 좀 조심하면 그냥 조선인으로 통할 정도였다.

"그렇단 말이지. 그거 왕은 뒷전에서 아무것도 못 하고 무력을 쥔 장수들이 모든 권한을 가지고 있던 고려조 때의 일이랑 비슷한 것 같네그려."

우치적은 고개를 끄덕여 이해를 표했다. 한때 그는 순천부사였으므로 이번에 거병한 뒤 통제사에 의해 순천부 가대장假代將으로 임명되었다. 이에 방답첨사 민정붕과 함께 순천에 가서 순천부와 순천부 관할 방답첨사진의 전선과 수졸, 화약을 털어 온 길이었다. 재작년부터 순천부는 육군 전라도 조방장인 김언공이 순천부사를 맡으면서 육군으로 넘어갔지만, 순천부와 방답진이 보유한 전선과 총통 등 수군의 장비는 그저 방치되었을 뿐 다른 고을로 넘어가거나 파기된 것은 아니었기 때문이다.

우치적은 일이 수월치 않으리라는 각오를 했다. 하지만 이순신과 우치적을 기억하는 순천부의 수졸들은 우치적의 호소에 응해 기꺼이 무기를 들고 판옥선에 올라 주었다. 방답첨사 민정붕이 이쪽 편에 선 것뿐만 아니라, 육군인 순천부사 김언공이 전라병사 이광악이 소집한 회의에 참석하느라 마침 관아를 비운 것이 천만다행이었다. 우치적은 나중에 조정의 보복을 받지 않도록 의거에 동참한 수졸들의 가족도 수졸들과 함께 고금도로 가거나 인근의 섬으로 피할 수 있도록 힘써 조치했다.

우치적뿐만 아니라 다른 장수들도 모두 자신이 맡은 고을에서 보유한 판옥선과 각각의 배에 승선할 수졸, 탑재할 화약과 총통 등을 있는 힘껏 준비하여 돌아오고 있었다. 어차피 전라좌수영의 전력으로는 육로를 통해 한양으로 갈 수는 없는 터. 전라우수영을 비롯하여 충청수영과 경기수영을 뚫고 뱃길로 한양으로 갈 수밖에 없다. 그러자면 가능한 한 단 한 척의 전선도 남기지 않고 모조리 끌고 갈 필요가 있었다. 화포로 무장한 판옥선 간의 해전은 이제까지 유례가 없었으니 얼마나 많은 전력이 필요할지 누구도 모르는 것이다. 그리고 지금 준비한 것보다 수졸과 격군이 더 필요하다면 가면서 채울 수도 있는 것 아니겠는가.

이와 같이 전투를 준비하는 한편으로 통제사는 조정의 토벌군이 올 것에 대비하여 다수의 백성들을 산속과 섬으로 피난시키고 몇몇 요해지에는 일부 군사를 남겨 방비할 수 있도록 했다. 코앞인 장흥에 주둔하고 있는 전라병사가 언제 좌수영 관할 고을을 공격해 올지 알 수 없었기 때문이다.

그런 까닭으로 고금도에 모인 이순신 휘하의 전력이라고 해봐야 스물네 척의 판옥선과 스무 척 남짓한 협선, 그리고 그 배에 탈 수졸 3000여 명이 전부였다. 그런 만큼 임승조와 그가 거느린 항왜병 400은 좌수영의 무시할 수 없는 전력인 상태였다.

육군이 없는 이순신의 병력에서 사실상 유일한 육전 전문 집단인 것이다.

*

거병을 결심한 지 엿새. 한양의 조정에서 풍파가 벌어지고 있던 그때, 고금도에서도 기의하기로 한 통제영의 장수들 사이에서 군의가 벌어지고 있었다. 각자 맡은 임지로 가서 함선과 병력을 조달해 온 장수들이 처음으로 한자리에 모였던 것이다. 특이한 점이라면 통제영 소속의 정규 수군이 아닌 정 참봉과 임승조가 한 자리씩 끼어 앉은 것이지만, 이들의 가치를 알고 있는 장수들은 딱히 이의를 제기하지 않았다. 임승조는 항왜장이기는 하되 차후 중요한 전력이 될 항왜병 부대를 이끌고 있고, 정 참봉은 이순신이 거병에 나서도록 설득한 결정적인 조력자이자 인근의 각 고을과 수영에 돌린 격문을 직접 쓴 장본인이기도 한 것이다.

"정 참봉, 명문이긴 하지만 너무 강하게 나간 것 아니오? 통상께서 직접 쓰셨다면 절대 그리 쓰지는 않으셨을 텐데."

"그러니 제가 쓴 것 아니겠습니까. 허허."

조방장 배흥립의 핀잔에 정 참봉이 너털웃음을 웃었다. 우수영에 뿌린 격문은 통제사의 이름으로 나가기는 하였으되 실제로 쓴 사람은 정 참봉이었던 것이다. 이순신은 거병을 결심한 뒤에도 본인 손으로 임금을 거스르는 글을 써서 세상에 보내는 것은 내키지 않아 했기에, 결국 정 참봉이 대신 쓰게 되었다. 완성된 격문을 본 이순신은 소태 씹은 것 같은 표정을 지었지만 별다른 가필 없이 그대로 배포해도 좋다고 승인해 주었다.

"격문은 명문이지만, 얼마나 많은 우수영 장졸들이 거기 호응해서 우리 군에 동참할지 걱정이군요. 우리 좌수영 군만으로는 병력이 너무 부족하단 말입니다. 우수영과 싸워서 이기지 못할 것은 없지만, 그 뒤에 있을 충청수영, 경기수영과의 싸움까지 생각하면 우리에겐 그걸 감내할 여유가 없습니다. 그걸 피하자면 역시 우수영 군사들이 가능한 한 많이 우리 편으로 와 주어야 해요. 일부는 그냥 도망가도 좋지만 충분한 수가 호응해 주지 않으면 곤란한데."

"통상께서 진심이라는 것을 알면 다들 따라나서지 않을까 생각합니다만."

조방장이자 순천부 가대장 우치적의 걱정에 낙안군수 전백옥이 변죽을 울렸다. 전백옥은 이틀 동안 객사에 갇혀 있다가 통제사의 편에 서겠다는 서약서를 제출하고 동참을 허락받아 석방된 상태였다. 통제사 이순신 쪽에서도 예하 전력을 효율적으로 활용하려면 전백옥뿐 아니라 다른 수령과 첨사들을 한 사람이라도 더 끌어들일 필요가 있었다.

하지만 마음을 바꾼 것은 전란의 끝자락이나마 이순신과 함께 전투를 치렀던 전백옥 하나뿐이었다. 이순신이 대의에 동참하지 않는 자들을 해치지 않는다는 것을 알게 되자 다른 자들은 거병이 실패하면 자신들은 위협에도 불구하고 반역에 동참하기를 거부한 충신이 될 것이고 성공해도 죽지는 않을 것이라는 심산인지, 객사에서 노닥거릴 뿐 거병에 동참하려 하지 않았다. 지금도 매일같이 통제사에게 편지를 보내 폭거를 중단하고 왕명에 따르라고 요구하고 있는 보성군수 김극제에 이르러서는 말할 필요도 없었다.

"알 수 없는 일이오. 우수영 장수들도 분명 우리 수군임은 틀림없으나, 통제사 김억추 영감은 분명히 상감의 편에 설 것이오. 과연 우수영 장수들이 상감의 명과 상관인 우수사의 명을 모두 거스르고 우리 편에 설 것인가, 그것을 따져 봐야 할 것이오."

우치적의 걱정은 타당한 것이었다. 하지만 그 자신이 얼마 전까지 전라우수사였던 안위의 생각은 조금 달랐다. 금부도사에게 칼을 뽑을 때까지 걸치고 있던 갓과 도포를 벗어 던지고 다시 붉은색 두정갑을 차려입은 안위는 당당하게 자신의 의견을 피력했다.

"김억추! 명량에서는 뱃멀미가 난다고 해서 뒷줄에서 꾸물거리고만 있었던 그 작자가 수사 자리에 앉아 있다고 해서 어떤 영향력을 발휘할 수 있겠소? 그자가 다시 수사가 된 지 이제 한 달쯤 되었는데, 그동안 휘하 장수들의 얼굴이나 한번 보았는지 의문이오. 아니, 배를 타고 관내 순시라도 하긴 했을까? 내 장담컨대, 그자는 우리가 쳐들어가면 판옥선을 타고 나와 응전할 배짱도 없을 것이오."

현 전라우수사 김억추는 전란 중에도 제대로 싸워서 이순신처럼 공을 세운 적이 없는 사람이다. 그런 그가 정유년에 조정에서의 연줄로 전라우수사로 처음 임명되자마자 일선에 나온 것이 하필 조선 수군 최대의 역전극인 울돌목에서의 싸움이었다. 그런데 원래 해전에 대해 아는 것이 없는 김억추는 겁을 먹고 전투를 회피했다. 게다가 김억추가 뱃멀미를 일으켜 뻗어 버리기까지 하면서 전라우수영 좌선은 전선에서 아예 이탈한 거나 마찬가지가 되고 말았다. 주장이 제 역할을 하지 못하자 전라우수영 좌선은 승선하고 있던 예하 장수들의 지휘로 싸워야 했다. 그나마 전투 후반에 가서였다.

나중에 정신을 차린 김억추가 그때부터라도 전투에 열중했으면 그나마 좋았을 것이다. 하지만 김억추는 전투가 아니라 물 위에 떠다니는 왜군 시체를 건져 수급을 얻는 데만 골몰하여 전화의 한가운데 있던 통제사보다 많은 수급을 임금에게 바쳤고, 어떻게든 이순신을 깎아내리고 견제하려고 기를 쓰던 임금은 여기에 발맞추어 김억추를 여포, 항우를 능가하는 희대의 맹장으로 치켜세웠다. 그러고는 김억추가 원하는 대로 승진시켜 육군으로 빼 주었다가, 안위의 지위를 빼앗아 이순신을 견제하기 위해서 얼마 전 다시 전라우수사로 부임하게 했다. 아마 임금 자신은 진심으로 김억추가 이순신을 막아설 수 있는 희대의 명장이라고 생각하고 있을지도 모를 일이다.

"김억추 영감은 올해 들어서 관내를 돈 적이 한 번도 없습니다! 만약 그런 태도를 조금이라도 보일 사람이었다면 정유년에 울돌목에서 그딴 짓을 했겠습니까? 아마 우리가 우수영으로 쳐들어갈 때 곧바로 육지로 도망가지만 않아도 대단한 일일걸요."

강진현감 송상보가 코웃음을 쳤다. 이순신 입장에서 볼 때 강진은 고금도의 코앞에 있는 정말 중요한 고을이지만, 전라우수영 관할이라 일단 남의 세력이고 더구나 지척에 전라병영이 있어 매우 위험한 곳이었다. 전라병사가 반란을 진압하기 위해 고금도로 온다면 강진을 거쳐서 올 수밖에 없기 때문이다.

하지만 작년 무술년 초까지 좌수영 예하의 흥양현 소속 군관이었던 송상보는 이순신의 격문을 접하자 서슴없이 휘하의 모든 병력과 판옥선을 이끌고 고금도로 왔다. 전라병사의 관군이 들이닥칠 경우 애꿎은 백성들의 피해가 발생하지 않도록, 백성들에게는 따를 자는 따르되 남아 있을 자는 관군이 오면 산과 섬으로 피난하라는 명령을 내려 놓은 상태였다. 정탐 병력을 일부 남겨서 관군의 이동을 관측하게 한 것 외에는 고금도 맞은편 해안까지 모두 방어를 포기하고 비워 버린 것이다.

얼핏 생각하면 육지에 거점을 유지하는 것이 나을 것 같지만, 송상보에게는 관군에 맞서 강진을 방어할 만큼의 군사가 없었다. 그리고 소수의 군사를 육지에서 관군을 막는 데 투입하는 것보다는 통제사의 수군에 합류하는 쪽이 훨씬 더 효과적으로 통제사를 도울 수 있다는 판단도 있었다. 광주목사였던 권율과 함께 행주대첩에도 참전했던 송상보이지만 지금 상황에서 관군에 맞서 강진을 지키는 것은 무리였던 것이다.

사실 병사 한 명이 아쉬운 처지에 있는 이순신 진영에서는 부족한 병력을 육전에 투입하는 것 자체가 확실히 낭비였다.

같은 수의 군사라면 판옥선 위에서 바다를 제압하는 편이 야전에서 관군과 맞서는 것보다 더 큰 힘을 발휘할 수 있는 것이다. 100명의 군사가 육전에 나선다면 300의 관군을 막는 것도 힘들지만, 판옥선에 태운다면 100명이 3000도 막을 수가 있다. 게다가 관군의 위세에 눌려 병사들이 탈영할 염려도 육지보다 훨씬 적다.

장수들 사이에서 이야기가 몇 마디 더 오가는 사이 문이 열리며 삼도수군통제사 이순신, 아니, 이제는 엄밀히 말해서 전통제사 이순신이 묵묵히 걸어 들어왔다. 송희립, 변존서 등 통제사를 하늘처럼 떠받드는 군관들이 그 뒤를 따랐고, 장남 이회, 조카 이완과 이분도 함께 들어왔다. 회의실 탁자 주위에 앉아 있던 장수들은 황급히 일어나 경의를 표했다.

"통상 대감 만세!"

가리포첨사 이영남이 나서서 외쳤다. 그는 노량해전에서 통제사가 총에 맞은 줄도 모르고 열심히 싸우다가 그 역시 왜군의 총에 맞아 죽을 뻔했었는데, 다행히 급소를 비껴가 목숨을 건졌다. 우수영 소속인 탓에 거병을 결정한 지난번 첫 회의 때는 참석하지 못했었지만, 격문을 보자마자 휘하의 판옥선 한 척을 거느리고 한달음에 달려온 지금은 확실한 거사의 성공을 위해 이리 뛰고 저리 뛰며 노력하고 있었다.

"만세라니, 망령된 말은 하지 마시게."

이순신은 황제에게나 하는 축수를 받자 못마땅한 듯 이영남을 꾸짖으며 자리에 앉았다. 이영남이 부끄러움에 얼굴을 붉히며 고개를 수그리자 정 참봉이 이순신을 향해 좋은 말로 기분을 북돋워 주려 했다.

"가리포첨사는 나름대로 대감의 승리를 기원하는 뜻에서 그런 말을 한 것이니 너무 노여워 마십시오. 조정의 간신들을 쓸어 내어 사직을 바로잡아야 할 이때에 예하 장수들의 의기를 그리 꺾으실 필요는 없지 않습니까. 그보다는 앞으로 군사를 어떻게 운용할 것인가가 중요한 문제입니다."

말인즉슨 옳은 말이었다. 지금 반정군으로서는 이순신에게 바칠 축수가 옳으니 그르니 따지고 있을 여유는 없었다.

"통상, 좌수영 관할 진포에서 모을 수 있는 군선과 군사는 이제 다 끌어모았습니다. 우수영 소속인 강진현감과 회령포만호, 가리포첨사도 동참하였으니 이제 울돌목 이동에 있는 전라도 수군은 모조리 규합했다 해도 과언이 아닙니다. 더 이상 고금도에서 기다려 봐야 우리를 토벌하려는 관군의 칼을 앉아서 기다리는 것밖에 안 될 터. 장졸들에게 출진의 명을 내려 주십시오."

안위가 이순신의 결단을 재촉하는 가운데 회령포만호 위대기가 인사를 올렸다. 위대기 역시 송상보와 마찬가지로 이순신 진영이 뿌린 격문을 읽고 휘하의 군사들을 이끌고 온 터였다. 광양현감 나대용이 나서서 입을 열었다.

"출전에 앞서서 분명히 해 두는 게 좋다고 생각하는 문제가 있습니다. 우리는 분명 잘못된 조정에 맞서서 군사를 일으키는 것입니다만, 거병의 최종 목표가 무엇입니까? 싸움의 최종 목적을 알지 못한다면 지금은 그저 통제사를 지킨다는 목적 하나로 잘 뭉쳐 있긴 하지만 얼마 안 가서 군사들이 회의를 느낄 가능성이 큽니다. 제가 광양에 군사를 거두러 갔을 때도 수하들 중에서 이탈자가 상당히 나왔습니다. 거병에 동참했다가 조정에 의해 역적으로 몰리는 것을 두려워한 군관과 진무 여럿이 제 명에 따르지 않고 뺑소니를 치지 않았겠습니까. 수졸들도 일부 동요하는 것을 간신히 달래어 끌고 온 터입니다. 저들에게 확실한 목표와 안정감을 주지 못한다면 이탈자가 줄을 이을 것입니다."

"저도 그 점이 좀 걱정됩니다. 우리 군사가 한양으로 진격하여 입성한다 한들 금상은 임진년에 그랬던 것처럼 북쪽으로 몸을 피할 것입니다. 금상이 평양으로, 의주로 계속해서 움직이며 우리를 역적으로 선포하고 명에 구원을 청한다면, 우리는 한양을 차지했다고는 하나 사방에서 고립된 신세가 될 것이니 어찌 고난을 피할 수가 있겠습니까. 그것을 생각한다면, 수하의 장졸들이 동요할 수밖에 없습니다."

나대용의 말을 이은 것은 이순신의 조카 이완이었다. 통제사 이순신 본인이나 그 아들 이회가 이번 봉기를 그다지 내키지 않은 것과 달리, 조카인 이분과 이완은 숙부에 대한 조정의 대우에 크게 분개하고 있던 차이기도 해서 매우 열성적으로 이 계획을 진행하고 있었다. 이완 다음에는 이완의 형 이분이 말을 받았다. 두 조카 모두 숙부의 심기가 상하지 않도록 단어를 조심해서 쓰고 있었다.

"설사 어가가 의주로 피하는 것을 막고 한양으로 되돌린다고 해도 문제는 끝나지 않습니다. 금상이 보위에 계속 머물러

계신다면, 금상 스스로가 우리 모두를, 즉 통상께서 거느린 군사와 장수 모두를 역적으로 선포하고 벌주려 하신다 해도 어찌할 수가 없습니다. 억울한 벌을 받지 않으려고 기껏 피를 흘리며 싸웠는데 싸움이 끝난 뒤에도 벌을 피하지 못한다면 그 누가 싸움을 하겠습니까? 이 자리를 빌려서 제 생각을 숙부님께 솔직히 말씀드리자면, 조정의 간신들만을 쫓아낸다는 거병 목표는 정말 비현실적입니다. 금상의 신변에 위해가 갈 일은 절대 하지 않겠다는 숙부님의 결심이 워낙에 굳다 보니 다들 숙부님의 눈치를 보느라 말을 꺼내지 못하고 있는 것뿐입니다."

이분의 말은 그곳에 앉아 있는 장수들 전원의 마음을 대변하고 있었다. 그 증거로 누구도 이분의 말에 반박하지 않았다.

"그래서 어쩌라는 것이냐?"

이순신의 대답은 이미 네가 할 말을 알고 있다는 투였다. 좌중의 주목 속에서 이분의 말이 계속되었다.

"금상은 왕권을 지키는 것 이외에 나라를 평안케 하고 백성의 삶을 즐겁게 하는 데는 관심이 없습니다. 군주는 사대부 중으뜸 사대부여야 할 터인데, 임금으로서 자신의 지위에만 신경을 쓰고 천하 만민을 가엾이 여기지 않는 것은 사대부의 도리를 지키는 것이라 할 수 없습니다. 그런 만큼……."

사방에서 자신에게 쏟아지는 시선을 느낀 이분은 잠시 말을 멈추었다. 특히 그중에서도 불타는 듯한 숙부의 눈이 가장 무서웠지만 이 말은 해야만 했다. 자신이 아니라면 이 말을 할 수 있는 사람이 없었기 때문이다. 결국 그의 입술이 열렸다.

"……우리가 살려면, 금상께서 물러나시도록 해야 합니다. 양위건 퇴위건 상관없이 다른 어진 이를 찾아 보위에 올려야 합니다. 그러지 못하면 우리에겐 죽음이 있을 뿐입니다."

"네 이놈! 어찌 그리 망령된 소리를 하느냐!"

모두가 예상했듯 이순신의 반응은 이분을 격렬하게 꾸짖는 것이었다. 하지만 이분 역시 단단히 결심한 듯 태도를 굽히려 하지 않았다.

"숙부님, 금상이 왕권에 도전하는 세력이라면 그 누구도 용서하지 않았음은 잘 아실 것입니다. 신하들 중 세력이 강한 자가 나타나는 것조차 허용하지 않았던 금상이 군사를 일으켜 상경한 숙부님을 용납할 리가 있습니까? 금상은 분명 우리 군사들에게 잡히지도 않을 것이고, 설사 잡힌다 한들 어떻게든 수를 꾸며 우리를 밀어내고 권력을 되찾고자 할 것입니다. 그러니 우리가 작금의 조정을 쓸어 내고 금상이 바른 정치를 하도록 돕겠다고 쓴 격문 따위는 잊어버리고, 새로운 임금을 세우는 것을 목표로 해야 합니다! 그리되면 새 임금은 자신이 등극하는 데 있어 숙부님과 우리 수군의 힘이 컸음을 알고 배은망덕한 짓을 삼갈 것입니다."

둘러앉은 장수들은 일시에 고개를 끄덕여 동의를 표했다.

이분이 알면서 말하지 않은 것인지, 정말 생각하지 못해서 말하지 않은 것인지는 알 수 없으나 장수들의 마음속에는 한 가지 유혹이 더 자리를 잡고 있었다. 만약 그것이 누가 되었든 간에 이들이 지원하는 새 임금이 옥좌에 오른다면, 과연 지금 임금이 머지않아 벌이게 될 숙청의 운명에서 벗어나는 것으로 모든 일이 끝나게 될까? 아니다, 단연코 아니다. 그 이상의 달콤한 과실이 없을 것이라고 어느 누가 장담할 수 있겠는가.

이순신 휘하의 무장들로서는 먼 옛날로 거슬러 올라갈 필요도 없이, 과거 세조가 계유정난을 일으켰을 때 세조의 편에서 칼을 휘두른 양정, 홍달손, 홍윤성 등의 전례를 생각하지 않을 수 없었다. 일개 내금위 무사 또는 말직의 무관이었던 이들은 정난에 참가하여 김종서를 비롯한 중신들을 처단하여 세조의 집권에 기여한 공으로 정난공신에 책봉되고 그 뒤로 출세 가도를 달렸다. 비록 양정은 후에 처형당했지만 그야 세조의 면전에서 세자에게 양위하라는 뜬금없는 요구를 하여 분노를 샀던 탓이고, 세조에게 직접 반항하지 않은 홍윤성은 죽는 날까지 부귀영화를 누리며 호화롭게 살 수 있었다. 심지어 숙부를 죽인 죄로 세조가 벌을 주려 하자 '전하는 조카를 죽이셨는데, 어찌 숙부를 죽였다 해서 저를 벌하려 하십니까?' 하고 세조의 과거를 직접적으로 희롱했음에도 무사했을 정도였다. 그것이 불과 150여 년 전의 일인 것이다.

만약 이순신이 지금 임금을 몰아내고 그게 누구든 새 임금을 즉위시킨다면, 무장들로서도 달콤한 과실을 즐길 수 있을 터였다. 하지만 문제는 그 과실을 따 주어야 할 사람이 아직은 그럴 뜻이 없다는 것이다.

"지금의 거병은 국정을 혼란시키는 간신배들을 축출하고 주상 전하의 눈과 귀를 다시 열고자 하는 것이다! 나의 그런 뜻을 받아들이려 하지 않고, 감히 대역을 도모할 의도에서 거사에 참여하는 것이라면 설사 네가 내 조카라 하더라도 내 스스로 참할 것이다. 다시는 그런 망령된 이야기를 하지 마라!"

이순신은 준엄하게 이분을 꾸짖었다. 하지만 곧 이분과 같은 생각을 하는 이가 한둘이 아니라는 것을 깨달아야 했다.

"하지만 통상, 조카분의 말씀이 일부 맞는 것도 사실입니다. 감히 시상을 보위에서 끌어내린다는 이야기는 분명 대감의 말씀대로 망령되다 하겠으나, 금상께서 마음을 바꾸지 않으시는 한 우리가 계속 역적으로 취급될 것 또한 분명합니다. 기왕지사 왕명에 거역하여 군사를 일으키기로 결심한 판국인데, 굳이 금상을 보위에 계속 계시게 하는 것이 의미가 있습니까? 두 조카분께서 말씀하셨듯이 주상이 우리를 용납하게 할 수도 없을 것이 분명하고, 설사 어가를 붙잡아 놓고 위세로 우리를 따르게 한다 해도 우리가 어떤 형태로든 금상을 해할 뜻이 없다는 것을 금상께서 파악하시게 되면 분명 역으로 다시 군사를 일으켜 우리를 해하고야 마실 것입니다. 그러니 우리가 살자면 조카분의 말씀대로 다른 이를 왕으로 세우거나 그럴 수 있다는 협박이라도 해야 합니다. 망령되게 들리시겠지만 어쩔 수 없는 일입니다. 게다가 우리가 한양에 들어갔는데도 금상이 우리 손에 있지 않다면 그 필요성은 더 커집니다. 금상이 평양이나 의주에서 왕명을 내려 전국에 우리를 토벌하라 이르면 그 사태를 어찌하실 생각입니까? 그것은 통상 혼자 죽었을 목숨을 좌수영 수천 군사들에게 함께 죽으라고 요구하는 것 이상도 이하도 아닙니다. 충도 의도 중요합니다만, 그 충이 진정 받을 자격이 있는 자를 향할 때만 충도 의미가 있는 것입니다."

이순신 휘하 장수들 중 가장 연상자인 조방장 배흥립의 차근차근한 말은 혈기 넘치는 조카의 말보다 더 설득력이 있었다. 이순신이 곧바로 반박하지 않고 고뇌하는 표정을 짓자 배흥립이 말을 이었다.

"선대의 예를 보시지요. 정당한 임금이라 하더라도, 도저히 국정을 맡을 수 없다고 생각되자 그 자리에서 내려가게 하여 야인으로 살아가게 한 예가 이미 우리 조선에만 두 차례나 있습니다. 노산군은 그 자신이 죄를 지은 것은 아니었으되 너무 어려 권신의 발호를 억지하지 못한 탓에 폐위되었지 않습니까. 다만 노산군을 폐위한 것은 남도 아닌 숙부의 손에 의한 것이었으니 도가 지나친 것이라 할지라도, 그 뒤에 연산군을 쫓아낸 일은 왕이라 해도 제대로 통치를 하지 못한다면 신하가 일으킨 반정에 의해 밀려날 수 있다는 충분한 선례가 됩니다. 물론 금상은 연산군처럼 인간 망종이라 할 수 있는 폭군은 아닙니다만, 작금의 행태는 도저히 안심하고 통치를 맡길 상황이 못 된다는 것을 보여 주고 있습니다. 전란의 와중에도 붕당을 부추기고 충신을 핍박하니 이 어찌 성군의 자질이 있다 하겠습니까?"

배흥립의 말은 이순신에게 거병을 권유할 때 정 참봉이 했던 말과 거의 비슷했다. 다만 정 참봉이 권유한 것보다 그 강도가 좀 더 올라간 것이 달랐다. 정 참봉은 왕을 그대로 둔 채 조정의 쇄신을 이루는 것을 목표로 하고 정 부득이하면 세자를 즉위시키는 쪽으로 거병의 방향을 제시했는데, 배흥립은 아예 임금부터 갈아 치우고 보자는 쪽으로 전제를 깔고 시작한 것이다. 아직 본격적으로 반기를 들 생각이 없는 이순신으로서는 조금씩 끌려들어 가는 느낌을 받게 되는 것이 당연했다.

갈등하는 이순신을 중심으로 회의실 안은 침묵에 휩싸였다. 기왕 거병한 이상 지금 임금을 그대로 인정한다는 것은 자살행위라고 여기는 이분과 배흥립의 입장에 대부분의 장수들, 아니, 사실상 모든 장수들이 동조하고 있었기 때문이다.

문제는 그러자면 다른 임금이 필요하다는 것이었다. 세조가 그랬듯 한양 안에서 단박에 왕궁을 들이쳐 임금을 곧바로 손아귀에 넣고 천천히 생각할 수 없는 이상, 누군가 지금의 임금 대신 다른 이를 왕으로 내세워 명분을 잡는 것이 필요할 수밖에 없는 것이다. 옛날이라면 이들에게 필요한 것은 하늘의 계시였겠지만, 지금은 불붙인 연을 띄워 올리면서 별이 올라간다고 외치는 행동이 통할 수 있는 시대가 아니다. 그리고 이들에게는 적당히 왕으로 추대할 만한 후보자가 없었다.

"당면 과제는 출진이니, 지금 당장은 관군과 싸워 이기는 것을 당면의 목적으로 합시다. 일단은 한양까지 들어가야 금상을 뉘우쳐 개과천선하게 만들건, 아니면 덕이 있는 이에게 양위시키건 할 것 아닙니까. 괜히 통상을 더 고뇌하게 만들지 말고 이 이야기는 그만 이쯤에서 접도록 하지요. 어차피 한두 시진 정도 토의한다고 해서 답이 나오는 문제가 아니지 않습니까. 다들 그 문제에 대해 좀 더 고민해 본다면 그것으로 족하리라 봅니다."

좌중의 분위기를 다스리고 나선 것은 뜻밖에도 정 참봉이었다. 이순신에게 거병을 결심하게 한 결정적인 인물인 그가 이 논의를 중단시킨 것은 둘러앉은 장수들에게는 뜻밖의 일이었다. 그런 태도를 납득하지 못한 안위가 앞으로 나섰다.

"솔직히 금상을 그대로 옥좌에 앉혀 둘 수는 없습니다. 하지만 그렇다고 해서 세자 저하를 추대한다는 것도 말이 안 된다고 생각합니다. 세자 저하께서 혹시 먼저 손을 내미신다면 혹 생각해 볼 수도 있겠습니다만, 우리가 세자 저하를 받들어 보위에 오르시게 한다고 해도 세자 저하께서는 우리를 경계하실 것입니다. 차라리 입부 영감을 내세워 명분으로 하는 것은 어떻습니까?"

지금 한양에 있는 입부 이순신은 양녕대군의 7대손이다. 임금의 방계 후손의 경우 5대까지만 왕족으로 인정하는 조선의 법을 감안하면 엄밀히 말해 왕족이 아니지만, 주변인들은 입부 이순신을 종친으로 대우하고 있었다. 다만 현재의 왕통에서 워낙 멀리 떨어진 탓에 사실상 계승권은 전혀 가지고 있지 않다고 보아도 무방한 사람이다. 우치적 역시 그 점을 지적했다.

"입부 영감은 왕통에서 너무 멉니다. 그보다는 역시 세자 저하를 설득하여 보위에 오르시도록 하고, 그 밑에서 우리들의 안위를 보장받는 편이 낫지 않겠습니까? 입부 영감도 참⋯⋯ 누구만큼 고지식한 사람이라, 우리가 아무리 설득해도 절대 보위에 오르지 않을 겁니다."

'통상 대감만큼'이라는 말이 나오려다가 우치적이 꿀꺽 침을 삼키자 목구멍으로 도로 들어갔다. 하긴 그렇게 고지식한 통상이니 이 많은 장수들이 따르는 것이긴 하지만 말이다.

"그렇다 해도, 확실히 우리 편을 들 만한 사람 중에 왕통과 조금이라도 닿는 사람은 입부 영감 하나밖에 없지 않습니까. 그런데 그걸 그냥 포기하자고요?"

"자, 그 말은 역시 그만하는 것이 좋겠습니다."

정 참봉이 재차 막고 나섰다. 그리고 반발하려는 장수들의 반응에 개의치 않고 그 이야기를 일단 미루어야 하는 이유를 설명했다.

"상감은 욕심이 많은 인물입니다. 특히 권력욕이 강하지요. 그리고 지금 우리의 거병에 대한 소식을 듣고 잔뜩 화가 나 계실 것이니 우리가 어떠한 인물을 왕으로 내세우건, 그것이 금상의 귀에 들어간다면 그 사람을 죽게 만드는 결과밖에 안 될 겝니다. 설사 세자 저하를 등극시키는 것이 우리의 목표라고 해도 상감은 서슴없이 세자 저하를 죽일 것입니다. 입부 영감도 벌써 의금부에 처넣었을지 모릅니다. 그러니 다들 그 문제는 잠시 미뤄 두고 일단은 눈앞에 다가온 싸움에 더 주력하는 게 좋지 않을까 합니다. 그렇지 않겠습니까?"

정 참봉은 이 말을 하면서 통제사 쪽으로 등을 돌리고 장수들 쪽을 향한 채 약간의 의미가 담긴 눈짓을 했다. 그와 눈길이 마주친 배흥립은 의미심장한 미소를 지으며 고개를 끄덕여 화답했고, 다른 장수들도 나름대로 수긍했는지 기세가 수그러들었다. 다만 안위는 미련이 남는지 한마디 더 꺼냈다.

"그래도 입부 영감과 권준 영감은 필히 우리 편으로 하여 도성 일대에서 내응할 수 있도록 해야 할 것입니다. 입부 영감은 도성의 치안을 책임지는 포도대장이고 권준 영감은 광주부를 통할하는 경기방어사이니, 이들 두 사람이 우리 편에서 뜻을 함께한다면 우리 수군이 도성으로 들어가 금상을 뫼시고 우리의 뜻에 따르도록 하는 것은 여반장如反掌일 것이 아닙니까."

"되기만 한다면야……."

둘러앉은 장수들은 모두 고개를 끄덕였다. 도성 안에서 내응할 사람이 있다면 정변이 훨씬 쉬워지는 것은 말할 나위가 없다. 정 참봉도 고개를 끄덕였다.

"우리가 손해를 볼 일은 아니니 두 분 장수에게 일단 사람을 보내 거사에 동참할지의 여부를 알아보기로 하지요. 그럼 조방장 영감, 우리 군사가 출진하는 데 얼마나 걸리겠습니까? 제가 실제 군사에는 문외한이다 보니 여쭙고 싶습니다. 이제 군선이 다 모였으니 바로 나가면 되는지요?"

정 참봉은 조방장 우치적 쪽으로 고개를 돌렸다. 우치적은 곧바로 정 참봉에게 화답하여 대화를 이어 나갔다.

"그러지는 못합니다. 활과 총통을 쏘며 싸울 수졸은 거의 다 채웠지만 격군이 모자란 배가 좀 있어 고금도에 사는 주민 중에서라도 격군을 충원해야 하고, 화약과 궁시, 총통, 포환 등도 모두 골고루 싣고 있는 것이 아니라서 적재량을 확인하고 부족한 분량은 통제영의 재고를 옮겨서 보충해야 합니다. 그뿐 아니라 군량도 더 실어야 하며 전선에 싣고 남은 군량과 화약, 궁시는 별도의 운반선에 적재하여 함께 끌고 가야 하니 아무리 빨라도 사흘, 넉넉잡아 엿새는 있어야 출진할 수 있습니다."

우치적의 설명을 들은 정 참봉은 천천히 고개를 끄덕였다.

"엿새라……. 경상우수영 군이 충분히 도착할 수 있는 시간이군요."

경상우수영.

이 한마디는 한껏 달아올랐던 좌중을 진정시켰고 모든 이에게 부담으로 다가왔다. 과거 조선 수군 최강의 전력을 가지고 있었고, 지금도 최강의 전력을 가진 곳이 경상우수영이었기 때문이다. 지금 거병한 이순신 군이 보유한 전선은 스물네 척, 강력한 전력이긴 하지만 아직도 경상우수영보다는 열세였다. 가라앉은 분위기 속에서 정 참봉이 천천히 입을 열었다.

"작년 11월 전란이 끝났을 당시, 우리 조선 수군이 보유한 판옥선의 숫자는 모두 합쳐서 백여 척 정도였습니다. 그리고 그중 상당수는 통제사께서 새로 건조하여 전라좌수영에 배속시킨 전선들이었지만 올해 정월에 대부분의 전선을 왕명으로 빼앗기고 말았지요. 상감은 왜적의 재침 가능성이 가장 높은 지역인 경상우도 지역을 지켜야 한다는 이유로, 우리 전라좌수영의 전선을 열다섯 척만 남기고 모조리 경상우수영에 주어 버리셨습니다. 이후 새로 건조가 완료된 배들을 배치하여 다소 전력이 늘기는 하였으나 우리 전라좌수영 수군의 전선 수는 아직도 고작 열아홉 척에 불과합니다."

안위가 정 참봉의 말을 받았다.

"맞습니다. 그것이 우리 우수영 소속인 여기 강진현감과 회령포만호, 가리포첨사 덕분에 스물네 척이 되었으니 참으로 기뻐할 일이지요."

강진현감 송상보와 회령포만호 위대기는 각각 자기가 거느리던 판옥선 두 척을, 가리포첨사 이영남은 한 척을 몰고 이순신의 진영에 합류했다. 덕분에 통제영 군의 전력은 판옥선 스물네 척으로 대폭 늘어난 반면 일차적으로 이들을 막게 될 우수영의 판옥선은 열여덟 척에서 열세 척으로 줄고 말았다.

"맞습니다. 여기 세 분 장수들 덕분에 이제 전라우수영 수군의 전선은 우리 통제영 군의 절반밖에 안 되지요. 우리가 뚫고 나가야 하는 첫 상대로서 어려운 관문은 아닙니다. 충청수영과 경기수영이 보유한 판옥선도 각각 열 척 남짓이므로, 조정이 이들을 통합 운용하지 않고 우리에게 맞서게 한다면 능히 격파하고 경강으로 진입할 수 있습니다. 경상좌수영 전선도 열 척 정도밖에 안 되고, 또 워낙 머니까 고려할 필요가 없습니다. 하지만 경상우수영은……."

안위의 뒤를 이어 발언한 우치적도 차마 말을 끝맺지 못했다. 잠시 침묵이 흐르고, 젊은 장수들의 대화를 조용히 듣고만 있던 조방장 배흥립이 무겁게 입을 열었다.

"지난번 우리 좌수영과 우수영으로부터 양도받은 배까지 합쳐 경상우수군의 전선은 마흔 척이 넘소. 명실상부한 조선 최강의 전력이지요. 게다가 경상우수영의 본영이 있는 거제도와 우리 통제영이 있는 고금도는 전라좌수영이 있는 순천부를 중심으로 해서 동서 방향으로 거의 같은 거리이오이다. 고금도에서 순천까지 왕복할 시간이면 거제도에서 고금도에 도착할 수 있다는 이야기지요. 물론 통상 대감의 거병에 대한 소식을 접하고 병력을 소집하는 데 걸리는 시간을 감안하면 지금 당장 코앞에 경상우수군이 나타날 가능성은 거의 없소이다. 경상우수사가 자체적으로 판단을 내려 출병한다면 혹 모르지만 왕명을 받아 출진한다면 닷새는 더 있어야 할 것이니까요. 한양과 거제를 잇는 시간을 생각하면, 결국 관건은 경상우수사 유형 영감이 어떻게 마음을 먹느냐에 달려 있지 않겠소?"

"경상우수사 유형 영감은 과거 전라도 수군에 있을 때부터 통상의 심복 중 하나라 하나, 지금은 주상에게 공을 인정받아 이제 겨우 서른을 갓 넘긴 나이에 수군의 요직 중의 요직인 경상우수사 자리를 받았습니다. 그런데도 과연 우리 편이 되어 줄까요?"

근심 섞인 목소리로 배흥립에게 화답하는 송여종의 태도를 보며 안위는 쓴웃음을 지었다. 과거 이순신의 밑에 함께 있을 때 유형과 자신이 서로 이순신에게 잘 보이려고 충성 경쟁을 했던 게 기억났기 때문이다. 그가 딱히 미움을 받은 것은 아니었지만, 이순신은 자기 못지않게 고지식한 성격의 유형을 꽤나 총애했었다. 그가 해임된 것과 달리 유형이 지금도 수군절도사 자리를 지키고 있는 것도 그 고지식한 성격 탓이 틀림없었다. 임금도 유형이 자기 말을 하늘같이 따를 거라 믿고 있을 것이 분명했다.

"아니, 모를 일입니다. 유형 영감은 원체 원칙대로 하는 사람 아닙니까. 전란 중에는 유형 영감이 우리와 한배를 탄 동료였다고 하나, 지금도 그리 생각하리라는 보장은 없습니다. 그 고지식한 성격을 생각하면 다들 아시겠지만 통상을 토벌하라는 어명에 곧이곧대로 따르고도 남을 위인입니다. 큰 기대는 하지 않는 편이 좋을 거요."

광양현감 나대용이 씁쓸하게 내뱉었다. 안위 역시 동감이었다.

"그래도 혹시 모르는 일 아닙니까. 유형 영감도 5년이나 우리와 함께 전란을 치렀습니다. 통상과는 부자간이라고 해도 좋을 만큼 가까웠고, 지금도 경상우수사로서 통제사의 명을 받들어야 하는 처지입니다. 통상께서 동참하라 이르시면 따르지 않을까요?"

송여종은 아직도 미련이 남는 모양이었다. 하긴 과거 유형이 보여 준 용맹함과 지금 유형 수하에 있는 전력을 생각하면 아쉬운 것이 당연했다. 하지만 안위의 생각에는 별로 기대할 것이 없었다.

"통제사께서 경상우수사의 상관이신 것은 맞소. 그러나 지금쯤 조정에서는 이미 통상을 삭탈관직한다는 명을 내렸을 거요. 우리가 전라, 경상 각 우수영에 격문을 뿌린 것이 벌써 나흘 전 아니오. 유형 영감은 몰라도 김억추 영감은 분명히 그 격문을 보았을 것이고 곧바로 한양에 보고했을 거요. 지금쯤은 금상도 우리가 거병을 한다는 사실을 알고 있겠지요. 지금까지도 금상이 이제 알게 되었을 거라는 사실을 전제로 이야기를 나눠 오지 않았소."

유형에 대해 큰 기대를 갖지 않는 안위의 차분한 말을 들은 송상보가 고개를 갸웃거렸다.

"저는 통상의 격문에 대해 김억추 영감에게 보고하지 않았습니다만. 통제영 코앞에 있는 제가 입을 다물고 있었는데 그게 어떻게 우수사에게 보고가 들어갈 수 있겠습니까?"

"그야 격문이 강진으로만 간 것이 아니니 그렇지요. 해남과 진도 일대의 각 포구까지 격문을 뿌렸으니 여기 오지 않은 여러 만호, 첨사 들 중 한 사람 정도는 분명히 김억추 영감에게 보고를 했을 거요."

다른 장수들이 자기 관할 고을로 전선과 병력을 거두러 간 사이, 거둬 올 병력이 없는 안위는 통제영에서 격문을 돌리고 섬 안의 군사들을 독려하여 출진 태세를 준비하는 역할을 했다. 그런 만큼 어느 쪽으로 격문이 얼마나 나갔는가 하는 것도 잘 알고 있었다.

"경상우수영은 움직여서는 아니 되네."

생각을 정리하기 위해서인지 계속해서 침묵을 지키고 있던 이순신이 천천히 입을 열었다. 둘러앉은 장수들은 순간 모든 움직임을 멈추고 이순신의 한마디 한마디에 집중했다. 이순신은 딱히 서두르지도 않고 흥분하지도 않은 것 같은 태도로 조용하게 그 이유를 밝혔다.

"왜 땅에서 어떤 움직임이 있을지 모르는데 경상우수사가 섣불리 움직여서는 아니 돼. 비록 왜추의 우두머리인 수길이 죽었다고는 하나 그 아들이 권력을 이어받았고, 수하의 행장, 청정과 같은 장수들이 여전히 건재하니 우리가 틈을 보인다면 다시 쳐들어올지도 모르는 일일세. 행여 그런 일이 생긴다면 또다시 이 땅이 짐승 같은 왜인들에 의해 혹독한 참화를 겪어야 할 것이 아닌가. 그러니 유 수사는 굳이 이번 거사에 참가하지 않더라도 자신의 담당 구역에서 왜적에 대한 방비를 충실히 해 준다면 그것으로 족하다고 생각하네."

이순신의 말을 들은 장수들은 모두 고개를 끄덕였다. 사실 이번 거사를 이루는 데 있어 경상우수영이 적이 되지만 않는다면 그들이 한양으로 진격하는 데는 별다른 장애가 없다고 해도 좋았기 때문이다. 한편이 되어 준다면야 더 이상 바랄 것이 없겠지만, 배후에서 공격받을 걱정을 하지 않아도 되게 중립을 지켜 주면 그것으로 족했다.

한양으로 가는 길에 있는 세 수영이 연합 작전이라도 편다면 부담이 크겠지만, 임금의 성격을 볼 때 경기수영은 절대 이면 남쪽까지 내려와 토벌에 참여할 리가 없었다. 전란 중에도 왜군이 서해를 빙 돌아 경강으로 들어올지 모른다며 경기수영 전선들을 절대 내보내지 않았던 임금이 아닌가. 덕분에 경기수영의 수졸들은 7년의 전란을 치렀음에도 단 한 번의 실전 경험도 없었으니, 싸우게 되더라도 싸움 상대로도 별로 어렵지 않을 터였다.

오직 문제가 될 만한 것 하나는 충청수영이었다. 충청수영은 심심찮게 왜적과 싸우러 출동했었기에 실전 경험도 꽤 있었고, 충청병사 직에 있다가 얼마 전 충청수사가 된 이시언은 비록 수군 경력은 짧을지 몰라도 한때 이순신 밑에도 있었고, 왕에게 꽤 총애도 받고 전란 중에도 육전에서 맹활약한 바가 있었다. 이 충청수영이 전라도로 내려와 김억추의 우수영 군과 합세할지, 충청도에 머무를지, 혹은 경강으로 올라가 경기수영과 합세하여 근왕에 참가할지가 지금 이들의 거사 성공 여부를 좌우하는 가장 큰 요소라고 할 수 있었다.

"통상의 말씀이 옳습니다. 경상우수영이 우리를 토벌하기 위해 출병한다고 해도 도착하려면 시간이 한참 걸릴 것이니, 일단은 전라우수영과의 싸움이 끝날 때까지는 경상우수영이 오지 않는다는 전제 하에 앞으로의 계획을 짜 보도록 하지요."

우치적이 나서서 토론을 정리했다. 이제 정말 모두의 중지를 모아 코앞에 닥친 실전에 대비한 계획을 세울 때였다.

자리에서 일어선 우치적은 탁자 위에 커다란 지도를 펼쳤다. 경강 어귀의 강화도부터 고금도까지 서해안 전체가 묘사되어 있는 지도였다. 이곳은 조선 수군의 심장부라 할 수 있는 삼도수군통제영이니만큼, 경상좌수영에서 충청수영에 이르는 전 해안선의 상세한 지도는 물론 만약의 경우 필요할 수 있는 경기수영 관할의 해역에 대한 지도도 갖추어져 있었다.

"우리가 한양으로 가기 위해 가장 먼저 해야 할 일은 울돌목을 돌파하는 것입니다."

우치적의 손끝에 들린 등채가 지도 위의 한 점을 짚었다.

"울돌목을 지키고 있을 우수영 수군을 격파하고 서해로 들어갑니다. 그 뒤 당진포에 있을 충청수군과 일전을 겨루고 나면 경강 하구까지는 맞설 상대가 없을 것입니다. 경강 입구에서 경기수영의 선단을 쳐부수고 나면 곧바로 한양입니다. 이것이 우리가 군사를 움직일 기본적인 경로입니다."

우치적의 설명을 들은 장수들 틈에서 잠시 실소가 일어났다.

"울돌목이라. 이번엔 우리가 정유년 왜적의 입장이 된 거로군요. 하긴 어쩔 수 없는 일이긴 합니다. 그때 왜놈들이나 지금 우리나, 서해로 밀고 들어가지 못하면 승산이 없는 건 똑같으니 말이지요."

제장들의 영수 격인 배흥립이 점잖은 형상의 희끗희끗한 수염을 쓰다듬으며 쓴웃음을 지었다. 그에 비해 장비 같은 수염을 지닌 가리포첨사 이영남은 잠깐 생각하더니 신중한 태도로 우치적을 향해 질문을 던졌다.

"조방장 영감, 울돌목을 돌파하려면 전라우수영과 싸우지 않을 수가 없겠지요?"

"당연한 일이지요. 김억추 영감이 우리를 그냥 통과시킬 리가 없으니 우수영이 보유한 모든 전선이 울돌목을 막아설 것이라고 보면 됩니다. 우리의 스무 척과 우수영의 열두 척이 싸우는 것이니 확실히 승산은 우리에게 있습니다."

분명히 승산은 이편에 있었지만, 그 이야기를 들은 이영남은 약간 소심하다고까지 볼 수 있는 태도를 보여 주었다. 전투를 하지 말자고 한 것이다. 역시 수염이 장비 같다고 하는 행동이나 성질도 장비 같은 것은 아닌 모양이었다.

"꼭 우수영과 싸워야 합니까? 우리 앞에 있는 세 수영이 연합하지 않고 분산되어 있을 때 하나씩 격파하여 그 세를 줄여야 한다는 말씀인 것은 충분히 이해했습니다만, 꼭 직접 싸울 필요는 없다고 생각합니다. 아직 우리도 세력을 크게 불리지 못했는데, 처음부터 위험을 무릅쓸 필요는 없지 않습니까. 게다가 우리는 전라좌수군이건 우수군이건 다 같은 조선 수군입니다. 그러니 우리끼리 피를 흘리는 싸움은 가능한 한 피해야 할 것입니다. 조선 수군끼리 싸우느니 그냥 진도를 돌아 우회하는 편이 낫다고 생각합니다. 시간이야 조금 더 걸리겠지만, 우리가 왜놈들처럼 바깥 바다를 항해하지 못하는 것도 아니고, 크게 먼 길도 아닌데 위험부담을 무릅쓰고 꼭 울돌목을 돌파해야 하는 이유를 소장은 잘 납득하지 못하겠습니다. 통상께서도 지난 정유년에 울돌목을 지키면서 일부당경 족구천부一夫當逕 足懼千夫라 하시었고, 그 말씀대로 족히 수백 척은 될 왜선을 가로막아 조선을 다시 세우셨습니다. 우수영도 우리를 그렇게 막아설지 모릅니다."

이영남은 전란 초기에는 원균이 통제하는 경상우수영의 장수였지만 그 뒤 소속이 바뀌어 명량해전 때는 전라우수영의 장흥부사로 있었고, 지금도 전라우수영 소속인 가리포첨사였다. 우수영과 싸우는 것을 좌수영 소속인 다른 장수들보다 더 꺼리는 것이 당연했다.

"굳이 싸우지 않아도 우리 선단이 서해로 들어가면 우수영과 한양 사이의 수로를 차단하는 결과가 되니, 그 위용에 겁을 먹고 투항하는 장수들이 나올 것입니다. 소장과 강진현감, 회령포만호처럼 예전부터 통상의 편이었으나 집단이 주는 압력 때문에 눈치를 보며 빠져나오지 못한 장수들이 분명히 결단을 내릴 것입니다. 그리하면 김억추 영감은 군사 없는 장수가 되어 백기를 들게 될 것이니, 이 어찌 쉽고 편하게 적을 이기는 방법이 아니겠습니까? 싸움을 하지 않아 편할 뿐 아니라 우리의 손실을 줄이고 전력은 도리어 늘어나게 할 수가 있습니다."

이영남의 주장은 역시 우수영 소속인 송상보와 위대기에게 강력한 지지를 받았다. 하지만 우치적과 전 우수사였던 안위의 생각은 달랐다. 명량해전 이야기가 나왔을 때 통제사를 두고 도망쳤던 과거가 떠올랐는지 얼굴을 붉혔던 안위가 아직 홍조가 가시지 않은 얼굴로 이영남의 의견을 반박했다.

"가리포첨사의 의견도 그럴듯하나, 우리에게 전력이 부족하다는 문제를 너무 가볍게 보고 있는 것 같소. 우리가 우수영과 싸우지 않고 우회한다 해도, 충청수영과 경기수영까지 피할 수는 없단 말이오. 저들과 맞닥뜨려 교전이 시작되었는데, 그동안 웅크리고 있던 우수영이 배후를 차단하고 공격한다면 어떡할 셈이시오? 내 비록 전라우수사로서 수많은 우수영 장졸들을 거느렸고 지금도 그들에 대한 아끼는 마음은 변함이 없지만, 이 문제에 있어서는 우 조방장과 의견을 같이하는 바요."

좌수영 장수들은 대부분 안위의 의견에 찬동했다. 그럼에도 이영남 등이 아직 동의할 생각이 없어 보이자 안위는 부드러운 표정을 지으며 몇 마디 덧붙였다.

"우수영과 싸우자는 것이 곧 우수영 군사들을 모두 섬멸하여 없애 버리자는 뜻은 아니니 가리포첨사도 화내지 마셨으면 좋겠소. 나는 차라리 양군이 정면으로 대결하여 포를 쏘기 시작하면 우수영 군선들이 더 빨리 우리 편으로 넘어올 거라고 생각하오. 과연 우수영의 어느 사부射夫, 어느 포수가 감히 장대에 선 통상을 향해 무기를 겨눌 배짱이 있겠소? 줄줄이 손을 들고 아군에게 귀부할 것이오."

과연 이 말에는 강한 설득력이 있었다. 모든 장수들이 고개를 끄덕였고, 상석의 이순신은 괜히 헛기침을 했다. 이순신의 뒤에 시립하고 있던 송희립, 이완 등이 고개를 돌리고 피식 웃을 정도였다. 그런데 이때 발포만호 소계남이 질문을 했다.

"알겠습니다. 울돌목으로 가자는 조방장 영감의 의견에 찬성합니다. 그런데 조방장 영감의 말씀에 한 가지 의문이 있습니다. 왜 울돌목에서 맞설 양군의 전선 수가 스무 척 대 열두 척입니까? 양측의 전선 숫자는 우리 스물네 척, 우수영 열세 척이 맞지 않습니까?"

발포만호 소계남의 질문을 받은 우치적은 인상을 찌푸리며 대답했다.

"우리 전선 숫자를 네 척 줄인 것은 고금도를 경비할 배를 남겨 두어야 하기 때문이오. 우리가 모두 한양으로 가 버린다면, 전라병사의 관군에 맞서 남해의 백성을 지킬 방법이 없지 않소. 아무도 바다를 지키지 않는다면 관군이 고깃배를 타고 와서 고금도를 점령하고 미처 피난하지 못한 백성들을 역적의 한패라고 도륙하며 섬을 약탈할지도 모르는 일이오. 그들은 우리 수졸들의 가족이자 우리가 지켜야 할 이 나라의 백성이오. 그래서 부족한 전선이나마 뒤에 남기는 것이오. 이들은 우리 백성을 지키는 일, 그것 하나만을 맡을 것이오. 그리고 우수영 전선이 열두 척이라는 것은……."

말을 멈춘 우치적은 근엄하던 표정을 풀고 살짝 웃었다.

"……여기서, 우수사 김억추 영감이 당당히 자기 배를 타고 싸우러 나올 거라고 생각하는 분이 계신다면 손을 드시오."

"푸핫핫핫!"

"아, 그런 의미였습니까?"

"나올 리가 있나!"

순식간에 회의실은 폭소의 도가니가 되었다. 심지어 이순신 조차 고개를 숙인 채 입가에 슬며시 미소를 지었다. 탁자를 두드리며 웃던 안위는 갑자기 무슨 생각을 했는지 벌떡 일어나더니 외쳤다.

"잠깐! 그러고 보니 우수사 영감도 장계를 올리지 않았겠소. 혹시 그 첫줄도 '신에게는 아직 열두 척의 전선이 남아 있습니다[今臣戰船尙有十二].'로 시작할까요?"

"설마! '신에게는 이제 열두 척밖에 없으니 어서 수군을 폐하소서.'겠지요!"

배흥립이 곧바로 받아치자 또 폭소가 터졌다. 이영남은 너무 웃다가 의자와 함께 자빠졌는데, 그러고도 계속 배를 두드

리며 웃고 있었다. 회의실 안이 웃음소리로 가득 차자 밖에서
번을 서던 수졸들이 무슨 일인가 의아해하며 기웃거렸다.

＊

조정에서는 이순신에 대한 토벌령이 내려지고 고금도에서는
한양으로 올라갈 계획을 짜고 있을 이 무렵, 통제영 군의 첫 번
째 적수이자 임금이 내린 이순신에 대한 토벌의 중요한 한 축
이 되어야 할 전라우수영에서는 어떤 일이 벌어지고 있었을까.

"조, 조정에서 아직 아무 지시도 내려오지 않았느냐?"

"수사또 나리, 조금 전에도 말씀드렸지만 장계가 올라간 것
이 고작 사흘 전입니다. 관내에서 가장 빠른 말을 골라 가장 말
을 잘 타는 군관을 시켜 올려 보냈다고는 하나, 상감께서 그에
대한 답을 내려 주시려면 아직 멀었습니다."

전라우수사 김억추는 말 그대로 좌불안석이었다. 계속 앉았
다 일어났다, 문을 열었다 닫았다, 책을 펼쳤다 덮었다 하면서
부들부들 떨고 있었다. 부하 장수들은 수사에게 체통을 지키라
면서 혀를 찼지만, 자칫하면 지금 통제사 이순신과 싸우게 될
판인데 어찌 침착할 수가 있겠는가. 그것도 이쪽이 가진 전력
이 훨씬 열세인 것이다.

"가리포첨사, 강진현감, 회령포만호는 왜 오지 않는가?"

"강진현감과 회령포만호는 바닷길이 통제사에게 막혀서 오

지 못하고 있을 것입니다. 가리포첨사는 왜 오지 않는지 모르겠습니다."

이것 역시 지난 사흘 동안 백 번이라면 과장이고 서른 번은 똑같이 반복된 문답이었다. 이순신의 격문을 보고 경악한 김억추가 우수영 관할의 각 진포에 소집령을 내리면서 전선과 수졸들이 우수영으로 모여들었는데, 지금 열여덟 척밖에 안 되는 우수영 전선들 중 거의 3분의 1에 해당하는 이 세 진포의 전선들은 물론 장수와 군사들조차 하나도 우수영에 나타나지 않았던 것이다. 원래대로라면 반군인 전라좌수영과 관군인 우수영의 전선 수는 열아홉 척 대 열여덟 척으로 비등한 싸움을 할 수 있지만, 이들이 가진 다섯 척의 전선이 없다면 전선 수는 열아홉 척 대 열세 척이 된다. 여기에 장수들의 지휘 능력 등을 감안하면 이쪽이 확실히 열세다.

"어서 사자를 보내 출동을 독촉하라! 해로가 위험하다면 육로로 말을 태워 보내면 될 것이 아니냐."

"다시 한 번 말씀드립니다만 이미 이틀 전에 보냈습니다. 또 보낼까요?"

"그, 그랬던가? 그럼 됐다. 조금 더 기다려 보자."

그러고는 또 아까와 같은 앉았다 일어났다, 책을 펼쳤다 덮었다가 시작되었다. 금갑도만호 이정표, 진도군수 선의문 등 우수영 관내의 수령과 장수들은 절로 나오는 한숨을 참을 수가 없었다. 아무리 상대가 통제사라지만 저게 무슨 꼬락서니란 말인가.

장수들도 알았다. 회령포만호 위대기와 강진현감 송상보가 나타나지 않는 것은 바닷길이 막혀서가 아니라 통제사 편에 섰기 때문이라는 것을 말이다. 그러지 않고서야 통제사가 뿌린 격문에 대해 보고서 한 장 올리지 않을 리가 있는가. 물론 너무 당황해서 잊어버렸을 수도 있고 늦게 보내서 지금 파발이 달려오고 있는 중일 수도 있지만, 아닐 가능성이 더 컸다. 이틀 전에 사자로 보낸 군관들도 어쩌면 명령받은 목적지로 가는 대신 우수영을 나서자마자 그 길로 곧바로 도망쳐 버렸는지도 모를 일이다.

가리포첨사 이영남에 이르러서는 뱃길이 막혔다는 변명조차 할 수가 없었다. 가리포가 있는 완도는 고금도보다 더 서쪽, 트여 있는 바다 한가운데이니 통제사가 바닷길을 막으려야 막을 수가 없기 때문이다. 장수들로서는 그저 구구절절 귀찮은 소리가 하기 싫어 김억추 앞에서 입을 다물고 있는 것이었다. 아마 김억추 저 작자도 다 알면서 혹시나 하는 생각에 저러고 있으려니 생각만 할 뿐이다.

"제길, 나도 그렇게 할걸 그랬다."

안절부절, 좌충우돌, 온갖 진기명기를 보이던 우수사가 바닷가를 직접 살피고 오겠다며 동생 김응추를 데리고 나가 버리자 금갑도만호 이정표가 장탄식을 내뱉었다. 수군이 아니라 비변사 낭청 출신인 무안현감 홍제가 경계의 눈초리를 번뜩이는 것을 느끼며 진도군수 선의문이 조심스럽게 말을 건넸다.

"뭘 그렇게 할걸 그랬다는 거요?"

"그걸 꼭 말을 해야 아십니까?"

이정표는 한마디 던진 다음 그저 창밖을 흘러가는 한 조각 흰 구름을 멀거니 쳐다보았다. 아, 저 구름처럼 두둥실 떠서 남쪽으로 가면 얼마나 좋을까. 그토록 무섭고 존경스러운 사람인 통제사 이순신과 싸워야 한다니 엄두가 나지 않았다. 이런 기분은 장수들뿐만 아니라 수졸들도 마찬가지여서, 격문을 직접 받지 않은 울돌목 이서의 각 진포에서 온 수졸들도 모두 동요하고 있었다. 격문을 본 진포의 병사들로부터 소문이 퍼지는 것은 정말 금방이었던 것이다.

그 탓에 지난 사흘간 일단 우수영에 모였다가 진영에서 도망친 수졸의 숫자만 300명은 족히 되었다. 심지어 우수사의 소집 명령만 받고 아무것도 모른 채 육로를 통해 우수영으로 오던 군산포만호는 도중에 갑자기 말에서 떨어졌다며, 다리가 부러졌는지 걸을 수도 말을 다시 탈 수도 없어서 올 수 없다는 전갈을 보내왔다. 군산포는 칠천량에서 소속 전선을 잃은 뒤 복구하지 못한 처지라, 만호가 휘하 수졸들을 이끌고 육로로 오다가 소문을 들은 모양이었다.

탈주하지 않은 군사들도 분위기가 심상치 않은 것은 마찬가지였다. 이순신에게 구원받은 남도의 백성들에게만 아니라 그의 휘하에서 싸웠던 조선 수군 군사들에게 있어서 통제사는 이미 살아 있는 신이나 마찬가지였다. 감히 맞서 싸우기는커녕 그가 지나가려는 길을 가로막고 선다는 것조차 도저히 엄두를 낼 수 없는 일이었다.

수졸들 사이에 떠도는 공기를 뻔히 알고 있는 장수들로서도 그들을 탓할 수는 없었다. 자신들 역시 통제사 이순신에 대한 존경과 두려움, 아니, 외경심을 떨쳐 버릴 수가 없었기 때문이다. 언제나 전 수군의 선두에서 왜적과 싸우던 사람, 백성과 나라를 위해 어떤 고난과 역경 속에서도 강철 같은 군건함으로 버티던 이, 삼도수군통제사 이순신과 맞설 수 있는 이가 수군에 도대체 누가 있겠는가. 그리고 그런 이가 도저히 견디지 못하고 역적이라는 오명을 뒤집어쓰도록 만들어 버린 것은 도대체 누구란 말인가.

"니미럴, 지금 우리보고 죽으라는 것 맞지?"

"말해서 뭐하냐. 우리보고 왜적도 아니고 통제사 어르신이랑 싸우라는데, 그게 말이 되는 거야? 차라리 한양에 가서 상감마마 목을 따는 게 더 쉽겠다."

"통제사 대감이 눈을 부릅뜨고 우리 쳐다보는 상상만 해도 오금이 떨리는데……."

"쉿! 우수사 영감이다!"

김억추와 김응추는 자기들이 다가가자 얼른 흩어져 몸을 숨기는 대여섯 명의 군사들을 보았다. 저들이 무슨 이야기를 하고 있었을지 짐작하기는 어렵지 않았다. 이미 한두 번 본 광경이 아니었으니까. 우수영 곳곳에서 군사들이 무리지어 수군거리고 있었던 것이다.

"이건 싸우기도 전에 진 판국입니다, 형님."

다시 우수사가 된 김억추와 함께 내려와 이번에는 목포만호를 맡았지만, 여전히 대솔군관 역할을 하고 있는 동생 김응추는 인상을 찌푸리며 한숨을 쉬었다.

"이건 왜적과 싸울 때보다 더 상황이 나쁜데요. 그냥 나쁜 것도 아니고 훨씬 더 많이 나쁩니다. 수졸들은 통제사를 두려워하고 있고, 장수들은 형님의 명령 따위는 귓등으로도 안 듣는 상황이에요. 어쩌면 형님 목을 잘라다가 통제사에게 바치겠다고 나서는 놈이 있을지도 모릅니다."

"그, 그런 놈이 있을까 봐 내가 널 데려온 것이 아니냐!"

무의식중에 소리를 지른 김억추는 찔끔했는지 얼른 말을 멈추고 주위를 둘러보았다. 근처를 지나던 몇몇 수졸들이 아무것도 못 들은 양 옆을 지나쳐 뛰어가자 목소리를 낮춘 채 이야기를 계속했다.

"넌 다른 일 할 필요 없다. 내 뒤만 지켜 다오. 여기서 살아 돌아가야 하지 않겠느냐."

"나 참. 그럼 제 휘하 군사들은 어쩌란 말입니까? 목포 군사들은 누가 지휘하라고요."

"네 밑에 있는 군관들에게 지휘하라고 해라. 알아서들 잘하겠지."

"아이고."

김응추는 그저 한숨을 쉬었다. 명색이 무관이니만큼 자기 한 몸 지킬 무예라면 형 김억추도 어디 가서 이름을 내밀 수준은 충분히 됐다. 하지만 누가 뒤에서 찌른다면 용빼는 재주가 있을 리 없는 터. 지켜 줄 이는 많으면 많을수록 좋다. 그리고 이 판국에 확실히 믿을 수 있는 것은 친혈육인 동생 김응추뿐이었다. 하지만 김응추로서도 곤란한 사정이 있었다.

"목포 군사들이 그나마 불평이 적은 건 우수사의 동생인 제가 일개 만호라는 직책을 '불평 없이' 받들어서 함께 싸울 준비를 하고 있기 때문입니다. 그런데 제가 '수사또 나리의 호위'를 맡아서 뒤로 빠져 버린다면, 제 군사들은 분명히 '저놈도 지 목숨만 챙기는 놈이구나.' 하고 생각할 것이고 당연히 싸울 생각을 안 할 것입니다."

이길 가망은 별로 없어 보이지만 어떻게든 이순신과 한번 싸워 보기는 할 생각인 김응추였다. 김응추는 절망에 빠진 형을 다시 한 번 설득했다.

"형님, 무슨 생각 하시는지 압니다. 당장이라도 때려 엎고 도망가고 싶으시죠? 그런데 그러시면 안 됩니다. 어떻게든 일전을 치러야지, 안 그러면 머리끝까지 화가 난 상감마마께서 통제사보다 형님 목부터 칠 거라고요. 패군지장은 동정의 여지라도 있지만 적전 도주를 한 자에게는 그런 동정도 없단 말입니다. 막말로, 임진년이나 정유년 전란 때 왜적들과 맞서면서도 형님이 다른 겁쟁이들처럼 먼저 나서서 도망친 적이 없는 게 상감마마께 후한 평가를 받은 요인 중 하나 아니었습니까."

"그거야 그렇지."

김억추가 솔깃한 기색을 보이자 김응추가 설득을 계속했다.

"통제사의 위세가 지금 대단하긴 합니다. 그러니까 우리가 우수영을 이끌고 싸우면 분명히 져요. 진다고요. 하지만 결국에는 통제사가 일으킨 역모는 실패할 겁니다. 통제사가 바다에서나 제왕이지, 어디 육지에서도 승리할 것 같습니까? 1만 명, 아니, 5000명도 안 되는 좌수영 수졸 가지고는 절대 못 이겨요. 이제 명나라 군대도 거의 돌아가서 군량 부담도 적으니, 상감이 제대로 마음먹고 병력 동원하면 계사년* 때처럼 17만 명 정도는 아니라도 4만에서 5만 정도는 너끈히 동원할 수 있습니다. 통제사가 바다에서라면 모를까, 육지에서 그걸 다 이길 수 있겠어요?"

"화, 확실히 힘들기는 하겠구나."

김억추가 솔깃한 기색을 보이자 기세가 오른 김응추가 설득을 계속했다.

"통제사가 한양을 노리는 대신 세곡이 운송되는 수로를 막아 조정을 말라 죽게 만든다면 더 큰 위협일 테지만, 삼별초가 그랬듯이 소규모 집단이 수로를 차단해 봐야 결국에는 토벌되게 마련입니다. 통제사 일당이 일단 반란을 일으킨 이상 살아남자면 한양을 노릴 수밖에 없는데, 그러기에는 군사가 너무 적어요. 경기도와 황해도, 북도 쪽 군사만 제대로 모아도 육지에 올라온 통제사의 수군 따위는 도성 문 앞에서 완전히 박살이 날 겁니다."

"그럴 거라면 더더욱 내가 싸우지 않아도 되는 것 아니냐. 내버려둬도 통제사가 질 텐데, 너는 왜 자꾸 내가 싸워야 한다

---

* 1593년

는 소리만 하는 거냐?"

이순신에 대한 두려움 때문에 도망치는 쪽으로만 자꾸 생각하는 형 김억추를 말리느라 동생 김응추가 진땀을 빼고 있는 지금 두 사람의 모습을 본 사람이 있었다면 아마 김응추를 형이라고 생각했을 것이다. 김응추의 고달픈 설득은 계속되었다.

"형님, 통제사가 지는 것은 지는 거지만 그 과정에 형님이 공을 세운 게 뭐라도 있어야 목도 안 잘리고 나중에 벼슬도 받을 것 아닙니까. 우리 우수영 군사들의 전력이나 사기를 생각하면 분명히 지겠지만, 대신 통제사의 발을 붙들어서 조금이라도 시간을 끌어야 합니다. 그러면 그 시간 동안 한양에 더 많은 군사가 모일 것이고, 그럼 확실히 상감께서 승리하시는 겁니다. 그러면 형님도 해전에서의 공을 인정받아 공신이 되고 출세 가도를 달리실 수 있지 않겠습니까."

"그래? 내가 이순신을 붙들어 쓰러뜨리는 데 공을 세운다 그 말이지?"

"그럼요. 형님께서는 여기서 이순신과 당당하게 맞섬으로써 위명을 떨치시고, 비록 세가 부족한 탓으로 패배는 당했지만 용전한 것으로 인정을 받으면 얼마나 좋습니까. 하지만 싸우지도 않고 도망을 가면 평생 숨어 살아야 할 겁니다. 저기 죽었다고 하는 원 통제처럼 말이죠. 원 통제가 정말로 한산에서 죽었는지, 패전에 대한 벌이 무서워서 죽은 척하고 어디 산속에 숨어 있는지 누가 알겠습니까?"

김응추의 끈질긴 설득에 김억추의 생각도 슬슬 기울어지기 시작했다. 어차피 이순신이 질 거라면 그 과정에 자기도 공을 세웠다고 생색도 내고, 출세도 해야 하지 않겠는가.

"음, 좋다. 그럼 얼른 돌아가서 장수들을 이끌고 울돌목을 막을 궁리를 해 보자꾸나. 이 통제는 열세 척으로 133척을 막았는데, 내가 열세 척으로 설마 열아홉 척을 못 막겠느냐?"

"흐흐! 어쨌거나 한번 막아 봅시다. 임금님께 명받은 수사 일이니 최선을 다해 보긴 해야겠죠."

*

"우리는 상감마마의 신하다!"

조선 수군 최강의 군영인 경상우수영, 그 최고 책임자인 경상우수사 유형이 거제도에 자리한 우수영 본영에서 이순신이 뿌린 격문을 받아 들었을 때 침묵 끝에 마침내 내뱉은 첫마디는 이것이었다. 경상우수영 관내인 남해도 일대에 뿌려진 격문은 하루 만에 유형의 손에 들어갔고, 그날은 마침 이순신의 부하들이 고금도에 집결한 날과 같은 7월 16일이었다. 격문을 받아 든 유형은 2각* 동안 한마디도, 단 한마디도 하지 않고 이를 악물고 있었다.

경상우수영 일대에 배포된 격문은 전라우수영 군사들이 접한 것과 전체적으로는 거의 비슷한 내용이었지만 그 세부에서

---

* 30분

는 조금 차이가 있었다. 한양으로 가는 길을 곱게 비키라는 마지막 단락 대신 이런 내용이 들어가 있었던 것이다.

'우수영의 장졸들이여, 내 너희에게 이르노니 나라의 군사로서 가장 중요한 일은 백성과 사직을 외적의 침입으로부터 지키는 일이다. 지금 그대들은 언제 바다를 건너 다시 쳐들어올지 알 수 없는 왜적과 대치하고 있다. 그러니 경거망동하지 말기를 간곡히 부탁한다. 내가 그대들에게 바라는 것은 오직 임지를 든든히 지켜 백성들을 평안케 하도록 하는 것이다. 우리의 빈틈을 노려 왜적이 다시 쳐들어오는 것만은 어떻게든 막아야 한다. 백성들을 위태롭게 하지 말 것을 다시 한 번 부탁하는 바다.'

전라우수영에 보낸 격문이 길을 비키고 대항하지 말라, 즉 반정에 동참하라고 간접적으로 권하고 있는 것과 달리, 경상우수영에 들어간 격문은 단지 개입하지 말 것만을 요구하고 있었다. 개입은커녕 왜군의 재침을 경계해야 하니 담당 구역을 절대 벗어나지 말 것을 요구했는데, 이는 이순신의 의지가 강하게 개입된 결과였다.

애초에 정 참봉이 쓴 초안에서는 경상우수군에게도 드러내놓고 동참을 요구했다. 하지만 격문 초안을 읽어 본 이순신은 전라우수영에 보낼 격문은 내키지 않아 하면서도 초안 그대로 승인해 준 것과 달리, 경상우수영에 보낼 것은 그 자리에서 승인을 거부하고 내용을 수정하라고 지시했다. 수군 중 최강인 경상우수군의 전력을 탐내고 있었던 장수들이 모두 정 참봉의 초안 쪽을 지지했지만 이순신의 반대는 강력했다.

"그대들은 왜적이 우리의 빈틈을 노리지 않으리라고 어찌 확신할 수 있는가? 임진년의 그 참혹한 난리를 다시 겪고 싶은 게 아니라면, 경상우수군은 그 자리에 그대로 두어야 하네! 경상우수군 없이도 성공할 거사라면 성공할 것이네."

"하지만 경상우수군이 금상의 편을 들어 적으로 돌아선다면 어찌시렵니까? 경상우수사의 성격을 생각해 보시옵소서!"

"그것과는 상관없네. 장수와 군대가 존재하는 의의는 외적을 막는 데 있고, 지금 벌어지는 것처럼 아군끼리 싸우게 되는 것은 진실로 피해야 할 일이네. 나로서는 경상우수영까지 이 참극에 말려들어 본래의 의무를 팽개치게 하고 싶지 않네. 만약 유 수사가 조정의 명을 받들어 나를 토벌하려 한다면, 어쩔 수 없는 일이지."

이렇게 해서 수정된 내용의 격문이 경상우수영으로 들어갔다. 하지만 노골적으로 동참을 요구하는 정 참봉의 격문이 아니라, 이순신이 문구를 고친 온건한 격문이 도리어 경상우수영 장졸들의 심리를 크게 흔들리라고는 이순신 본인조차 예상하지 못했다.

"영감, 분명 우리는 상감마마의 신하가 맞습니다. 하지만 장수 된 몸으로 지켜야 할 것은 임금만이 아니지 않습니까. 통상께서 말씀하셨듯이, 우리는 백성을 우선 지켜야 합니다. 백성들이야말로 나라의 근본이 아닙니까."

"맞습니다. 그리고 작금의 조정은 권력을 탐하는 간신배들로 가득 차서 전란의 와중에도 분쟁을 일삼더니 나라를 살린 조선 역사 최고의 용장, 통제사 대감까지 역적으로 취급하려 하고 있습니다. 이런 상황에 어찌 통제사를 버리란 말씀이십니까?"

만약에 이순신의 격문이 노골적으로 거사에 동참할 것을 권했다면 경상우수영 장수들은 도리어 미적거리면서 태도를 결정하지 않고 가담 여부를 저울질했을 가능성이 컸다. 멀리 떨어져 있는 경상도 수군이 거사에 가담하도록 만들려면 이순신으로서도 뭔가 구미가 당기는 대가를 약속하지 않을 수가 없고, 임금 역시 조선 수군 최강의 전력을 가진 이들을 자기편으로 붙들어 놓기 위해서 이런저런 유인책을 내놓을 것이다. 그러니 경상우수영은 현 임금을 따라서 역적을 토벌하고 공신이 되는 것과 이순신의 편을 들어 훗날의 달콤한 과실을 약속받는 것 사이에서 줄타기를 하며 태도를 결정할 수가 있었다. 그렇게 되는 것이 상식이었다.

하지만 동참을 호소하기는커녕 아예 이번 일에 개입하지 말고 나라와 백성을 지키기 위해 왜적에 대한 방비나 계속하라는, 격문이라기보다 차라리 담담한 안부 편지와도 같은 마지막 구절이 도리어 우수영 장수들의 이순신에 대한 존경심과 사태를 방관하는 것에 대한 죄책감을 불러일으켰다. 뜻밖에도, 거제 일대에 밀집한 경상우수영 진포 소속 장수들의 대부분이 유형에게 몰려와 통제사의 거사에 동참하자고 요구한 것이다.

"지금 조정에는 썩은 신하들이 가득합니다! 우리에게 원 통제를 보낸 자, 그들이 지금 조정을 채우고 있지 않습니까. 이른바 조정 중신이라는 자들이 저지른 다른 잘못은 인간이 저지를 수 있는 과오로 보아 모두 용서한다 치더라도, 원 통제를 우리에게 두 번이나 보낸 것 하나만은 도저히 용서할 수 없습니다! 그자들의 목을 쳐서 원 통제 때문에 죽어 간 수천 경상도 수군의 혼을 위로하는 제사를 지내야 합니다!"

당포만호 안이명이 이를 갈며 내뱉은 한마디는 이제까지 나온 누구의 말보다 파괴력이 컸다. 원균을 수군으로 보낸 자들, 정말 그자들의 배를 갈라 간을 씹어도 시원치 않을 터였다.

하지만 유형은 한 시진 가까이 이어지는 수하 장수들의 끈질긴 동참 요구에도 입을 굳게 다문 채 더 이상 반응하지 않았다. 그가 두 번째로 입을 연 것은 장수들이 말하다가 지쳐서 마침내 입을 다물게 되었을 때였다.

"분명 조정은 썩었다. 그리고 주상 전하 옆에 있는 신하들이 무죄한 통상 대감을 겁박하여 왔음은 나 자신도 알고 있다. 하지만 통상께서 무슨 생각으로 거병하셨는지 이 격문 하나만으로 어찌 파악을 한다는 말인가? 만에 하나 통상께서 갑자기 권력욕을 일으켜 단순한 개인의 욕심으로 군사를 일으킨 것이라면, 거기 참가했다가 누대의 역적으로 이름을 남기고 싶은가?"

경상우수영 지역, 구체적으로 말해 본영이 있는 거제도 일대에는 아직까지 금부도사가 이순신을 잡으러 왔었다는 소문은 퍼지지 못했다. 그저 남해도에 있는 진포에서 입수된 격문이 지급으로 본영에 도착했을 뿐이다. 따라서 유형은 이순신이 거사를 일으킨 직접적인 계기에 대해서는 아직 모르고 있었다.

"나 역시 통상을 아버지처럼 여기고 있고, 통상께서 육성한 수군이 이 나라를 구했음을 알고 있다. 그러나 임금께 충성을 맹세한 무관으로서, 나는 국내외에 변란이 일어난다면 이를 진압해야 할 의무도 가지고 있다. 설사 변란을 일으킨 자가 통상 대감이라 해도, 나는 맞서 싸워서 진압해야만 한다. 귀관들도 그러한 의무를 잊지 않았을 것이다!"

유형은 그 자리에서 벌떡 일어섰다. 휘하 장수들은 움찔하여 조금 물러섰다.

"우수영 예하 전 진포에 알려 모든 전선을 미조항으로 모으도록 하라! 기한은 나흘. 나흘 후에 내가 직접 집결 상황을 점고할 것이다."

미조항은 남해도에 있는 진포로, 경상우수영 관할 진포 중 전라좌수영의 핵심인 순천부에 두 번째로 가까운 곳이기도 하다. 유형이 가장 가까운 진포인 평산포를 집결지로 하지 않은 것은 전력이 다 모이지 않은 상태에서 혹여 상대적으로 밀집된 전라좌수영 함대에게 각개격파당하지 않을까 염려한 탓이었다. 경상우수영 전 함대가 모이면 그 전력은 전라좌수영의 두 배 이상. 상대가 통제사 이순신이라 해도 쉽게 패하지 않을 것이다. 휘하 장수들을 모조리 내보낸 유형은 통제사와 싸워야 한다는 데 대한 씁쓸한 기분을 느끼며 그 자신도 출전 준비를 시작했다.

유형은 출전 준비에 바빴다. 남해도에 도착해서야 임금이 무고한 이순신을 잡으려고 기습적으로 금부도사를 파견하는 날벼락을 내렸고, 그것 때문에 고금도의 군민이 모두 분개하면서 우발적으로 반란이 일어났다는 것을 알게 됐다. 하지만 그렇다고 해서 진압을 포기할 수는 없었다. 그는 임금에게 충성을 맹세한 조선의 장수였기 때문이다.

"우수사 영감, 조정에서 선전관이 왔습니다."

"오, 그래? 얼른 관아로 안내하도록 하여라."

진포에 모인 전선에 올라 출전 준비 상태를 살피던 유형은 선전관이 왔다는 소식에 황급히 하던 일을 멈추고 배에서 내렸다. 이곳에 와서 정세를 보니 다행히도 전라좌수영 소속의 전선들은 모조리 고금도로 떠나 버려서, 경상우수군이 기습을 당해 위험에 처할 일은 없었다. 그러니 괜히 좌수영 관할 고을들을 제압하는 데 시간 낭비할 것 없이 이쪽은 그냥 내버려두고, 고금도로 직행하여 이순신과 일전을 결하는 것이 나았다. 그러자면 식량을 충분히 실을 필요가 있었다.

지금 한양에서 내려온 선전관은 아마도 이순신을 토벌하라는 교지를 들고 왔을 것이다. 유형 역시 이순신과의 인연이 남다른 만큼 이순신과 서로 싸워야 하는 상황에 대해서는 여전히 안타까움을 금할 수 없었다. 하지만 왕명이 그러하다면 따라야 할밖에 없다고 생각했다. 이순신도 휘하 장수들 중 누군가가 반란을 일으켰다면, 마찬가지로 고뇌하면서도 당연히 진압에 나섰을 것이 아닌가 하고 스스로를 위안하면서 말이다.

유형은 선전관이 도착해 있을 관아를 향해 가면서 한숨을 쉬었다. 좀 더 서둘러서 출격하자면 하루 정도 전에 이미 출진할 수도 있었지만, 그렇게 하지 않고 우수영 관내에 머물러 있는 이유가 바로 이 왕명을 기다리기 위한 것이었다. 혹여 임의로 우수영 관할구역을 벗어났다가는 반란에 동참하려 한다는 오해를 받을 수도 있다고 생각했기 때문이다.

"우수사 영감은 성지를 받으시지요."

관아 안마당에서 인사를 나누는데 선전관의 눈치가 좀 불안해 보였다. 자꾸 해안에 대어 놓은 전선들의 수를 확인하고, 무장을 갖춘 채 주변을 오가는 군사들을 훔쳐보며 몸을 떨었다. 유형은 좀 이상하다고 생각은 했지만, 아마 선전관이 실전을 겪어 보지 못해서 전투준비의 분위기를 낯설어하는 것이라고만 생각했다. 그런데 선전관이 이상한 말을 했다.

"주상 전하께서 우수사 영감에게 비밀히 전하라는 밀지가 있습니다. 주변에 사람이 없는 곳으로 자리를 옮기시지요."

왕명을 전하는데 남들이 없는 비밀스러운 자리에서 한다고? 유형은 물론 그 자리에 있던 우수영 장수들 중 누구도 그런 말은 들어 본 적이 없었다. 아예 밀사를 시켜 밀지를 전하는 거라면 모를까, 그게 아니라 공개적으로 선전관을 보낸 터에 별도로 밀지를 전한다는 것은 어딘가 아귀가 맞지 않는 일이었다.

유형은 생각했다. 선전관이 교지를 읽기 전에 주위 사람들을 물리라고 청한 것은 교지에 이순신을 토벌하라는 명령이 적혀 있기 때문일 것이라고. 분명히 있을 장수들의 반발을 염려

하여 일단 그부터 설득하기 위해서 따로 읽으려는 것이라고 생각했다. 그렇다면 주위를 물리라는 말도 이해가 되었다.

"알겠습니다. 그럼 방해받지 않는 곳으로……."

유형이 그들을 안내한 곳은 미조항첨사가 자기 휘하 군관들을 모아 놓고 회의할 때 쓰던 넓은 회의실이었다. 선전관 일행은 안에 아무도 없고 따라온 이들도 없는 것을 일일이 둘러보며 확인했다. 그러고는 마지막으로 들어오는 문을 잠갔다.

유형으로서는 선전관 일행의 행동이 전혀 이해가 되지 않았다. 도대체 무슨 용건이기에 저 정도로 엄중하게 주변을 경계하는 걸까? 그리고 유형의 수하들은 들어오지 못하게 하더니, 왜 선전관의 부하 군사들은 여섯 명이나 따라 들어오게 한 걸까? 비밀히 전할 왕명이 있다면서? 그럴 거면 차라리 저 군사들을 건물 바깥에 배치하여 다른 이들이 들어오지 못하게 막으라고 하는 것이 더 나을 텐데. 그리고 선전관을 수행하는 자들은 왜 하나같이 수염이 없는 것일까?

유형의 정신이 번쩍 드는 순간 선전관과 그 부하들이 일제히 칼을 뽑아 들었다. 유형은 엉겁결에 주춤거리는 걸음걸이로 뒤로 물러서면서 떨리는 목소리로 외쳤다. 출진 준비 중이라 허리에 환도를 차고는 있었지만, 왕의 사자를 상대로 칼을 뽑는다는 생각은 아직까지 그의 머리에 떠오르지 않았다.

"무, 무슨 짓인가! 난 역적이 아닐세!"

"영감께는 죄송하오나……."

선전관은 떨리는 목소리로 숨을 몰아쉬었다.

"……영감이 통제사와 합세할지도 모르니 우수영에 도착했을 때 상황을 판단하여 만약 반란에 참여할 것 같으면 그 자리에서 참하고 도성에 알리라는 어명이 계셨습니다!"

"뭐, 뭐라고? 내가 반란을 일으킬지 모르니 참하라고?"

유형으로서는 기가 막히고 어이없는 일이었다. 하도 어처구니가 없어 입을 벌린 채 아무 말도 하지 못하는 유형을 보며, 선전관은 변명하듯 빠르게 입을 놀렸다.

"주상 전하께서 저를 따로 불러 이르시기를 '경상우수사 유형은 통제사의 심복이다! 그러니 네가 내려가서 보고, 반란을 일으킬 것 같으면 그 자리에서 참하라. 만약 네가 도착하기도 전에 우수사가 먼저 군사를 동원하여 출진할 준비를 하고 있다면 이는 왕명도 기다리지 않고 멋대로 군사를 움직이는 것이니 필히 역모에 동참하려는 것이다. 하지만 병력을 소집하지 않은 채 우수영 본영에서 왕명이 도착하기를 기다리고 있다면 이는 충성의 증거이니 이순신과 고금도에 대한 토벌의 교지를 전하고 돌아오라.'고 친히 명하셨습니다! 한데 제가 경상도에 내려와 보니 이미 우수사께서는 전하의 명령도 없이 본영을 벗어났을 뿐 아니라 출진 준비까지 모두 마치고 계셨습니다. 진포 안에 가득한 전선, 무장한 군사들을 제 눈으로 똑똑히 보았습니다. 그러니 제가 어찌 왕명을 따르지 않겠습니까?"

선전관의 말이 계속되는 동안에도 여섯 명의 수염 없는 군사들은 천천히 칼을 겨누며 다가섰다. 회의실 모퉁이로 몰린 유형은 하도 어처구니없는 상황에 몸이 굳었는지, 손끝 하나도 까딱할 수가 없었다.

"우수사 영감, 이들은 전하께서 친히 골라 파견하신 시위내관들입니다. 모두 무예가 고강하니 이제 와서 저항해 봤자 소용없으실 겁니다. 다만 한 번에 목숨이 끊어질 테니 가시는 길은 편안할 겁니다. 자, 쳐라!"

선전관의 호령이 떨어지자 여섯 명의 시위내관들이 일제히 칼을 치켜들었다. 유형이 너무 기가 막혀 눈조차 감지 못하고 그 칼날을 쳐다보고만 있을 때 기적이 일어났다.

슉! 슈슉!

"으, 으아악"

"악!"

"무, 무슨 일이냐?"

막 유형을 베려던 시위내관 여섯 중 넷이 순식간에 그 자리에 쓰러졌다. 그들의 등과 옆구리, 머리에는 두세 개씩의 화살이 박혀 있었다.

"영감! 무사하십니까?"

잠겨 있던 회의실 문을 박차고 군사들과 함께 뛰어든 이는 이 관아의 주인인 미조항첨사 김응함이었다. 김응함을 필두로 하여 조라포만호 정공청, 영등포만호 조계종 등 우수영 관할의 장수들이 우르르 들어섰다. 뒤로 창문마다 미조항 소속의 군사들 서넛이 활을 겨눈 채 남은 선전관 일행을 위협하고 있었다.

"괘, 괜찮소."

유형이 가까스로 대답하자 달려든 장수들은 그 자리에서 선전관에게 몰매를 놓았다. 잠깐 주저하다가 칼을 내려놓을 기회를 놓친 나머지 시위내관들은 그 자리에서 참살당했다. 궁수들이 활을 겨누고 있는데다가 수적으로 너무 밀리는 상황. 저항할 여건이 되지 못했던 것이다.

유형은 그 광경을 보며 그저 헛웃음을 지을 수밖에 없었다. 자신은 아버지와 같은 이순신과 맞서면서까지 임금에 대한 충성을 지키려고 했다. 의무를 다할 수 있도록 준비를 갖추고, 명령이 떨어지는 즉시 출진하여 반란을 진압하려고 했다. 그런데 최후까지 충성을 바치려고 한 자신에게 임금이 내려 준 것은 자객의 칼날이었다. 선전관의 수행원으로 위장한 시위내관이 자객이 아니면 뭐란 말인가.

"영감, 이자를 어떻게 하면 좋겠습니까?"

영등포만호 조계종이었다. 선전관은 이미 피투성이가 되어 널브러져 있었는데 아직 의식은 있는지 희미한 신음 소리를 냈다. 남해도에 와서 들은 소문으로는 고금도에서는 안위가 금부도사를 칼로 위협하여 이순신을 구출했다고 들었다. 자신의 부하들은 아예 선전관 일행을 몰살시켰으니 여섯 걸음쯤 더 나가는 지독한 짓을 저지른 셈이다. 유형은 한숨을 쉬었다.

"……묶어 두도록."

"알겠습니다. 그런데 이런 꼴을 겪고서도 금상에게 계속 충성을 바치시렵니까?"

유형은 입을 열기 전 눈앞에 있는 장수들의 표정을 보았다. 그리고 그 얼굴마다 한가운데에 박힌 한 쌍의 눈에서 공통된 감정, 이순신에 대한 충성과 임금에 대한 증오를 보았다.

충성하려는 노력에 대한 보답을 자객으로 받았다. 아무리 고지식한 유형이지만 이런 일을 겪고서도 임금에게 충성하고 픈 생각이 들 수는 없었다. 여기에다가 이순신과 힘을 합치자고 하는 휘하 장수들의 요구도 더 강해졌다.

"영감, 당장 이자의 목을 치고 통상과 합류합시다! 이런 조정에 아직도 미련이 있습니까?"

"상감은 영감께서 통제사와 합세하려는지 확실히 파악할 생각조차 하지 않습니다! 이런데도 우리가 상감 편에서 통제사 대감을 쳐야 합니까?"

"통제사를 친다고 하면 수졸들부터 도망칠 것입니다!"

유형은 고민했다. 자신이 이순신과 합류하려고 한 것도 아닌데, 혹시 그럴지도 모른다는 이유만으로 그대로 제거하려고 한 임금의 배신을 — 그렇다, 분명한 배신이었다 — 아무렇지도 않게 넘길 수는 없었다. 유형은 고지식한 원칙주의자이기는 해도 모든 것을 용서하고 언제나 주변 사람들에게 은혜를 베푸는 보살은 아니었다.

설사 유형이 임금에 대한 충성심을 증명하기 위해 이대로 함대를 이끌고 출진하여 이순신을 쓰러뜨리고 난을 진압한다고 쳐도, 그 뒤에 돌아올 것은 뻔했다. 감히 임금의 사자인 선전관을 친 자, 대역무도한 행위를 하였으니 역적의 하나로 취급되어 목이 떨어질 것이다. 요행히 처형되지 않고 목숨을 건지더라도 저기 먼 삼수갑산쯤으로 유배되어 죽을 때까지 돌아오지 못할 것이 분명했다.

유배를 가서라도 살아남는 것 또한 그나마 유형 자신에게나 있는 가능성이었다. 상관의 목숨을 구하기 위해서 직접 칼과 활을 들어 시위내관들을 죽이고 선전관을 구타한 부하들에게는 그렇게라도 목숨을 건질 일말의 가능성조차 없었다. 임금을 모독한 죄로 모두 처형되고 일가족은 노비가 될 것이다. 직접 가담하지 않은 장졸들에게도 무자비한 철권이 쏟아질 테니, 이제 경상우수영의 앞날에는 암흑만이 가득하다고 봐도 무리가 아니었다.

유형은 결심했다. 이제 선택의 시간은 모두 지나갔다. 종착점이 어떤 곳일지는 알 수 없지만, 이순신이 가기로 결심한 길을 늦게나마 따라갈 때가 온 것이다.

*

"일이 고되지는 않은가?"

"괜찮습니다, 조방장 나리!"

우치적은 고금도 여기저기를 돌며 출진 준비를 돌보았다. 다른 장수들은 관할하고 있는 전선과 수졸들이 정해져 있으니 자기가 담당한 이들만 돌보면 되었지만, 통제사 직속의 조방장인 우치적에게는 일시적으로 부여받은 지휘권이 있을 뿐 직접 관할하는 전력이 없었다. 그래서 여기저기 돌아다니며 둘러보는 것이지만, 수령이나 만호들이 그의 간섭을 별로 좋아하지 않는다는 것을 자신도 잘 아는 만큼 크게 개입하지는 않았다.

"군량은 넉넉히 싣게. 한 달분은 실어야 든든한 뱃심으로 버티지 않겠나."

"예, 싣고 남은 나머지는 어떻게 할깝쇼?"

"그대로 두고, 고금도 백성들이 필요한 대로 가져다 먹게 하라는 통제사 어른의 명일세. 추후로 필요한 군량은 육지에 가서 구해야 할 게야. 어차피 우리는 고금도 본영과 수군 선단 사이를 왕복하며 군량을 보급할 능력이 없으니까."

"알겠습니다, 나리."

7월 스무날 정묘일. 거사에 동참하기로 한 전군이 집결한 지 닷새째 되는 날이다. 이제 출진할 판옥선 스무 척에는 격군과 수졸이 정원대로 모두 탑승했고, 총통과 화약이 실렸으며, 화살 뭉치가 배 안 곳곳에 쌓여 있었다. 물자를 운송할 조운선 여덟 척에는 판옥선에 싣고 남은 여분의 군량과 화약, 포환과 화살을 잔뜩 실었다. 협선과 사후선은 물자 운송에는 별 쓸모가 없으니 그저 따라갈 뿐이다.

"임금을 거역하는 일일세. 역적이 되어 자손만대가 고난을 겪을 수도 있어. 그런데도 두렵지 않은가?"

우치적의 질문을 받은 나이 든 수졸은 나르던 쌀섬을 내려놓고 잠깐 망설이더니 누런 이를 드러내며 조심스럽게 대답했다.

"우리네 같은 천것이야 양반님네들이 쓰는 역적이니 뭐니 하는 어려운 말은 잘 모르지요. 하지만 통제사 어르신께서 저희 백성들을 위해 죽어라 힘쓰신 건 잘 압니다. 통제사 어르신이 아니었으면 우리 백성들은 모두 왜놈들의 창칼에 시체가 되었을 거고, 조선 땅은 왜놈 세상이 되었을 겁니다요. 저도 요행히 목숨을 건졌다면 양반님들 대신 왜놈들을 상전으로 모시고 살게 되지 않았겠습니까? 그런 처지를 면하게 해 주신 게 바로 통제사 어르신이시니, 어떻게 그분을 따르지 않을 수가 있겠습니까."

잠시 말을 멈춘 수졸은 뭔가 곰곰이 생각하는 것 같더니 다시 입을 열었다.

"상감마마 무서운 건 저희도 압니다. 아무리 먹을 것이 없어 굶어도 상감께 낼 세곡은 바쳐야 하고, 공납물도 올려야 하고, 노역이 있다고 하면 다 으스러지는 몸을 끌고 나가야 하지요. 상감님의 한마디면 천지가 뒤집히는 한이 있어도 들어야 하고요. 하지만 그런 뜬구름 위에 있는 사람보다는 눈앞에 있으면서 저희에게 정말 큰 은혜를 주신 통제사 어르신께서 하시는 일을 따르는 게 맞는 일이라고밖에는 생각이 안 드네요. 저 같은 천것과 달리 유식한 양반이신 조방장 어르신 앞에서 뭔가 어쭙잖은 소리를 한 것 같긴 합니다만, 제 생각은 그렇습니다. 사람이 은혜를 저버리면 개돼지나 다름없다고요. 저는 상놈이긴 합니다만, 개돼지보다는 사람이고 싶습니다."

우치적은 아무 말 없이 수졸의 어깨를 꽉 움켜쥐었다. 아는 것이 없어 유식한 말은 사용하지 못하지만 자기 마음속에 있는 말을 높은 사람에게 털어놓자 후련했는지, 계면쩍게 웃음을 지은 수졸은 내려놓았던 쌀섬을 다시 짊어지고 저만치 떨어진 판옥선을 향해 걸어갔다.

＊

"군사들은 모두 준비가 되었는가?"

"예, 통상!"

출진 준비에 예상보다는 조금 더 시간이 걸렸다. 집결하고 보니 전선 중에 수리를 요하는 배도 있었고, 격군뿐 아니라 전투원까지 가능한 한 많은 인원을 충원하려다 보니 시간이 필요했던 것이다. 하지만 집결 이레째인 7월 22일, 기사일에는 마침내 출진할 수 있게 되었다.

통제영 상선에 오른 이순신은 바닷가에 도열한 3000의 부하 군사들과 그 뒤에 무리지어 있는 수많은 사람들을 조용히 굽어보았다. 전란 기간 동안 자신의 손발처럼 움직여 주었던 수하 장수들, 명령에 따라 왜적과 싸우며 함께했던 여러 수졸들, 그리고 그들의 뒤에 선 많은 백성들을. 백성들은 자신이 목숨 바쳐 지켜야 할 바로 그 존재들이었다. 임금 한 사람을 위해 지킨 나라가 아닌 것이다.

"지난 7년간 나와 생사고락을 함께한 장졸들에게 고하노라."

나직하지만 힘 있는 목소리였다. 도열한 장수와 군사 들은 바짝 긴장한 채 이순신의 말 한마디 한마디에 귀를 기울였다.

"너희들 중에는 지금 하는 일에 대하여 불안감을 느끼는 자들도 있을 것이다. 어명에 거역하여 일어서는 것이 역모는 아닐까 생각하고, 역적으로 간주될 것이 두려워 남몰래 걱정하는 자들도 있으리라. 그것은 인지상정일 것이다. 하지만 우리의 거병은 역모가 아니다! 우리는 도성으로 진군하여 온갖 교언 영색과 아첨으로 주상 전하의 혜안을 가리고, 참언과 모함으로 충신열사를 해치려 하는 간신배들을 몰아낼 것이다. 이로써 본래 성군의 자질을 가지고 계신 주상 전하께서 성총을 바로 하시어 태평성대를 만들게 하시고자 함이니, 우리의 거병은 충의인 것이다. 이제 우리는 험난한 길을 떠난다. 간신배들이 동원한 관군이 우리의 앞길을 막을 것이고, 비록 같은 조선군끼리 피를 흘리는 것은 마음 아프지만 그들과 싸워야 할 것이다. 그래야 우리가 지켜야 할 진짜 충과 의를 지킬 수 있기 때문이다. 하지만 그 험난하고 괴로운 길을 너희만 가게 하지는 않을 것이다. 너희가 나를 버리지 않았듯이, 나 역시 내 숨이 끊어지는 순간까지 너희를 버리지 않고 너희와 함께할 것이다!"

일순간 바닷가 전체에 침묵이 흘렀다. 말을 마친 이순신은 조용히 상선 장대에서 걸어 내려갔고, 그 순간 누구에게서 시작되었는지 알 수 없는 고함 소리가 터져 나왔다.

"통상을 따르자!"

"간신을 토벌하자!"

"나가자! 이기자!"

"우와아아!"

3000의 군사들과 그보다 열 배는 많은 백성들이 고함을 질러 대자 해변은 그 소리로 가득 찼다. 하지만 그 속에서도 일부 동참하지 않는 사람은 있게 마련이었다. 안위처럼.

"제길, 성군은 무슨. 성총? 성총이 다 얼어 죽었나."

장대 아래에 서 있던 안위는 이순신에게 들리지 않게 남몰래 툴툴거렸다. 임금에 대한 이순신의 충성은 맹목적인 것처럼 보이던 과거와 같지는 않았으나 아직도 굳건했다. 기껏 군사를 일으키고도 아직 저렇게 생각하고 있다니 참.

이순신의 뒤를 이어 장대로 올라가던 우치적은 투덜거리는 안위와 눈이 마주치자 한쪽 눈을 찡긋 감으며 미소를 지었다. 안위의 콧방귀를 뒤로하고 장대에 오른 우치적이 손을 들어 내젓자 군사와 백성 들의 함성이 그쳤다. 우치적은 잠시 숨을 크게 들이쉬더니 쩌렁쩌렁 울리는 굵은 목소리로 호령하기 시작했다.

"통상과 함께 충의를 실천코자 하는 우리 수군 장졸들이여! 나 우치적, 긴말은 하지 않으려 한다. 그대들은 누구 덕에 7년간의 전란을 버텨 내고 살아남았는가? 그대들만이 아니다. 나 역시 마찬가지다! 그뿐 아니다. 여기 있는 우리 모두가, 삼남의 전 백성이 누구 덕분에 지금 살아서 숨을 쉬고 있는 것이냐? 그것은 바로 통상, 여기 계신 통상 대감 덕분이 아니었더냐! 오직 통상만이 왜적과 싸워 승리하셨다. 경상우수사 원균은 통상 대감의 네 배나 되는 판옥선을 가지고 있으면서도 단 한 번도 제대로 싸우지 않고 몽땅 흘어 버렸으며, 전라우수영의 이억기 수사도 혼자 힘으로는 왜적을 한 번도 이기지 못했다. 오직 통상 대감 단 한 분만이 왜적과 싸워 이기고 남도의 바다를 지켜 내셨다. 통상께서 누명을 쓰고 수군을 떠나셨을 때 무슨 일이 일어났느냐? 저 간악한 원균이 통제사 자리에 올라 100척이 넘는 판옥선을 제대로 싸워 보지도 않고 고스란히 잃어버리면서 수군이 그대로 사라졌다. 다른 사람 아닌 너희들이 바로 그 자리에 있지 않았느냐. 나 역시 그때 너희와 함께 거기에 있었고, 그 일은 누구에게 이야기하기도 부끄러운 일이다. 하지만 복귀하신 통제사께서는 명량에서 단 열세 척으로 133척의 왜선을 쳐부수는 위업을 달성하셨다. 전라우수영이나 경상우수영이 그 많은 배와 수졸을 가지고도 할 수 없었던 일을 통상께서는 해내신 것이다! 우리는 지금 통상께서 말씀하신 것처럼 힘든 고난의 길을 떠난다. 하지만 너희가 통상의 곁을 떠나지 않고 충성한다면 우리는 늘 승리하고 살아남을 것이다. 우리가 누구더냐! 우리는 불패의 조선 수군! 통상과 함께하는 전라좌수군이 아니더냐! 우리는 전라좌수군이다!"

"우리는 전라좌수군이다!"

"우리는 전라좌수군이다!"

"우리는 전라좌수군이다!"

우치적의 선창에 따라 연이어 일어나는 함성 소리가 해변을 메웠다. 장수와 진무, 수졸 들이 결연하게 외치는 옆에서 가족들은 눈물을 훔쳤지만 가지 말라고 매달리는 이는 없었다.

다함께 외친 구호의 흥분이 채 가시지 않은 상태에서 수졸들이 각자 자기 배에 서둘러 올랐다. 곧 누런 돛이 푸른 바다 위에서 휘날리기 시작했다. 돌이킬 수 없는 길이 마침내 시작된 것이다.

제5장
다시 울돌목에서

"탐망선은 아직도 돌아오지 않았느냐?"

"예, 수사 영감."

"어허, 반역 도배들이 코앞에 있는데 탐망선이 돌아오지를 않다니, 이거 큰일이군."

김억추가 혀를 차자 대솔군관은 조용히 고개를 숙이고 뒤로 물러났다. 동생 김응추의 설득으로 마음을 굳게 먹은 김억추가 최선을 다해 병사들을 추스른 덕에 아직까지 우수영 함대의 지휘 체계는 정상적으로 돌아가고 있었다. 병사들의 탈주는 여전해서 지난 열흘 동안 400여 명이 더 도망쳤지만 장수들은 제자리를 지키면서 남아 있었고, 가장 중요한 전선의 수가 한 척도 줄지 않았다. 전선만 있으면 격군과 수졸이야 배 없는 고을의 군사들을 태워서라도 어떻게든 충당할 수가 있는 것이다. 여차

하면 우수영 인근의 백성들을 강제로 끌어다가 배에 태워도 된다. 격군이야 노만 저을 수 있으면 되는 거니까.

김억추가 휘하의 장수와 군사 들을 붙들어 놓을 수 있었던 가장 큰 요인은 역시 왕의 권위였다. 김억추는 장수들을 모아 놓고는 반역자 이순신의 편에 선 자들, 그리고 전선에서 도망친 자들이 임금에 의해 어떤 벌을 받게 될지에 대해서 입에 침을 튀기면서 열변을 토했다.

"전 삼도수군통제사 이순신은 과거 전란 중에는 공을 세웠을지 모르나 지금은 과거의 작은 공을 빌미로 하여 역모를 일으킨 반적에 불과하다! 만약 너희가 과거의 소소한 인연을 중요시하여 이 통제의 편에 선다면, 이는 곧 스스로를 역적으로 만드는 일에 다름이 아니다. 장수가 아닌 일개 수졸이라 하여도 역적이 된다는 것은 자손만대로 가더라도 용서받지 못할 대죄를 짓는 것을 의미한다! 지금 여유가 없어 상감께 충성한다는 의무를 저버리고 도망친 군사들에게 마땅한 벌을 주지 못하고 있지만, 역적 이순신의 군사가 완전히 토벌되고 나면 그놈들도 마땅히 받아야 할 벌을 받게 될 것이다. 상감마마께 충성하지 않고 도망친 것은 역도에 가담해 싸운 것과 같은 죄를 받아야 할 터! 도망친 당사자는 마땅히 참수될 것이고 그 일가는 삼족이 모조리 노비가 될 것이다. 그렇게 되고 싶지 않다면 모두 힘을 내어 싸워라! 그것이 너희의 도리다!"

무시무시한 김억추의 협박은 군사들의 떨어진 사기를 올

리는 데는 당연히 전혀 도움이 되지 않았다. 하지만 도망치거나 이순신에게 가담할 경우, 난이 진압된 후 역적으로 간주되어 처벌받을 것이라는 사실 한 가지는 확실히 각인시킬 수 있었다. 군사들로서는 뼛속까지 각인된 '나라님'에 대한 두려움을 지워 버릴 수가 없었고, 장수들로서는 역적이 될 경우 가문의 명예와 후손들의 장래가 모조리 똥통에 처박힌다는 생각이 머리를 떠나지 않았다. 결국 불만과 우려가 가득한 채 대부분의 병력이 남아 있게 된 것이다.

일단 일전을 치르기로 마음먹자 첫 번째 관건은 어디에서 싸우느냐는 것이었지만 그것은 선택의 여지가 없었다. 많지 않은 병력, 그리고 이순신이 우수영 함대를 우회하여 북쪽으로 치고 올라갈 가능성 등을 생각하면, 김억추가 수하의 장수들과 아무리 토론을 해도 울돌목을 막는 수밖에는 없었기 때문이다. 다만 출전 준비 중에 도성에서 내려온 왕명은 '군사와 전선을 준비하여 고금도를 칠 것'을 분명하게 명령하고 있다는 점이 문제였다.

임금에게 생색을 내기 위해 한 번은 싸우기로 마음을 먹기는 했지만, 김억추가 아무리 생각해도 현재의 전력으로 고금도를 치기는 힘들었다. 우수영에서 고금도까지 가는 바닷길에는 매복에 적합한 포구와 협만, 섬 등이 수없이 흩어져 있는 탓에 좌수영 군이 숨어 있다가 기습을 가해 올 가능성이 매우 컸던 것이다. 이순신이었다면 철저한 정탐을 통해 적의 함대 위치를 파악하고 움직이니 기습 따위 당하지 않겠지만 김억추는 그렇게 할 자신이 없었다.

"응추야, 우리가 왕명대로 고금도를 치러 갈 수 있었을 것 같으냐?"

"형님, 애초에 불가능했습니다. 도망칠 궁리만 하는 저 군사들을 어떻게 믿고 남해 바다로 나가요? 상감의 권위를 빌려 협박한 덕분에 대부분의 장수와 군사 들을 진내에 붙들어 놓을 수는 있었지만, 우수영을 떠나서 바깥 바다로 나간 뒤에도 저들이 곱게 말을 들을지는 아무도 장담할 수 없을 겁니다. 여기서야 배를 모조리 바닷가에 끌어올려 놓고 군사들은 육지에서 지냈으니 도망간다고 해 봐야 사람만 없어질 뿐이지만, 배에 태워 바깥 바다로 나갔다면 우리가 한눈을 판 사이 한 고을 장수와 병사들이 한꺼번에 배와 함께 통째로 도망가 버린다고 해도 대책이 없었다는 말입니다. 역시 울돌목을 굳게 지켜 방비하는 수밖에 없었어요."

"역시 그랬겠지? 내 생각도 그렇다. 이 통제를 기다리며 방어나 한 게 옳았구나."

"나갔으면 어떻게 되었을지 꼬락서니가 뻔히 보입니다. 지금 우수영에 틀어박힌 채 이 통제가 어디까지 왔는지 살피기 위해 내보낸 탐망선들도 둘에 하나밖에 돌아오지 않고 있지 않습니까. 공격에 나섰다면 울돌목을 방어할 때보다 더 많은 탐망선을 띄워야 했는데, 이런 식이라면 태반이 그대로 도망치거나 이 통제에게 붙어 버렸을 겁니다. 이런 판에 무슨 공격이란 말입니까."

김응추가 이를 가는 모습을 보며 김억추가 한숨을 쉬었다.

"하지만 개중에도 이 통제의 군을 발견하고 돌아온 배들이 있지 않느냐. 그 덕에 스무 척가량 되는 좌수영 함대가 그제 저녁 어란포에 정박한 것을 확인할 수 있었다. 싸울 준비도 이렇게 미리 해 놓을 수 있었고 말이다."

적의 배가 예상과 비슷한 숫자라는 것을 안 김억추는 신이 나서 보유하고 있는 전 전선을 울돌목에 일자진으로 배치하고 좌수영 군의 접근을 기다리고 있었다. 그런데 다가오는 좌수영 군의 위치를 최종적으로 확인하러 보낸 탐망선들이 어째 하나도 돌아오지를 않고 있었다. 김억추는 조급하게 돛대 꼭대기를 올려다보았다.

"선두무상! 보이는 것이 없느냐?"

"아무것도 보이지 않습니다!"

돛대 위에서도 허무한 대답만 돌아왔다. 김억추가 혀를 차며 애꿎은 현자총통을 걷어차는 순간 갑자기 고함 소리가 들려왔다.

"앗! 보, 보입니다! 좌수영 선단! 남쪽에서 오고 있습니다! 스무 척 정도 됩니다!"

반색을 한 김억추가 조금이라도 더 높은 곳에서 보기 위해 장대로 달려 올라갔다. 과연, 이제 막 해협으로 들어오는 좌수영 선단의 당당한 모습이 눈에 들어왔다. 그중 단연 눈에 띄는 통제영 상선의 거대한 수자기를 보며 김억추는 회심의 미소를 지었다.

"홋, 이 통제! 오늘 싸움은 당신이 이길지도 모르지만, 최후의 승자는 내가 될 거요! 여봐라! 모든 전선에 방포 준비를 명하라! 그리고 현 위치에서 언제든 움직일 수 있도록 준비하라 일러라!"

"예!"

김억추는 우렁찬 목소리로 명령을 내렸다. 그러다 보니 어쩌면 구색을 맞추기 위한 전투를 치르는 것이 아니라 정말 이길 수 있을지도 모른다는 생각도 들었다. 예전에 이순신이 보여 준 것처럼, 울돌목은 방어하는 쪽에게는 정말 천혜의 지형이었기 때문이다.

하지만 김억추는 한 가지 사실을 잊고 있었다. 그것은 바로 자기가 이순신이 아니라는 점이었다.

*

"우수영 선단이 보입니다!"

"위치는?"

"통상께서 정유년에 왜적과 싸우셨던 바로 그 자리입니다."

"알겠다. 그만 내려오너라."

장대 위의 우치적의 지시를 받은 선두무상은 돛대 위에서 내려왔다. 돛은 미리 치웠고 선체 위에는 물에 푹 적신 거적을 깔아서 화공을 막을 준비를 갖추었다. 설마 화공을 당할 것 같지는 않지만, 만약의 경우는 언제나 대비해야 하는 법이다. 우치적의 손짓 지시를 받은 통제영 군관 송희립이 큰 소리로 외쳤다.

"통상! 우수영 군이 해협을 막고 있습니다!"

장대 아래쪽의 공간에서 잠시 쉬고 있던 이순신은 밖으로 나와 울돌목을 막고 있는 전라우수군을 잠시 바라보았다. 저들이 진을 치고 있는 자리는 2년 전 이순신 자신이 왜적을 막은 바로 그 자리이자, 두 시간 전 마지막으로 해협을 정찰한 통제영 소속 탐망선의 보고와 일치하는 위치였다.

이틀 전부터 해협에 숨어들어 전라우수군의 동태를 탐지한 통제영과 좌수영 탐망선들, 그리고 우수영에서 이쪽으로 귀순한 탐망선들의 보고에 의하면 우수군은 어제 새벽에 해협을 틀어막은 다음 꼬박 이틀째 저러고 있는 것이라고 했다. 밤에도 그냥 배 위에서 잔다는 것이다. 각 전선은 제 위치를 절대 지켜야 한다는 우수사 김억추의 명으로 배를 해변에 가져다 대지 못하니, 밥까지 우수영에서 지어서 사후선으로 날라다 먹이고 있다는 우수영 수졸의 말에 경악한 좌수영 장수들이 이런 질문을 했다.

"울돌목의 격류에서 이틀째 그렇게 배를 세워 놓고 있다고? 그럼 잠도 자지 못하고 노를 젓는 격군들이 죄다 지쳐 쓰러질 텐데 어떻게 저렇게 버티고 있다는 말이냐?"

여기에 대한 우수영 격군의 답은 정말 어처구니가 없는 것이었다.

"떠내려가지 않도록 각 전선마다 닻을 두 개씩 걸고 격군들은 쉬라고 하였습니다. 통제께서 나타나시면 그때 닻을 올리고 싸움 준비를 시작한다 하였습니다."

아니, 밤중에 기습이라도 당하면 어쩌려고 그런 짓을 한다는 말인가. 가뜩이나 이순신이 지휘하지 않을 때의 조선 수군은 적의 야습에 취약한 편이었다. 칠천량에서도 왜군이 야간에 기습을 가해 온 것이 결정적인 타격을 주지 않았던가. 그런데도 저런 험한 격류에서 밤을 보내다니, 이건 정말 제대로 미친 짓이었다.

게다가 우수영 군은 정찰을 보낸 탐망선까지 빠져나와 '반적들'에게 투항할 정도로 사기가 낮은 상태다. 그런 판국에 경야를 시킨 사후선이라고 해서 이순신에게 넘어가지 않는다는 보장이 있는가?

단 한 척의 사후선이라도 배반할 마음을 먹는다면 우수영 함대 자체가 하룻밤 사이에 날아갈 수도 있었다. 배에 타고 있는 수졸들이 잠에 취해 있는 사이 배에 불을, 아니, 그것도 필요 없다. 그저 조류가 심할 때 닻줄을 끊어 배를 해협 바깥으로 흘려보내기만 해도 우수영 함대는 완전히 와해되고 이순신의 함대가 울돌목을 간단히 통과할 수 있는 것이다.

"이런 머저리 같은 놈들! 그러고도 네놈들이 수군 장수란 말이냐!"

상대편이 멍청한 짓을 한다면 기뻐하는 것이 인지상정이겠지만, 오늘 아침 우수영에서 넘어온 탐망선에서 이 소식을 듣고 안위가 보인 것은 뜻밖에도 분노였다.

"아무리 상대가 통상이고 상관이 김억추라고 해도 그렇지,

그놈들이 수군이라면 어떻게 그런 식으로 밤을 보낼 수가 있다는 말이냐! 내 이놈들을 당장 잡아다 곤장을 쳐야겠다!"

장수들은 길길이 날뛰는 안위를 이해할 수 있었다. 저 멍청한 짓을 한 놈들은 결국 안위의 옛 부하들이니까 말이다. 물론 상관이 안위가 아니라 김억추니까 그런 말도 안 되는 지시를 한 것이겠지만, 그걸 곧이곧대로 따랐다는 것은 안위에게 곤장을 맞아도 싼 일이었다. 과연 안위가 정말로 옛 부하들을 엎어놓고 엉덩이를 두들길지는 알 수 없는 일이지만.

"정말로 이제야 닻을 끌어올리고 있군요."

허탈함이 섞인 우치적의 감탄사에 이순신은 고개를 내저었다.

"우수사에 대한 내 옛 평가가 잘못되었군. 우수사는 절대 만호감의 사람이 아닐세."

"그러시다 함은?"

"보고를 들었을 때는 설마 했네만, 만호가 아니라 선장 하나도 못 할 재목일세. 수군에는 정말 오지 않았어야 할 사람이군."

이순신은 혀를 차며 닻을 올리고 전투 준비를 하는 우수영 전선들을 바라보았다. 하지만 만약 이순신이 지금 김억추의 마음속, 임금에게 자신이 무력하게 이순신을 보자마자 도망쳤다고 인식되는 것만은 피하려는 속셈을 알았다면 어떻게 반응하였을까? 지금 하는 짓이 정말 어처구니없는 바보짓이라는 것을 김억추 스스로도 알면서 '이렇게 열심히 싸움 준비를 했음'을 임금 앞에 내세우기 위해서 하는 행동이라는 것을 알았다면 말이다.

설사 그것을 알았다고 해도 이순신으로서는 김억추를 옹호하지 않았을 것이다. 다만 수군 장수로서의 재능이 없다고 비난하는 대신 탐욕스러운 자, 권력에 영합하는 비열한 장수 정도로 취급했으리라.

"통상, 장대에 오르시겠습니까?"

"그러지. 상선의 지휘를 부탁하네."

이순신이 수하 군관인 송희립, 변존서 등을 거느리고 장대로 올라가자 주변 전선에서 우렁찬 환성 소리가 울려 퍼졌다. 상선에 타고 있던 안위는 그 함성을 뒤로한 채 이를 앙다물고 전방의 우수영 함대를 노려보았다. 과거 한때 그의 것이었던 함대, 그리고 앞으로 다시 그의 것이 되어야 할 함대였다.

*

꼼짝하지 않고 제자리에서 기다리는 우수영 군과 좁은 해협을 서서히 밀고 들어가는 좌수영 군의 거리는 점점 더 가까워졌다. 만약 하늘에서 이 광경을 내려다보는 사람이 있었다면, 진행 방향에 펼쳐진 얇은 벽을 향해 진중한 자세로 밀고 들어가는 하나의 두툼한 사각형을 보았을 것이다.

일렬횡대로 늘어선 열두 척의 우수영 수군 전선, 그리고 그보다 1정*쯤 뒤에 선 우수사 김억추의 상선은 틈이 거의 없는

---

* 109미터

하나의 얇은 벽을 이루고 있었다. 그리고 이를 향해 전진해 가는 스무 척의 좌수영 군은 4열종대로 이루어진 방진을 형성하고 있었다. 전체 병력은 좌수영 함대가 많지만 양 함대 사이에서 포격전이 벌어진다면 양측 대열의 전면에서 포를 쏠 수 있는 전선의 수는 열세 척* 대 네 척, 우수영이 훨씬 유리했다.

"통제사는 우리 진을 단번에 밀어붙여 돌파하려는 의도인 것 같습니다. 우리는 전선 수가 적은 만큼 대열이 얇을 수밖에 없고, 병력을 집중시켜 밀면 뚫릴 가능성이 큽니다."

김억추 휘하의 우수영 군관들은 양군의 배치를 비교한 후 지극히 온당한 조언을 제시했다. 과거 이순신이 똑같은 일자진을 형성하여 울돌목을 막았을 때는 판옥선보다 크기도 작고 구조도 약한 왜선이 그 상대였기에 이런 대형을 취하고 화포를 쏘는 것만으로도 일렬로 달려드는 왜선들을 차례로 때려잡을 수 있었다. 하지만 이번에는 아군과 똑같은 판옥선이 밀려오는 것이다. 과연 잡을 수 있을 것인가?

과거 조선 수군이 화포로 판옥선을 공격해 본 적이 있기는 있었다. 원균이 통제사로 있던 시절, 휘하 병력을 이끌고 출동했다가 거제도에 나무 베러 온 왜병들을 잡은 원균은 이들이 경상우병사 김응서가 발급한 통행 허가증을 가지고 있는 것을 보고 살려 줄 테니 걱정 말라고 일단 안심시켜 놓아 보냈다. 그리고 왜병들이 감사하며 배를 타고 나가자 바다 한가운데서 왜

---

* 우수영 상선도 전면에 위치한 전선 두 척 사이로 포를 쏠 수 있었다

병들이 탄 배를 기습적으로 공격하여 격침시키고 그 수급을 베려고 했다.

수십 척의 판옥선이 한 척을 포위한 채 공격했으니 순식간에 끝나 버릴 사건이었는데, 사태는 어처구니없는 방향으로 진행되었다. 원균의 배반에 분기탱천한 왜병들이 도리어 가까이 접근한 고성현령 조응도의 판옥선에 올라타더니 조응도를 비롯해서 배에 타고 있던 군사들을 거의 전멸시키고 배를 탈취하고 말았다. 평소 조선 수군과 왜군의 전투 결과를 비교하면 실로 말이 나오지 않는 사건이었다. 싸울 준비를 한 전선도 아니고, 나무 베러 나온 터라 무장도 변변찮은 배 한 척을 기습했다가 이 꼴을 당한 것이다.

다만 왜인들은 판옥선을 제대로 움직일 줄 몰랐기에 기껏 배는 빼앗았으나 잘 도망칠 수가 없었다. 그래서 꼼짝 못하고 있는 것을 주변의 조선 전선들이 활과 화포로 공격하여 왜인들을 사살하고 불화살로 전선을 불태워 간신히 싸움을 끝낸 적이 있었다. 수십 척이 사방에서 일방적으로 공격을 퍼부었던 그때도 화포로 판옥선을 격침시키지는 못했는데, 과연 여기서 전열을 맞댄 상태로 쌍방이 포화를 교환하는 가운데 그게 가능할 것인가?

수하 군관들의 회의적인 전망과는 달리 김억추의 태도에는 자신감이 넘쳤다.

"화포를 집중해서 방어하면 충분히 막을 수 있다! 판옥선이 정유년에 이곳에서 때려잡은 왜선들보다야 강하지만, 천자총통과 지자총통을 집중해서 쏘면 어찌 한 방에 가라앉지 않겠느냐. 우리 전선 세 척이 이 통제의 한 척을 집중해서 쏘면 된다!"

왕에게 최선을 다했다는 증거를 보여 주기 위해 적당히 싸우는 척만 하겠다던 김억추의 처음 계획은 어디로 갔는지, 진심인지 아니면 그런 척인지는 알 수 없어도 그는 어느새 필승의 신념을 불태워 보이고 있었다. 상선의 갑판 위에서 환도를 뽑아 든 채 호령하는 전라우수사 김억추의 모습은 제법 당당해 보이기까지 했다. '정유년에 이곳에서 왜선을 때려잡은' 것이 김억추가 아니라 이순신을 비롯한 다른 장수들이었다는 것만 상기하지 않는다면.

"게다가 지금 물의 흐름을 보아라. 조류가 우리 쪽에서 이 통제 쪽으로 흐르고 있지 않느냐. 이는 이 통제가 순류를 기다릴 여유도 없이 그만큼 조급하게 덤비고 있다는 것을 말해 주는 것이다. 거꾸로 흐르는 물의 흐름을 거슬러 오르려면 격군들을 몰아치는 수밖에 없고, 그렇게 이 통제의 격군들이 지쳤을 때 우리가 단박에 몰아붙여 승리를 거두는 것이다! 이번 싸움에서 공을 세우면 너희 모두는 나와 함께 공신이 될 것이니 최선을 다해라!"

어느샌가 김억추는 이순신에게 반격을 가해 해협 밖으로 몰아치고 나갈 생각까지 품고 있었다. 과거 이순신조차 해협 안에서 덤벼드는 왜선만 물리쳤지, 차마 해협 밖으로까지는 나가지 못했다는 점을 생각하면 참으로 가상한 용기라 할 수 있있

196

다. 한창 기세가 오른 김억추는 좌수영 함대가 알 수 없는 이유로 해협 입구에 잠시 멈춘 틈을 타서 각 전선에 타고 있던 휘하 장수들을 자기가 타고 있는 좌선 앞으로 불러 모은 다음, 사후선에 타고 있는 그들을 향해 큰 소리로 힘차게 외쳤다. 좌수영함대가 있는 곳까지야 들리지 않았지만 우수영 함대의 양끝까지는 충분히 들릴 만큼 큰 목소리였다.

"우수영의 전 장졸에게 알린다! 만약 너희가 전 통제사이자 역적인 이순신의 수하에 들어간 반적들의 목을 베어 오면 전란 중에 왜적의 수급을 베어 온 것과 똑같이 포상할 것이다. 반적들 중 군관급 이상 가는 장수의 목을 베었을 때도 역시 왜장의 목을 벤 것과 똑같이 포상할 것이다! 만약 반역한 전 통제사 이순신의 목을 베어 오는 자가 있다면 왜적의 수장 수길을 벤 것과 같은 공을 세운 것으로 조정에 고하리라! 너희 모두 주상 전하께 충성하는 신하가 되어 부귀영화를 누리고 싶다면 숨이 끊어지는 그 순간까지 열심히 싸워 역도들을 토멸하라!"

김억추 나름대로는 군사들의 사기를 드높이기 위한 행동이었지만 그 이순신을 상대로 직접 맞싸워야 하는 우수영 장졸들의 입장에서는 그저 앞이 답답하고 한숨이 나오는 일일 뿐이었다. 김억추 모르게 한숨을 쉰 우수영 장수들은 자기도 모르게 동쪽으로 시선을 돌렸다. 이쪽과 마찬가지로 사후선에 에워싸여 있는 통제사 상선을 보면서 이들은 생각했다. 과연 통제사는 아군끼리의 싸움을 앞두고 자기 밑에 있는 군사들에게 무슨 명령을 내리고 있을까? 역시 자기 앞을 막는 자들을 적으로 보고, 모두 죽여 없애라는 지시를 전하고 있을까?

*

"우수영 군사들의 수급을 베는 자는 참형에 처한다!"

통제사의 명을 전 함대에 전하는 조방장 우치적의 우렁찬 목소리였다.

"우수영 군사들도 우리 조선의 군사이다! 우리는 나라를 바로세우기 위해 간신들과의 싸움을 하는 것이지 외적과 싸워 나라를 지켜 내는 싸움을 하는 것이 아니다. 그러니 우수영 군사들은 우리와 같은 이 나라의 군사이고 백성일 뿐 그들 하나하나가 우리의 적이 아니며, 그들과 싸우는 것도 피할 수 없어서이지 우리가 원하여 하는 싸움이 아니므로 이 싸움에서 상대편 군사들의 목을 베어서 그것으로 공을 자랑할 생각은 절대 하지 마라! 알겠느냐! 누가 공이 있느냐 하는 것은 수급 따위의 수로 헤아릴 수 있는 것이 아니다. 이제까지의 싸움에서 늘 그랬듯이 통상께서 판단하실 것이다!"

"예!"

싸움을 앞두고 각 전선에서 사후선을 타고 세 번째 줄에 있는 통제사 상선으로 모여든 장수와 군관 들은 일제히 한쪽 무릎을 꿇었다. 이번 싸움은 물론이고 앞으로도 쓸데없이 동포의 목숨을 해하지 않겠다는 이순신의 의지가 워낙 확고했기에 나타난 광경이었다. 출정 전에도 여러 장수들을 통해 전달된 내용이었지만, 뭐니 뭐니 해도 첫 싸움이니만큼 싸움 전에 한 번 더 강조하려는 것이었다. 게다가 이런 모습을 꼭 보여 주어야 할 상대가 하나 있었다.

"확실히 조선인들에게만 공을 몰아주려는 의도가 아니시라는 것은 알겠습니다. 저희로서도 불만을 표할 수는 없겠군요."

"그렇지? 통상께서는 우수영 군사들도 보듬어 안아야 할 우리 백성으로 여기고 계시네. 그러니 저들의 목을 베어 전공으로 자랑하지 말라고 하는 것이야. 그렇게 해야 쓸데없는 살상이 줄어들 것이니까. 만약 우리가 저들의 목을 베어 자랑거리로 삼는다면, 살아남은 우수영 수졸 중 누가 우리 편에 들어와서 싸우고자 하겠는가?"

지금은 통제영 소속의 별장別將 지위에 있는 항왜장 임승조와 보직이 없어 현재는 무직인 전 전라우수사 안위는 상선 우측 여장에 기대선 채 우치적과 장수들을 바라보며 담소를 나누었다. 사실 우치적이 우수영 군사들에 대한 과도한 살상을 금지한다는 명령을 내리는 모습을 보여 주려고 한 상대가 바로 임승조였다.

"지금 항왜병들은 스무 척의 좌수영 군 전선에 스무 명씩 나누어 타고 있지. 통제사께서는 딱히 선택하고 싶은 상황이 아니시겠지만, 만약 접현전이 벌어지게 될 경우 항왜병들을 활용하면 절대적인 우세를 얻을 수 있을 것은 명백하니까 말일세. 임진년과 정유년 전란 때도 왜병 한 사람만 올라타도 조선 판옥선은 끝장이라는 것은 상식이었다는 사실을 자네는 아는가?

게다가 높이 차이도 없는 판옥선끼리의 싸움이니, 배를 옆에 대기만 하면 옮겨 타는 것은 손바닥 뒤집는 것만큼 쉬울 것이고 말이지."

임승조는 안위의 말에 고개를 끄덕거려 동의했다.

"그렇습니다. 판옥선에서 판옥선으로 옮겨 타는 정도야 뭐 쉬운 일이지요."

"문제는 바로 그거야. 항왜병들을 잘못 활용하면 올라탄 배에 있는 우수영 군사들을 아예 휩쓸어 버릴 수 있다는 점이 바로 통상의 고민일세. 그렇게 될 경우 우리 쪽에서는 빈 배만 얻게 될 뿐, 아군으로 끌어들일 수 있는 우수영 군사들을 모조리 잃게 되거든. 그뿐만이 아니라 통상 대감이 왜적과 결탁했다는 소문이라도 잘못 퍼지게 되면 우리 진영의 명예가 일거에 추락하는 결과를 빚을 수도 있다는 말일세. 아무리 조선군 옷을 입고 전립을 쓰고 있다고 해도 자네 부하들이 왜병이라는 것은 딱 보면 알 수 있을 정도니까 말이야. 행동이 그렇고 말씨가 그렇고 무기 다루는 솜씨가 그렇지 않은가."

"그래서 통제사 도노[殿]*께서 저희에게 그런 엄중한 금지령을 내리지 않으셨습니까. 저쪽 배에 올라타더라도 함부로 사람을 해쳐서는 안 된다. 손에 무기가 없는 사람은 절대 죽여서는 안 되고, 무기를 들고 있다고 해도 덤벼들 의사가 없는 사람을 죽여서도 안 된다. 도망치는 자의 등을 찌르는 것은 당연히

_____

* 나리

200

안 되고, 바닥에 엎드리거나 꿇어앉아서 살려 달라고 비는 자를 죽여서도 안 된다. 자기가 죽인 자의 수급을 거둔답시고 목을 베어 시체를 훼손하는 것도 안 된다. 만약 이 금지령을 어긴다면 참형에 처하겠다."

이순신의 명령을 자기 입으로 되풀이해 보인 임승조는 불만이 가득한 표정이었다.

"이렇게 제약이 많아서야 어떻게 싸움을 합니까? 드러내 놓고 말하지는 않아도 제 부하들도 불평이 많습니다. 적선에 목숨을 걸고 뛰어들어 싸우는 판에, 상대편이 나를 죽이려는지 어쩌려는지 일일이 살필 틈 따위는 없습니다. 게다가 새로운 주군이신 통제사 도노 아래에서 어서 공을 세워야 저희 자리가 확실해질 텐데, 그게 안 되고 있지 않습니까. 이래서야 공을 세울 수가 없습니다."

임승조가 후자의 문제에 대해 불만을 가지고 있는 것은 이순신도 알고 있었다. 그래서 굳이 임승조를 비롯한 항왜병들이 보는 앞에서 조선 장수들을 집결시켜 우치적이 이 명령을 전하게 한 것이다.

"항왜병을 방패로 하여 조선군이 공을 독점하려는 의도라는 오해는 말게. 통상께서도 우리 조선 군사들이 자네들 항왜들과 똑같은 제약 아래서 싸운다는 것을 보여 주려고 저렇게 하시는 것이니까 말이야."

"이 통제사께서야 가능하면 인명이 적게 상하기를 바라시니 그런 게 당연하시겠지만 저희로서야 공을 세울 기회가 필요하고, 그래서 제 계획을 채택하지 않으신 것이 유감입니다."

안위와 이야기하며 기분이 좀 풀린 임승조는 쓸쓸하게 웃으며 고개를 내저었다. 어젯밤 최종 군의에서 그가 제안한 것은 지금 우수영 장수들이 두려워하는 바로 그 전술이었다. 이쪽이 다수라는 것을 이용하여 전격적으로 — 임승조는 '번개처럼'이라고 표현했다 — 돌입하여 접현전을 벌이고, 각 배마다 타고 있는 항왜병들을 시켜 등선 육박전을 하게 하자고 한 것이다. 양쪽 모두 판옥선인 만큼 사다리도 필요하지 않고, 우수영 전선 한 척마다 서른 명쯤 되는 항왜병이 일본도를 들고 뛰어든다면 1각도 지나지 않아 우수영 군을 모조리 전멸시킬 자신이 있었다. 우수사 김억추의 목 역시 간단히 거둘 수 있을 것이다.

하지만 이 제안에 대해서 이순신과 안위, 우수영 장수들은 단박에 고개를 저었고 좌수영 장수들도 떨떠름해했다. 이순신을 비롯한 장수들로서는 동포인데다가 그 어떤 수영보다 아군으로 흡수할 가능성이 높은 전라우수영을 그렇게 소멸시킬 수 없었기 때문이다.

"임 별장, 자네 입장이라면 어떻겠는가? 우수영 군사들은 원래 본관의 부하들인데다가 이제 싸움에서 이기고 나면 다시 내 세력이 될 이들이란 말일세. 그런 이들을 그렇게 죽이겠다는데 반발하는 것이 너무도 당연하지 않은가. 게다가 지금은 비록 우리 편이라고 하나, 자네들은 본래 왜병일세. 왜병들로 하여금 같은 조선인을 마구 죽이게 한다면 우리 군사들도 꺼릴 것이지만, 살아남은 우수영 군사들이나 조선 백성들이 어찌 생각하겠는가? 우리 통상 어르신이 권력을 잡기 위해서 전란을 일으켜, 우리 조선 땅에 그토록 큰 해악을 끼친 왜놈들과 결탁했다는 비난을 받게 되실 걸세. 어쩌면 자네들이 우리 진영에 있는 것만으로도 벌써 그렇게 모함하고 다니는 놈들이 있을지도 모르고. 공을 세우고 싶은 자네 심정이야 나도 잘 알지. 조금만 참게. 꼭 기회가 있을 걸세."

안위가 너털웃음을 지으며 어깨를 두드리자 임승조는 쓴웃음을 지으며 대답했다.

"통제사 도노께서 권력 때문에 반역하지 않았다는 것은 저도 압니다. 다만 오갈 데 없는 저희를 받아 주신 분께 보답하고 싶었는데 기회가 없어 아쉬울 뿐이지요. 수사 도노께서 말씀하신 것처럼 다음 기회를 기다려 보겠습니다."

전국시대 일본에서는 포로가 된 후 전향한다거나 그동안의 대우에 불만이 있다거나 해서 적의 진영으로 넘어가는 경우가 드물지 않았다. 그리고 새 주군에게 자기가 얼마나 유능한 인재인지를 각인시키기 위해서 그동안 자신이 세운 공훈을 과시하는 것은 당연한 일이었다. 심지어 예전에 그 주군을 상대로 싸우면서 거둔 전과조차도 당당하게 내세우고 주군은 이를 또 태연하게 받아들여 인재를 평가하는 것이 일본의 문화였으니, 임승조로서는 이순신의 면전에서 공을 세울 기회를 잃은 것이 아쉬울 수밖에 없었다.

두 사람이 대화를 나누는 사이 상선으로 몰려들었던 사후선들은 모두 자기 배로 돌아갔고, 함대는 다시 해협 안으로 진입하고 있었다. 두 함대 사이의 거리가 점점 좁혀지더니 어느새 천자총통 사거리에 가까워졌다. 해협 안쪽에 늘어서 있던 우수영 전선들에서 일제히 흰 연기가 뿜어 올랐다. 이쪽 선두 전선들도 약간 늦게 발포하기 시작했다. 2년 만에 울돌목에 초연과 포성이 흐르게 된 것이다.

＊

천자총통을 쏘면 아슬아슬하게 닿을 만한 거리에서 쏜 첫 포격은 대장군전이고 철환이고 간에 당연히 한 발도 표적에 맞지 않았다. 마찬가지로 좌수영 쪽에서 쏜 포탄도 이쪽에 한 발도 맞지 않았다.

"모두 일제히 포를 쏘아라! 어서 다음 탄환을 장전하라!"

우수영 장수들은 불안감에 떨면서도 일단은 김억추의 명령대로 움직였다. 전진해 오는 좌수영 함대에 맞서 싸우는데 필요한 명령을 수하 군사들에게 내리면서 그들은 오금이 떨리는 기분을 맛보아야 했다. 세상에, 우리가 지금 그 하늘같은 통제사를 향해 포를 쏘고 있다니! 그런데 뜻밖의 저항에 놀랐는지 좌수영 전선들이 전진을 멈추고 화급히 선두 대열을 확장하는 것이 보였다. 2열에 있던 함선들이 앞으로 나와 1열의 배들과 함께 포격을 시작하고 있었다.

"이 통제의 군사라 해도 별것 아니로다! 우리 군사가 유리한 길목을 막고 총통을 쏘니 역시 왜적만큼이나 허둥대지 않느냐!

나 김억추와 함께하는 이상 너희들은 진실로 부귀영화를 누릴 수 있을 것이다!"

상선의 김억추는 장대 위에서 신이 나 있었다. 무리가 아닌 것이, 지금 다른 사람도 아닌 이순신이 그의 앞에서 어쩔 줄 몰라 하고 있는 것이다! 아직까지 불이 붙거나 가라앉는 배는 나오지 않았지만, 이순신의 함대는 우수영 군의 치열한 포격을 받으면서 제자리걸음만 하고 있었다. 그들은 대다수 우수영 장수들이 걱정했던 것처럼 맹렬하게 달려들기는커녕 간헐적으로 반격을 가해 오고 있을 뿐이었다. 하지만 연기를 뿜는 포는 그나마 몇 문 되지도 않았고 날아온 포탄은 헛되이 바다에 떨어져 물보라만 튀었다.

"보라! 저 반적들은 이쪽을 향해 제대로 포를 쏘지도 못하고 있다. 이 모든 것이 나의 명에 따라 너희가 용전분투한 덕이 아니냐! 매우 쏘아라! 저들이 우리 배에 접근하지 못하게 하라!"

각 전선이 탑재한 천자총통에 이어 지자총통도 연달아 불을 뿜었다. 대장군전, 차대전, 수철연의환 등이 연달아 날아갔으나 역시 이순신의 함대에 치명타를 주지는 못했다. 몇 발이 갑판에 꽂히는 것 같기는 했으나, 큰 타격을 입는 모습은 보이지 않았다.

＊

"아무래도 이상해! 이건 통상답지 않아."

이순신과 함께한 수전 경험이 많은 우수영 장수들로서는 지금의 전투 양상이 선뜻 납득이 가지 않았다. 그들이 아는 이순신은 언제나 과감한 전투를 통해 적을 분멸하는 모습을 보였다. 절대 지금 보이는 것처럼 자기보다 소수인 병력의 포화 따위에 쩔쩔맬 사람이 아니었다.

"왜선을 상대할 때와는 다르지 않습니까. 왜선의 조총 따위는 아무리 가까이에서 맞아도 판옥선의 선체에 별다른 타격을 줄 수 없으니 사람이 직접 맞는 것만 조심하면 됩니다. 하지만 조선 총통에 맞으면 판옥선이라고 해도 피해를 입습니다. 대장군전이나 차대전은 판옥선의 선체를 뚫을 수 있고, 철환은 선체를 부술 수는 없어도 그 크기에 따라 여장을 부수고 인명을 살상할 수 있지요. 왜군과 싸울 때에 비해 직면한 포화의 위력이 다른 만큼, 통제사 대감이라고 해도 지금 이 싸움에 부담을 느끼리라는 추정은 충분히 가능하지 않겠습니까."

"하지만 지금 좌수영 군이 보여 주는 모습은 아무래도 이상해! 사격에 노출되는 시간을 줄여 포화로 인해 받는 피해를 줄이기 위한 과감한 돌격도 아니고, 분명히 저쪽이 더 유리한 수적 우세를 활용해 사격으로 우리를 제압하는 것도 아니지 않나. 그저 일부 병력이 총통의 최대사거리 바로 바깥에서 오락가락하며 못 이기는 척 사격하고 있을 뿐이야!"

지금도 상선에서는 우수사 김억추가 신이 나서 휘하 장수들에게 어서 포를 쏘라고 호령하고 있었다. 우수영 장수들은 수사의 명령에 따라 계속해서 총통을 쏘고는 있었지만, 제대로 대응하지 않는 좌수영 함대의 행동이 불안하게 느껴질 수밖에 없었다.

"우수사 영감의 생각처럼 통제사가 정말로 우수영의 저항에 당황하고 있을 가능성은 절대 없습니다. 혹시 수가 더 많은 좌수영 함대가 이쪽의 화약이 떨어질 때까지 기다릴 심산이 아닐까요? 만약 지금처럼 무턱대고 쏘아 대다가 화약이 떨어진다면 좌수영 군이 돌격해 왔을 때 막아 낼 방법이 없어집니다. 좌수영 군이 근접해서 총통과 화살을 퍼붓는데 이쪽에서 활만 가지고 대응해 봐야 상대가 안 될 것이니까요."

"왜선과 싸울 때 늘 그랬던 것처럼, 좌수영 군이 조란환으로 이쪽 갑판을 쓸어버린다면 그 이후의 싸움은 하나 마나가 되겠지. 게다가 지금 우리 수영의 전력은 좌수영의 절반가량밖에 안 되니까, 최악의 경우 우리 전선들은 양편에서 사격을 받게 되고 타고 있는 군사들은 피할 곳도 없이 피걸레가 될 것이야!"

휘하 병선군관과 이야기하다가 생각이 거기까지 미친 진도 군수 선의문은 등짝에 식은땀이 흐르는 것을 느끼며 황급히 명령했다. 불행 중 다행이랄까, 그의 배에는 화약 잡아먹는 귀신인 천자총통은 실려 있지 않았다.

"으으, 화약을 아껴야 한다! 지금부터 화포장은 화약을 반만 넣고 쏘아라! 혹 좌수영 군이 돌격해 올지도 모르니 화약을 아껴 두고 지금은 일단 쏘는 시늉을 하여 다가오지 못하게만 하여라."

"사또, 화약을 다 넣지 않으면 포환이 제대로 날아가지 않을 것입니다. 다 중간 바다에 떨어질 텐데요."

병선군관의 이의는 당연한 것이었다. 잠시 당황하던 선의문은 아무렇게나 내뱉었다. 마침 그의 전선은 일렬로 늘어선 전선들 중 오른쪽 끝에 있어서 김억추의 상선과는 가장 먼 거리에 있었다.

"제기랄, 그냥 공포로 쏴! 우수사 영감 보기에 쏘는 것처럼 보이기만 하면 되니까!"

"아, 알겠습니다, 사또. 여봐라! 지금부터 총통에 포환이나 전을 넣지 말고, 화약도 반만 넣도록 하라!"

화포장들도 일순 당황했지만 뭐 자기들의 일이 편해지는 셈이니 반색을 하며 따랐다. 게다가 반란을 일으켰다고는 해도 어제까지 아군이었던 좌수영 군에게 포를 쏜다는 게 내키지 않는 일이었기에 더 반기는 것도 있었다. 옆에 있던 금갑도 전선에서도 같은 생각을 했는지, 갑자기 포성이 확 작아지고 포연의 크기도 줄어드는 것이 눈에 보였다.

*

상선의 김억추는 싸움에 완전히 취해 있었다. 무적의 통제사 이순신이 해전이 시작되고부터 벌써 한 시진 이상 자신에게 발목이 묶여 있는 것이다. 신나게 쏘고 부수고 죽이는 활극은 없지만 이것으로도 충분했다. 이순신을 쳐부수지 못하더라도, 지금 자리에서 묶어 놓기만 해도 임금은 그의 공훈을 인정

208

해 줄 것이니까.

"우수사 나리, 조류가 점점 강해져서 배를 제자리에 버티게 하기가 힘듭니다."

상선에서 노 젓는 격군들을 총지휘하는 도노장의 보고였다. 보고를 들은 김억추가 주변 전선들을 둘러보니 상선 말고도 전선 몇 척이 조금씩 앞으로 밀려가고 있는 모습이 보였다. 불편한 잠자리에서 밤을 보낸 데다 역류를 거슬러 뒤로 노를 젓고 있다 보니 싸움이 시작된 지 얼마 되지 않았는데 벌써 힘이 빠진 격군이 나오기 시작한 것이다. 이순신과의 싸움이 무서워 도망친 격군들 대신 인근에 거주하는 농민들을 잡아다 억지로 노를 젓게 한 탓에, 노질이 익숙하지 않다 보니 생기는 문제였다.

잠깐 생각하던 김억추는 잘됐다는 듯 호기롭게 방패판을 내리치며 호령을 했다.

"그래? 역류를 거슬러서 제자리에 버티고 서 있는 것이 힘들다는 말이지? 좋다! 역류를 순류로 만들자! 여봐라! 당장 전군에 돌격 명령을 내려라! 역적인 이 통제의 군사는 지금 정의로운 우리 군사들의 공격에 막혀 옴짝달싹하지 못하고 있다. 이 틈을 타서 우리 전선들이 순류를 타고 쏜살같이 몰아나간다면 저들은 지리멸렬하여 흩어질 것이다. 그리되면 이번 변란은 우리 우수영 단독으로 진압한 것이 될 것이니 나를 비롯하여 너희 모두가 공신이 될 것이 아니더냐! 당장 전 전선에 돌격 신호를 보내라!"

김억추는 이 명령을 내리면서 순간적으로 머리를 회전시키고 있었다. 이순신의 함대는 지금 우수영 함대의 포격에 가로

막혀 해협에서 얼마 들어오지 않은 상태로 멈춰 있었다. 이는 포화를 무릅쓰고 돌진할 만큼 이순신 군의 군사들이 사기가 높지 않다는 것을 의미한다. 졸지에 통제사 때문에 반군의 일원이 되어 관군에서 역적으로 지위가 떨어져 버렸는데 저들의 사기가 높을 리 없지 않은가.

그렇다면 지금 이쪽에서 포를 쏘는 수량에 비해서 반격해 오는 포화의 수가 절반 이하인 것이 간단히 설명된다. 역적이 된 통제사 밑에 좌수영 군사들이 그대로 머무를 리 없고, 당연히 많은 수가 도망쳤을 것이다. 따라서 지금 저 많은 전선에 타고 있는 군사들은 이순신이 반기를 든 후 주변에서 억지로 그러모은 백성들이 대다수일 것이다. 그래서 포를 제대로 다루지 못하기 때문에 발사되는 포탄도 많지 않고 이쪽 전선을 맞히는 포탄이 하나도 없는 것이다. 그것이 틀림없었다.

그리고 저들 역시 역류를 거슬러 노를 젓고 있느니만큼 격군들도 우수영 격군들 이상으로 지쳐 있을 것이 분명했다. 포를 쏠 군사들이 도망쳤는데 노를 저을 격군들이라고 자리를 지켰겠는가. 분명 죄다 도망치고 이순신이 백성들을 새로 잡아다가 노를 젓게 했을 것이다. 서투른 만큼 지치는 것도 빠를 것이다.

게다가 제자리에 있기만 하면 되는 우수영 격군들과 달리 저들은 역류를 거슬러서 해협을 올라오려고 시도하고 있었으니 한층 더 힘이 빠졌을 것이 틀림없었다. 지금 우수영 군이 몰아친다면 지쳐 있는데다가 겁먹은 저들은 그대로 흩어져 도망칠 것이고, 이순신 역시 군사 없는 장수가 되어 물러설 수밖에 없을 것이다. 그 뒤에 힘을 잃은 이순신을 잡아 죽이는 일은 어린애 팔 비틀기만큼 쉬울 것이다.

여기까지 생각이 미친 김억추는 당당하게 환도를 휘두르며 재차 명령을 내렸다.

"어서 돌진하라! 역도의 수괴가 바로 저기 있다. 어서 달려가 목을 베어라!"

김억추의 명에 따라 신호기가 휘날리고 우수영 전선들은 맹렬히 앞으로 움직이기 시작했다. 승진과 재물 등 이번 싸움이 끝나면 받게 될 막대한 포상을 떠올리며 김억추는 남모르게 함박웃음을 지었다.

*

"허, 정말 우수영 군이 달려오는구나. 통상! 역시 말씀하신 대로입니다."

통제사 군관 송희립이 감탄하자 이순신은 조용히 한마디를 뱉었다.

"자신들이 우세하다고 생각하기 때문이지."

좁은 해역, 구체적으로 말하자면 대함대가 활동하기 힘든 만이나 해협에서는 아군의 규모가 적보다 많다고 해서 꼭 싸움에 유리하다고 볼 수가 없다. 활동할 공간이 없기 때문인데, 바로 이곳 울돌목에서 2년 전에 일본 수군이 그 점을 아주 처절하게 깨달았다. 만약 넓은 바다였다면 판옥선의 우수한 성능을 등에 업은 이순신이 아무리 용전분투했다고 해도 고작 열세 척을 가지고는 백수십 척에 달하는 일본 수군을 이길 수 없었을 것이다.

이런 좁은 길을 막고 있는 적을 쳐부수는 방법은 대략 세 가지다. 첫 번째는 방어군이 더 이상 견디지 못하고 무너질 때까지 강공을 가해 방어선을 뚫는 것. 두 번째는 다른 길로 우회하여 적의 방어를 무력화시키는 것이다. 세 번째는 바로 적을 속임수로 꾀어내어 협로 밖에서 격파하고 난 뒤에 빈집이 되어 버린 통로를 유유히 통과하는 것이다.

칭기즈칸이 만리장성을 넘을 때 세 번째 방법으로 금나라 수비대를 끌어낸 적이 있고, 지난 임진년에는 조금 성격이 다르기는 하지만 한산도에서 조선 수군이 좁은 바다에서 저항하는 일본 수군을 넓은 바다로 유인해 냄으로써 아주 간단히 적을 격멸하고 대승리를 거두기도 했다. 지난 전란 당시 일본군은 조선 수군의 방어를 뚫기 위해서 첫 번째 방법만 줄기차게 시도하다가 연이은 실패를 맛보아야 했고.

지금 이순신의 입장에서 첫 번째 방법은 큰 피해를 각오해야 했고, 두 번째 방법은 양면에서 협공당할 각오를 해야 했으므로 세 번째 방법을 선택하는 것은 필연이었다. 미리 짜 두었던 계획에 따라 이순신이 지시를 내렸다.

"기패관, 신호를 보내라. 미리 약정된 지점에 도달하기까지 철수한다."

"예, 통상."

상선에서 신호가 나부끼자 열다섯 척의 좌수영 전선들과 다섯 척의 우수영 전선 들 모두 곧바로 마지막 한 발의 포탄을 쏜 다음 뱃머리를 돌렸다. 판옥선은 후면에 무장을 배치하지 않으므로, 뱃머리를 돌린다는 것은 이제 전투를 완전히 포기하겠다는 의사 표시나 마찬가지다.

뱃머리를 돌린 판옥선들이 쫓아오는 우수영 함대의 속도를 보면서 천천히 남쪽으로 달렸다. 혹시나 너무 빨리 달리면 저들이 추격을 포기할까 봐 그런 것이지만, 맹렬한 기세로 따라오는 것을 보아 그럴 염려는 없어 보였다.

상선의 안위는 쫓아오는 우수영 함대를 보며 혀를 찼다. 물론 자기들이 관군이라는 자각이 있으니까, 게다가 대규모 해전을 지휘해 본 적이 없는 김억추의 지휘를 받고 있으니까 저런 행동을 하는 거겠지만 기가 막힌 것은 기가 막힌 것이었다.

"저 바보들은 자기들이 미끼를 물었다는 사실을 아는 걸까 모르는 걸까? 저들 중 다수는 임진년부터 통상 대감과 고 이억기 수사, 그리고 본관의 밑에서 수전을 체험한 자들이 분명하건만, 그런 자들이 제대로 적정을 알지도 못하면서 저렇게 내달린다는 것이 이해가 가지 않는군. 역시 한 마리 개의 지휘를 받는 호랑이들은 한 마리 호랑이의 지휘를 받는 개들을 이길 수 없는 모양이야."

"우수영 군이 우리보다 전력이 뒤떨어지니까 정면으로 맞싸우면 분명히 질 것이고, 어떻게 해서든 통제사 도노만 잡으면 이긴다고 생각하는 거겠지요. 틀린 착상은 아니지 않습니까?"

김억추에 대해서 잘 모르는 임승조는 나름대로 호의적인 해석을 했다. 사실 그 말도 틀린 것은 아니었다. 지금 이순신 함대는 이순신이라는 카리스마 있는 지휘관을 핵으로 하여 인간적인 유대감으로 뭉쳐 있을 뿐 모두를 하나로 이어 주는 대의명분이나 사상적 배경이 있는 것은 아니기 때문이다. 만약 이순신이 쓰러진다면 이들을 하나로 이어 줄 후계자도 이념도 없었다. 아마 그대로 함대는 와해되고 모두가 포승줄을 피해 필사적으로 도망칠 일만 남을 것이다. 문제는 정말 김억추가 그런 생각까지 하고 있느냐는 것이겠지만.

"그런 생각을 하고 덤비는 거면 김억추 그 작자가 진짜 똑똑한 양반인 거지. 풋!"

임승조의 말을 들은 안위는 통제사의 눈에 띄지 않게 피식거리며 웃었다. 임승조는 안위가 웃는 이유를 알 수 없어 어리벙벙한 표정을 지을 뿐이었다. 그 와중에도 쫓아오는 우수영 전선에서 함포가 발사되는 소리가 아련하게 들려왔다.

*

좌수영 추격에 나선 우수영 전선들의 대열은 아까처럼 가지런하게 늘어서지는 못하고 있었다. 상선에서 내려오는 지시에 따라 각 전선이 최고 속도로 노를 젓다 보니 속도 차이가 생겼던 탓이다. 물러서는 좌수영 전선들이 방진을 해체하고 넓게 퍼지는 모습을 보면서 김억추는 신나게 호령을 내렸다.

"역도의 수괴, 이순신의 좌선이 바로 저기 있다! 어서 뒤를 쫓아라!"

좌수영 군이 형성하고 있던 방진이 해체되면서 3열에 있던 통제사 상선은 이제 한 줄로 넓게 퍼진 다른 전선들과 나란히 달리고 있었다. 거리는 여전히 천자총통 최대사거리 바로 바깥 정도여서, 쏴도 맞히기 힘들었다.

김억추가 푸른 하늘을 배경으로 휘날리는 이순신의 수자기를 가리키며 휘하의 장수들에게 추격 명령을 내리고 있는데, 이때 상대편 전선들을 유심히 바라보던 병선군관이 느닷없이 고함을 질렀다.

"아잇! 사또, 사또의 소집에 응하지 않았던 당진, 회령포, 가리포 전선들이 모두 통제사 진영에 있습니다!"

"뭐야?"

김억추는 황급히 병선군관이 가리키는 왼쪽 방향으로 시선을 돌렸다. 정말로 전라우수영 소속 군선 다섯 척이 좌수영 함대의 일익을 담당하고 있었다. 잠시 입을 딱 벌리고 있던 김억추는 무슨 생각을 했는지 갑자기 안면 가득 미소를 지었다.

"흥, 어리석은 놈들! 내가 조정에 바칠 수급 숫자를 늘려 준 셈이로구나! 얘들아, 역적이 늘었으니 모조리 목을 베어 조정에 바치도록 하자! 나뿐 아니라 너희 모두가 정난공신이 될 것이다! 어서 쫓아라!"

김억추의 재촉을 받은 도노장이 닦달하자 격군들이 한층 힘을 내었고, 우수영 함대는 지금까지보다 한층 더 빠르게 이순신을 쫓았다. 위에서 보면 초승달 형상으로 대열을 벌린 좌수영 함대의 품 안으로 가로로 일자진을 형성한 우수영 함대가 뛰어드는 형국이었지만, 김억추는 그 문제를 그다지 심각하게 고려하지 않았다. 흩어져 도주하는 좌수영 함대를 자신이 추격하는 중이라고만 여겼기 때문이다.

*

"이건 아무리 봐도 수상한데. 통상께서 학익진을 펴시는 것인가?"

금갑도만호 이정표는 얼굴을 잔뜩 찌푸렸다. 만약 이순신이 우수영 함대를 울돌목에서 끌어낼 의도로 유인작전을 펼쳤다면 자신들은 완전히 함정에 빠진 것이다. 스무 척 대 열세척. 넓은 바다에서 화포전이 벌어진다면 엄청나게 불리하다. 게다가 판옥선은 방향 전환이 매우 쉬우므로 지금 도주 중인 좌수영 함대가 반전하기만 하면 그대로 우수영 군을 반포위할 수가 있다. 여기에다가 만약 좌수영 함대가 몇 척이라도 별군을 보유하고 있다면. 그리고 그 함대가 우리 뒤에서 나타난다면……

이정표의 생각이 여기까지 미쳤을 때 우측방에서 달리고 있던 진도 전선에서 경악의 외침이 들려왔다. 무슨 일인가 싶어 그쪽을 돌아본 이정표는 도저히 사실이라고 믿지 못할 것을 보았다. 10여 척의 판옥선이 진도 쪽 육지 그늘에 숨어 있다가 전투태세를 갖춘 채 측면에서 나타났던 것이다. 그들은 명백히 전라우수영에 대해 적대적인 태도를 보이고 있었다.

입을 딱 벌리고 오른쪽을 보던 이정표는 갑자기 머리를 후려치는 것 같은 충격을 느끼며 급히 고개를 왼쪽으로 돌렸다. 그리고 대열 왼쪽의 전선들도 섬 그늘에서 나타난 10여 척의 판옥선 때문에 당황하고 있다는 것을 알았다. 황급히 당면한 적이 있는 오른쪽으로 고개를 돌렸을 때, 진도 전선 쪽에서 들려오는 외침 소리가 창으로 찌르듯이 귀로 들어왔다.

"경상우수군이다! 경상우수군이 통제사 대감 편에 붙었다!"

*

경상우수군이 이순신과 합류한 것은 바로 어제 저녁이었다.

울돌목에 거의 도착하여 수졸들을 쉬게 하고 함대를 정비하기 위해 어란포에 잠시 머무르고 있던 이순신은 어제 낮 탐망선으로부터 서른두 척의 경상우수영 전선들이 두 시진* 거리까지 다가오고 있다는 급보를 받았다. 자칫 늑장을 부리다가 그들이 울돌목 안에 있는 전라우수영 함대와 합세하게 만든다면 진압군의 전선 수는 무려 마흔다섯 척. 도저히 이쪽의 승리를 바라기 힘들게 된다. 따라서 그들이 하나로 뭉치기 전에 이쪽

---

* 네 시간

이 먼저 나서서 각개격파를 할 필요가 있었다. 자, 그럼 어느 쪽 함대를 먼저 공격해야 할 것인가?

언뜻 생각하기에는 경상우수영의 절반도 안 되는 소수인 김억추의 전라우수영을 먼저 공격하는 것이 나아 보인다. 하지만 이순신은 그렇게 하지 않고 휘하의 부하들에게 동쪽에서 다가오고 있는 유형의 경상우수영 함대를 맞아 싸울 것을 명령했다. 김억추의 함대보다 훨씬 수도 많고 강한데 말이다.

이유는 간단했다. 김억추의 전라우수영 함대가 소수인데다 훌륭한 수군 장수라고 하기 힘든 대장의 지휘를 받고 있다고는 하나, 저들은 지형의 이점을 가지고 있으며 방어에 전념하고 있다. 만에 하나라도 이순신의 전라좌수영 함대가 김억추를 단박에, 말 그대로 단박에 깨뜨리지 못한다면 유형이 곧 전투 현장에 당도할 것이고 이순신은 김억추와 유형의 함대 사이에 끼어 앞뒤로 협공을 받게 될 터. 간신배들을 물리치고 세상을 바꾸기는커녕 그의 생애 최대의 영광스러운 장소였던 울돌목에서 그 삶을 마치게 될 가능성이 컸다.

하지만 만약 이순신이 유형과 먼저 싸운다면? 만약 그렇게 된다면 김억추는 양군의 싸움이 끝날 때까지 울돌목 안에서 꼼짝도 하지 않고 있을 가능성이 높았다. 수군을 지휘하는 능력이 뛰어난 편이 아닌데다 탐망선도 제대로 내보내지 못하고 있는 김억추로서는 지금이 협공의 기회라는 것조차 알아채지 못하고 지나갈 가능성이 컸기 때문이다. 때문에 이순신으로서는 다소 모험이라는 것을 알면서도 4할이나 병력이 더 많은 경상우수영, 그것도 과거 자신의 수제자나 다름없었던 유형이 지휘하는 경상우수군과 일전을 각오하고 나섰던 것이다.

그런데 막상 어란포 바깥 바다에서 경상도 수군과 조우했을 때 일어난 사태는 좌수영 수군 모두의 눈을 의심케 할 만한 것이었다. 경상우수영 함대에서 우수사 유형의 좌선이 홀로 떨어져 나오더니 통제사 상선을 향해 곧바로 다가오는 것이었다. 거대한 수자기를 달고 있으니 잘못 보았을 리는 없었다.

생각지도 못한 전개에 이순신 함대 쪽의 어느 누구도 화포에 불을 댕기지 않았다. 너무도 태연히 다가오는 경상우수영 상선의 모습에 다들 얼이 빠져 있는데, 현재 상황에 대한 보고를 받은 이순신은 무슨 생각을 했는지 깜짝 놀랄 명령을 내렸다.

"상선을 앞으로 전진시켜라! 길을 만들라!"

수하 장수들은 당황했지만 누구의 명이라고 감히 거역하겠는가. 곧 상선의 앞을 가로막고 있던 전라좌수영 전선들이 양옆으로 비켜섰고 이순신은 유형의 배가 다가오는 것을 정면에서 마주 볼 수 있었다. 이순신의 명령에 따라 상선이 천천히 앞으로 나가자 자기 배 뱃머리에 당당한 자세로 수하의 군관들을 거느리고 서 있는 유형의 모습이 보였다. 이순신 역시 상선에 타고 있는 안위, 송희립 등의 장수들을 거느리고 뱃머리로 나갔다.

걱정이 된 안위는 혹시 유형의 속임수가 아닐까 싶어 열심히 살펴보았지만 유형의 배에는 활을 겨눈 자, 조총이나 포를 쏘려는 자가 하나도 보이지 않았고 모든 수졸들이 그저 여장

앞에 나란히 서 있을 뿐이었다. 경상우수영 소속의 다른 배들도 돛을 떼지 않고 물에 적신 거적도 갑판에 깔지 않는 등 전투 준비 같은 것은 하고 있지 않았다. 잔뜩 긴장하고 나간 이순신 쪽 군사들이 머쓱해질 정도였다.

마침내 이순신과 유형이 탄 두 배 사이의 거리가 목소리가 들릴 만큼 가까워졌다. 그리고 모두가 깜짝 놀랄 만한 일이 벌어졌다. 유형이 이순신에게 깍듯하게 군례를 올리며 결의가 가득한 목소리로 외친 것이다.

"통상! 소장의 결심이 늦었던 것에 대하여 사죄를 구합니다. 이제라도 소장이 수하 군사들과 함께 통상께서 결심하신 거사에 동참하는 것을 허락해 주시기를 바랍니다."

유형의 말에 놀라는 모습을 보이지 않은 것은 이순신 혼자라고 해도 좋았다. 이순신의 좌수영 군 수뇌부 장수들조차 예상하지 못했던 경상우수영 군의 합류에 놀라 수군거리며 들떠 있는데, 유독 이순신만은 못마땅한 표정을 짓더니 단호하게 나무랐던 것이다.

"유 수사! 수사에게는 왜적의 재침을 막는 중대한 임무가 있소. 경상우수영은 말 그대로 왜적을 상대하는 최전선이오. 내가 부득이하게 임지를 떠나는 죄를 짓게 되기는 하였으나, 다른 수사들은 가능한 한 자신의 임지에서 외적을 막는 임무를 계속해 주기를 바라오. 특히 그대와 경상좌도의 이 수사, 두 수사는 왜적과 바로 얼굴을 맞대고 있는 사람들이오. 그대들이 본관과의 개인적인 인연을 빌미로 하여 멋대로 임지를 이탈한다면 이 땅의 백성들이 어찌 왜적의 재침으로부터 안전할 수 있겠소?"

지금 경상좌수사는 이운룡이다. 이운룡은 본래 임진년에는 경상우수영에 속해 있으면서 옥포만호로 싸웠고, 특히 도망가는 원균을 붙들어 이순신에게 구원을 청하게 한 장본인이기도 하다. 그 뒤로는 대부분의 수전에 참가하였으며, 경상좌수사에 취임할 때도 이순신의 천거를 받은 정말 이순신이 아끼던 장수였다. 게다가 과거 녹둔도전투의 결과로 인해 같이 백의종군을 한 적도 있으니 그 역시 이순신과의 인연을 따지자면 만만치 않은 셈이다.

"왜적에 대한 방비는 좌수사에게 맡겨 놓고 왔습니다. 또한 경상우수영 전선 중에서도 열 척을 떼어 거제도에 남겨 두고 왔으니 그만하면 왜적이 한번에 500척쯤 몰려오지 않는 한 막을 수 있을 것입니다."

유형은 이순신의 꾸짖음에도 불구하고 당황하지 않고 당당히 대답했다. 그리고 고개를 들며 청하는 말을 건넸다.

"통상께 비밀히 드리고 싶은 말씀이 있습니다. 잠시 소장이 상선으로 건너가는 것을 허락해 주시겠습니까?"

어느새 두 배는 뱃머리가 맞닿을 만큼 접근해 있었다. 인상을 찌푸린 채로 천천히 고개를 끄덕이는 이순신을 보며 안도의 표정을 지은 유형은 두 배 사이를 막고 있는 여장을 훌쩍 뛰어넘어 상선에 올라탔다. 문득 장보고를 암살한 염장의 술책을 생각한 안위가 유형의 두정갑 허리춤을 살폈지만, 쓸데없는 의심을 막기 위해서인지 유형은 환도를 끌러놓고 왔을 뿐 아니라 아무 무기도 가지고 있지 않았다.

"비밀히 하고 싶은 이야기라 하였는가?"

"예, 그렇습니다. 들을 필요 없는 사람은 듣지 않도록 좌우를 좀 물려 주셨으면 합니다."

판옥선 위에서 이순신과 비밀스러운 이야기를 나눌 공간이라면 장대 아래 공간밖에 없다. 사람 서너 명이 겨우 들어갈 만한 장대 아래 공간의 넓이와, 유형의 지위에 대해 잠시 생각한 이순신은 안위 한 사람만을 손짓으로 따라오게 하고 장대 쪽으로 걸어갔다. 이순신에 대한 일이라면 언제나 눈치가 빠른 송희립은 어느새 갑판 위의 군사들을 비키게 하여 길을 만들고 있었다.

"고맙소, 유 수사. 정말 고맙소!"

다른 이들의 눈에 보이지 않는 공간으로 들어오자마자 안위는 곧바로 유형의 손을 붙잡았다. 혹시라도 밖에 있는 군사들에게 들릴까 봐 소리는 크게 하지 않았지만 감사가 온통 묻어나는 목소리였다.

"당연한 일을 한 것뿐입니다, 안 수사. 이렇게 나오시면 제가 부끄럽습니다."

"아니오, 아니오! 통상께서는 내색을 하지 않으시지만, 우리 모두는 사실 경상우수영이 금상 편에 선다면 과연 어떻게 해야 하나 정말 고민이 컸다오. 유 수사가 만일 우리의 적이 되었다면! 아아, 상상만 해도 끔찍한 일이오. 정말 고맙소. 정말 고맙소!"

유형이 겸연쩍게 얼굴을 붉혔지만 얼굴에 기쁨의 빛을 잔뜩 띤 안위는 유형의 손을 놓지 않았다. 장대 아래 공간이 조금만 더 넓었다면 유형의 손을 잡은 채 덩실덩실 춤이라도 출 기세였다.

"그래, 하고 싶다는 것은 무슨 이야기인가?"

곧은 자세로 의자에 앉은 이순신은 안위의 방정맞은 태도가 마음에 들지 않는 듯 헛기침을 하더니 두 사람을 올려다보며 말을 건넸다. 경상우수영의 합류가 너무 기뻐서 자기가 누구 앞에 있는지 잠시 잊었다가 그제야 깨달은 안위는 화닥닥 유형의 손을 놓고 떨어졌다. 유형은 자기도 마음을 가다듬기 위해 헛기침을 하고는 결연히 입을 열기 시작했다.

"소장이 대감의 거사에 동참할 결심을 하게 된 이유에 대해서입니다."

"아니, 수군의 장수로서 통상께서 하시는 일이라면 당연히 함께해야 하는 것이지 무슨 이유가 있소?"

안위가 불쑥 끼어들자 유형의 이야기는 시작도 하지 못하고 중단되고 말았다. 유형은 가만있었지만 이순신이 안위를 나무랐다.

"안 수사! 이번 거병은 나조차도 한참을 망설인 끝에야 결심하고 일어선 것이오. 유 수사로서도 고민하는 것이 당연하오. 유 수사, 이야기를 계속해 보시오."

"알겠습니다. 감사합니다, 통상."

고개를 숙여 이순신에게 다시 한 번 예를 표한 유형이 중단되었던 이야기를 계속했다. 유형이 해 준 이야기는 원래부터 임금을 싫어했던 안위조차 기가 막히게 했고, 이순신에게는 차츰 커져 온 임금에 대한 부정적인 감정을 한층 더 커지게 만들 정도로 지독한 것이었다. 임금이 선전관에게 시킨 일에 대해서 들은 안위가 혀를 내둘렀다.

"보십시오, 통상! 저런 인간이 임금입니다! 자기에게 충성하려는 신하도 내치는 저런 자를 임금으로 대우할 필요가 있습니까? 하여간 유 수사도 꽉 막히셨소. 어차피 그런 인간인 줄 모르는 것도 아닌데 그냥 곧바로 고금도로 오지 그랬소!"

"안 수사! 불경하오!"

안위가 또 끼어들자 이순신이 엄하게 나무랐다. 임금이 한 짓이 지독하기는 했지만 차마 대놓고 임금 자격도 없다고 비난하는 것은 이순신으로서는 아직 할 수 없는 일이었기 때문이다. 안위가 꾸지람을 받고 입을 다무는 것을 보며 씁쓸하게 웃은 유형이 이야기를 이어 갔다.

"통상께서 고금도 백성들과 군사들을 상감의 칼로부터 지키기 위해 거사를 일으키신 심정이 그야말로 절절히 이해되었습니다. 저 역시 거사에 동참하지 않는다면 우수영 소속 장수와 군사들이 모조리 상감에게 도륙을 당하는 참극을 겪게 되었을 테니까요. 그런 일은 도저히 마주하고 싶지 않았습니다."

자신의 느낌을 조용히 토로하는 유형의 태도는 담담했다.

"통상과 싸우기 위해서가 아니라 돕기 위해서 통상에게 간다고 선언하자 군사와 장수들이 얼마나 환호했는지……. 장수들이 경고했던 것처럼, 만약 통상과 싸우러 출진한다고 했으면 군사들의 절반은 오는 길에 도망쳤을 거라고 생각합니다. 배를 모는 군사들이 얼마나 신이 나서 달려오는지, 미조항을 출발한 게 기사일*이었습니다만 불과 사흘 만인 오늘 여기 도착할 수가 있었습니다."

이순신이 고금도에서 여기까지 오는 데 같은 시간이 걸린 것을 생각하면 거리가 세 배는 족히 되는 남해도에서 여기까지 사흘 만에 온 유형은 말 그대로 날듯이 달려온 셈이다. 잠시 입을 다물고 생각하던 이순신이 천천히 입을 열었다.

"유 수사가 조정의 명을 거부하고 나를 따르겠다고 해 주는 것은 정말 감사하오. 그렇지만 나는 유 수사가 경상도로 돌아가 왜적에 대한 방비를 굳건하게 해 줄 것을 더 바라오. 이제 전라도의 수군이 모두 당분간 사라지게 되는데, 경상도의 수군조차 주력을 떠나보낸다면 왜적이 지극히 기뻐하며 재침을 해 올지도 모르는 일이오."

"통상! 그 문제라면 크게 걱정하실 필요가 없습니다. 요즘 바다를 건너와 귀순하는 왜인들의 진술에 의하면 왜적들의 수괴인 수길이 작년에 죽은 이래, 아직 어린 그의 아들이 후계자가 되자 이를 기화로 수길의 집안을 무너뜨리고 새로이 권력

---

* 22일

을 잡으려고 하는 영주들과 이를 보위하여 지키고자 하는 영주들 사이의 간극이 크게 벌어져 언제 내전이 재개되어도 이상할 것이 없는 상태라고 하옵니다. 그 결과 왜 땅의 각 영주들은 서로 싸우기 위해서 병사와 무기를 모으느라 지금 정신이 없다고 하니, 왜적의 재침은 우려하지 않아도 될 것입니다. 설사 불상사가 터진다 하여도 역전의 맹장인 이 수사가 좌수영을 굳건히 지키고 있는데다가 소장이 남겨 놓고 온 전선의 수도 적지 않사오니 너무 심려치 마시옵소서. 영 믿을 수 없기는 하나, 경상좌수영에는 명나라 수군도 3000이나 있지 않사옵니까."

유형의 이야기를 들으며 안위는 갑자기 복잡한 심정이 되었다. 전라우수영의 두 배 가까운 전력을 가진 경상우수영이 반정군에 합류하면 당연히 그 수장인 유형의 발언권이 올라간다. 그렇게 되면 자연히 그와 경쟁 관계인 안위 자신의 비중은 낮아질 것이 뻔했다. 그렇다면 반정에 참여시켜 달라는 유형을 받아들이라고 이순신에게 권고해야 하는가, 아니면 이순신의 명에 따라 경상도로 돌아가라고 유형에게 권고해야 하는가. 고민하는 순간은 찰나였지만 안위에게 있어서는 억겁과도 같은 긴 시간이었다.

"통상 대감."

이순신이 안위 쪽으로 고개를 돌렸다. 유형은 계속 이순신의 얼굴을 바라보고 있었다.

"유 수사를 받아들이시는 편이 좋겠습니다. 통상께서도 아시겠지만 우리 편 군사가 많으면 많을수록 싸움은 빨리 끝나는 법이고, 피해도 더 적습니다. 적은 군사로 싸우면 쉽게 이길 수 있는 싸움도 어려워진다는 것은 통상께서도 녹둔도에서 익히 경험하지 않으셨습니까."

녹둔도는 두만강 하류에 자리 잡은 하중도로, 땅이 비옥하여 조선 쪽에서 둔전을 설치한 바 있었다. 12년 전 이곳의 방비를 맡은 녹둔도권관으로 재직하던 이순신은 수확물을 노린 여진족의 기습을 받아 열한 명이 죽고 100여 명이 끌려가는 피해를 입었다. 곧바로 추격하여 일부 포로를 되찾아왔고 나중에 시전부락 토벌로 앙갚음을 했다고는 하나, 사전에 올린 병력 증원 요청이 받아들여졌다면 훨씬 피해를 줄일 수 있었다는 점에서 뼈아픈 사건이었다.

녹둔도 사건 당시 이순신의 병력 증원 요청을 거부하여 사태를 확대시키고, 사건이 일어나자 이순신에게 모든 책임을 덮어씌워 처형하려고 시도했던 악질 상관이 바로 지금 왕에게 도순변사로 임명받아 이순신을 토벌하러 내려오게 될 이일이라는 것도 인연이라면 참 기가 막힌 인연인 셈이다.

안위의 말을 들은 이순신은 잠시 생각에 잠겼다. 명분과 실리라는 이번 거사를 결심하기까지 고민했던 문제가 여기서 다시 튀어나온 것이다.

"경상우수영이 동참해 준다면 도성으로 가는 길이 한층 더 빨라질 것입니다. 그러니 신속하게 일을 끝낸 후 경상우수영 전선들을 다시 임지로 돌려보내면 됩니다. 그렇게 되면 왜적이 경상도 수군이 일부 자리를 비운 것을 알고 재침할 준비를 마치기 전에 다시 함대를 복귀시켜 저들이 헛된 시도를 하지 못하게 막을 수가 있습니다. 통상, 다시 생각해 보시지요."

"안 수사의 말대로입니다. 저희 경상우수영은 거사가 마무리되는 즉시 본영으로 복귀할 것입니다. 부디 거사에 참여할 것을 허락해 주십시오."

*

그렇게 해서 결국 경상우수영 함대는 서른두 척이라는 대규모 전선을 가지고 거사를 일으킨 이순신 휘하에 들어오게 되었다. 이순신은 이들을 열여섯 척씩 둘로 나누어 매복시키고, 울돌목을 지키던 김억추의 전라우수영 함대를 해협 밖으로 끌어내는 데 성공하자 그대로 측면을 차단하게 만들었던 것이다. 김억추의 잘못된 판단을 이끌어 내기 위해서, 이순신은 자신이 직접 이끄는 함대에는 전라도 전선만 배치하고 경상도 전선은 철저히 숨겼다. 그리고 육지 그늘 뒤에 숨어 있던 이들이 때가 되자 튀쳐나온 것이다.

"포를 쏘아 전라우수군의 도주를 막아라!"

호령 소리가 함대 위에 울려 퍼졌다. 유형의 명령을 받은 경상우수영 포수들은 일제히 포를 쏘았고, 날아간 포탄의 절반은 우왕좌왕하고 있는 김억추 함대의 전선 주위에 떨어져 물보라를 뽑어 올렸다. 나머지 절반은 도망칠 엄두를 내지 못하도록 후방에 떨어져 길을 막았다.

"군이 전선을 직접 조준해서 쏘지 않는 이유 정도야 자기들도 알 수 있을 테지."

장대에 선 유형은 유쾌하게 웃었다. 전라우수군이 바보가 아니라면, 지금 가해진 포격이 자기들을 죽이려는 것이 아니라 위협하려는 의도로 쏜 것이라는 것 정도는 충분히 생각할 수 있을 것이다. 충청수군이야 어쩔 수 없더라도 전라우수군은 분명히 흡수해야 한다는 데는 유형도 동의하는 바였다.

"계속 방포하여 대항할 엄두를 내지 못하게 하라! 또한 급속히 우회하여 전라우수군의 퇴로를 끊어라!"

"예이!"

경상우수영의 각 전선들이 신속하게 전진하면서 선체 측면에 장치해 두었던 총통들이 연달아 불길을 토했다. ㄷ자 형태로 된 포위망은 어느새 그 출구가 닫혀 가고 있었다.

*

삼면에서 포화가 쏟아졌다. 방금 전까지만 해도 기세를 올리며 이순신의 함대를 추격하던 전라우수영 전선들은 정면에서 반전한 전라좌수영과 양 측면에서 나타난 경상우수영의 맹포화에 당황하여 제대로 대응하지 못하고 우왕좌왕하기만 하고 있었다.

"사또, 사또! 어찌하면 좋습니까?"

"난들 알겠느냐!"

전선마다 오가는 대화는 이런 식으로 혼란스러울 뿐이었다. 사방에서 울리는 포성. 앞뒤에 떨어지는 포탄. 도저히 정신을 차릴 수 없는 것이 당연했다.

"그래, 상선! 여봐라! 상선으로부터의 지시는 없느냐?"

진도군수 선의문이 외치자 기패관이 뒤를 돌아보더니 기겁을 했다.

"사, 사또! 우수사 상선이 없습니다!"

"뭐라고?"

혹시 집중사격이라도 받아 먼저 격침된 것인가? 더럭 겁이 난 선의문이 황급히 고개를 돌리자 정말로 우수사 김억추가 탄 전라우수영 좌선이 보이지 않았다. 조금 전까지만 해도 함열 바로 뒤에 있던 우수사 상선이 아무 기척도 없이 사라진 것이다. 그런데 대열 중간쯤에 있는 전선들이 뒤쪽으로 삿대질을 하고 있는 게 아닌가.

"저, 저기! 우수사가 도망간다!"

어이없는 일이었다. 우수사 김억추가 휘하에 있는 군사들에게 어떻게 하라는 단 한마디 지시도 내리지 않고 혼자서만 뺑소니를 쳤던 것이다. 이순신 함대의 포화에 잔뜩 겁을 먹고 웅크린 군사들 중 누군가가 뒤를 돌아볼 때까지, 그 단 몇 분 동안에 우수사 상선은 벌써 2리는 족히 떨어져서 우수영을 향해 줄달음을 치고 있었다. 양 측면에서 나타난 경상도 전선들이 상선을 따라잡기 위해 맹추격했고, 위협할 생각인지 화포도 마구 쏘아 댔지만 우수사 상선은 까딱도 않고 도망갔다. 때맞춰 물러나서 함께 도망치는 전선은 딱 한 척뿐이었는데, 그 전선이 어느 진 소속의 전선인지 알아본 선의문은 왼손으로 방패판을 짚으며 탄식했다.

"목포 전선이로구나! 아이고, 형제는 용감하도다! 어찌 저리 날래고 용맹하단 말이냐!"

쏟아지는 포환 사이를 뚫고 날쌔게 배를 모는 저 모습을 보며 용자라고 칭하지 않을 이가 누가 있으랴 싶었다. 다만 진격하는 방향만 반대라면 참 좋을 것인데.

"사또! 저희도 얼른 도망쳐야 하지 않겠습니까?"

"아차, 그렇지!"

너무 부지불식간에 전세가 뒤집힌 데다 상관인 김억추의 명령을 기다리느라 얼른 도망가지를 못했다. 하지만 이제라도 달아나야겠다 싶어 주변을 보니 어느새 사방은 이순신의 전라좌수영 함대와 경상우수영 함대 전선들에 완전히 둘러싸여 있었다. 우수영 장수들과 군사들이 이젠 다 죽는구나 싶어 부들부들 떨고 있는데 이제까지 치열하게 울리던 포성이 일시에 멈추더니 전선 한 척이 갑자기 다가왔다. 갑판 위의 수졸들이 웅성거렸다.

"어, 저건 가리포 전선 아닌가?"

"뱃머리에 누가 서 있는데? 이 첨사 옆에 선 사람이 누구지?"

"무척 낯익은 사람인데……. 어? 저, 저거 전 우수사 나리 안위 영감 아냐?"

가리포 전선 뱃머리에는 이 전선의 주인인 가리포첨사 이응 표, 그리고 통제사 상선에서 사후선을 타고 옮겨 온 전 전라우 수사 안위가 의기양양한 표정으로 서 있었다. 우수영 전선에 탄 군사들과 소리를 질러 이야기를 나눌 수 있을 정도 거리에 서 배가 멈추자 안위는 바다가 쩌렁쩌렁 울리도록 소리쳤다.

"우수영 장졸들에게 고한다!"

단 한 사람이 외치는 소리라고 믿을 수 없을 정도의 우렁찬 호통 소리였다. 우수영 군사들이 움찔하는 순간 우레와 같은 연설이 쏟아져 나오기 시작했다.

"지금 조정에는 썩은 신하들이 가득하다! 같이 싸우러 나가 자고, 공신이 되어 부귀영화를 누리자고 입에 발린 말만 하다 가 방금 전 자기 혼자 도망친 김억추 같은 자, 모든 수군을 잡 아먹어 항아리처럼 비대해진 원 통제 같은 자, 원 통제를 수군 에 내려 보낸 이른바 중신이라는 자들이 조정에 가득하다. 그 들은 왜적 하나 자신의 칼로 벤 적이 없으면서도 목숨 바쳐 싸 운 우리 수군을 허수아비 취급하기만 했다. 더구나 누구보다 많은 왜적을 물리친 우리 수군의 영수 통상 대감을 역적으로 몰아 죽이려 드는 천인공노할 짓을 저지른 것이 바로 지금 조 정에 있는 자들이다! 자, 이제라도 늦지 않았다. 여기 가리포 전선처럼, 저 뒤에 있는 강진 전선과 회령포 전선처럼, 그리고 나 전 우수사 안위처럼 너희도 통상의 진에 들어오라. 내가 너 희를 이끌어 통상의 뜻을 받들게 하리라. 지난 7년간의 전란에서 진정 너희를 지켜 준 이가 누구였느냐! 조정이냐? 임금이냐? 아니다! 너희와 너희 가족을 지켜 주신 이는 언제나 통상이셨고, 조정에서 한 일은 통상을 쓰러뜨려 나라를 위태롭게 만들려는 일뿐이었다. 자, 어서 함께 나가자! 우리는 모두 같은 조선의 수군이 아니더냐!"

지금은 그래도 침착함을 회복하여 당당하게 나서고 있지만, 조금 전 통제사 상선에 있을 때만 해도 안위는 마구 화를 내며 펄펄 뛰고 있었다. 안위가 화가 난 것은 잽싸게 도망치는 김억추의 배를 보았기 때문인데, 화를 낸 이유는 김억추 형제의 목을 베고 싶어서가 아니었다.

"저 개 같은 놈이 내 배를 가지고 도망가는구나! 내 좌선! 내 좌선! 저 빌어먹을 놈의 자식, 도망가려거든 사후선이나 타고 도망갈 것이지!"

임금에게 빼앗긴 우수영 함대를 도로 되찾을 욕심인 안위로서는 목포 전선이야 그렇다 치고 기함인 상선을 끌고 간 김억추가 고와 보일 리가 없었다. 이렇게 되면 우수영 함대를 통째로 탈환하더라도 자기 배 없이 수하 장수의 배에 편승하는 수밖에 없는 것이다. 덕분에 옆에 있던 임승조만 골이 난 안위를 달래느라 쩔쩔매야 했다.

하지만 안위가 화를 낸다고 해서 도망간 김억추가 돌아올 리는 없는 법. 간신히 화를 가라앉힌 안위는 상선에서 가리포 첨사 이응표의 배로 갈아탄 다음 옛 부하들을 설득하러 나간 것이다. 미리 약속하기는 했지만, 만에 하나라도 유형이 저들을 격침시켜 버리기 전에 귀순시켜야 했다. 투항이 늦어지면 지금까지의 위협사격이 조준사격으로 바뀔 수도 있었다. 이미 잃은 전선 두 척만 아쉬워하다가 아직 남아 있는 열한 척을 잃을 수는 없었다.

안위는 기다렸다. 잠시 진도 앞바다에 적막이 감돌았다. 열한 척의 전라우수영 전선에서는 잠시 말다툼이 있는 것 같았으나 오래가지는 않았다.

"수사 영감, 저희도 통상 대감을 따르겠습니다!"

"조정의 썩은 자들은 사람이 아닙니다!"

"삼도 수군은 언제나 하나입니다!"

어느새 안위가 탄 가리포 전선을 중심으로 모여든 우수영 전선의 장수들이 일제히 뱃머리에서 무릎을 꿇었다. 뿌듯함을 느낀 안위는 의기양양하게 웃음을 터뜨렸다. 삼도 수군이 다시 이순신 밑에서 하나가 되는 순간, 그리고 안위 자신이 자신의 함대를 되찾는 순간이었다.

*

좌선을 타고 도망쳤던 우수사 김억추는 경상도 군선들에게 쫓기며 우수영에 닿자마자 그대로 배를 버리고 육지로 뛰어내려 도망쳤다. 곧이어 우수영에 도착한 목포만호 김응추 역시 그에 질세라 뱃전에서 뛰어내려 그 뒤를 쫓았다. 이미 전란 때부터 이순신에게 밉보인 그들 형제인데다, 이번 출진에 앞서서 수하 군사들에게 떠들어 놓은 것이 있기에 뻔뻔하게 이순신 앞에 나설 수는 없었다.

문제는 좌선에 타고 있던 부하들에게조차 이제부터 어떻게 하라는 일언반구의 언급도 없이 자기들만 냅다 뛰었다는 것이었다. 대장으로부터 앞으로의 행동에 대해 전혀 지시를 받지 못한 우수영 상선의 군관과 수졸들은 당황할 수밖에 없었다. 차라리 김억추가 도망치면서 너희도 알아서 도망치라고 하거나 경강에서 보자는 식의 지시라도 내렸다면 어떻게든 따르는 시늉이라도 했겠지만 김억추는 그나마도 하지 않았던 것이다.

"사또! 어디로 가십니까?"

"저희에게 어떻게 하라는 명이라도 내려 주시옵소서!"

우수영 문턱을 들어선 김억추가 뒤를 돌아보더니 뭐라고 외치는 것 같기는 했으나 아무도 그 목소리를 알아듣지 못했다. 수졸들이 얼이 빠져 있는 사이 경상도 군선들이 들이닥쳤고, 넋이 나간 수졸들은 우수사를 따라 도망칠 시도 같은 것도 해 보기 전에 세 척의 경상도 군선에 그대로 포위되고 말았다. 가장 가까운 배의 장대 위에서 활을 겨눈 경상도 장수 하나가 큰 소리로 외쳤다.

"우수사 김억추는 어디 있느냐? 썩 나와라!"

"수, 수사 영감께선 이미 배에서 내리셨습니다! 이곳에 안 계십니다!"

"뭐야? 어떻게?"

잠시 어처구니없다는 표정을 지은 조라포만호 정공청은 즉시 자기 부하들을 시켜 상선을 샅샅이 뒤지게 했다. 정말로 김억추가 상선에 없다는 것을 알게 된 정공청은 혀를 찼다.

"허! 우수사는 울돌목에서 왜적과 싸울 때도 몸놀림이 날래기가 비할 데 없더니 여기서도 날래구먼! 내일쯤이면 한양에 가 있겠군."

우수영 안쪽 육지에 어떤 준비가 되어 있는지 모르는데다, 만약 김억추가 육지로 오르면 그냥 돌아오라는 지시도 있었기에 정공청이 자신의 군사들만 거느리고 김억추를 쫓기는 좀 곤란했다. 잠시 고개를 내젓던 그는 김억추의 좌선 쪽으로 고개를 돌렸다. 김억추의 부하 장졸들이 부들부들 떨고 있었다. 피식 웃은 정공청이 당당하게 그들 앞에 서서 입을 열었다.

"나는 경상우수영 소속 조라포만호 정공청이다. 자, 너희도 통상과 함께하겠느냐, 아니면 그저 서해 바다의 고기밥이 되겠느냐? 선택은 너희가 하라."

정공청의 말이 떨어지기가 무섭게 뱃전에 서 있던 전라우수영 수졸들이 냅다 갑판에 엎드렸다.

"통상을 따르겠습니다!"

뒤쪽에 있어서 정공청의 말을 듣지 못한 군사들도 앞에 있던 군사들이 엎드리자 닥치고 일단 엎드렸다. 전선 두 척에 탄 수졸들이 줄줄이 엎드리는 것을 보며 정공청은 피식 웃음을 짓고는 그들을 다독였다.

"너희가 엎드릴 사람은 내가 아니라 통제사 대감이다! 다들 일어나 다시 울돌목으로 배를 몰아 통제사 대감을 영접하도록 하여라. 이제 너희는 너희의 원래 수사였던 안 영감과 함께 통제사를 받들어 싸우게 될 것이다. 최선을 다해 공을 세워라!"

이로써 이순신이 일으킨 반정군의 ― 그렇다, 반정군이다. 이제 군중에서도 반정군이라는 말이 스스럼없이 쓰이고 있었다 ― 첫 번째 싸움이자 울돌목에서 일어난 두 번째 싸움은 이순신 측의 완벽한 승리로 끝났다. 관군이었던 전라우수영 군은 완전히 전멸했고, 싸움에 투입된 열세 척의 전선은 모조리 나포되어 이순신의 함대에 편입되었다. 이로써 우수영이 보유한 전선 열여덟 척이 모조리 이순신의 휘하에 들게 된 것이다.

이제 반정군이 보유한 전력은 전라좌수군이 보유한 전선 열아홉 척 중 고금도에 놓고 온 네 척을 제외한 열다섯 척, 전라우수군이 보유한 열여덟 척, 경상우수군이 끌고 온 서른두 척을 모두 합하여 전선만 예순다섯 척이 되었다. 보유한 군사의 수는 장수와 병사를 합쳐 수졸 8600여 명, 그리고 항왜병이 400명으로 총합 9000여 명이 되었다. 다행히 울돌목에서의 싸움에서는 사상자가 거의 나지 않았기에 화약은 좀 소비했어도 전력의 감소는 없었다. 첫 전투에서 승리한 반정군의 기세는 한없이 드높았다.

"통상, 피곤하실 텐데 들어가 쉬시지요."

"괜찮네."

우수영 앞뜰에서는 잔치가 벌어지고 있었다. 새로 귀부한 우수영 군사들을 다독일 겸, 먼 길을 와서 참여한 경상도 군사들을 환영할 겸, 처음부터 함께했던 좌수영 군사들을 위로할 겸 열린 잔치는 소박하지만 푸짐했고 모두가 즐거워했다. 이순신의 얼굴 한편에는 아직 수심이 가시지 않긴 했지만 그 역시 그런 군사들을 보며 푸근한 표정을 짓기는 매한가지였다.

"우수영이 생각보다 훨씬 쉽게 무너진 덕에 백 리 내에는 관군이 없고, 군사들도 즐기고 있으니 통상께서도 좀 쉬시지요. 이제 힘든 북정길에 올라야 할 터인데, 통상께서 피로하시면 모두가 걱정을 하게 되지 않겠습니까."

이순신의 마음고생에 대해 누구보다 잘 알고 있고 그만큼 이순신이 쉬기를 원하는 우치적의 간청은 간절했다. 그의 마음을 읽은 이순신은 조용히 웃으며 고개를 끄덕였다.

"그러세. 내가 없어야 장수들이건 군사들이건 모두 더 편안히 쉴 수 있겠지."

김억추가 버리고 간 좌선을 되찾아서 한껏 기분이 좋아진 안위의 어깨를 두드리며 자리에서 일어선 이순신은 주변에 있던 장수들과 눈빛이 마주칠 때마다 미소를 던지며 조용히 침소로 향했는데, 그러면서 한쪽 손에 들고 있던 종이를 접어 소맷자락에 넣는 것을 본 우치적이 호기심에 질문을 던졌다.

"통상 대감, 그건 무슨 편지인가요? 곱게 접으시는 것을 보면 누가 보냈는지는 몰라도 뭔가 좋은 소식인 듯싶습니다만."

"배 수사가 보낸 서신일세."

이순신은 쓴웃음을 지으며 대답했다. 그 대답을 들은 우치적이 깜짝 놀랐다.

"배 수사라고요? 전 경상우수사 배설 영감 말씀이십니까?"

전 경상우수사 배설은 지금 임금의 추적을 피해 어딘가에 숨어 있었다. 정유년 칠천량에서 원균이 전 조선 수군을 말아 먹었을 때, 혼자서 자기 함대를 살린 배설은 경상우수군 일부를 이끌고 왜군의 포위를 탈출했다. 하지만 배설은 이순신에게 함대를 내주고 난 후 더 이상 왜적과 싸우지 않겠다면서 탈주하여 자기 집으로 돌아가 버렸는데, 그 뒤로 수상한 무리들을 이끌고 난을 꾸민다는 혐의를 받아 도원수 권율의 집요한 추적을 받았다. 1년 가까이 쫓기면서도 용케 잡히지 않았는데, 그런 배설이 편지를 보냈다는 것이다.

"배 수사의 길은 탐탁잖다고 여겼는데, 이렇게 비슷한 길을 가게 될 줄은 몰랐지."

이순신은 씁쓸하게 웃었다. 이제 포성이 울리고 소수이긴 하지만 피가 흐른 이상, 임금과 자신 사이에 일어난 문제가 평화롭게 해결될 가능성은 완전히 사라졌다. 임금은 왕의 권위와 체면 때문에라도 자신을 용서할 수 없을 것이고, 그는 수하의 수천 군사들과 그 가족인 백성들의 목숨 때문에라도 임금에게 굽힐 수가 없게 되어 버렸다.

이제 돌아갈 길은 없었다. 가능한 한 앞으로, 발을 헛디디지 않고 나갈 수 있도록 주의해야 할 뿐이었다. 이순신은 고요히 북쪽 하늘을 바라보았다. 새까만 하늘 한가운데, 마치 이쪽으로 오라고 길을 안내하는 것처럼 북극성이 밝게 빛나고 있었다.

제6장
믿을 놈, 못 믿을 놈, 안 믿을 놈

8월 1일 정축일.

왜적이 물러간 뒤 첫 번째로 맞는 여름의 하늘은 이날도 푸르고 맑았다. 게다가 오늘은 7년 전란이 끝나고 나서 처음 치른 과거 시험의 합격자가 발표되는 날. 궁궐 쪽에서는 흥겨운 추임새 소리와 풍악 소리도 들려왔다.

하지만 그런 분위기에 걸맞을 만큼 맑고 쾌청해야 할 도성 백성들의 얼굴은 어둡기만 했다. 전란의 상처가 아직 남아 있는 것도 문제고 용산에 주둔하고 있는 명나라 군대의 패악질도 문제지만, 무엇보다 큰 문제는 또 난리가 났다는 것이었다. 지난달 초에 남쪽에서 새 난리가 일어났다는 소문은 정말 빠르게도 퍼지고 있었다.

"그것도 아직 모르는가? 지금 전라도는 난리여, 난리!"

"아, 믿을 수가 없어서 그러지, 누가 아직 그 소문도 못 들었다고 했나? 그런데 정말 통제사가 난리를 일으킨 것이 맞는가?"

"그래! 통제사가 무기를 모으고 병사를 조련해서 역모를 일으키려고 해서, 상감께서 금부도사를 보내 잡아 오려고 하자 통제사가 단칼에 금부도사의 목을 쳐 날리고는 '나를 따를 자는 내 오른편으로 서라. 내 오늘 보위에 오르리라!' 하고 외쳤다는 거 아닌가."

늙수그레한 사내 셋이 저잣거리 한쪽 구석에서 주변의 눈치를 살피며 귀엣말을 주고받았다. 혹시라도 지나가던 관원들이 엿듣기라도 할까 봐 조심하는 티가 역력했다.

"허어, 통제사는 만고의 충신이라더니 자기가 왕이 되겠다고 해? 쯧쯧, 내 사람 보는 눈이 틀렸구면."

세 사람 중 눈에 띄게 턱수염을 길게 기른 사내가 괜히 혀를 차며 자기 수염을 쓰다듬었다. 그러자 한쪽 귀가 없는 사내가 발끈해서는 친구를 나무랐다. 언성이 저절로 높아졌다.

"자네도 억울하게 감옥살이 한번 해 보게나. 눈이 안 뒤집히겠나? 게다가 갇혀 있는 동안 모친상까지 당했다고 하면 한이 골수에 사무치는 게 당연하지. 나라도 화가 날 걸세!"

"쉿! 이 멍청아, 누구 손에 치도곤을 맞으려고!"

"쳇! 내가 경상도에서 왜놈들과 싸우다가 붙잡혀 귀를 잘릴 때만 해도 그래도 왜놈들만 물러가면 다시 태평성대가 올 줄 알았는데 또 난리라니! 카악, 퉤!"

턱수염 사내가 주위를 살피며 황급히 귀 잘린 사내의 입을 막았다. 말을 뱉은 당사자도 자기 말에 놀랐는지 흠칫 주변을 돌아보며 목소리를 낮췄지만 불만은 삭여지지 않은 듯했다. 길가에 가래침을 뱉은 사내가 짚신 신은 발로 흙바닥을 문질렀다.

정유재란 당시 히데요시는 조선으로 출정하는 자기 휘하의 군대에 조선에서 죽인 조선인의 수급 대신 귀나 코를 잘라 소금에 절여 일본으로 실어 보내라는 명령을 내렸다. 운반하는 수고를 덜고자 함이었는데, 공을 세우는 데 혈안이 된 왜군 병사들은 당연히 남녀노소 가리지 않고 조선인이라면 잡히는 대로 죽이고 귀와 코를 베었다.

하지만 개중에도 저항할 수 없는 사람을 죽이는 것을 꺼림칙하게 여긴 왜병들이 없지는 않아서, 자기가 사로잡은 조선 사람을 죽이지 않고 그저 코나 귀만 벤 다음 살려 보낸 경우도 있었다. 사내는 그나마 마음씨 좋은 왜병을 만나 운 좋게 목숨을 건진 셈이다.

"자네, 지금 그런 소리를 함부로 지껄일 세상이 아니야. 경기 방어사랑 포도대장이 통제사와 내통했다고 의금부에 잡혀 가서 주리를 틀리고 있는 거, 아직 모르나? 듣자 하니 통제사가 보낸 사자가 포도대장 영감에게 '금상을 쫓아낸 뒤에 영감을 보위에 올려 줄 테니 도성에서 내응해 달라.'는 편지를 전했다는 게야."

"뭣? 포도대장 영감을!"

별 특징 없는 사내가 속삭이듯 자기가 아는 바를 전하자 귀

잘린 사내의 언성이 저도 모르게 또 높아졌다. 세 번째 사내도 얼른 친구의 입을 막으며 주위를 빠르게 둘러보았다. 다행히 자신들에게 주목하는 이는 없었다. 수염 긴 사내가 혹시 자신들의 이야기를 엿듣는 이가 없는지 주변을 살피는 사이 세 번째 사내는 빠르게 귓속말을 건넸다.

"포도대장은 양녕대군의 후손이니까, 원래 왕실의 적통은 지금 임금이 아니고 그쪽이라는 거지. 포도대장이 솔깃했는지 상감께 고변하지 않고 통제사의 사자를 집 안에 숨겨 두었는데 주인에게 앙심을 품은 그 집 노비가 그 밤으로 의금부에 고변을 했다는 게야. 그랬더니 상감께서 훈련도감 군사들을 몰아 포도대장을 포박해서는 의금부 뇌옥에다가 처넣고, 포도청 군사들도 믿을 수 없다 해서 모조리 해산했다는 것 아닌가."

"세상에, 세상에!"

귀 없는 사내는 입을 딱 벌린 채 말을 잇지 못했다. 턱수염 사내가 계속 주변을 경계하는 사이 세 번째 사내가 이 이야기 저 이야기를 빠르게 주워섬겼다.

"그것뿐만이 아니라네. 광주부에 있는 경기방어사도 자기랑 손을 잡고 역모에 동참하라는 통제사의 서신을 받고 호응하는 답장을 썼는데, 답신을 가지고 통제사에게 돌아가던 사자가 수원에서 도순변사 휘하의 군사들에게 잡혔다지 뭔가. 매 이기는 장사 없다고, 도순변사의 군사들이 죽도록 매를 치자 자기가 가진 편지가 경기방어사가 통제사에게 보내는 거라고 불었다는 게야. 곧바로 도순변사가 광주부에 들이닥쳐 경기방어사를 잡아다가 의금부에 집어넣고 사흘째 심문하며 역모에 동참한 죄를 묻고 있다네."

"그, 그럼 상감마마 바로 옆에서 통제사 일당들이 역모를 꾸몄단 말인가?"

귀 잘린 사내는 아까의 기세는 어디로 사라졌는지 식은땀을 흘렸다. 세 번째 사내가 은근히 고소하다는 표정을 지으며 말을 이어 나가는 참이었다.

"그래, 그리고 또 누가 가담했을지 모르……."

"비켜라!"

두두두두두!

소문을 주고받던 세 사내는 들려오는 고함 소리에 황급히 길옆으로 바짝 붙어 섰다. 붉은 옷을 입은 파발이 앞을 가로막는 존재라면 사람이든 짐승이든 짓밟아 버릴 기세로 방울 소리를 내면서 말을 달려 지나가자 세 사람은 나지막하게 욕지거리를 퍼부었다.

"니미럴, 잡것!"

"놔둬, 상감께 가는 급한 소식이라도 있나 보지. 근데 저놈 저렇게 가다가 궁궐 문지방에 걸려서 휙 나자빠지기나 했으면 좋겠다."

세 사람의 투덜거리는 소리를 뒤로하고 파발은 정릉동 행궁을 향해 미친 듯이 달렸다. 저 앞쪽 길에서도 사람들이 달려오는 말을 허겁지겁 피하는 모습이 보였다. 넘어진 사람을 뛰어넘기라도 하는지 말이 훌쩍 뛰어오르는 모습까지 보이는 것이,

급하기는 급한 소식을 가지고 온 모양이었다.

*

"무엇이라! 김억추의 장계라고?"

정릉동 행궁은 부산했다. 마침 전란이 끝나고 치른 제대로 된 첫 과거 시험, 즉 전시殿試의 합격자가 발표되는 날이기도 해서 관원과 내관들이 행궁 여기저기를 분주하게 오가며 일을 보고 있었다. 가능하면 이순신의 반란이 별것 아닌 것으로 보여 민심을 안정시키기 위해서 임금도 지난 며칠 동안 의금부 마당에서 벌이던 포도대장 입부 이순신과 경기방어사 권준에 대한 친국을 잠시 멈추고 과장에 나온 참이었다. 며칠 동안 가혹한 심문을 당하던 두 사람에게는 광야 속의 샘물 같은 휴식인 셈이었다.

임금은 의도적으로 직접 과장에 나가 참으로 만백성의 어버이가 그래야 하듯이 자애로운 표정을 지으면서 응시한 선비들의 글을 손수 들어 읽어 보기도 하고, 급제자에게 자기 손으로 상을 주기도 하면서 평화로운 전란 전 시기처럼 행동하고 있었다. 일부러 악공들까지 동원하여 음악을 연주하게 하면서 분위기를 흥겹게 만들고 있는데 급한 파발이 온 것이다.

"예, 전하. 광주목에서 급하게 온 파발이 전라우수사 김억추의 장계를 가지고 왔습니다."

"그래? 우수사의 장계가 왜 우수영에서 오지 않고 광주목에서 왔는지 모르겠구나. 혹시 너는 그 이유를 아느냐?"

"저, 그것이……."

장계를 받기 위해 과거 행사 자리를 그대로 두고 과장 옆 뜰로 나온 임금이 고개를 갸우뚱거리며 묻자 도승지 최천건은 얼른 대답하지 못하고 얼굴을 푹 숙인 채 진땀을 흘렸다. 하지만 임금은 그 모습을 보고도 딱히 이상하게 여기지는 않았다.

"뭐, 괜찮다. 이전 장계에서 신병身病이 있다 하였으니, 아마 이순신과의 전투를 치르고 나서 몸을 정양하러 육지로 나온 걸 게지. 이제부터 내가 직접 읽어 보면 되니 상관없다. 그런데 너는 왜 무릎을 계속 문지르고 있는 게냐?"

"소, 송구하옵니다. 전하께 어서 이 장계를 올리고자 서두르다가 그만 옷자락을 밟아 넘어지는 바람에……."

"쯧쯧! 신료라는 자가 궁궐 안에서 제대로 걷지도 못하다니!"

임금이 혀를 차자 주위를 둘러싼 신하와 내관 들 사이에서 작기는 하지만 분명히 키득거리는 웃음소리가 들려왔다. 자연히 최천건의 얼굴은 더 붉어졌고 고개는 더 숙여졌다. 임금이 저 장계를 어서 펼쳐 읽어야 이 창피에서 벗어날 텐데, 임금은 두루마리를 든 채 한참이나 더 훈시를 늘어놓았다.

"자고로 군자란 무슨 일이 있어도 사리 분별을 따져 침착하게 움직여야, 마치 장님처럼 앞을 살피지 않고 급히 행동해서는 안 되는 법이라 하지 않았느냐. 자신의 발밑도 제대로 살피지 못하는 자가 수신제가 치국평천하는 어찌하겠으며, 또한 과인을 보필하여 천하 만민에게 태평성대를 누리게는 할 수 있겠느냐. 어허! 과인은 참으로 박복한 군주로다."

최천건은 아무 말도 하지 못하고 그저 고개만 조아렸다. 자기가 말대답을 한들 별 소용이 있을 것도 아니고, 임금이 장계를 보는 것만 늦어지기 때문이다. 일장훈시를 하던 임금은 최천건이 답하지 않자 흥이 깨졌는지 나지막하게 콧바람을 뿜더니 선 채로 장계를 펼쳤다. 잠시 후, 본래대로라면 하늘을 날지 못해야 할 물건이 — 장계에는 날개가 없으니 하늘을 날지 못하는 것이 당연한 일이다 — 갑자기 하늘로 치솟더니 뜰을 구분하고 있는 담장에 그대로 가 박혔다. 그 뒤로 임금의 노호성이 날아갔다.

"패전이라니! 패전이라니! 어찌 억추가 이럴 수가 있다는 말인가!"

임금은 치솟는 분노로 부들부들 떨었다. 이항복의 조언에 따라 전라좌수영을 고립, 패멸시키려던 계획의 가장 중요한 축인 전라우수영이 너무도 쉽게 깨져 나가고 만 것이다. 비록 분노했어도 임금은 바보가 아니었다. 지금은 화만 내고 있어서 될 상황이 아니었으므로, 임금은 즉시 도승지에게 명을 내렸다. 친국이고 과거고 다 뒷전으로 미뤄야 했다.

"비변사에 속한 중신들을 모두 편전으로 모아라! 대책을 숙의하여야겠다!"

"예, 전하. 삼가 명을 받들겠나이다."

영의정 윤두수를 필두로 한 조정 대신들은 편전에 모여 앉아 임금의 눈치를 살폈다. 임금을 저토록 분노하게 만든 장계 내용에 대해서는 이미 다들 알고 있었다. 광주목에서 발송한 김억추의 장계 내용은 처음부터 끝까지 자기 행동에 대한 변명으로 일관하고 있었지만, 울돌목에서 있었던 사실 자체에 대해서는 비교적 정확하게 적고 있었다.

신 전라우수사 김억추, 삼가 죄를 청하나이다. 소신은 도성으로의 북상을 노리는 역도 이순신의 군사를 막기 위하여 지난 계유일 *명량에서 소집에 응한 전라우수영의 모든 군선을 몰고 일전을 결한 바, 성상께서 그동안 미천한 신께 베풀어 주신 하해와 같은 은총에도 불구하고 그만 이기지 못하였나이다.

소신은 이순신이 일으킨 역모에 대한 소식을 접하는 즉시 예하의 전 전선을 소집하였으나, 좌수영과 인접한 동쪽에 있는 강진, 가리포, 회령포 전선들이 오지 않아 이순신에게 길이 막혀 오지 못하는 줄로만 생각하였습니다. 한데 이순신의 군사를 접하니 전게한 세 진포의 전선들이 모두 이순신과 결탁하여 좌수영의 무리에 한데 끼어 있었습니다. 그동안 상감께서 베푸신 크나큰 은혜에도 불구하고 저들이 반적이 되었으니, 이는 실로 끔찍하고 무서운 일이며 역도 이순신의 영향력이 얼마나 강한지를 보여 주는 일이라 할 것입니다.

소신은 이를 보고 분노를 금할 수 없어 신병에도 불구하고

---

* 7월 26일

전군의 선두에 서서 적을 몰아쳐 나갔습니다. 포를 쏘아 적을 쫓고 큰 칼로 내리치며 맹렬히 돌진하니 이순신의 반적 무리들은 겁을 집어먹고 도망치기 바빴던 바, 소신이 거느린 우수영의 군선이 열세 척에 불과했음에도 스무 척의 반적들을 충분히 무찌를 수 있었습니다.

그런데 적도들을 추격하여 완전히 섬멸하고 괴수인 이순신의 목을 베려는 찰나에 난데없이 서른 척이 넘는 경상우수영 전선들이 좌우에서 나타나 소신의 군사를 협공하였습니다. 전혀 예상하지 못한 경상우수군의 급습으로 소신의 선단은 전선한 척이 적도들의 전선 네 척을 감당해야 하는 궁지에 몰리게 되었고, 중과부적의 싸움을 할 수 없기에 부득이하게 군사를 물리게 되었습니다. 일단 군사를 물리게 되자 겁을 먹은 군사들이 각자 제 살 길을 도모하면서 진이 붕괴되고 흩어져 버리고 말았습니다.

소신은 어떻게든 군사를 수습하려 분투하였으나, 불행히도 성공하지 못하였습니다. 신이 승선하고 있던 우수영 좌선 외에 남은 것은 신의 동생 김응추 만호가 이끌었던 목포 전선뿐이고, 우수영 소속의 나머지 전선들은 물러서는 도중에 모두가 겁을 먹고 흩어져 그간 곳을 알 수 없습니다. 저들이 성상의 은혜를 잊지 않는다면 다시전하의 깃발 아래로 모여들 것이나, 출진하기 전부터 그 충성심이 불안했던 것을 생각하면 일순간의 위용에 겁을 먹고 이순신의 무리에 가담할 가능성이 큽니다.

비록 신이 중병을 앓고 있었으나 중과부적의 상태에서 싸우다 죽는 것은 어렵지 않았습니다. 하지만 신이 역도들과 싸우다 죽는다면, 누가 있어 전하께 경상우수영의 배반을 비롯하여 수많은 수군 장수들이 반역에 동참했음을 알리겠습니까? 신은 이순신을 베지 못한 시점에서 응당 죽었어야 할 것이나, 전하께 역도들의 상황에 대한 세세한 보고를 올리고 훗날을 도모해야 할 피할 수 없는 의무가 있기에 염치 불고하고 살아나 장계를 올리게 되었습니다.

전하, 우수영이 이제 그 자리를 지키지 못하게 되었고 경상우수영도 반진叛陣에 가담하였으니 이순신은 이제 바다에서는 두려울 것이 없게 되었습니다. 저들이 언제 군선을 몰아 도성을 들이칠지 알 수 없게 되었으니, 각 수영에 남아 있는 주사를 한데 모아 경강을 방비하심이 가할 줄 아뢰옵니다. 또한 명량에서의 부끄러움을 씻자면 마땅히 신이 직접 전선을 이끌고 경강을 지키며 그 어귀에서 이순신과 재차 일전을 결하여 그 목을 베어야 하겠으나, 불행히도 그동안 앓고 있던 신병이 갈수록 악화되어 바다에 나가는 것이 매우 힘이 듭니다. 부끄러움을 무릅쓰고 재차 청하오니, 부디 신으로 하여금 물러나 정양하거나 아니면 육지에서 군사를 이끌게 하여 주옵소서. 죄 지은 몸으로 이러한 청을 드리는 것이 죄스럽기 짝이 없사오나, 전하의 하해와 같은 은덕에 하루라도 더 길게 보답하고자 함이니 넓으신 마음으로 너그럽게 살펴 주시기를 바라나이다.

신하들이 꼼짝 못하고 방바닥만 들여다보고 있는 동안에도 임금의 분노는 끊이지 않고 화산처럼 터져 나왔다. 다만 그 분노는 패장인 김억추가 아니라 이순신에 이어 나타난 두 번째 주요 반역자인 유형을 향하고 있었다. 임금은 아직 안위가 반란의 초기 국면을 주도했음은 알지 못했다.

"유형, 개 같은 놈! 아니, 개만도 못한 놈! 개조차 제게 먹이를 준 사람의 손은 물지 않는다 하였거늘, 과인이 제 놈에게 해 준 것이 얼마나 많은데 감히 반역의 대열에 동참한다는 말인가! 그 어떤 임금이 이제 갓 서른이 넘은 그놈 같은 애송이를 경상우수사로 승진시켜 준다는 말이냐! 그것은 다 과인이 제 놈의 능력을 인정하고 보살펴 주었기 때문이 아닌가!"

유형은 본래 임금을 모시는 선전관 출신이다. 임진년에 전란이 터지자 의병장 김천일 휘하에서 경강과 강화도 일대를 무대로 싸웠고, 그러다가 의주에 있는 행재소에 가서 선전관이 되었다. 그리고 전란 3년째인 갑오년에 무과에 급제하여 남해현감이 되면서 수군으로 간 것이다. 그러니 굳이 따지자면 임금과의 인연이 이순신과의 인연보다 더 긴 사람이었다.

"이게 다 이순신 때문이다! 그놈이 조그마한 싸움 재주를 가진 것을 기화로 장수들을 현혹하여 자기 사람으로 만들고, 감히 무도한 마음을 품게 만들었다. 유형, 그놈이 이리 배신할 줄을 알았다면 절대 경상우수사에 임명하지도, 중용하지도 않았을 것이다! 역시 놈에게도 일찌감치 금부도사를 보내 이순신과 함께 잡아 올렸어야 했다!"

임금의 격노는 호출을 받은 마지막 신하가 들어오고도 2각 가까이 이어졌다. 한참 동안 노호성을 내지르고 난 임금은 목이 쉬었는지 걸걸한 목소리로 내뱉었다.

"중신들은 어서 역적 놈들을 처단할 궁리를 하시오! 과인은 잠시 마음을 다스려야겠소."

대신들은 잠시 서로의 눈치를 보았다. 누가 먼저 입을 열 것인가?

"전하, 작금의 사태는 매우 위급하다 말할 수밖에 없습니다."

긴장 속에서 첫 입을 뗀 것은 영의정 윤두수였다. 임금을 비롯하여 편전 안에 있던 조정 주요 인사들의 시선이 일제히 그에게 쏠렸다.

"전하, 전라우수군이 세 불리하여 반군을 무찌르지 못하고 그만 무너졌으니 참으로 큰일입니다. 그러니 전국에 명을 내려 우수한 장수와 병사를 모으고 병장기를 준비하여 조속히 토벌에 나섬으로써 역도의 씨를 말리도록 해야 할 것입니다."

유감스럽게도 주변의 시선을 한데 끌어모은 첫 발언치고 윤두수의 의견은 참으로 맥이 빠지는 것이었다. 군사를 모아 반란군을 쳐야 한다는 것은 너무도 당연한 일이고, 그것을 어떻게 할 것인가가 지금의 문제 아닌가. 좌중의 분위기는 순식간에 싸늘해졌고 평소 윤두수를 총애해 왔던 임금조차 어처구니없다는 표정을 지었다.

"전하, 영상의 말은 사리에 맞는 제안이오나 각론에서 다소 보완할 점이 있습니다. 어느 지역의 군사를 얼마나 어떻게 끌어올 것인가 등 논의해야 할 문제가 실로 많습니다."

그나마 다행이라면 윤두수의 너무도 원론적인 이야기 덕분에 다른 중신들이 이를 보완하기 위한 발언을 하기 시작했다는 것이다. 말 그대로 논의의 첫 물꼬를 튼 셈이니, 윤두수의 맥 빠진 발언도 다소의 가치는 있었던 셈이다. 본인이 처음부터 이를 의도하고 나섰는지는 본인 이외에는 아무도 알 수 없는 일이지만.

"전하, 지금 무엇보다도 가장 급한 것은 이순신의 군사가 한강을 따라 곧바로 도성으로 오는 것을 막는 것이 아니겠습니까. 그러니 일단 전라우수사 김억추의 의견에 따라 남은 경기도와 충청도 전선들을 한강으로 집결시켜야 하겠습니다. 만에 하나 이순신이 휘하의 군선들을 몰고 한강으로 들어온다면 도성이 곧바로 위험에 빠지게 됩니다. 반군의 주력은 수상에 있으니, 마땅히 수로를 막는 것에 최선을 다해야 합니다. 그리하면 이순신의 수군은 들어가 쉴 곳도 양식을 구할 곳도 없어질 것이니 지치게 될 것입니다. 공격을 준비하는 것은 그다음 일입니다. 조정에는 아직 충성스러운 장수들이 많이 있으니 그때 가서 군선을 새로이 건조하고 수전을 시도해도 늦지 않습니다. 지금 관군이 보유한 전선의 수는 충청수영과 경기수영을 합쳐서 20여 척밖에 되지 않으므로, 바깥 바다에서 최소 50척이 넘는 이순신의 함대와 싸운다면 그 누가 지휘를 맡더라도 일패도지할 것이 분명합니다."

심각한 표정을 지으며 이리 말한 이는 좌의정 이덕형이었다. 수군을 책임지는 수사는 이 자리에 하나도 없으니 일단은 김억추의 의견에 따르자는 것이다. 사실 수군 전력이 열세인 관군으로서는 지금 보유하고 있는 전선으로 한강을 틀어막고 해안의 요지를 강력히 지켜 이순신 함대의 움직임을 차단하는 것이 가장 승률이 높았다. 이런 진언을 한 김억추 역시 상식적인 생각은 할 줄 아는 사람이었던 셈이다.

"그렇습니다. 도순변사 이일이 반군을 토벌할 정예 군사 1만을 이끌고 나갈 준비를 하고 있으며 그 출진 준비가 거의 다 되었으니, 그 군사를 남도로 보내는 대신 충청도와 경기도 해안에 배치하여 이순신의 군사가 상륙하는 것을 막고, 그들의 양로를 차단하여 굶주리게 해야 합니다. 좌상의 의견처럼 그 뒤에야 적극적으로 적을 토벌할 수 있을 것입니다."

이번에 발언한 이는 병조판서 김명원이었다. 그는 임진년 전란 당시 도원수로 있으면서 왜군으로부터 도성을 방어하는 임무를 맡았다가 제대로 싸워 보지도 못하고 철수했고, 자신과 헤어진 부원수 신각이 싸움을 두려워해 도망친 것으로 지레짐작하고 보고를 올리는 바람에 따로 행동하며 왜군과의 전투에서 승리한 부원수 신각이 조정과 임금의 오해로 인해 처형당하게 했다. 그 뒤 임진강 방어도 실패하면서 개성이 함락되게 만들었고, 평양성 방어전에서도 왜군에게 패했다. 그 뒤에는 행재소 경비에 주력하다가 일선 군무에서는 물러나 조정에서의 후방 지원을 맡게 되었다.

그가 왜군에게 연전연패했던 것은 아무래도 문관 출신이다 보니 병력을 이끌고 직접 적과 싸우는 것이 서툴러서였지만, 그와 별개로 김명원은 상식적인 사고를 할 줄은 아는 사람이었고 사대부의 기본 교양인 궁도와 승마는 물론 병서에도 능했다. 아예 군사에 일면식도 없는 무능한 자들과는 달랐다.

"준비가 갖추어지지 않은 지금 군사를 몰아 바다 위에 있는 이순신을 치려고 해 봐야 헛수고가 될 뿐입니다. 강진에 있는 전라병사도 겨우 판옥선 단 네 척에 막혀 고금도를 치지 못하고 있다는 장계를 보내오지 않았습니까. 다행히 이순신에게는 육전을 치를 전력이 없사오니, 일단 육지에서의 방비를 든든히 한 후에 바다로 나가는 것이 가할 것입니다."

"아니 됩니다! 충청도 수군을 한강으로 끌어올린다면 한강 이남의 바다가 완전히 반역도들의 손에 들어갈 것이 아닙니까. 충청수군이 임지를 떠나게 할 것이 아니라, 합세한다면 경기수군이 충청도로 내려가게 해야 합니다."

곧바로 반발의 목소리가 나왔다. 목소리의 주인은 경리도감 당상 윤근수였다.

영의정 윤두수의 동생인 윤근수는 평소 글만 잘 쓰지 성품이나 능력은 그에 미치지 못한다는 평을 받고 있었는데, 그럼에도 임금은 이들 형제를 무척 총애하여 계속 벼슬과 품계를 높여 주었다. 전선에 나가서 죽을 고생을 하며 적과 싸우는 것보다는 역시 임금 옆에 있으면서 계속 눈에 들어야 출세하기 쉽다는 것을 보여 주는 산 표본인 셈이다.

전쟁 지도에는 별로 유능한 모습을 보여 주지 못한 이들 형제였지만, 그보다 이들 두 사람이 저지른 가장 큰 잘못은 친척이라는 이유로 원균을 적극적으로 옹호하고 이순신을 깎아내려 결국 이순신을 해임하고 원균을 통제사 자리에 앉게 함으로써 왜군의 승리에 크게 공헌했다는 점이었다. 형 윤두수는 원균이 패하고 이순신이 복권하게 되자 아예 수군통제사 직책을 없애고 각 수사들이 알아서 싸우게 하자는 주장까지 내놓은 적도 있었다.

"경리당상께서는 왜 충청수군이 올라와서는 안 된다는 것입니까?"

"전라우수영이 패한 것은 전라도 해안을 이순신에게 빼앗겨 전라, 경상 양 도의 조운선이 서해로 올라올 수 없다는 의미가 아니오. 여기에 충청도의 바다까지 이순신의 손에 들어간다면 충청도의 세곡을 도성으로 운반하는 길 역시 끊기게 되니 나라를 운영하는 데 크나큰 지장이 생길 것이오. 그러니 충청수군을 한강으로 끌어올려서는 아니 되오!"

문제는 역시 임금 옆에 붙어 있으면서 비위를 맞추고 권력을 유지하는 그런 일에 필요한 정치력과 당면한 문제를 해결하는 능력 사이에 직접적인 연관관계가 없다는 것이다. 이들은 권력을 유지하기 위한 정치적 감각은 있을지 몰라도 군사적으로는 정말 무능했다. 지금 병조판서 김명원의 질문에 대한 대답 역시 윤근수의 한계를 보여 주고 있었다. 답답한 듯 혀를 찬 병조판서 김명원이 윤근수의 주장을 다시 반박했다.

"경기수영의 군선을 충청수군과 합친다고 해도 싸울 수 있는 전선은 스무 척가량인데, 어찌 쉰 척은 분명히 넘을 이순신의 수군과 싸우라고 할 수 있습니까? 게다가 경기수사는 공석이며, 충청수사 이시언은 장흥부사로 재직했던 바가 있기는 하나 올해 초에 부임하여 충청도 수군을 지휘하기 시작한 지 고작 반년이 되었을 뿐입니다. 수졸들 역시 마찬가지여서 충청수영은 어느 정도 왜군과 싸워 본 실전 경험이 있지만, 경기수영의 수졸들 중에는 왜군과 제대로 싸워 본 자가 하나도 없습니다. 그런 자들을 바깥 바다로 내몰아 이순신의 수군과 싸우게 하다니, 그나마 남은 수군을 모조리 사라지게 할 셈입니까? 우리 조정의 수군이 아예 사라지면 이순신은 실로 자유롭게 한강을 타고 도성으로 올 수 있을 것입니다. 아니, 아예 싸우지도 않고 곧바로 바깥 바다를 돌아 한강으로 곧바로 들어올지도 모르지요. 경기수영의 전선들을 남쪽으로 보내 버린다면 강화도와 한강 입구는 누가 지킨다는 말입니까?"

보기 좋게 반박당한 윤근수는 할 말이 없는지 마치 붕어처럼 소리도 내지 못하고 잠시 입을 뻐끔거렸다. 동생의 난처해진 입장을 구원해 주고 싶었는지 영의정 윤두수가 나섰다.

"그 문제는 병판의 말이 옳은 것 같소. 하지만 이런 것도 생각해 봐야 하지 않겠소? 이순신이 충청도 해안을 장악하게 되면 자유롭게 군사를 상륙시켜 요지를 점거하고 세력을 확장시켜 삼남 지방의 많은 땅을 점거하고 나서 스스로 군주를 참칭할 수도 있소. 그렇게 되면 견훤이 감히 신라의 장수 출신으로서 반역하고 후백제를 세워 고려 태조에게 맞섰던 것처럼 될 수도 있고, 그런 일이 벌어진다면 대를 물리는 큰 우환이 될 것이오. 그러니 충청수군이 그 자리를 떠날 수 없다는 경리당상의 견해가 옳다고 볼 수도 있지 않소."

"영상 대감, 그것은 수군의 실태를 잘 모르셔서 하시는 말씀입니다. 한 개 수영에 속한 수군의 군사가 수천이라고 해도 육지에 올라와 싸울 수 있는 군사는 별로 없습니다. 우리 조선의 군사들은 활 쏘는 것을 중시하다 보니 대체로 창칼을 다루는 것이 서투른데, 육전에서는 창칼을 쓰는 군사가 꼭 필요하니 쓰는 법을 어느 정도는 가르치지만 수전에서는 활과 총통이 싸움에 있어서 가장 중요하고 창칼은 크게 중요하지 않습니다. 그래서 군사들에게 쓰는 법을 가르치지 않으므로 수군에서 창칼을 들고 싸우는 군사는 없다고 보셔도 됩니다. 오죽하면 지난 난리 때 의승군이 전선에 타고 수군 군사들을 대신해 왜적과 창칼을 맞대며 싸웠겠습니까? 만약 이순신의 군사가 육전에 나서서 잘 훈련받은 경군의 정병들과 교전한다면 필패할 것입니다."

김명원은 흥분하지 않고 군사를 잘 모르는 윤두수에게 수군의 약점을 차분하게 설명했다. 하지만 윤두수는 쉽게 포기하지 않고 동생의 의견을 계속 옹호했다.

"하지만 병판, 창칼 쓰는 법을 잘 모른다고 해도 이순신 휘하의 반적들은 그 수가 거의 1만에 가깝지 않소. 그만한 군사가 충청도와 경기도 해안 이곳저곳에 상륙한다면 우리 조정의 군사들이 아무리 정예라 해도 일일이 대응하기가 힘들 것이오. 우리 장수들이 잡다하게 출몰하는 이순신의 반적들을 저지하지 못하는 사이 정여립이나 이몽학의 잔당들이 준동하기라도 한다면, 자칫 온 호남과 호서의 고을들이 저들 앞에 무너지고 이순신을 저들의 우두머리로 내세워 반역의 길을 걸을지도 모르오! 그러니 충청수군은 충청도에 두어 반적들이 상륙하는 것을 막도록 함이 옳을 것이오. 전선의 수가 좀 적다고 하나 그 것은 적을 보고도 도망치지 않는 용맹한 장수와 군사가 있으면 충분히 해결할 수 있는 문제라고 생각하오. 전라우수사 김억추 는 신병이 있었으니 적세에 굴하지 않고 싸우기가 힘들었으나, 충청수사 이시언은 적을 보면 싸우는 것을 당연하게 여기고 병을 앓고 있지도 않으니 마땅히 굴하지 않고 싸울 것이오."

김명원의 차분한 설명을 듣고도 윤두수는 잘 납득이 되지 않는 모양이었다. 상황이 이렇게 되자 김명원으로서는 답답함을 느낄 수밖에 없었다. 하지만 상대는 영의정이었고, 그로서는 조금씩 분기가 솟아오르는 것을 참으며 계속 설명할 수밖에 없었다. 잠시 반박할 말을 생각하는 사이 윤근수가 다시 끼어 들었다.

"판옥선에는 근 200명이 탄다고 하지 않았소. 그럼 이순신의 전선을 쉰 척만 잡아도 거기에 타고 있는 반군의 수효가 만 명은 될 것 아니오. 그만한 군사가 자유롭게 충청도 땅을 넘보게 할 수 없으니 충청수군은 충청도에 잔류시키는 게 맞는 것이라고 생각하오."

김명원이 침착함을 잃지 않고 윤근수를 향해 그 주장의 부당함을 설명했다. 하지만 그 어조에 비아냥거림이 약간씩 묻어나기 시작했다.

"전선에 탄 전체 인원은 그만큼이 될 수 있습니다. 하지만 경리당상께서는 수군이 군사 1만을 갖고 있다 해서 그 1만이 모두 무기를 들고 적과 싸우는 군사가 아니라는 사실을 혹시 아십니까? 전선에 타는 수군 병력은 태반이 격군이라 실제 전투를 할 수 있는 군사는 3분지 1도 되지 않습니다. 전선인 판옥선에 승선하는 인원은 150여 명 정도인데, 그중에서 적병과의 싸움을 전문으로 하는 사부, 포수, 화포장을 모두 합쳐 보아야 50명이 되지 않고 나머지는 전부 격군이란 말입니다. 이들을 육전에 동원하면 어찌 되겠습니까? 무거운 총통을 육지로 들고 다닐 수 없으니 싸움이 육전이 되면 이들 중 총통을 다루는 포수나 화포장은 모두 격군이나 마찬가지. 머릿수만 채울 뿐이지 전혀 전력이 되지 못합니다. 이들은 뱃전을 기어오르는 왜적을 때려잡는 경우라면 모를까 대규모 육전에 동원할 수는 없습니다. 무기를 들려 내몰 수야 있겠지만, 수군에서 노만 저었을 뿐 전혀 훈련받지 않은 자들을 데리고 무슨 일을 할 수 있겠습니까? 이순신이 전선을 쉰 척쯤 가지고 있으니, 실제로 싸움에 쓸 수 있는 군사는 그런 화포를 다루는 이들을 모두 포함한다고 해도 2000여 명 정도일 것입니다. 충청병사와 전라병사가 지금 거느리고 있는 군사도 그보다는 훨씬 많으니, 이순신이 삼남을 장악하고 옛 역적들처럼 스스로 왕을 칭하는 것 같은 경우는 일어나기 힘듭니다."

여기서 잠시 말을 멈춘 김명원은 흘깃거리며 좌중의 분위기를 살폈다. 그리고 윤두수는 물론 다른 조정 중신들, 그리고 임금까지 아무 말도 하지 않고 자신의 얼굴만 보고 있음을 깨달자 내친 김에 한마디 더 뱉었다.

"그리고 영상 대감께서도 간과하시는 문제가 또 하나 있습니다. 육군이 육전을 치르기 더 나은 것은 단순히 창칼을 더 잘 다루어서가 아닙니다. 싸움에서는 진형을 구성하고 유지하는 것이 무엇보다도 중요함은 다들 잘 알고 계실 것입니다. 육전에서는 사람 하나하나가 진형을 구성하기 때문에 군졸들에게도 기를 보고 명령에 따라서 움직이며 진형을 구성하는 법을 연습시키지만, 수전에서는 사람이 아니라 배가 서로 싸우는 것이므로 진형도 당연히 배를 하나의 단위로 해서 구성합니다. 전선에 타고 있는 수졸들은 스스로 움직여 진형을 구성하지 않고 선장船將의 지시에 따라 배를 움직일 뿐이니, 만약 이들을 육전에 동원한다면 명령에 따라 달려 나가는 이상의 일을 할 수 없을 것입니다. 무기도 쓸 줄 모르고 진형도 구성할 줄 모르니, 이것이 어찌 오합지졸이 아닐 수 있겠습니까. 하지만 이들도 수전에서는 당당히 제몫을 할 수 있으며, 열세인 충청수군을 이들과 싸우라고 내모는 것은 반군의 먹이가 되라고 하는 것에 지나지 않습니다. 그리고 반군 중 일부 육지에서 싸울 수 있는 군사들이 있어 그들이 육전에서 큰 전과를 올리지 않을까 우려하는 분들도 계시겠으나 소관이 보기에는 별 걱정이 되지 않습니다. 이순신은 과거 북방에서 싸운 경험도 있고 병서도 많이 읽었으니 진법을 잘 익히고 있겠지만, 그 수하의 장졸들은 육전 경험이 별로 없습니다. 그들이 진형인들 제대로 구성할 수 있겠으며, 상대와 눈을 마주치며 창칼을 맞대는 상황에 과연 얼마나 익숙하겠습니까? 그러니 이순신이 육지를 제패하며 삼남을 지배할지 모른다는 걱정은 하지 않으셔도 됩니다. 다만 제가 저들의 상륙을 막자고 한 것은 저들이 해안 고을의 물자를 탈취하고 요지를 점거하여 정세를 어지럽히는 상황은 충분히 생길 수가 있으니, 그에 대비하여 요해지에 관군을 배치하고 조정에서 수군의 준비가 될 때까지 육지의 방어를 튼튼히 하자는 것입니다."

김명원의 대답을 들은 윤두수는 그제야 납득이 되었는지 더이상 반문하지 않았다. 그런데 이때 이제까지 듣고만 있던 공조판서 이광정이 문득 무릎을 치더니 조심스럽게 자기 의견을 꺼냈다.

"소신의 짧은 소견으로는 별다른 방책을 생각해 내지 못하다가 이제야 떠올린 것입니다만…… 차라리 천병에게 지원을 부탁하는 것은 어떻겠습니까? 부산진에 있는 천조 수군이야 수전에서는 별 쓸모가 없는데다가 이미 늦었다고 하더라도, 용산에 천조의 육군 3000이 있지 않습니까. 3000이면 언뜻 보기에는 그리 크지 않은 병력이라 할 수 있겠으나, 병판께서 말씀하셨듯이 수군이 그 규모에 비해 육전에 투입할 수 있는 병력의 숫자가 그렇게 적다면 천병의 정예 3000이면 충분히 반적 이순신의 군사를 쳐부술 수 있을 것이 아닙니까. 게다가 다른 군사도 아닌 천병이 자기들을 토벌하러 나섰다고 하면 마땅히 반적들의 사기 또한 급전직하할 것인즉, 이 어찌 절묘한 한 수가 아니겠습니까."

명나라 군대에 지원을 청하자는 이광정의 제안에 좌중의 분위기는 일변했다. 몇몇 대신들은 반색을 했지만 이에 반하는 몇몇은 마땅치 않다는 인상을 노골적으로 드러내면서 패가 갈렸다. 영의정 윤두수와 좌의정 이덕형이 각기 명군에 지원 요청을 하지 말자는 쪽과 하자는 쪽의 우두머리를 형성했다. 다른 신하들이 각기 생각에 따라 이중 한쪽에 가담하면서 양자 사이의 논쟁은 마치 임진년 때 처음 청병請兵을 논의하던 때와 거의 같은 양상이 되었다. 윤두수가 먼저 나서서 맹렬히 청병을 반대했다.

"주상께서 이미 누차 말씀하셨듯이 천병이 우리를 도우러 와 준 것으로 인해서 왜적을 몰아낼 수 있었던 것이 사실이오! 그리고 본관이 임진년 당시 청병에 반대했던 것이 짧은 생각에 의한 잘못된 주장이었음도 인정하오. 하지만 이 사람이 천병을 부르지 말자고 주장했던 이유가 천병이 전쟁에 보탬이 되지 않는다고 생각한 탓이 아니었음은 다들 알고 계실 것이오! 다만 천병을 불렀을 경우 거저 싸워 달라고 할 수 없으니 청군을 부양하는 데 소요되는 막대한 양의 전량錢糧을 제공하는 부담이 클 것이고, 그들이 백성들을 갈취하는 폐단이 있을 것을 예견하였기에 반대했던 것이고, 이는 결국 사실이 되었소. 내 천병을 폄하하려는 의도가 있어서 하는 말은 아니지만, 시중에 '왜병은 얼레빗이요 되놈은 참빗이라.'는 뜬소리가 돌고 있음을 난들 어찌 모르겠소? 오죽 천병의 약탈이 심했으면 백성들이 그리 부르겠느냐 말이오. 그런데 왜적과 싸우는 것도 아니고 우리 내부의 반란을 진압하는 데 천병을 쓴다면, 분명 전력에도 큰 도움이 될 것이고 이순신의 반적들도 감히 천병에 맞서서 싸우려는 마음은 품지 못할 것이니 난을 진압하는 데는 아주 쉬운 방법이 될 것이오. 하지만 난이 진압되는 동안은 물론이고 진압된 뒤에 우리가 치러야 할 대가는 지금보다도 더 커질 것이 아니겠소. 자기들이 두 번이나 우리 조선을 구해 주었으니 그에 대한 은혜를 갚으라는 요구와 더불어서, 우리 조선을 가리켜 본래 약한 소방小邦의 나라이고 외침은 예상치 못한 것이었으니 어쩔 수 없었다 치더라도, 자기 나라에서 일어난 내란 하나 진압하지 못하는 형편없는 나라라고 손가락질하며 비웃을 것이오. 본관은 일인지하 만인지상의 지위에 앉은 몸으로서, 이 나라가 그런 모욕을 받게 할 수 없소. 만약 조정의 군사가 이 난리를 맞이하여 모조리 무너지고 흩어져 도저히 난을 진압할 군사가 없다면 혹 모르되, 지금까지 반적들에게 넘어간 것은 전라, 경상 양도의 수군뿐이고 육지는 하나도 넘어가지 않았으니 팔도의 육군이 모두 건재하며, 또한 조정에도 수많은 군사와 장수가 아직 예기銳氣를 보존한 채 남아 있지 않소. 오늘 병판의 이야기를 들으니 확실히 알겠지만, 지금 반적들의 기세가 대단하기는 하나 아직까지 우리 조정이 거느린 군사를 동원하면 충분히 제압 가능한 수준이라고 생각하오. 만약 이순신이 도성으로 진군하여 숭례문 앞에 나타나는 상황이라면 마땅히 천병이 아니라 지옥병이라도 불러야겠지만, 아직까지는 천병을 찾아 도움을 청하지 않는 편이 낫다고 생각하오. 내 앞서 말했듯이 천병이 싸움에 가담하면 분명히 이기기야 이기겠지만 그 후환이 두렵소."

윤두수는 좌의정으로 있던 임진년에도 명나라 군대에 구원을 요청하자는 제안을 반대했었다. 명나라 군대를 부르면 그 부담으로 인하여 조선의 허리가 휘어질 것이기에, 어떻게든 조선의 힘으로 왜군을 물리쳐야 한다고 주장했던 것이다. 하지만 그가 김명원과 함께 맡았던 평양성 방어전이 대실패로 돌아가면서 조선군 단독으로 육상에서 왜군의 침략을 저지할 희망은 무너졌다. 그러자 윤두수도 명나라 군대를 부르자는 의견에 대해서 더 이상 반대할 수가 없게 되고 말았다.

하지만 명나라 군대가 오면 싸움에는 유리해질지 몰라도 그 대신 조선의 나라 살림은 허리가 휜다는 그의 예측은 완벽하게 적중하고 말았다. 조선 조정은 명나라 군대의 군량을 모으고 그 군량을 운반하는 부담에 눌려서 조선군은 제대로 동원할 수가 없었다. 명나라 군대가 지나가는 경로에 있는 각 지방 관청에서는 다음해 농사를 짓기 위해 종자용으로 남겨 놓았던 볍씨까지 도정해서 명나라 군사들의 군량으로 제공할 정도였고, 명나라 군대의 군량을 운반하는 노역에 지쳐 죽어 간 조선 백성들의 백골이 길가에 쌓인다는 말이 돌 정도였으니 그 참상을 짐작할 수 있다.

게다가 명나라 군대는 일본군과 싸워서 이길 때도 있었지만 장수들이 보기에는 패하거나 그냥저냥 눈치만 보는 때가 더 많았고, 그러면서도 조선 백성들에 대한 약탈은 왜군보다 한술 더 떴다. 정유년의 왜군은 분명 피에 굶주려 있던 집단이었지만, 전란 초기에는 그렇지 않았다. 왜군은 조선을 장래에 정복하여 다스릴 땅으로 여겼기에 가능한 한 조선 백성들을 위무하려 했고 백성들에게 크게 해를 끼치지 않았다.

하지만 명나라 군대는 애초에 조선 땅에 처음 들어왔을 때부터 달랐다. 명나라 군사들에게 있어서 조선은 자신들과 아무 상관이 없는 남의 나라였고, 멋대로 행동해도 처벌받지 않는 환상의 땅이었다. 백성들의 재물을 약탈하고 부녀자를 겁탈하는 등 이들의 횡포가 얼마나 심했는지, 명군이 주둔하자 고금도와 같은 일부 지역에서는 피난민들이 명군을 피해 떠나는 바람에 인구가 도리어 줄어들 정도였다.

명군의 악행이 약탈과 강간으로 그친다면 이는 도리어 양반이었다. 이들 중 품행이 정말 못된 자들은 남녀노소를 가리지 않고 무고한 조선 백성들을 죽여 목을 벤 다음 머리카락을 왜병 형상으로 깎았다. 그리고는 왜적을 죽였다고 거짓말을 하면서 왜적의 수급이랍시고 위에 바쳤는데, 그 수가 얼마나 되는지는 아무도 모른다. 물론 조선군 장수들 중에서도 원균을 비롯하여 손쉽게 공을 세울 욕심에서 이런 짓을 하는 작자들이 있었던 것이 사실이므로 명군만 비난할 수는 없지만, 사람으로서 할 수 없는 짓을 저지른 명의 군사들이 많았던 것은 사실이다. 이어지는 윤두수의 말 역시 바로 이 부분을 지적하고 있었다.

"그것뿐만이 아니오. 천병들 중 일부 간악한 자들이 과거 숱한 우리 백성들의 목을 베어 머리를 깎아서는 왜적이랍시고 위에 올린 것을 잊었소? 만약 이순신의 반란을 진압하는 데 명나라 군사가 투입된다면, 아마 이순신의 수하에 있는 반적들의 숫자보다 명나라 군사들이 베어 올리는 수급의 숫자가 세 배는 될 것이오. 이번에는 왜적의 것처럼 위장하느라 머리카락을 깎는 수고를 하지 않아도 되니 얼마나 많은 목이 베이게 될지 짐작도 가지 않소. 그러니 이순신의 반군이 도성으로 밀어닥치는 상황이 아니라면 천병을 부르는 것에 반대하는 바요."

"예, 대감의 말씀은 잘 알아들었습니다. 하나 한 가지 부분은 잘못 말씀하신 것이 있어 일단 바로잡고 소인의 생각을 말씀드리려고 합니다."

명석하기로 유명한 윤두수의 말에 틀린 점이라? 좌중의 시선이 좌의정 이덕형에게 쏠렸다. 이덕형은 그런 시선에도 위축되지 않고 태연하게 말을 이어 나갔다.

"천병을 불러온다는 영상 대감의 말씀은 잘못되었습니다. 천병은 이미 우리 땅에 들어와 있거늘, 어찌 그들을 불러온다는 말씀이십니까. 사리에 맞지 않습니다."

이것은 진지한 자리에서도 장난을 삼가지 않는 이항복이라면 모를까, 짝패를 잃어서인지 요즘 들어서는 그런 모습을 잘 보이지 않던 이덕형답지 않은 말꼬리 잡기였다. 윤두수의 눈가가 찌푸려지는 찰나, 이덕형이 다시 입을 열자 그만 엄숙하던 조정이 웃음바다가 되고 말았다.

"천병은 불러올 존재가 아닙니다. 눈꺼풀과 귓구멍의 봉인을 뜯고 귓가에서 징과 꽹과리를 쳐서 깨워 일으킬 존재들이죠. 하루 종일 먹고 자는 자들이니 전쟁터로 내몰려면 그저 부르기만 해서는 아무 소용이 없습니다."

명나라 군대가 조선 땅에서 얼마나 태평성대를 누리고 있는지는 만인이 알고 있었다. 게다가 지금은 왜적과의 전쟁도 끝난 터. 용산에 있는 명군 진영은 저녁 늦게까지 술에 취한 명나라 병사들의 고함 소리와 여자들의 웃음소리로 시끄러웠고, 아침에는 해가 중천에 뜰 때까지 사람 구경을 할 수가 없었다.

이항복이라면 한껏 익살스런 표정을 지으며 이런 말을 해서 좌중을 폭소의 도가니에 빠뜨렸겠지만, 이덕형은 웃음기 하나 없는 얼굴에 근엄한 표정으로 이 말을 했으니 주변 사람들로서는 대놓고 웃지도 못하고 키득거리기만 할 뿐이었다. 게다가 임금 앞이니 더 말할 것이 있겠는가. 임금 역시 이덕형의 말에 재미를 느끼기는 했지만 지금의 분위기에서 갑자기 웃을 수는 없었는지 '커흠.' 하고 헛기침을 했다.

이덕형은 잔뜩 굳어 있던 분위기가 좀 누그러졌지만 여전히 근엄한 표정으로 차분하게 자기 의견을 내놓았다.

"영상께서 말씀하신 바가 맞습니다. 저 역시 명군을 삼남으로 내려보내 반군을 토벌하게 했다가는 남도의 백성들이 줄줄이 목이 베여 수급이 되고 연해의 고을들이 무인지경이 될 것이라 믿어 의심치 않습니다. 그렇기에 저 역시 명군이 반란을 진압하러 내려가는 것이 상책이라고 여기지는 않습니다."

"그럼 어쩌자는 것이오?"

행 판중추부사 정탁이었다. 그는 과거 신구차를 올려 임금의 미움을 받은 이순신을 적극 옹호했던 전력 때문에 이번 사태에 임해서는 처지가 심히 위태로운 상태에 있었다. 원체 임금에게 충성을 많이 바쳤고 칠순을 넘어 나이도 많은지라 임금도 딱히 그에게 이순신의 일당이라는 죄를 씌우려 들지는 않았지만, '과거에 역적을 두둔했던 자'라는 누명은 얼마든지 위험할 수 있는 것이었다. 과거 예종 때 남이의 역모에 연루된 오위도총부 도총관 강순이 팔순이 다 되어 가는 나이에도 불구하고 거열형을 당했던 전례가 있는 것이다. 때문에 정탁 자신도 말과 행동을 한층 더 조심하고 있었다. 요 근래에는 조정에 나와서도 거의 입을 열지 않았다.

"부르는 것이든 깨우는 것이든, 우상께서는 천병을 동원해서 작금의 난을 진압해야 한다고 하시지 않았소. 그런데 천병이 난을 진압하러 내려가는 것은 동의하지 않는다 하시니 어떻게 천병을 움직이시려는 게요?"

"움직이되 움직이지 않는 것입니다."

주변에 있던 중신들은 모두 어안이 벙벙해졌다. 움직이되 움직이지 않는다? 침착함을 잃지 않은 이덕형이 차분하게 설명했다.

"명군에 출동을 요청하기는 합니다. 다만 실제로 병력이 움직이게 할 필요까지는 없습니다. 명군이 우리 조정과 합세하여 반란을 진압하러 나선다는 소문이 퍼지면 그것으로 족한 것입니다. 그렇게 되면 명나라 조정이 반군을 인정치 않는다는 의미가 되며, 저들이 아무리 승승장구해 봐야 결국 코끼리 앞의 개미일 뿐입니다. 만약 저들이 명군이 출동한다는 소문에도 굴하지 않고 계속 군사를 움직인다고 생각해 보십시오. 그러면 명군이 실제로 남도 지방으로 출동하지 않는다고 해도 결국에는 반군과 명군이 도성에서 충돌할 수밖에 없습니다. 이순신의 반군이 가진 궁극적인 목표는 도성으로 진출하여 권좌에 오르는 것일 테니까요. 이순신 자신이든, 아니면 종친 중 하나를 허수아비로 내세우든 말입니다. 지난번 격문을 보니 이순신 자신은 권력에 대해 별 욕심이 없는 것 같았습니다만, 주변에 있는 자들이 가만히 있지 않을 것입니다. 또한 거병의 명분이 조정을 쇄신한다는 데 있고 저들이 그것을 힘으로 이루기로 한 이상, 저들은 절대 상경을 포기할 수가 없습니다. 경리당상께서는 저들이 조창과 조운로를 장악하여 세곡을 끊는 상황을 우려하셨으나, 그것이 실제로 일어난다고 해도 그대로 저들의 승리로 이어지지는 않습니다. 물론 서해를 통해 세곡이 들어오지 않게 되면 조정의 살림에 큰 타격을 받기는 하겠지요. 가뜩이나 전쟁을 치르느라 호조의 곳간은 비어 있으며, 명나라 군대도 계속 부양해야 합니다. 경기도 이북 지역의 올해 수확과 세금 징수도 아직 어찌될지 모르는 일이고요."

돈 이야기가 나오자 호조판서 윤자신이 움찔하는 모습을 보였다. 이순신의 반란으로 정세가 불안한데다가 요즘 조정의 재정 상황이 원체 좋지 않다 보니 돈 만지기를 좋아하는 그로서는 일할 맛이 나지 않았다. 그래서 칠순이 넘은 몸으로 조정 일을 돌보려니 힘이 부쳐 병이 났다는 핑계로 손을 놓고 있었다. 차마 일을 못 하겠어서 스스로 물러나겠다고 말하기는 부끄럽고, 아무도 자기를 주목하지 않고 어서 해임해 주기만 바라고 있는 판인데 갑자기 호조가 거론되었으니 놀라는 것도 일견 당연한 일이다. 하지만 윤자신보다 서른 살 이상 젊은 이덕형은 윤자신 쪽은 신경도 쓰지 않고 자신의 의견을 계속 내놓았다.

"이순신이 명나라와의 충돌을 피하기 위해 물러나 바다에서 버티는 경우를 상정해 볼까요? 과거 고려조에서 반란을 일으킨 삼별초가 바로 그렇게 행동했습니다. 삼별초는 진도, 더 나가서 제주도에 본거지를 두고 조창과 조운선을 약탈하였습니다. 이로 인해 고려 조정은 심대한 타격을 입었으나 나라가 망하지는 않았습니다. 섬에 틀어박힌 삼별초는 아무리 강대한 전력을 가지고 있다고 해도 결국 해적에 불과하였으니, 비록 원과의 전쟁으로 피폐해졌다고는 하나 어찌 육지에 자리하여 전국의 군사와 군선을 소집할 수 있는 조정의 상대가 되었겠습니까? 결국 삼별초는 단 3년을 버티고 관군에게 토벌되어 사라졌습니다. 이순신의 수군 역시 마찬가지입니다. 만약 저들이 도성으로 진군하는 것을 포기하고 남도의 섬에 눌러앉는다면 병력과 물자의 충원이 곤란한 저들로서는 결국 패하게 되어 있습니다. 조정 입장에서야 운반에 비용이 많이 들긴 하겠지만 남도의 세곡을 어떻게든 도성으로 실어 올 수는 있고, 어차피 이순신을 토벌하려면 남도의 세곡 대부분은 현지에서의 군비로 들어가게 될 겁니다."

바다에 있는 이순신을 토벌하려면 결국 인접한 삼남 지방의 해안에서 전선을 건조해야 한다. 또한 수졸도 그 지역에서 충당해야 하므로 현지에서 거둔 세금이 그 용도로 나가게 되면 결국 한양으로 옮겨야 할 세곡의 양은 대폭 줄어들 것이 맞았다.

"그렇다고 해서 이순신이 곧바로 도성으로 진군하여 명군과 싸우는 것을 택한다고 하면 그것은 그것대로 패착이 될 것입니다. 도성에 주둔한 일부 명나라 군대를 어렵지 않게 쳐부순다고 해도, 그것은 곧 명나라 조정에 대한 도전으로 간주되어 그 뒤로 끝없이 들어올 명나라 토벌군을 부르는 것밖에 되지 않을 테니까요. 그렇게 되면 죽이고 또 죽여도 몰려오는 천조의 군사를 맞이해야 할 것이고, 설사 이순신이 이긴다 해도 백성들의 피가 수없이 흘러서 조선 땅은 폐허가 될 것입니다. 이순신이 바보가 아니라면 명군이 개입한다는 것을 알게 되었을 때 그 정도 예측은 분명히 할 수 있을 것이고, 그런 생각을 했다면 필시 무장을 풀고 전하 앞에 무릎을 꿇을 것입니다. 그러니 우리는 명군을 직접 남도로 내려보낼 필요가 전혀 없고, 그저 명군이 토벌에 참여할 것이고 어서 투항하지 않는다면 명나라 대군이 직접 내려가서 수군을 박살 낼 것이라고 소문을 내면 그것으로 족합니다. 그리고 이순신은 본래 역심을 가진 사람은 아니니 무기를 던지고 전하께 자비를 청한다면, 스스로 죄를 뉘우친 점을 감안하여 다소 인정을 베푸시는 것도 좋으리라 사료됩니다."

임금의 이마에 힘줄이 솟았다. 누가 이항복의 죽마고우 아니라고 할까 봐 그러는지 잘 나가다 말고 또 이순신을 용서하라는 말을 붕어 똥처럼 덧붙인 것이다. 이덕형은 이항복이 벼슬을 놓고 떠난 바로 다음날에도 득달같이 한양으로 올라와서는 이순신을 달래어 효유하라고 직언하다가 명군의 명을 받아 일하러 내려간 주제에 일은 내팽개치고 뭐하는 거냐는 질책을 받고 어전에서 쫓겨난 적이 있었는데, 잊지도 않고 또 시작한 것이다.

"전하께서도 기억하시겠지만, 지난 전란 때는 심지어 왜적에게 부역한 자들에게까지도 면사첩을 돌려 귀순한다면 그 죄를 용서하였습니다. 이는 전하의 크나큰 인덕을 천하에 고하시는 것이고 또한 아까운 장수와 군사 들을 죽이지 않고 다시 살려 쓰시는 길이기도 합니다. 전하께서는 부디 깊이 생각하시어 현명하게 판단하시기를 바라옵니다."

임금의 기색이 좋지 않은 것을 뻔히 보면서도 이덕형은 할 말을 계속했다. 다른 신하들은 이항복이 사직하던 때처럼 또 임금이 격노하는 게 아닌가 싶었지만, 다행히 임금은 이덕형을 끌어내라 명하거나 관직을 내놓으라고 하지는 않았다. 단지 이렇게 말했을 뿐이다.

"알겠소. 내 좌상의 조언대로 깊이 생각해 보고 결정을 내리겠소. 그러니 일단 이순신의 반군을 무너뜨려 완전히 진압할 방안부터들 생각해 보도록 하시오."

임금의 행동은 사실 당연한 것이었다. 이항복이 병을 핑계로 칩거해 버린 지금, 태도야 어쨌건 왕이 정말로 믿고 모든 일을 맡길 만한 인재는 조정에 많지 않았다. 영의정 윤두수를 비롯하여 충성을 바치는 자들은 많았으나 이들은 다들 어딘가 모자라고 아쉬운 점이 있었던 것이다. 그것을 뻔히 아는 임금의 입장에선 마음에 좀 안 드는 소리를 했다고 해서 이항복처럼 이덕형도 내칠 수는 없었다.

게다가 이항복과 이덕형은 이순신을 효유하라고 하는 점은 같을지 모르나 그 방법에서 차이가 있었다. 이항복은 아예 대놓고 이순신은 아무런 죄가 없는데 임금이 억울한 누명을 덮어 씌운 것이 반란의 원인이니, 임금보고 이순신에게 사과를 해서 사태를 수습하라고 했다. 이는 임금의 입장에서는 천부당만부당할 뿐 아니라 하늘이 뒤집어지고 땅이 치솟아서 천지가 개벽하는 한이 있어도 못 할 일이었다.

하지만 오늘 이덕형은 반란의 원인에 대해서는 일언반구도 하지 않고, 이순신이 이미 역모를 일으킨 점은 인정하면서 그가 '투항을 한다면' 자비를 베풀어 주십사고 했을 뿐이다. 임금의 입장에서도 '생각해 보겠노라.' 이상의 답을 할 필요는 없었다. 어쨌거나 용서하겠다고 말한 적은 없는 것이니까. 그리고 할 것 같지도 않지만 정말로 이순신이 투항한다면, 그때 가서도 이순신을 죽일 방법은 얼마든지 있을 것이니까.

"영상, 그대는 천병이 반란을 진압하러 남도로 내려가면 그 민폐가 혹심할 것이니 천병을 참여시키지 말고 우리 조선이 투입할 수 있는 관군의 힘만으로 반적들을 진압하자는 것이지? 그리고 좌상, 그대는 천병의 힘을 빌리되 천병이 실제 출진하지는 않아도 좋다, 그저 출진한다는 소문만으로도 적도들을 위압하여 스스로 흔들리게 만들기에는 충분하다……는 것인가?"

"예, 전하."

"그렇사옵니다."

임금의 질문을 받은 두 신하는 차례로 고개를 숙이며 답했다. 용상 위에 앉은 임금은 몸을 옆으로 기울여 오른쪽 팔걸이에 팔꿈치를 짚고, 그 위에 턱을 괸 채 심드렁하게 대꾸했다.

"영상과 좌상은 모두 병판의 말을 지나치게 믿는 것 같은데, 과인은 관군이 능히 반군을 진압할 수 있다는 병판의 장담을 믿을 수가 없다. 그리고 천병이 내려갈 것이라는 소문만 가지고 이순신의 반적들이 투항할 것이라는 좌상의 예측도 신뢰하지를 못하겠다. 궁지에 몰린 쥐가 고양이를 물듯이 저들이 천병이 출진한다는 소문 따위에 위축되지 않고 계속 덤빈다면 좌상은 어찌할 생각인가? 천병이 정말로 출진하도록 청하겠는가?"

이덕형으로서는 고민에 빠질 수밖에 없는 질문이었다. 확실히 이순신이 명군으로 인해 조선 산하가 초토화되는 것을 막기 위해 투항하리라는 예측에는 분명한 근거가 없었고, 평소 그가 전해들은 이순신이라는 인물의 인품을 바탕으로 한 희망적인 추측이었을 뿐이기 때문이다. 논리는 타당했지만 근거가 부족했다.

"이순신이 투항하지 않는다면 당연히 군사를 움직여 토벌해야 합니다. 그때 동원할 수 있는 우리 군사가 부족하다면 마땅히 천병도 출진하도록 하여 반군을 진압해야 할 것입니다."

이덕형으로서도 이순신이 투항하지 않고 계속 저항하는 것은 바라지 않았다. 이순신과 그 무리가 끝까지 버티다가 패멸한다면 이순신 한 사람은 둘째치더라도 조선의 수군이란 존재가 거의 날아가 버리는 것이다. 전선을 잃는 것도 큰 손해지만,

그보다는 역모에 연루되어 장수들이 줄줄이 처단되고 경험 있는 수졸들이 죽거나 흩어져 남아 있는 전선도 제대로 활용할 수 없게 되는 상황이 더 두려웠다. 하지만 그들이 지금이라도 투항하여 죄를 청한다면 전부는 아니더라도 일부는 분명히 살릴 수가 있었다. 문제는 반란을 진압하는 데 대한 임금의 생각이 이덕형과 다르다는 것이었다.

"그렇다면 어차피 출병할 천병을 왜 바로 내보내지 않고 뒷전에 미루어 두어 난의 진압을 늦추고자 하는가? 이순신 일당들은 분명 천병의 출진 소문에 대하여 그저 세상이 혼란스러울 때 나오는 뜬소리의 하나로 간주하여 천병을 직접 볼 때까지는 그 소문을 믿지 않을 것이다. 그렇게 된다면 이순신이 도성 문 앞에 와야만 천병이 출진하여 진압한다는 것인데, 이는 쓸데없이 적도들의 기세를 올리고 나라를 혼란스럽게 하는 길이다. 그러니 천병이 다소 민폐를 끼친다 하더라도, 어서 남방으로 내려가도록 하여 반군을 조속히 진압하고 다시 올라오게끔 하는 것이 상책일 것이다. 만약 이순신과 그 도당이 그렇게 되기 전에 투항한다면 각기 그 죄를 살펴 벌할 자는 벌하고 용서할 자는 용서하겠으나, 그 도당이 천병을 직접 대면하고도 곧바로 무릎을 꿇지 않는다면 천병의 힘을 빌려 그 역도들을 모조리 쓸어 없애고 그 씨까지 말려야 할 것이다."

임금의 말에 대한 신하들의 반응은 그다지 호의적이지 않았다.

"전하, 하지만 천병이 선뜻 이순신과 싸우려 하겠습니까? 소신들이 천병의 출진을 바라지 않는 것은 민폐를 끼칠 것이 걱정되는 이유도 있지만, 반역도 이순신이 명나라 벼슬을 가지고 있는 탓도 있습니다. 다소 외람된 말씀이오나 지금 조선에 있는 천병은 도성의 육군 3000과 부산진의 수군 3000을 합쳐 총 6000인데, 이들을 총지휘하는 경리 만세덕과 제독 이승훈의 품계가…… 저……."

윤두수 편에 있던 예조판서 심희수가 미처 말을 마치지 못하고 더듬거렸다. 그의 말을 들은 임금이 갑자기 버럭 역정을 냈다.

"품계가 뭐! 이순신 그자가 대단찮은 명나라 벼슬을 가지고 있다 한들, 그게 어떻단 말인가? 그자는 분명 명나라의 신하가 아닌 조선의 신하이며, 조선의 신하로서 자신의 정당한 군주에게 반역한 것이니 명나라 벼슬 따위는 여기서 일고의 가치도 없는 것이다. 여진이나 몽고, 돌궐에서 중국 벼슬을 받은 자가 반란을 일으켰던 적이 한두 번이었더냐? 지금 명에서도 그러하다. 임진년에 반란을 일으켰다가 곧바로 진압당한 몽고족 수령 발배는 물론, 아직도 진압되지 않은 묘족의 양응룡 역시 명나라 벼슬을 받은 자들이 아니냐."

신하들은 고개를 숙이고 말을 삼갔다. 사실 이순신의 명나라 벼슬 문제는 조정에서 드러내놓고 말할 수 없는 금기 중 하나였고, 지금처럼 급박한 상황이라고 해도 그 문제를 직접적으로 거론할 수가 없는 상태였던 것이다.

이순신이 명나라 벼슬, 그것도 정일품 도독위를 정식으로 받은 것은 올 2월의 일이었다. 명나라 조정에서는 임진년의 연이은 대승에 이어 명량해전, 노량해전, 그리고 마지막 부산포해전에 이르기까지 쌓이고 쌓인 이순신의 놀라운 위업을 말 그대로 경탄해 마지않았다. 이에 탄복한 명나라 조정에서는 이러한 위업은 단순히 은자나 비단을 가지고는 도저히 포상할 수 없다는 결론을 내리고 벼슬을 하사하기로 하였던 것인데, 그것이 단순한 중간직이 아니라 정일품 도독이라는 정말로 파격적인 지위였다. 이로 인해 졸지에 조선에 파견된 모든 명나라 장수들이 이순신의 하급자가 되어 버리는 웃지 못할 일이 발생했다. 물론 이순신에게 명나라 군대의 지휘권이 주어진 것은 아니었지만, 황제가 직접 내린 벼슬의 권위를 무시할 수 있는 명나라 장수는 당연하게도 한 명도 없었다.

느닷없이 상관을 모시게 된 명나라 장수들이 이순신에게 굽실거리게 된 것이야, 일의 전말이 어쨌건 그냥 웃어넘기면 될 일이다. 문제는 조선의 국왕이 명나라 관제에서 갖는 품계가 바로 정일품이라는 점이다. 물론 조선 국왕의 격이 명나라 벼슬아치와 완전히 같을 수는 없지만 거의 같다는 것만으로도 충분히 문제가 될 수 있었다.

왕이 정일품인데 그 신하인 이순신이 같은 품계의 벼슬을 받아 버렸으니, 임금으로서는 명나라 관제 하에서 자기와 같은 격의 상대가 생겨 버린 셈이었다. 물론 이순신은 자신의 명나라 품계를 내세워 윗사람들에게 거들먹거리거나 임금에게 무례한 행동을 일삼는 짓은 절대 하지 않았다. 이번 거사에 있어서도 자신의 명나라 벼슬을 내세워 상대를 위압하거나 조선에 남아 있는 명나라 장수들에게 지원을 요청하는 따위의 행위도 전혀 하지 않았음은 물론이다.

하지만 임금은 이순신이 명나라 벼슬을 받게 되었음을 안 그 순간부터 가뜩이나 밉고 싫었던 이순신이 한층 더 증오스러운 존재가 되었음을 깨달았다. 감히 신하 주제에, 이순신이 자신과 같은 품계를 가지고 있다는 것을 생각하면 임금은 이순신이 미워 죽을 지경이었다. 자연스럽게 조정에서는 이순신의 명나라 품계는커녕 이순신이 명나라에서 벼슬을 받았다는 것조차 아예 언급하지 않는 분위기가 조성되었다. 신하들 중 누구도 임금의 역린을 건드려 불벼락을 맞고 싶어 하지는 않았던 것이다.

"하나 전하, 이순신이 발배나 양응룡처럼 명 조정을 직접적으로 겨냥한 반란을 일으킨 것은 아니지 않습니까. 일단 이순신의 목적은 명목상으로는 명나라도 전하도 아닙니다. 이순신의 거병 명분은 아뢰옵기 황송하오나 전하를 잘못 보필하여 지금 나라를 어지럽게 만든 저희 조정 중신들을 타도한다는 것에 있으며, 명나라에 대해서는 아무 적대감도 표하고 있지 않습니다. 그러한 이순신에 대해서 과연 명군이 맞서 싸우겠습니까? 그러니 지금 단계에서 명군을 출진시키는 것은 포기하는 편이 낫습니다. 그리고 명군 출진의 소문만 나게 하셔도 이순신의 군사는 분명히 위축될 것입니다. 만약 이순신이 도성을 목표로 계속 진군한다면 그때 명군의 출진을 청해도 된다고 소신은 생각합니다."

이덕형의 논리 정연한 반론에도 임금의 생각은 별로 바뀌지 않았다. 애초에 임금은 매사에 이순신 편을 드는 경리 양호나 제독 마귀와 같은 명군의 수뇌부를 별로 좋아하지 않았다. 하지만 지금은 명군에도 과거처럼 이순신을 마치 신으로 모시듯 추앙하는 사람들만 남지 않았다는 점이 관건이었다.

　전란 중에 임금의 압박에 맞서서 이순신을 노골적으로 편들던 명나라 장수들은 지난 4월부터 시작된 명군의 철수와 함께 대부분 명나라로 돌아갔다. 지금 남은 장수들은 사실상 철군의 마무리를 위해 있는 것에 불과했다. 개중에 군문 형개는 조선에도 오래 머물렀고 이순신에 대해서도 무척 호의적인 사람이었지만, 경리 만세덕은 전란이 사실상 다 끝난 뒤에 조선에 왔으며 제독 이승훈은 조선에 온 지 열흘도 되지 않았다. 이들은 전란 중에 이순신의 활약이 가져온 효과를 직접 몸으로 느낀 장수들에 비하면 아무래도 이순신의 전공을 다소 피상적으로 느낄 수밖에 없었다.

　게다가 지금 이순신은 분명 조선의 신하로서 반란을 일으킨 입장이다. 비록 명나라 벼슬을 가지고 있다고 하나 이순신의 본래 신분은 확실한 조선 국왕의 신하로 그 점은 명나라에서도 익히 알고 인정하는 것이었다. 이순신에게 명나라 벼슬을 내린 것도 그저 포상의 의미였지, 이 벼슬을 받았으니 조선을 버리고 명나라에 와서 정말로 명나라 장군 노릇을 하라는 의도는 아니었다. 물론 이순신이 자기 발로 찾아온다면 쌍수를 들고 환영했겠지만 말이다.

"이순신이 대단찮은 명나라 벼슬을 받았다 하나 그는 어디까지나 과인의 신하이다. 아니, 신하였다! 그자가 명나라에서 받은 벼슬은 그저 그자가 세운 대단찮은 공적에 대해서 이곳의 사정을 잘 모르는 명나라 조정이 훈상의 의미로 내려 준 것이지 실제 가치를 가진 벼슬이라고 볼 수 없는 것이다. 그러니 어찌 천병이 불의한 신하를 타도하는 데 힘을 빌려 주기를 거절하겠느냐? 마땅히 내가 천병의 군문에 직접 들어가 출진을 청할 것이니 더 이상 재론치 말라."

"전하, 하지만 천병이 내려가면……."

"영상, 더 이상 거론치 말라 하였소!"

임금은 뭐라고 더 간언을 올리려던 윤두수에게 호통을 쳐 입을 다물게 만들었다. 이로써 반란 진압을 위해 명군을 동원할 것인가, 한다면 어떤 방식으로 할 것인가에 대한 논쟁은 끝나고 말았다. 조정 중신들 중 명군을 전면 투입하는 데 찬성하는 이는 거의 없었지만, 임금의 뜻을 거스르기가 힘들었던 것이다. 임금으로서는 나중에 논공행상 등으로 크게 정치적 부담을 가질 필요가 없는 명나라 군대의 투입이야말로 가장 쉽고 빠르며 확실한 해결책이었으니까. 이순신을 쳐 내는 과정에서 또 다른 이순신을 만들게 된다면 그게 무슨 소용이겠는가?

"전하, 하오면 수군은 어쩌실 것이옵니까? 충청수군도 경기수군도 이대로 아무 지시도 없이 내버려둘 수는 없사옵니다."

다시 병조판서 김명원이었다. 명군 문제로 옥신각신하다가 모두가 그만 잊어버렸지만, 원래 오늘 회의의 첫 번째 안건은 이순신을 막기 위해서 충청수군을 강화도로 끌어올려야 할 것인지의 여부를 결정하려는 것이었다. 잠시 생각하는 듯 인상을 찌푸린 임금은 내뱉듯이 말했다.

"지금 천병은 아직 이순신을 토벌하러 내려갈 만큼의 출정 준비가 되어 있지 않을 것이니, 일단은 전라도와 충청도의 우리 관군이 적을 맞아 싸우며 시간을 끌어야 한다. 역적 이순신의 군사가 미처 천병의 출진 준비가 다 되기도 전에 도성을 향해 밀려드는 사태는 피해야 할 것이 아니냐. 이순신이 육지에 올라 전라도에서 거점을 마련하려 한다면 마땅히 전라병사가, 해로를 통해 충청도로 올라오려 한다면 마땅히 충청수사가 자신의 임지를 맞서 지켜야 할 것이다. 각지의 장수들에게 이리 써서 내리고 그대로 시행케 하라."

"전하, 그리하시면 경리 도감의 의견대로 경기수군을 충청도로 내려보내 충청수군과 합세하여 반적과 싸우도록 하시겠습니까?"

김명원의 떨리는 목소리는 불안감을 여실히 드러냈다. 아무래도 불길한 예감이 들었던 탓이다. 그리고 그 불길한 예감은 그대로 들어맞았다.

"국가의 근본이 도성에 있는데 도성으로 들어오는 큰길을 그대로 비워 버리면 어쩌라는 말이냐? 강화도의 진포에 군사만 두고 전선을 한 척도 두지 않아서는 한강으로 들어오는 입구를 충분히 막을 수 없다. 혹시 이순신이 충청수군을 피해서 서해 바닷길을 멀리 돌아 직접 한강으로 진입할지도 모르니 경기수군은 경강 입구를 굳게 지켜야 한다. 과인도 충청수군의 전선이 많지 않음에 대해서는 알고 있으나, 과거 수군이 견내량을 지켜 왜군을 막았듯이 지형을 잘 이용하면 충분히 반적들과 맞서 싸울 수 있을 것이다. 또한 경리 당상의 주장대로 충청도에서 조운하는 수로도 지켜야 할 것이 아니냐."

김명원으로서는 어처구니가 없는 이야기였다. 이순신의 함대가 충청수군을 우회할지 모른다면서 경기수군에게 한강을 막게 하겠다는 사람이 충청수군은 그냥 버리겠다는 것이다. 김명원이 보기에 임금의 행동은 충청수군을 그냥 이순신 앞에 내던지는 것 이상도 이하도 아니었다. 합세해도 대응이 불가능할 판인데 이 무슨 짓이란 말인가?

근래에 직접 만나 이야기를 나누거나 한 적은 없지만, 보고 들은 것만으로 판단하더라도 김명원이 알고 있는 이순신은 후환을 남기는 짓 따위는 하지 않았다. 충청수영이 바로 물러서지 않는다면 이순신은 압도적인 전력으로 충청수영을 박살 내버린 뒤 천천히 강화도를 공략할 것이 분명했다. 반군의 5분의 1밖에 안 되는 충청수영의 전력은 우회해서 피할 만한 가치도 없으니까 말이다. 하지만 그로서는 임금의 뜻을 꺾을 수가 없었다.

자기가 처음 주장한 대로 되었다고 희희낙락하는 윤근수를 제외하고, 이 결정에 불만을 느끼는 다른 신하들 역시 임금의 뜻에 따르는 수밖에 없었다. 임금은 일단 자기가 하고 싶은 바에 따라 결정을 내리면 그 뒤에는 신하들의 반대 의견 따위는 절대 듣지 않았기 때문이다.

"지금 곧바로 전교를 내려 충청수군으로 하여금 임지를 떠나지 말고 반적들을 막기 위해 최선을 다하라고 이르라! 만약 장수가 적과 맞서 싸우기를 두려워하여 물러나면 즉시 참할 것이니, 선전관은 이를 분명히 충청수군에 주지시켜 무너짐 없이 끝까지 싸우도록 해야 할 것이다. 또한 경기수영의 모든 전선을 강화도에 모아 유군 역할을 하면서 한강 입구를 지킬 준비를 하도록 이르라! 군사는 언제나 만약의 경우에 대비해야 하는 법이니, 만에 하나 모든 군선을 충청도에 몰아 놓았다가 반적들이 먼 바다로 우회하여 도성이나 황해도를 공격하면 어찌하겠느냐? 그러니 각 군영에 영을 내려 이대로 시행토록 하라!"

지엄한 어명이 내렸으니 이제 실행하는 수밖에 없다. 일이 되어 가는 추이를 보고 허탈함을 느낀 듯, 어전임에도 불구하고 잠시 헛웃음을 짓던 이덕형이 문득 생각나는 것이 있는지 고개를 들었다.

"전하, 이순신에게 패한 전라우수사 김억추에 대한 처분은 어찌하시겠습니까?"

"김억추는 반적을 진압하지 못하고 패한 것으로만 생각하면 분명 참해야 할 것이다. 하나 반적들과 대치하기 전에 이미 신병으로 인한 괴로움을 호소하고 있었으며, 장계의 내용을 보면 중과부적으로 엄청난 열세에 처해 있었음도 명백하다. 경상우수영이 그 먼 거리를 달려와 반적의 편에 가담했을 줄 누가 알

앗겠느냐? 또한 그 스스로는 싸움을 포기하지 않았음에도 부하 군사들이 멋대로 도망치는 바람에 진이 무너져 어쩔 수 없이 패한 것이니, 김억추에게만 그 죄를 물을 수 없다. 일단 광주목에서 몸을 추스르게 하고, 채비가 되는 대로 도성으로 돌아오라 이르라. 몸을 제대로 다스리는 것이 중요하니 서둘러 상경할 필요는 없다."

분명히 질문이 있기 전에 미리 생각해 놓았던 듯, 임금은 길게 생각하지도 않고 거침없이 김억추에 대한 처분을 결정했다. 대답을 들은 이덕형, 그리고 다른 대신들로서는 그저 속으로만 헛웃음을 지을 뿐이었다. 충청수군에게는 물러서면 참하겠다면서 김억추에게는 관대하기도 하니 말이다.

*

"어? 형님이 웬일이시오?"

"그야 자네가 잘 지내는지 보러 왔지."

결국 신하들의 의견은 하나도 반영되지 않고 임금 뜻대로 결정되고만 회의를 끝내고 퇴청한 이덕형은 뜻밖의 손님이 집에서 자신을 기다리고 있음에 놀랐다. 건강을 이유로 사직한 전 우의정 이항복, 아니, 이제 오성부원군이 된 이항복이 주인도 없는 이덕형의 사랑방 보료 위에 떡하니 누워 갓으로 얼굴을 덮고 낮잠을 자고 있는 것이 아닌가. 임금은 이항복의 반항에도 불구하고, — 말 그대로 반항이다 — 전란 중의 공을 감안하였는지 예정되어 있던 오성부원군의 군호를 그대로 내려 주었던 것이다. 그것이 열흘 전이었는데, 그때도 이항복은 몸이 아프다고 궁에 나오지 않았었다.

"아파 죽을 것 같다더니 이제 좀 살 만하신 모양이오?"

"내가 죽으면 자네가 뭔 재미로 이 세상을 살겠는가. 그리 생각하니 누워 있기도 무료하고 해서 나들이 삼아 나왔네."

주인이 들어왔음에도 일어나지 않는 유들유들한 태도를 보며 이덕형은 피식 웃고 말았다. 이 양반이 이렇게 구는 거 한두 번 본 것도 아니고. 옷 갈아입는 것을 도우러 따라 들어온 여종을 손짓으로 내보낸 이덕형은 그냥 관복을 입은 채 방석 위에 주저앉았다.

"조정에서 나가니 마음 편하시오? 난 요즘 죽을 지경이라오. 상께서 조언이라고는 도통 듣지를 않으시는구려."

"무슨 일에 대한 조언 말인가?"

"빤하지 않소. 이 통제의 역모 건 말이오."

이덕형의 푸념을 들은 이항복이 그럴 줄 알았다는 듯 씩 웃었다. 그 역시 시중에서 이것저것 듣고는 있었던 것이다.

"내 근 보름을 쉬면서 이 통제의 난에 대한 시중의 뜬소문들을 많이 듣긴 했지. 좀 특별한 자를 하나 만나 자네가 들으면 뒤집어질 이야기를 듣기도 했고. 그런데 그보다는 자네에게 들을 이야기가 더 많을 것 같구먼. 오늘 들어온 새 소식 없는가?"

"왜 없겠소? 전라우수사가 이 통제에게 패했다 하오. 전라우수영이 완전히 무너졌소."

"뭐? 시중에 그런 이야기는 없었는데?"

깜짝 놀란 이항복이 벌떡 일어나 앉았다. 머리 위에 살짝 얹어 놓고 있던 갓이 급히 일어나는 서슬에 튕겨 바닥을 뒹굴자 그 모습을 본 이덕형이 씁쓸하게 입가를 일그러뜨렸다.

"시중에 소문이 퍼지자면 며칠 더 걸릴 게요. 오늘 들어온 파발이 알린 소식이니까. 나흘 전, 계유일에 패했다 하더이다."

"거참, 김억추 영감이 이 통제에게 상대가 안 되는 사람인 줄이야 알았지만 그리 쉽게 패할 줄은 몰랐는데……. 아, 이런."

머리를 긁던 이항복은 자신이 맨머리인 것을 깨닫고는 유유히 바닥에 떨어진 갓을 주워 다시 머리에 얹고 태연하게 갓끈을 맸다. 그 모습을 본 이덕형이 피식 웃으며 입을 열었다.

"그 소식을 들은 상께서 말이오……."

이덕형의 이야기는 꽤 길었다. 경상우수영의 반역과 그에 힘입은 김억추의 패배 이야기, 자신과 김명원이 내세운 지연전 주장에 대해서 윤두수 형제가 반대했던 이야기, 윤두수를 간신히 설득하고 나니 이번에는 이광정이 명군 청병론을 꺼낸 이야기, 청병 문제를 놓고 자신과 윤두수가 또 대립한 이야기, 그리고 결국 임금은 두 사람 중 누구의 말도 안 듣고 자기 마음대로 결정했는데 그게 하필이면 윤근수의 주장과 같은 결론이었다는 이야기까지.

이덕형의 이야기를 다 듣고 난 이항복은 피식 웃었다.

"상감도 나름의 생각이 없으신 것은 아니구먼. 충청수군을 한강으로 불러올리지 않고 충청도에서 싸우게 하심은 말 그대로 시간을 끌게 하는 데 있어서는 제법 좋은 선택이니 말일세."

"어찌 그게 좋은 선택이란 말씀이시오?"

"생각해 보게. 만약 충청수군이 강화까지 올라오면 그 이남까지의 바다가 완전히 방비 없이 남는 형국이 될 것이니 이 통제의 군사는 말 그대로 무인지경을 달릴 수 있지 않겠는가. 그리고 경기수군이 충청도로 내려가면 이 통제가 멀찍이 돌아 한 방에 도성으로 치달을 수 있거나 혹은 한 방에 이들을 모조리 전멸시키고 도성까지 무인지경을 달리게 될 것임이야. 하지만 충청수군이 싸우겠다고 덤비면, 호랑이 앞에서 깐죽거리는 강아지와 같아 피해서 가기에는 너무 작은 전력이니 분명히 이 통제는 충청수군을 쳐부술 것일세. 그러면 충청수군은 분명히 패할 것이지만 이 통제의 군사들에게 어느 정도 피해를 줄 수 있을뿐더러, 저들을 피로하게 하고 함대를 정비하느라 전진을 늦추게 할 수 있지 않은가. 게다가 경기수군도 어디 매복해 있다가 싸움을 걸어올지 모르니 경기도 해안에 들어와서도 이 통제는 진군을 조심해야 할 것이 아닌가. 지금 상감께서 바라시듯 시간을 끄는 것이 목표라면 충청수군을 버리는 것은 꽤 합리적인 일일세."

이항복의 설명을 들은 이덕형이 고개를 끄덕거리며 물었다.

"그것도 일리가 있긴 있구려. 그런데 상감의 계획대로 충청수군이 장렬히 싸우다 패한다면 그것은 그것대로 괜찮겠지만, 만약 불만을 품고 이 통제에게 넘어간다면 어찌 되는 거요?"

"그거야 내가 알 바 아니지. 상감 나름대로는 그렇게 생각하시겠지만, 충청수사와 그 군사들이 어찌 움직일지 내가 알 방도가 있는가?"

이항복은 피식거리며 웃고는 화제를 돌렸다.

"참, 명량에서 패한 김억추 영감은 어찌 되었는가? 처형당하지는 않았겠지?"

"광주목에 있는데, 그냥 쉬라고만 하셨소이다. 몸이 아프다고 전부터 노래를 불러 댔으니, 이참에 몸 다 다스리고 느긋하게 올라오라 하셨소."

이덕형이 무표정하게 전하는 왕의 말을 들은 이항복이 폭소를 터뜨렸다.

"하하! 서둘러 올라오라고 하지 않으신 것을 보면 이제 김억추 영감은 상감의 신뢰를 완전히 잃은 모양이군."

"그러게 말이오. 그동안 상감께서 얼마나 역성을 들어주셨는데, 완패를 해 버렸잖소. 그것도 보아하니 전멸한 것 같고. 아마앞으로 그 양반이 군사를 이끄는 모습은 못 볼 것 같소이다."

*

옷을 갈아입은 이덕형이 이항복과 함께 술잔을 기울이며 이순신의 반란에 대한 이야기를 나누고 있을 무렵, 세자 광해군은 동궁전의 뜰을 안절부절못하며 홀로 맴돌고 있었다. 지금 이순신의 반군이 한양으로 짓쳐 올라오고 있고, 이로 인해 궁궐 내외가 소란함을 동궁에 있는 그 역시 충분히 느낄 수 있었기 때문이다. 하지만 그로서는 매일 아침 부왕에게 문안을 드리면서도 이 사태에 대해 입도 뻥긋할 수가 없었다. 부왕과 독대하면서 잔뜩 혼쭐이 난 것이 겨우 보름 전. 그동안 광해군은 바짝 긴장하여 아무 일도 하지 못했다. 그저 매일매일 정해진 일과표에 따라 세자로서 익혀야 할 학문을 공부할 뿐이었다.

"국가에 큰 우환이 닥쳤거늘, 아무 일도 할 수가 없다니……."

차라리 광해군이 서열에 따라 당연히 세자가 되고 그저 공부만 하면서 평생 궁중에 처박혀 있던 왕자라면 불안감은 느꼈을지언정 조바심은 덜했을 것이다. 하지만 광해군은 그런 일반적인 세자가 아니었다. 나름대로 세상의 맛도 보고, 권력의 맛도 알고 있는 왕자였던 것이다. 잠시 그의 머릿속에 조선왕조의 왕위 계승에 대한 역사가 스쳐 지나갔다.

조선의 왕위 계승권은 기본적으로 임금의 정식 왕비인 중전에게서 태어난 적장자가 갖는다. 만약 어떤 이유에서건 적장자가 왕이 되지 못하는 경우 그다음 순서로 왕의 자리를 차지하는 것은 당연히 그의 친동생들, 즉 왕비 소생의 대군들이거나 그 핏줄이었다. 하지만 선대인 13대 임금 명종이 후사 없이 사망하면서 왕실의 직계 왕자가 하나도 남지 않자 중종의 서자 덕흥군의 후손인 부왕이 얼결에 왕위에 오른 것이다. 조선의 첫 방계 혈통 출신 임금인 부왕은 그나마 덕흥군의 장남도 아니고 3남이었다.

광해군 역시 본래 왕실의 법도대로라면 세자의 자리에 오를 수 있는 인물이 아니었다. 이제까지 정실 왕비 소생의 대군이 아닌 후궁 소생의 왕자가 세자가 된 전례는 단 한 건도 없었다. 그 자신이 서손인 부왕은 자신은 꼭 왕비로부터 태어난 적장자를 세자로 삼아 왕위를 물려주어 절대 정통성에서 흔들리지 않는 왕권을 물려주겠다고 결심하고 있었다. 하지만 30년 전에 왕비로 받아들인 중전 박씨가 자식을 하나도 낳지 못한 데다가, 갑작스럽게 전란이 터지고 임금 자신의 나이가 마흔이 넘었다는 점 등으로 인해서 그 결심은 꺾이게 된다.

국왕이 나이가 들어가는데 후계가 없으면 나라가 어지러워질 수 있다는 것, 그리고 전란 중에 중국으로 망명하려고 기도한 임금이 자기 대신 전쟁을 지휘하도록 시킬 사람이 필요하다는 것 등의 이유가 생기면서 당장 세자를 세워야 하게 되었다. 본래 법도에 따라서 서열에 의해 세자를 정하자면 서자인 왕자들 중에서라도 장자인 임해군이 세자가 되어야 했겠지만 광해군의 동복형인 임해군은 아버지인 임금조차 두둔해 줄 수 없을 만큼 성격이 흉포하고 하는 짓이 개차반이었다. 오죽했으면 전란 중에 함경도로 군사를 모집하러 갔을 때 임해군의 포악함에 질린 함경도 백성들이 임해군을 붙잡아서 왜군에게 넘겨 버렸겠는가.

그리고 총애하는 후궁 인빈 김씨 소생으로 임금이 은근히 세자 후보로 마음을 두고 있던 신성군은 겨우 열다섯 살로 너무 어렸던 데다가 그나마 의주로 가는 피난길에 병이 나서 죽어 버렸다. 그래서 차남이고 그 재주와 수완이 높은 평가를 받고 있던 광해군이 열여덟의 나이로 급작스럽게 세자가 되었다.

열여덟이면 어른 대접을 받을 나이인 것은 맞다. 하지만 광해군은 준비된 세자가 아니었고, 전란을 맞이하여 나라의 군사는 연이어 패하고 있었으며 국정은 매우 어려웠다. 그럼에도 불구하고 광해군은 분조를 이끌면서 놀라운 능력을 발휘하였다. 군수물자를 모으고 의병을 모집하였으며, 잘 싸운 군사와 장수 들을 격려하며 전쟁을 훌륭하게 이끌었다. 그리고 그 기간에 중전의 양자로 입적하여 정통성도 확보했다.

문제는 군주로서의 능력과 가능성을 입증한 것이 부왕에게는 도리어 경계심을 불러일으켰다는 것이다. 임금은 전란이 일어난 다음해 10월, 전황이 좀 안정되자 곧바로 분조를 없애 버리고 광해군을 동궁에 들어앉혔다. 분조에서 해임되어 실권을 잃은 광해군은 국정에 개입할 수 없게 되었으며 그저 공부나 하는 수밖에 없었다.

그믐이라 달도 뜨지 않은 어둠 속에서 광해군은 쓸쓸히 뇌까렸다.

"나는 어찌하면 좋은가……."

부왕에게 진언을 하고 싶다. 이제라도 이순신을 달래어서 투항하도록 하자고. 설사 그것이 힘들다고 해도 교섭을 통하여 시간을 벌고 수습할 방안을 마련해야지, 딱 잘라 네놈은 역적이니 용서할 수 없다고 강경하게 대하는 것만이 능사는 아니라고 아뢰고 싶었다. 아무리 조정에서 이순신을 비난해 봐야 이순신이 거느리고 있는 전선의 노 하나도 부러뜨리지 못한다.

전란 중에 직접 보고를 받은 바도 있지만, 이순신은 하삼도의 전 백성이라고 하면 과장이겠으나 적어도 연해 지방, 특히 전라도 백성들에게는 그 누구보다도 확고한 지지를 받고 있었다. 물론 그 지지는 임금에게 충성을 바치는 조선의 장수라는 전제를 깔고 있지만, 그 임금이 이순신과 백성들에게 해 주는 것도 없으면서 핍박을 가하고 일방적인 충성을 강요하다가 먼저 배신해 버렸다면 성리학적 명분론 따위에 크게 구애받지 않는 백성들이 과연 어느 편을 지지할 것인가. 사대부들이라면 그래도 충성을 바쳐야 한다고 하겠지만, 백성들이 그런 성리학적인 가치를 존중할 것인가.

아직 이순신이 불궤를 구체적으로 언급하지 않은 지금이라면 그래도 수습의 가능성이 있었다. 임금의 체면은 어느 정도 구겨지겠지만, 이순신이 이제라도 군사를 해산하고 조정에 무릎을 꿇는다면 된다. 그렇게만 하면 형식적으로 그 죄를 처벌하고 의견은 받아들이는 형태로라도 조치할 수 있는 것이다. 하나 그에게는 그렇게 할 권한이 없었다. 지금 벌어지고 있는 일에 대해 직접 보고도 받을 수 없고, 신하들에게 지시를 내리거나 부왕에게 의견을 올릴 수도 없다. 서연관들과도 공부 이외의 이야기는 나눌 수 없었다. 만약 정치에 개입하려는 의사를 보였다가는 또 불호령이 떨어질 것이다.

광해군은 문득 분조를 이끌던 시절 영의정으로 있으면서 자신을 적극 도왔던 영중추부사 최흥원이 남몰래 살짝 해 준 충고를 상기했다.

"세자 저하, 상감께서는 자신의 지위에 위협이 되는 이를 무엇보다 경계하십니다. 무사히 보위에 오르시려거든 그 점을 주의하십시오. 그 상대가 언젠가 보위를 물려주어야만 하는 저하시라고 해도 상감께서는 쉽게 왕권을 넘겨주려 하지 않으실 것입니다. 만약에 저하께서 조금이라도 권력에 대한 욕심을 보였다가는 그 즉시 엄하게 혼이 나시고 험한 꼴을 보시게 될지도 모릅니다. 언행 하나하나를 주의하십시오. 소신의 충언을 잊으셔서는 안 됩니다."

게다가 광해군의 양어머니인 중전은 전란 동안 피난을 다니면서 건강을 해쳐 병을 앓고 있다. 만약 이번 난리를 어떻게든 수습한 뒤에 왕비가 사망하여 국상을 치르게 된다면 아직 기운이 왕성한 부왕이 곧바로 다음 왕비를 맞아들여 이번에야말로 계비 소생일망정 정실 소생의 왕자를 만들어 후계자로 삼고자 할 가능성은 따질 필요가 없을 정도로 높았다. 그렇게 된다면 그는 어떻게 되는가? 말할 필요도 없다. 그대로 쫓겨나는 것이다. 그동안 보인 능력과 경험도 소용없이 말이다.

만약 그런 일이 발생할 경우 자신은 어떻게 할 것인가? 순순히 물러날 것인가? 그럴 수는 없었다. 눈앞까지 다가온 옥좌가 아닌가. 게다가 포기하고 체념한다고 해도 부왕부터가 그의 포기를 믿지 않을 것이다. 지금 시점에서 광해군이 확실하게 가지고 있는 권한은 없다고 하나, 다음 계승자로서 가지고 있는 권위가 있고 분조를 이끌면서 얻은 인맥과 경험이 있다. 게다가 이제까지 그를 따르던 이들이 순순히 모든 것을 포기할 리도 없다. 당연히 부왕은 정실 소생의 동생을 즉위시키기 위해 그를 죽이려 들 것이 분명했다. 광해군에게는 그렇게 스스로 희생할 생각까지는 없었다.

밤늦도록 뜰에 서서 생각에 잠겨 있던 광해군은 조용히 발길을 돌려 침전으로 돌아갔다. 세자로서, 다음 대의 조선 임금으로서 그는 사태가 이런 식으로 흘러가는 꼴을 그대로 내버려둘 수 없었다. 부왕에게 들켜 곤욕을 치르는 한이 있더라도 사태를 수습하기 위해 무슨 일이든 시도해 보아야 했다. 지금 당장 서두르지 않으면 조만간 수습할 기회조차 없게 될 것이 분명했다.

＊

"전하께서 이 누추한 곳을 또 찾아 주시니 황공할 뿐입니다."
"아닙니다. 대인께서 소방을 위하여 해 주신 일이 얼마나 많습니까. 마땅히 매일 찾아뵙고 예를 올려야 할 것을, 국사가 다망하여 자주 행하지 못함이 죄스러울 뿐입니다. 소방이 비록 소국이나, 처리해야 할 중대하고 소소한 일이 끊이지 않아 대인을 자주 찾아뵙지 못하였습니다. 앞으로는 대인께서 맡으신 책무에 방해되지만 않는다면 가능한 한 틈을 내어 뵙고자 합니다."

대신들을 모은 회의가 있은 다음날 낮, 임금은 남별궁에 있는 경리 만세덕의 처소를 찾아 다례茶禮와 주례酒禮를 행했다. 만세덕은 그동안 조선의 처지를 헤아리며 나름대로 많은 도움을 주려고 노력해 온 터라, 임금은 이번에도 그에게 상당히 큰 기대를 걸고 있었다.

"귀국에서는 이제 왜적이 다시 올 것은 걱정하지 않으셔도 될 것 같습니다. 제가 듣건대 대마도의 왜적들은 농사도 짓지 못하고 교역도 하지 못하여 양식을 구할 길이 없다고 합니다. 이에 잡아간 조선인들을 부산으로 데려와 매매하여 곡식을 구하려 한다 하는데, 군사들로 하여금 이를 엄히 단속하게 하여 저들에게 곡식을 넘기지 못하게 하고 사람만 다시 빼앗아 오게 하면 대마도의 왜적들은 양식을 구하지 못하여 곧 모두 굶어 죽을 것이니, 적은 조선으로 건너올 거점을 잃게 될 것입니다."

"알겠습니다. 꼭 그리하겠습니다."

"군마는 거세를 해야 그 효용이 좋습니다. 기병은 하나가 있으면 능히 보병 열을 감당할 수 있으며, 조선의 군사는 보병이라 해도 그 능력이 매우 뛰어나니 말이 있어 기병으로 바꾸면 훨씬 큰 전과를 낼 수 있을 것입니다. 제 수하에 말의 거세를 꽤 잘하는 자가 있으니 귀국의 군영으로 데리고 가서 전마를 거세하도록 하십시오."

"그것도 그리하도록 하겠습니다."

그런데 만세덕은 임금이 무엇 때문에 자기를 찾아왔는지 뻔히 알 터인데 이순신에 대한 이야기는 하지 않고 다른 이야기만 했다. 임금의 곁에 서 있던 조선 신하들이 조바심이 날 지경이었지만 임금은 그런 내색을 전혀 하지 않고 허허거리며 맞장구를 쳐 주고 있을 뿐이었다. 세 시간 가까이 앉아 있으면서 화젯거리가 거의 다 바닥이 난 뒤에야 비로소 만세덕이 이번 이순신의 반란에 대한 이야기를 조금이나마 꺼냈다.

"귀국에서는 최근 남쪽 바다에서 일어난 사태로 인하여 심려가 크실 것으로 생각됩니다."

"그것도 과연 그렇습니다. 경리께서 소방의 배신陪臣* 한 사람 때문에 일어난 작은 소요에 대해 신경을 쓰고 배려해 주시는 것이 감사할 뿐입니다."

임금은 속으로는 어떤 생각을 했는지 모르지만 겉으로는 철저하게 예의를 차렸다. 상대는 지금 조선에 있는 명나라 군대를 총지휘하는 사람. 현재 시점에서 거느리고 있는 군사는 실질적으로 겨우 육군 3000에 불과하다고 하나 조선에서는 명나라 황제를 사실상 대리하는 사람인 것이다. 만에 하나라도 불손한 태도를 보였다간 끝장이었다.

"소방이 원체 작은 나라이다 보니 지방의 일개 장수가 변란을 일으켜도 진압에 애를 먹습니다. 대인께서 이를 헤아려 주

---

* 속국의 신하

시어 천병을 계속 소방에 머무르게 해 주시면, 외적으로부터 나라를 지키거나 이번에 일어난 것과 같은 신하들의 반란을 방지하는 데 큰 도움이 될 것입니다. 아무쪼록 계속 머물러 주시기를 청합니다."

임금의 청에 만세덕이 답했다.

"대국의 군대로서 마땅히 할 일입니다. 귀국을 돕기 위해 계속 머물면서 왕께서 바라시는 대로 힘껏 조력하기로 하겠습니다. 다만……."

명군의 장기 주둔 약속을 받아낸 임금은 겉으로 드러내지는 않았지만 쾌재를 불렀다. 만세덕과 대화를 이어 오면서 이순신을 계속해서 배신, 즉 명나라의 제후국인 조선의 신하이고 지방의 일개 장수임을 강조하여 지칭한 것은 이런 반응을 이끌어 내기 위해서였다. 이순신이 명나라의 신하가 아닌 조선의 신하임을, 즉 이번 반란이 조선의 내부적인 문제임을 받아들이게 하여 이순신의 명나라 벼슬 따위에 구애받지 않고 진압에 조력하게 할 의도였던 것이다. 한데 대답을 어물거리는 만세덕의 태도가 좀 수상쩍었다.

"……황공하지만 황제 폐하께옵서."

잠시 말을 중단한 만세덕은 느릿느릿 일어나더니 서쪽을 향해 고개를 숙여 절을 했다. 임금은 약간의 불안감을 느꼈다.

"황제께서?"

그리고 임금의 그 불안감은 적중했다. 신하들이 하나같이 지적하던 바로 그 문제를 만세덕이 거론했던 것이다.

"지금 임금께서 반란을 일으켰다고 하는 이야李爺께서는 황제 폐하로부터 벼슬을 받은 분입니다. 나라에 충성하고 왜적과도 무척 잘 싸워 공을 세운 분이라 하여 폐하께서 정일품 도독이라는 파격적인 직위를 하사하신 지 불과 반년도 채 지나지 않았습니다. 그런 영광을 받은 이가 어이하여 해가 가기도 전에 자신의 임금을 겨냥해 반란을 일으켰는지요? 저희로서는 그 점이 이해가 가지 않습니다. 전하, 이야께서 변란을 일으킨 이유가 도대체 무엇입니까?"

임금으로서는 당황할 수밖에 없었다. 이순신을 진압할 군사를 청하러 왔다가 도리어 역모의 배경에 대한 신문을 당하는 격이 될 것이라고는 미처 생각하지 못했던 탓이다. 임금은 화급히 자신의 머릿속에서 스쳐 지나가는 말들을 다소 두서없이 내놓았다.

"그, 그야 권력을 탐한 까닭이지요. 전 통제사 이순신은 일개 무장으로서 허락받은 위치 이상을 탐하여, 평소 겉으로 드러내지는 않았으나 은밀히 군사와 무기를 준비하여 변란을 일으키고 지존의 지위에 오르려는 음모를 꾸며 왔습니다. 이에 소방의 조정에서 그 못된 의도를 적발하여 추포하고자 하였더니, 자신이 구석에 몰린 쥐 꼴이 된 줄을 알고 반란을 일으킨 것입니다. 하나 소방은 땅이 작고 정예한 군사가 적어 일개 장수의 반란임에도 쉽게 진압을 하지 못하고 있습니다. 청컨대 대인께서 용맹한 군사를 내어 소방의 난을 진압하여 주십시오. 아마도 반군은 천병의 위용을 보기만 해도 지리멸렬하여 그대로 흩어질 것입니다."

어차피 해야 할 말이었다. 중국인들에게 그들의 화법에 맞춰서 이야기를 해 봐야 여간해서는 원하는 답이 나오지 않는다는 것을 알고 있기에, 입을 연 김에 가장 필요한 요구를 시원하게 말해 버린 것이다. 게다가 이미 발생한 반란을 진압할 군대를 청한다는 중요한 용건을 꺼냄으로써, 그에 비하면 사소한 이순신의 거병 원인 문제에 대해 만세덕이 더 파고드는 것을 차단할 필요도 있었다. 하지만 만세덕은 임금의 의도에 쉽게 따라오지 않았다.

"단순한 난이라면 천병을 동원하여 진압하는 것이 어렵지 않습니다. 하지만 저희로서도 귀국의 군주와 신하 사이에서 불미스러운 일이 생기는 것은 바라지 않습니다. 군사를 앞세워 난을 진압하기 전에 그 원인은 무엇인지 살펴 근원을 해결할 수 있도록 하는 것이 가장 바람직하지 않겠습니까. 임금과 신하가 서로를 죽인다니, 그것이 어찌 큰 비극이 아니겠습니까. 그런 비극은 일어나지 않도록 막는 것이 가장 바람직할 것입니다. 그렇지 않습니까?"

만세덕 역시 임금만큼이나 용의주도했다. 그는 이순신이 명나라 벼슬을 가지고 있다는 사실에 대해서 임금 앞에서 더 이상 언급하지 않았다. 명군 지휘부 내에도 임금이 이순신을 경계하고 혐오한다는 사실이 잘 알려져 있었는데, 이순신의 명나라 품계가 그 원인 중 하나라고 알려져 있었던 것이다.

지금과 같은 상황에서 만세덕이 이순신이 가진 명나라 벼슬을 언급하며 신하인 이순신을 노골적으로 두둔하는 것은 사태를 악화시키면 악화시켰지 수습하는 데는 아무 도움이 되지 않는다. 명나라가 명나라 벼슬을 가진 이순신을 지원하여 조선의 새 왕으로 만들려고 획책한다는 임금의 의심을 불러일으킬 뿐이기 때문이다.

사실 명나라 입장에서는 누가 조선의 임금이건 큰 상관이 없었다. 조선이 평화로움으로써 동쪽 국경을 안정되게 유지하고, 명을 도와 북쪽에 있는 여진을 통제하는 한 축 역할을 해 주면서 바다 건너에 있는 일본을 막아 줄 수 있다면 그것으로 충분한 것이다. 까놓고 이야기하자면 이순신이 조선의 왕이 되더라도 명나라와 기존의 외교관계만 잘 유지할 수 있다면 명나라로서는 별로 거리낄 것이 없었다. 문제라면 명나라 역시 유교적인 충군 관념이 있는 나라로서, 신하가 군주를 몰아내는 것을 인정할 수 있느냐는 명분론의 문제일 뿐이다. 하지만 타국의 일이라고 하면 자신에게 이익이 된다는 전제하에서 굳이 개입할 것 없이 눈을 감을 수도 있는 것이다. 굳이 처음부터 끼어들어 어느 한 편을 지지하는 골치를 앓을 필요 없이, 모든 일이 마무리된 뒤에 승자에게 손을 내밀어도 늦지 않다.

"대인의 말씀이 옳습니다. 소방에서도 그런 비극은 바라지 않으나, 이순신이 이미 역적이 되어 변란을 일으켰으니 어찌할 방도가 없습니다. 반역이라는 큰 죄를 저지른 죄인을 처벌하지 않는다면 어찌 나라에 질서가 서겠습니까?"

"맞는 말씀입니다. 하나 죄인이라 하여도 잘못을 뉘우치고 용서를 청한다면 덕을 베풀어 기회를 주는 것 또한 왕도일 것입니다. 중국에는 예로부터 녹림綠林의 도적이라 하여도 용서하여 관병으로 받아들인 사례가 많이 있습니다. 하물며 이야는 귀국의 중신이자 차후 왜적에 맞서 바다를 지키는 데 있어 매우 중요한 사람입니다. 혹시 오해가 있었다면 마땅히 풀어야 하고, 나라에 충성할 길을 열어 두어야 합니다."

임금의 항변에 대한 만세덕의 대답은 부드러웠고 설득하려는 자세가 충만했다. 적어도 지금 시점에서는 만세덕이 이순신과 싸우러 출병할 의사가 전혀 없음을 깨달은 임금은 조바심을 억지로 참으며 질문을 던졌다. 그럼 명군은 어떻게 할 셈인지 빨리 확인해야 했기 때문이다.

"그럼 대인께서는 어찌함이 옳다고 보십니까?"

"이와 같이 싸움이 벌어졌을 때 당사자들끼리는 화해하는 것이 쉽지 않습니다. 마땅히 덕이 있는 이가 중재를 해야 하는 법이 아니겠습니까. 그러니 천병 중에서 제 다음가는 지위에 있는 제독 이승훈을 보내 이야께서 왜 군사를 일으켰는지 그 이유를 탐문하고, 귀국의 신하로서의 의무를 되새기도록 잘 조정하여 난리를 진정시켜 보고자 합니다."

이순신과 친분이 있는 다른 장수들이 아니라 조선에 온 지 며칠 되지 않아 일면식도 없는 이승훈을 중재 사절로 보내는 것은 조선 조정에 대한 만세덕의 배려였다. 임금 입장에서는 이순신의 추종자나 다름없는 해생 같은 인물이 가는 것보다는 나았지만 사실 좋을 것이 없기는 마찬가지였다. 이순신과 유형이 명나라 진영에 무슨 소리를 할지 알 수 없는 것이다.

"반역도들의 진영에 천장께서 위험을 무릅쓰며 가실 필요는 없습니다. 대인께서 그리 화해를 원하신다면 저희가 사자를 보내어 이순신의 군사를 타이르도록 하겠습니다."

"아닙니다. 저희가 가겠습니다."

만세덕은 임금의 요청을 딱 잘라 거절했다.

"저희가 직접 사자를 보내야 중재의 의미가 있습니다. 임금께서는 도성을 지키시면서 혹시 모를 상황에만 대비해 주십시오. 하지만 협상이 잘되면 더 이상 피를 흘리지 않고 사태를 마무리할 수 있을 것입니다."

말을 마친 만세덕은 얼굴 가득 사람 좋은 미소를 띠었다. 하지만 임금의 얼굴은 달랐다. 딱딱하게 굳은 채, 마지못해 웃는 억지웃음을 짓고 있었다.

*

"통상께서 김억추의 전라우수영을 돌파하셨다고?"

"돌파가 아니라 아예 녹여 없애셨습니다. 단 한 척의 전선도 도망치지 못하고 모조리 통상께 투항했으니까요. 이제 전선이 예순 척도 넘습니다!"

편지를 가지고 이순신에게 다녀온 부하 송만석의 보고를 들은 전 경상우수사 배설은 흡족한 표정을 지었다.

"예순 척이라! 그 두 배가 넘었던 전성기의 수군 한산도 함대와는 비할 것도 없는 전력이지만 지금 우리 조선에서는 당할 자가 없을 수군이로구나. 이제 통상의 앞에는 승리가 있을 뿐이로다! 하하하!"

전 경상우수사 배설은 이래저래 주목을 많이 받은 인물이다. 그는 전쟁 셋째 해인 갑오년에 경상우수사가 되어 3년 동안 재임하면서 이순신과 함께 왜적을 막느라 혼신의 힘을 다했다. 하지만 조정에서 벌어진 정치 싸움 때문에 이순신이 백의종군에 처해지고 원균이 대신 통제사로 오자 정나미가 떨어져 소극적으로만 움직였다. 그러던 참에 조선 수군을 끝장낼 뻔한 칠천량 패전이 터진 것이다.

원균의 어처구니없는 지휘로 인한 정유년 칠천량에서의 대패 때 휘하 병력 일부를 이끌고 탈출한 배설은 통제사로 복직한 이순신을 만나자 자기 손에 남아 있던 잔여 함대를 모조리 이순신에게 넘겨주고 전열을 이탈, 집으로 돌아가 버렸다. 그러나 그의 복잡한 심정을 이해한 이순신은 그저 일기에 '배설이 도망갔다.'고 적었을 뿐 그를 비난하지 않았다.

하지만 임금을 비롯해서 이순신 외의 조정 신하들까지 그를 잊어 주지는 않았다. 임금은 칠천량에서 주장 원균을 버려두고 도망친 죄, 그리고 적이 코앞에 닥쳤는데 맞서 싸우라는 주장 이순신의 명을 어기고 또 도망친 죄를 물어 배설을 잡으라고 명했고, 군권을 가진 도원수 권율 역시 최선을 다해 배설을 쫓았다.

배설은 그동안 자신을 노린 추격대와 직접 칼부림을 하며 사지를 벗어난 것이 몇 번이요, 도원수의 손아귀를 벗어나느라 목적지도 없이 산야를 헤매다가 얼어붙고 굶주려 죽을 뻔했던 것이 몇 번인지 기억조차 나지 않았다. 그 와중에 전란을 겪은 백성들이 얼마나 비참하게 살고 있는가 하는 것도 분명히 보았다. 그렇게 악착같이 버틴 끝에 살아남아 지금 여기, 순창 땅에 심복 부하들과 함께 와 있는 것이다.

"하지만 아버님, 전선이 예순 척이라고 해도 바다에서나 왕이지 육지에서는 임금께서 거느리신 병력이 더 많지 않습니까. 게다가 통제 대감의 군사들이 아무리 정병이라고 해도 대다수는 노나 젓던 격군들일 텐데, 그들이 과연 제대로 싸움을 할 수 있겠습니까?"

"힘들겠지. 그래서 우리가 필요한 것 아니겠느냐."

아들 배상충의 질문을 받은 배설이 웃음 짓는 것을 보며 모닥불 가에 둘러앉은 그의 부하들은 회심의 미소를 지었다. 지금 이순신에게 무엇보다 필요한 것은 관군과 육전을 치를 수 있는 육군 전력이고, 배설과 그의 일행은 바로 그것을 제공해 줄 수 있었기 때문이다.

지난 2년 동안 배설은 삼남 지방 각지를 돌아다니면서 전란 기간은 물론 지난 10여 년 동안 행해진 조정의 처사에 불만을 가진 온갖 불평분자들을 긁어모았다. 정여립의 난과 연루된 대동계의 생존자부터 시작하여 이몽학의 난에서 살아남은 그 잔당들, 김덕령과 같이 임금에게 숙청된 의병장의 부하 의병들, 그리고 악질적인 관군과 명군의 수급 사냥에 걸려들어 가족을 잃은 사람들에 이르기까지 현 조정에 원한을 지닌 수많은 사람들이 꼬리를 물고 그를 찾아왔다. 이들 사이에서는 명군이나 관군의 약탈에 가산을 다 털리고 아내와 딸이 겁탈당했다는 것 정도는 원한 축에도 들지 못할 정도였다.

풀 수 없는, 억눌린 원한을 가진 사람들은 배설의 은밀한 선동에 조용히 무기를 잡고 모여들었다. 전란이 휩쓸고 간 땅. 무기는 마음만 먹으면 힘들지 않게 구할 수 있었다. 관군이 패한 곳 근처에만 가도 버리고 간 창과 활이 굴러다녔으니까 말이다. 어려운 것은 무기를 감추는 일, 그리고 자신이 반역자의 일당이 되었음을 주변에 숨기는 일이었다. 당연히 많은 당원들이 관군의 추적을 받아 잡히거나 죽었다.

전쟁이 계속되고 있을 때는 어쩔 수 없이 조정에서도 이들의 수색을 뒤로 미루었다. 하지만 전란이 끝난 올해 들어서 배설 등 수뇌부에 대한 조정의 추적은 한층 더 치밀하고 잔인한 것이 되고 있었다. 배설의 무리들은 — 이들의 공식적인 이름은 없었다. 이들은 자신들을 그저 '당黨'으로 불렀고, 조정에서도 그저 '배설의 무리'로 호칭하였다 — 끈질기게 숨어 다니며 세력을 불려 나갔다. 이는 마치 물그릇에 떨어뜨린 먹물 한 방울이 퍼져 나가는 것과 같아서, 도원수 권율이 그토록 노력했음에도 모두 붙잡을 수는 없었다. 그리고 지금 기회가 온 것이다. 2년간 기다려 온 떨쳐 일어날 기회가.

"모두 들어라! 우리 당은 지금 그동안 잡혀 죽거나 옥에 갇힌 이들을 제외하고도 2000명의 군사를 거느리고 있다. 우리가 2년 만에 이만한 군사를 모았다는 것은 그만큼 지금 조정과 임금에 대한 원성이 높다는 것을 의미한다!"

"옳습니다!"

자리에서 일어선 배설은 낮지만 굵은 목소리로 부하들의 원기를 북돋웠다. 배설과 함께 모닥불 주위에 둘러앉아 있던 스무 명 남짓한 두령 급의 부하들은 앉은 채로 배설을 올려다보며 두 손의 주먹을 불끈 쥐었다. 어둠 속에서는 급이 낮은 부하들이 파수를 보고 있었다.

"통제사 대감께서 군사를 일으키신 의도는 우리와는 다르다. 통제사께서는 임금을 몰아낼 생각까지는 하고 있지 않으시며, 단지 조정의 썩은 중신들을 몰아낼 생각만 하고 계신다. 하지만 우리는 통제사와 힘을 합쳐야 한다."

"하지만 수사 어르신, 이루고자 하는 바가 다른데 힘을 합쳐도 되겠습니까? 우리가 이 통제 대감과 힘을 합쳐 조정을 무너뜨렸을 때, 임금을 몰아내자고 했다가 도리어 우리가 처형당할지도 모릅니다. 그리된다면 우리는 죽 쒀서 개 주는 꼴이 될 텐데 힘을 합쳐야 할까요?"

대동계의 일원이었다가 잡혀 들어가 죽기 직전까지 문초를 받고 가족도 모두 잃은 사내였다. 그의 목소리에는 의구심이 가득했다.

"물론이다! 일단 지금 통제사와 힘을 합치지 않으면 우리 당의 힘만으로는 조정을 무너뜨리는 것조차 불가능하기 때문이다. 이번 기회를 그냥 넘긴다면 언제 또 조정을 무너뜨릴 기회가 오겠느냐? 임금을 몰아낼 방도는 조정을 먼저 무너뜨린 뒤에 찾아도 된다."

사내는 불만스러운 표정이었지만 일단 고개를 끄덕였다. 그와 눈을 마주치며 씩 웃은 배설은 힘주어 말했다.

"잊어서는 안 된다. 지금 우리 백성들이 저 못된 조정 때문에 받고 있는 끝이 없는 고난을! 전쟁도 제대로 치르지 못하면서 세금은 뜯어가고, 늘 입으로는 백성을 품는다고 말하면서 실제로는 개돼지 취급하는 조정의 양반 놈들을 때려잡으려면 누구와도 힘을 합쳐야 한다. 알겠느냐?"

"예!"

부하들이 입을 모아 대답하자 배설은 힘주어 고개를 끄덕였다.

"자, 그럼 이제부터 미리 계획했던 대로 각자 자신이 맡은 고을에서 행동을 일으키도록 하자. 썩어빠진 조정의 대신들과 백성 따위 생각하지도 않는 임금에게 본때를 보여 주는 거다!"

"예!"

기운차게 대답한 두령들은 날렵하게 일어나 각자 자신의 부하들을 거느리고 어둠 속으로 사라져 갔다. 모닥불 가를 벗어난 스무 무리의 사람들은 곧 보이지 않게 되었다.

홀로 모닥불 옆에 서 있던 배설은 의기양양한 웃음을 지었다. 권력밖에 모르는 임금과 무능한 중신들은 이제 뜨거운 맛을 볼 것이다. 삼남 지방 내륙 각지에서 연달아 민란이 일어난다면 과연 조정이 어디서 군사를 동원하여 무슨 재주로 이순신을 막아 낼 수 있을 것인가? 게다가 이제 배설의 편에 있는 이는 무지렁이 백성들만이 아니다. 나름대로 명망 있는 지방 양반과 전직 의병장들도 배설의 의도에 공감하여 동참하는 자들이 늘어나고 있었다.

이제 경기도 이남에서 이순신이 도성으로 가는 길을 막을 만한 존재는 정말로 충청수영과 경기수영의 두 수군 진영밖에 남지 않게 될 것이다. 배설은 어둠에 싸인 북쪽 하늘을 바라보며 득의만면한 미소를 지었다.

제7장
서해를 물들인 핏물

8월의 서해는 북쪽으로 항해하기에 참 좋았다. 태풍이 올 시기가 아니라 파도도 잔잔했고, 바람도 아직 북풍이 부는 시기가 아니어서 격군을 적당히 쉬게 하며 돛으로 가는 것도 쉬웠다. 전투가 당장 벌어질 것도 아니니 그렇게 가도 문제될 것도 없었고 말이다.

"참 쉽게 가는군요. 싸움 한 번 없이. 마치 유람이라도 가는 것 같습니다."

반정군의 후위를 맡은 전라우수영 좌선에 탄 임승조는 손으로 차양을 만들어 햇빛을 가린 채 먼 바다를 바라보았다. 이순신의 함대가 지나간다는 사실이 알려졌을 텐데, 다른 지역에서처럼 이곳 안면곶 일대의 어민들도 그에 아랑곳없이 출어하여 고기를 잡고 있었다. 어떤 사건이 벌어져도 일반 백성들의 삶은 지속되는 것이구나 싶었다.

안위는 다른 것을 생각하고 있었다. 전라도 쪽 해안을 지나올 때는 연해의 백성들이 줄을 지어 몰려와 이순신을 찬양하고 조정에 대한 승리를 기원했는데, 충청도로 들어온 뒤에는 그런 모습은 보기 힘들었다. 포구에 들어가 정박을 하면 처음에는 혹시 무슨 일인가 싶어 경계하는 사람들이 많았고, 전라도에서처럼 고을 백성들이 몰려와 식량을 바친다거나 하는 모습은 찾아볼 수 없었다. 이순신이 활약한 남해와 멀리 떨어진 곳에 있는 백성들에게는 역시 이순신에 대해 경애하는 마음보다 조정에 대한 두려움, 그리고 전란에 말려들기 싫다는 생각이 강한 것으로 보였다.

물론 전라도에서도 찾아와서 응원하는 것은 일반 백성들뿐이고 사대부들은 절대 이순신을 찾아와 지지를 표하지 않았다. 그들에게 있어서 이순신은 왕명에 맞서 사사로이 군사를 일으킨, 그것도 관병으로 반란을 일으킨 반역자였으니까 말이다. 혹시 찾아오는 사대부가 있으면 백이면 백 이순신의 거병을 비난하는 사람들이었다.

그렇게 찾아온 선비들은 대개 소리 높여 이순신을 찾으며 지금 당장 이런 대역무도한 짓을 그만두고 어서 어전으로 나가 죄를 빌라고 호통을 쳤다. 그래서 이순신은 이런 선비들을 만나지도 않았다. 왜군과 싸우던 예전 같았으면 어떻게든 시간을 내주었겠지만 이순신 역시 이번 거병을 그다지 떳떳하게 생각하지는 않았으므로, 귀찮은 등에가 될 것이 분명한 지역 사대부들은 아예 만나지 않았다.

"이렇게 한양까지 가면 참 좋겠는데 그렇게는 안 되겠지. 분명히 한 번은 싸우게 될 걸세. 아마 한강 입구에서 경기수군과 합세한 충청수군이 저항해 오겠지."

울돌목에서 전라우수영 군사들을 되찾은 뒤로 자신감이 더 붙은 안위는 따분한 듯 입을 막으며 하품을 했다. 임금은 겁쟁이니까 분명히 충청수군을 한양으로 불러올렸을 것이다. 이순신이 거병한 지도 벌써 스무 날이 넘었는데 충청수군이 아직도 충청도 땅에 있을 리가 없었다. 오다가 본 보령의 충청수영 본영도 깨끗하게 싹 비어 있지 않았는가. 화약과 병기, 군량이 들어 있던 창고까지 싹 비워져 좁쌀 한 톨, 화약 한 근 남아 있지 않았던 덕분에 전라우수군을 위해 화약을 좀 더 구해 볼까 했던 이순신의 의도는 깨끗하게 무산되고 말았다. 포구에 들를 때마다 만났던 어민들도 충청수군의 행방을 묻는 질문에는 다들 고개를 저었다.

다른 수영 수군들은 화약 사정이 그래도 괜찮은 편이었지만 안위의 전라우수군은 화약이 많이 부족했다. 울돌목 싸움에서 겁에 질린 김억추가 너무 일찍 화포 발사 명령을 내려 놓고 발사를 통제하지 않아 쓸데없이 많은 포를 쏘게 하는 바람에 대부분의 전선이 싣고 있던 화약의 7할 이상을 소비해 버렸던 것이다. 함대가 북상하면서 전라우수군 소속의 각 진포에 들를 때마다 창고에 남아 있던 화약을 긁어모았지만 그 양은 얼마되지 않았다. 고금도에서 조운선에 싣고 온 여분의 화약도 나

뉘 받았지만 그래도 좀 부족했다. 통제사의 본대에도 여분의 화약을 남겨 두어야 했기 때문이다.

엎친 데 덮친다고 전라우수군은 수졸도 부족했다. 울돌목 싸움이 있기 전 김억추 휘하에서 우수영에 대기하고 있을 때 싸움이 두려운 나머지 1000명 가까이 도망가 버리고 나서 제대로 보충이 되지 않았던 것이다. 김억추는 배 없는 고을의 군사들을 강제로 올라타게 해서 각 전선의 결원을 보충할 작정이었지만, 울돌목 교전이 있기 직전에 막상 실행하려고 보니 이게 제대로 이루어지지 않았다. 김억추의 명령이 떨어지자마자 다른 고을 배에 타기 싫다고 하는 장수와 군사 들의 반발이 터져 나왔던 것이다. 그러자 이순신과 대결해야 할 참에 아무리 사소한 것일지언정 항명 사태로 이어질지 모르는 내부의 반발을 무릅쓰기 싫었던 김억추는 원래 계획을 포기하고 이들을 우수영에 그냥 놓아두었다. 대신 인근 고을의 주민, 노비 들을 억지로 데려다가 격군만 간신히 수를 맞춰 두었던 것이다.

물론 배 없는 고을에서 온 장수와 군사들이 다른 고을 배를 타기 싫다고 내세운 것은 핑계에 지나지 않았다. 솔직히 말해서 이들의 본심은 이순신과, 그것도 바다 위에서 싸우고 싶지 않다는 것이었기 때문이다. 그래서 배 있는 고을의 수졸들은 탈영하여 도망치고, 배 없는 고을의 수졸들은 승선을 거부했던 것이다. 육지에서 싸움을 구경하던 이 군사들은 울돌목 앞에서 벌어진 교전이 김억추의 패배로 돌아가고 김억추가 우수영으로 뛰어 들어와 말을 잡아타고 도망치는 모습을 보고는 대부분 그 자리에서 김억추의 뒤를 따라 일제히 도망가 버렸다.

일이 이렇게 되고 보니 결국 안위로서는 화약에 병력까지 부족한 처지가 되고 말았다. 격군은 김억추가 주변 고을에서 억지로 그러모은 격군들을 어르고 달래서 그대로 끌고 가는 것으로 해결했지만 화약과 전투원의 부족은 어떻게 할 수가 없었다. 전라우수군을 강화하자고 전라좌수군이나 경상우수군을 약화시킬 수는 없었기 때문이다.

임승조가 안위의 좌선에 타고 있는 이유가 바로 그것이었다. 이순신은 각 전선의 정원 외로 남는 병력이라 좌수영 배들을 비좁게 만들었던 객식구들을 처분할 겸, 화약과 전투원이 부족한 전라우수군의 전력을 보충할 겸 해서 겸사겸사 임승조 휘하의 항왜병들을 모조리 안위의 휘하에 배속시켜 그의 지휘를 받도록 했던 것이다. 그리하여 열여덟 척의 전라우수영 전선에는 각각 스물에서 서른까지의 항왜병들이 타게 되었다.

당연히 각 전선에는 왜말을 할 줄 아는 부역자 출신자나 조선말을 할 줄 아는 왜병이 최소한 한 명 이상 통변으로 탑승했고, 간간이 충돌은 있었지만 아직까지 조선인과 왜인 사이에 정말로 험악한 분위기가 조성되는 경우는 없었다. 항왜병들에게는 이제 조선에서 살아야 한다는 절박함이 상대의 눈치를 보게 했고, 조선 수병들은 포악한 왜병에 대한 두려움을 아직까지 느끼고 있었던 탓이다.

"그나저나 수사면 수사지 가수사가 뭐람, 쳇!"

안위가 투덜거렸다. 이순신은 안위에게 전라우수영 병력을 통제하라고 명령하면서 그에게 전라우수영 가수사假水使 직책을 주었다. 조정과 임금의 승인을 받은 정식 인사가 아니라는 이유로 '가假' 자 꼬리를 붙인 것인데, 안위뿐 아니라 다른 장수, 군관 들에게 임시 직책을 부여할 때도 이순신은 꼭 이 꼬리를 붙였다. 지금은 통제영 조방장으로 좌위장을 맡아 10여 척의 군선들을 거느리고 있는 우치적 역시 순천부 가대장으로서 순천부 병력을 잠시 이끌었다. 순천부 가대장 직책은 지금은 다른 사람에게 넘어갔지만 '가' 꼬리는 여전히 붙어 있었다.

"수사 도노, 통제사 도노께서 한양에 들어가시면 수사 도노의 '가' 자를 떼어 주시지 않겠습니까. 다른 벼슬도 주실 거고요."

임승조의 이야기를 들은 안위는 씩 웃었다. 화약이 부족하다는 이유로 후위를 맡아 뒤에 떨어져 있고 보니, 어느 정도 본심을 드러내고 말해도 통상에게 들키지 않는다는 점이 참 좋았다. 또 후위로 가는 동안은 앞에 가는 경상도 수군과 통제사의 본대가 안전을 확인한 길을 따라가기만 하면 되는 셈이어서 이렇게 잡담을 할 여유도 있었다. 게다가 임승조와는 말도 잘 통하는 편이었다.

"벼슬이라······. 사실 딱히 갖고 싶은 벼슬은 없네. 그냥 임금이나 붙잡아서 혼을 내 줬으면 좋겠단 말이지. 아주 혼꾸멍나게 말이야."

안위가 복수의 기대감에 쩝쩝거리며 입맛을 다시자 임승조가 걱정스러운 표정을 지으며 고개를 갸웃거렸다.

"임금 도노가 과연 수사 도노께 잡히겠습니까? 제가 임진년에 고니시 도노 휘하에 있을 때 한양을 밟고 임금 도노를 추격해 봤습니다만 도저히 못 따라잡았습니다. 통제사 도노라고 해서 임금 도노를 잡을 수 있을까요?"

안위는 이번에는 씁쓸한 기분으로 쓰읍 입맛을 다셨다. 확실히 도망에 능한 임금이니 반정군이 한양으로 들어가면 또 북쪽으로 도망칠 것이 분명했다. 그럼 그걸 또 추격해야 할 것이 아닌가. 임승조가 임진년에 그랬듯이.

"뭐, 그때 가서 생각하세. 그렇게 되었을 때 통상께서 어떻게 하실 생각인지도 우린 아직 잘 모르니까."

잠시 코끝을 문지르던 안위가 고개를 들어 앞을 바라보았다. 그쪽에는 이순신이 탄 통제영 상선을 표시하는 수자기가 바람에 휘날리고 있었다.

*

안면곶은 예로부터 소나무로 유명하다. 이곳에서 자라는 나무들은 곧고 크게 자라는지라 목재로 사용하기 매우 좋았고, 바닷가에서 자라고 있으니 운반하기도 무척 쉬웠다. 따라서 안면곶의 소나무는 전선 건조에만 사용할 수 있도록 특별히 지정되어 일반인의 벌목이 법으로 엄격히 금지되어 있었다. 물론 법으로 금지했다고 아무도 안 베어 갈 것 같으면 세상이 참 살기 편하겠지만.

이순신은 바로 그 무성한 소나무 숲을 보면서 안위와는 조금 다른 생각에 잠겨 있었다. 충청수영으로부터 화약과 군량을 획득하지 못한 것은 이순신의 입장에서는 별 손실이 아니었다. 지금 배에 싣고 있는 군량만 해도 한 달은 먹을 수가 있고, 화약도 전체 전력의 8할에 해당하는 전라좌수영 및 경상우수영에게는 넉넉했기 때문이다.

이순신이 고민하고 있는 문제는 바로 이것이었다. 안면곶의 명물인 저 소나무로 만들었을 10여 척의 충청수영 전선들은 모두 어디에 있는 것일까? 충청수사 이시언은 과연 어디로 움직였을까?

"통상! 분명 충청수군은 모조리 한강으로 갔을 것입니다. 금상의 성격으로 보아 무엇보다 도성을 방어하는 것을 최우선으로 여길 터. 전력이 부족한 것을 알면서도 충청수군을 그대로 놓아두어 우리에게 희생되게 할 리가 없습니다. 울돌목에서 김억추가 홀로 버티는 사이 충청수사는 한강으로 철수하여 경기수군과 합류했음이 틀림없습니다. 지난 정유년에도 우리가 울돌목에서 단지 열세 척의 전선으로 수백 척의 왜선을 상대로 피를 흘리고 있을 때, 스무 척이 넘는 충청수군과 경기수군은 한강이나 지키고 있지 않았습니까. 그러니 우리는 이제부터라도 최대한 빠른 속도로 진군하여 강화도 일대에서 결전을 치르고 도성으로 들어가야 합니다."

어젯밤 군의에서 안위는 충청수군은 모조리 한강으로 철수했을 것이라고 주장했다. 과거 왜란 당시에도 임금은 자신의 보신을 최우선으로 여겼던 만큼 이번 난리에서도 필시 자신의 몸을 가장 중요하게 보호하고 있으리라고 생각한 것이다.

"아닙니다. 정유년에는 우리 수군이 왜군을 어떻게든 저지하고 있었던 만큼, 왜군이 단박에 서해를 장악할 수 없다는 것은 조정에서도 알고 있었습니다. 하지만 이번 거사에서는 충청수영 이외에 아무도 조정 편에서 서해를 지키고 있지 않습니다. 만약 충청수군이 경기수군과 함께 한강을 지키고 있다면 우리 군사가 단박에 한강으로 밀려들 때까지 중간에서 막아설 자가 아무도 없게 됩니다. 금상은 분명 근왕을 위한 군사를 모으고 있을 터. 모은 군사를 한양으로 집결시킬 시간을 얻기 위해서라도 충청수군을 한양으로 부르지 않고 우리와 맞서게 할 것입니다. 게다가 우리 손에 들어오기 전에 서해 일대의 조창에 있는 세곡을 한양으로 운반할 시간도 필요할 것이니, 분명 충청수군을 버려서라도 우리의 진군을 늦추고자 할 것입니다. 그러니 우리는 무조건 빠르게 진군하기보다는 주변 경계를 게을리하지 않고 조심스럽게 나갈 필요가 있습니다."

조심스러운 전진을 주문하는 유형의 의견도 일리가 있었다. 임금에게 지금 무엇보다 필요한 것은 진압에 필요한 군사를 모으는 것으로, 주어진 시간 안에 최대한 많은 병력을 끌어모아 근왕에 투입하는 것은 당연한 일이었다. 설사 지난 임진년처럼 명나라로 도망칠 생각을 한다고 해도 시간은 필요할 것이다. 그때도 한양과 평양을 버리고 도망치면서도 일단은 군사를 남

318

겨 왜군과 싸우게 하지 않았던가.

"금상은 겁이 많습니다. 그러니 가능한 한 많은 군사를 자기 옆에 두어 한양을 지키려 하지 않겠습니까. 만약 경기, 충청 양 수군을 모조리 한강으로 불러들여 마포나루 앞에 진을 치게 하 고, 행주산성을 비롯한 양 기슭에 화포를 배치하여 육지에서 포를 쏘는 한편으로 양 수군으로 하여금 한강을 막게 한다면 우리 수군으로서도 돌파하기가 쉽지 않을 것입니다. 판옥선 스 무 척이라면 한강 정도의 수로는 충분히 막을 수 있는데다가, 양쪽 기슭에서 관군이 활과 포를 쏜다면 우리 수군은 말 그대 로 사지로 들어가는 것입니다. 또한 우리 수졸들은 남해의 바 다에서만 움직여 왔기 때문에 한강의 물길에는 어둡습니다. 게 다가 우리가 갈 길은 강을 거슬러 오르는 역류이기까지 하니, 분명히 여울에 걸려 난파하는 배가 나올 것입니다."

조방장 배흥립은 나이에 걸맞게 일단 신중한 모습을 보였지 만 결론은 안위의 그것에 가까웠다. 행주대첩의 공훈을 세운 당사자 중 하나인 강진현감 송상보는 좀 더 과감하게 자기 상 관인 안위의 손을 들었다.

"백마강을 거슬러 올라가 사비를 공략함으로써 백제를 멸망 시킨 당나라 군사가 육군을 먼저 상륙시켜 강기슭의 백제군을 쫓아내었듯이, 강을 거슬러 올라가 도성을 공략하려면 먼저 육 군을 투입하여 함대를 보존함이 낫습니다. 하지만 육군이 충분 하지 않은 우리로서는 관군이 그런 전술을 취할 경우 대응하기 가 쉽지 않습니다. 그러니 지금은 일단 빠르게 진군하여 충청수군이 완전히 한강으로 들어가 경기수군과 합세해 버리기 전에 따라잡아 무너뜨리고, 경기수영도 신속하게 돌파함으로써 지방에서 올라온 근왕군이 도성에 집결하여 한강을 봉쇄하기 전에 도성의 군사들이 겁에 질려 투항하거나 탈주하게 만들어야 합니다. 빠르게 움직이는 것이 우리가 살기 위한 관건입니다."

하지만 유형을 뺀 모두가 안위처럼 생각하는 것은 아니었다. 조방장 우치적은 유형의 편에 섰다.

"소장은 경상우수사와 생각이 거의 같습니다. 금상은 무척이나 이기적인 분이지만 절대 미련한 분이 아닙니다. 무섭도록 영민하고 사리 판단이 빠르십니다. 그런 분이 단순히 자기 신변만을 생각해서 충청수군을 철수시킬 리 없습니다. 도성으로 근왕군을 모을 시간을 단 하루라도 벌기 위해서라도 우리 앞에 충청수군을 던져 주고도 남습니다. 게다가 충청도 군사들은 우직하기라면 따를 자들이 없을 지경이니 상감의 명이라면 분명히 도망치지 않고 싸울 것이고, 여기에 더해서 충청수사 이시언은 맹장으로 유명한 사람이니 자칫 방심했다가는 우리 군사들의 피해가 매우 클 것입니다. 금상이 군사를 모을 시간을 주게 되는 것은 유감이지만, 만에 하나 충청수군이 기습을 가해 올 가능성을 대비해서라도 진군에 조심을 기해야 할 것으로 보입니다."

쟁점은 간단했다. 충청수군이 기습을 가할지 모르는 위험을 감수하고 빠르게 진군하여 임금이 군사를 모을 틈을 주지 않을 것이냐, 아니면 혹시 있을지 모르는 충청수군의 기습에 철저히 대비하면서 임금이 군사를 모으는 것을 허락할 것이냐. 선택지는 둘 중 하나가 되어야만 했다.

전자를 택할 경우 충청수군이 익숙한 수로를 이용하여 매복했다가 반정군의 측면이나 배후를 기습하여 큰 피해를 안겨 줄 가능성이 있다. 비록 충청수군이 소수라 하나, 유리한 지형을 이용하여 치고 빠지는 기습을 가해 온다면 반정군의 피해는 예상 외로 클 가능성이 높았다. 게다가 배후의 위협을 계속 받게 되면 계획한 것처럼 빠르게 진군할 수도 없을 것이다. 물론 안위와 배홍립의 주장처럼 충청수군이 경기수군과 합류하려고 철수했다면 이를 쫓아 쳐부수는 것은 쉽고, 아직 준비가 완전히 되지 않은 근왕군을 위압하여 흩어 버리는 것도 쉽다. 잘되었을 때의 이야기이지만.

후자를 택할 경우 소수인 충청수군이 기습을 가해도 큰 피해 없이 막아 낼 수 있다. 하지만 진군 속도를 늦출수록 임금의 군사가 병력이나 물자, 태세를 모두 더욱 강화시킬 것은 너무도 분명하니 생각할 필요도 없다. 게다가 충청수군이 이미 한강으로 물러났다면, 존재하지도 않는 적을 경계한답시고 진군을 늦추어서 적을 유리하게 하는 천하에 둘도 없는 바보짓을 하게 되는 셈이다.

두 방안 모두 장단점이 극명하게 대비되니 양측의 의견을 주장하는 장수들의 대립도 팽팽했다. 이순신으로서도 선뜻 결단을 내릴 수가 없었다. 신속하게 도성으로 들어가야 한다는 것은 그 스스로도 너무나 잘 알고 있었지만 큰 피해를 무릅쓰면서까지 그럴 수는 없었기 때문이다. 고속으로 진군하면서도 철저하게 앞길을 정찰하여 위험 여부를 파악할 수 있다면 좋겠지만 그것은 불가능했다. 결국 어젯밤 군의에서 이순신은 하루 더 생각해서 그에 대한 판단을 내리기로 하고 회의를 끝냈다.

충청수군을 물리칠 방안을 생각하던 이순신은 한숨을 쉬었다. 지난밤 찾아와 군량에 보태라면서 양식을 바친 뒤, 앞으로 싸울 충청수군 군사들에게 자비를 베풀 것을 청했던 촌로의 말이 문득 떠올랐던 것이다.

"저희 충청도 백성들도 통제사 나리 덕택에 왜군이 바다로 충청도에 오지 못했음을 아주 잘 압니다. 나리의 본가가 이곳에서 그리 멀지 않은 아산에 있다는 것도 들었고, 이를 무척 자랑으로 여깁니다. 통제사께서 어떤 이유로 군사를 일으키셔서 한양으로 가시는지는 저희가 촌것들이라 모릅니다마는, 저희 아들들이 상감마마의 명을 받아서 나리의 앞을 막는다고 해도 부디 자비를 베풀어 주시기를 청합니다. 저희는 그저 전란이 끝난 뒤 평안하게 살기를 바랄 뿐입니다."

7년 전란이 이제 겨우 끝났는데 또다시 백성들을 싸움으로 몰아넣은 자신이 너무 미안했다. 얼른 싸움을 끝내야 한다는 결심을 하며 이순신은 방패판을 단단히 쥐었다.

*

"다 세었습니다, 수사 어르신. 아까 전에 지나간 선봉의 경상우수영 함대부터 지금 막 지나간 후군의 전라우수영 함대에 이르기까지 전선만 총 예순다섯 척이고 스무 척 남짓의 협선이 있습니다. 그리고 어인 영문인지는 알 수 없사오나 조운선이 열 척가량 끼어서 중군을 따르고 있었습니다. 사후선은 워낙 움직임이 빠르고 수가 잡다하여 다 세지 못했습니다."

"역적들의 수를 세느라 수고했다. 저들의 방비 태세는 어떻더냐?"

"전군과 중군은 그 태세가 매우 엄중하여 틈이 없어 보였으나, 후군인 전라우수군은 이미 전군과 중군이 지나간 길이라 생각해서인지 방심하고 있는 것 같았습니다. 멀리서 보기에도 확연히 주의가 소홀했습니다."

"알겠다. 그만 가서 쉬도록 하여라."

보고를 마친 정탐꾼을 내보낸 충청수사 이시언은 그 자리에서 눈을 감고 잠시 생각에 잠겼다. 이순신의 반군은 전라우수영을 격파하고 나서 한껏 기세가 올라 있었을 터. 충청수영을 상대해서도 충분히 이길 수 있으리라 생각했을 것이다. 하지만 이제까지 충청수영 전선들이 나타나지 않았으니 그에 대한 초조함도 가지고 있을 것이다. 태안에 이르기까지 해안을 따라 점재하는 충청수군의 모든 진포가 비어 있고, 그 안에는 쥐새끼 한 마리, 화약 한 줌 남아 있지 않았으니까 말이다.

"나라면, 내가 통제사라면 이 상황을 어떻게 생각할까?"

이시언이 눈을 감은 채 혼잣말로 뇌까리자 옆에 서 있던 당진포만호 조효열이 조심스레 말을 건넸다.

"그야 알 수 있겠습니까? 하지만 통제사 어르신은 워낙 신과 같은 분이셔서 왜적의 기미 하나도 놓치는 법이 없으셨고, 기습을 당한 적도 없으셨으며, 싸우면 반드시 이기셨습니다. 솔직히 저희도 두렵습니다. 통상 대감과 싸운다는 것이……."

"그런 막연한 존경은 통상의 생각을 파악하는 데 전혀 도움이 안 된다고 이미 몇 번이나 말하지 않았나."

"죄, 죄송합니다, 영감."

이시언은 눈을 감은 채 인상을 찌푸렸다. 그는 지난 전쟁 기간을 대부분 육군에서 보냈고, 이순신 밑에 잠시 있을 때는 싸움이 없었다. 그런 까닭으로 이시언은 수군에 오래 있었던 부하 장수들에게 이순신의 성격이나 용병술에 대한 정보를 얻어야 했지만, 정작 이순신에 대해서 알고 있는 충청수영 장수들은 그저 '통제사 대감'을 하늘처럼 받들어 모실 뿐이었다. 이순신을 따라 왜군과 싸워 본 그들의 종군 경험은 경외심 이외의 것을 남겨 두지 않았던 것이다.

이순신을 상관으로 모시는 것이 아니라 적으로서 맞서 싸워야 하는 입장인 이시언에게 있어서 그런 부하들의 태도는 아무 도움이 되지 않았다. 결국 이순신의 의도에 대해서 추리하고 행동을 예측하여 그에 맞춰 군사를 움직이는 것은 순전히 그 혼자만의 몫이었다. 이순신과의 대결을 위해 의견을 나눌 만한 신뢰할 수 있는 부하가 단 하나도 없었다. 그리고 임금은 그가 경기도 방면으로 후퇴하는 것조차 금지했다.

그나마 다행인 것이라면, 충청수영 군사들이 이순신과 싸우는 것을 두려워할지언정 상관인 자신의 명령까지 거부하지는 않았다는 것이다. 아직까지는 소집령을 따르지 않은 군사도 없었고, 탈주한 전선도 한 척도 없었다. 요소요소에 파견한 정탐꾼들도 꼬박꼬박 돌아와 그에게 이순신의 군세가 어떻게 움직이고 있는지 상세한 보고를 올렸다. 덕분에 이시언은 반군의 움직임을 손바닥 보듯이 할 수가 있었다.

"내가 통제사라면, 충청수군이 이미 경기도로 철수했다는 쪽에 걸 것이다."

눈을 번쩍 뜬 이시언은 자리에서 일어섰다. 주변에서 자기들끼리 수군거리고 있던 장수들이 황급히 자세를 바로 했다.

"지난 난리 때도 상감께서는 충청수영을 가능한 한 남해로 보내지 않으셨다. 통제사가 명량에서 왜적을 대파했을 때도 단 열두 척밖에 가지지 않은 통제사에게 원군을 보내지 않으신 상감이시다. 그만큼 도성을, 그리고 사직을 지키는 것을 중시하시니만큼 이번에도 충청수영을 한양으로 불러들여 한강을 막게 하셨으리라 여길 것이다, 통제사는! 그편이 바다 한가운데서 반적들과 맞서게 하는 것보다 충청수군을 훨씬 유효하게 쓸 수 있는 방법이기 때문이다."

이시언은 입 밖으로 나오는 단어 하나하나에 힘을 주어 말하며 주먹을 쥔 오른손으로 눈앞의 탁자를 내리쳤다. 그 주먹에는 '훨씬 유효한' 그 방법을 쓸 수 없는 사정에 대한 울분도 섞여 있는 듯 보였다. 하지만 입 밖으로 내지는 않았다.

"일단 우리 충청수군이 한강으로 떠났다고 생각한다면 통제사의 반군은 주변에 대한 경계가 느슨해질 수밖에 없다. 이제까지 충청도 땅에서 누구도 반군에게 화살 하나 쏘지 않았던 만큼 더더욱 그럴 것이다. 그것이 바로 우리에게 찾아온 기회다! 내일 반군을 친다!"

이시언은 손을 들어 탁자 위에 펼쳐 놓은 지도를 짚었다.

"저들의 이동 속도를 보건대 오늘 밤 저들이 경야하며 머물 곳은 천리포가 될 것이다. 하지만 경야할 때 통제사의 주변 경계는 모두가 익히 아는 터이므로 야습은 하지 않는다. 우리 함대는 지금 숨어 있는 소근포진에 철저히 은폐한 채로 그대로 두어라. 그리고 내일 저들이 소근포를 완전히 지나쳐 가면 일제히 뛰어나가 경계가 소홀한 후군의 전라우수영을 친다. 저들의 경계가 허술한 것은 본래 반군에 속해 있지 않다가 우수사 김억추 영감이 도망치는 바람에 어쩔 수 없이 투항한 탓도 있을 터. 분명히 싸움에 제대로 나서지 않을 것이기에 통제사도 저들을 후미에 두었을 것이다."

설득력 있는 이시언의 추측에 부하 장수들은 고개를 끄덕거렸다.

"게다가 전라우수영은 전선 수도 우리와 비슷하니, 우리 군사들이 저들의 허를 찌르고 주상께 충성하는 마음으로 죽기를 다해 싸운다면 반적들의 기세를 꺾고 함대를 완전히 흩어 버릴 수 있을 것이다. 그리고 중군에 있을 통제사가 구원하러 오기 전에 재빨리 후퇴하여 몸을 숨긴다. 그리하면 통제사는 계속해서 후미에서 공격받을 것이 두려워 곧바로 한강으로 가지 못할 뿐더러 그 전진 속도는 크게 느려질 것이다. 그렇게 되면 도성으로 모인 근왕병이 경기도 해안으로 나올 수 있고, 경기수군과 황해수군이 한강을 단단히 막으면 저들은 얼마 못 가서 우리 군문에 무릎을 꿇고 목숨을 구걸하게 될 것이다. 그리되면 어찌 충청수영이 일등 공신이 되지 않겠느냐! 너희는 모두 내일 싸움에서 목숨을 아끼지 말고 싸워야 할 것이다!"

"수사 영감의 영을 받들겠습니다!"

도열한 충청수군 장수들은 일제히 이시언에게 군례를 올렸다. 이시언은 힘든 싸움을 앞두고 있으면서도 지금 이 순간만큼은 무관의 길을 시작한 이래 느껴 본 적이 없는 더할 나위 없는 뿌듯함을 느낄 수가 있었다. 그 어느 장수가, 규모만 해도 다섯 배나 되는데다가 고금에 유례가 없는 명장이 이끌고 있으며 한껏 사기가 오른 적을 상대로 해서, 비록 겁은 먹었지만 흔들림 없이 기꺼이 맞서 싸우려고 하는 군사들을 거느리고 기쁘지 않을 수 있겠는가 말이다. 오늘 이런 군사들과 함께할 수 있다면, 내일 전장에서 죽더라도 여한이 없었다. 가슴이 벅차올랐다.

*

이시언의 군사들이 두려움 속에서도 다가올 싸움 준비를 하고 있을 때, 이시언의 예상대로 천리포에 정박한 반정군의 장수들은 내일 진군할 방향을 놓고 약간의 충돌을 겪고 있었다.

"분명히 금상은 충청수군을 불러올렸을 거라니까요! 백성이 어찌 되고 전세가 어찌 되건 일신의 보신밖에 모르는 분이 아니오!"

"그것은 부인할 수 없소만, 충청수군의 각 진포가 너무 깨끗이 비어 있는 것이 마음에 걸리오. 상감의 명으로 급히 철수한 것이라면 분명 군량과 군기를 미처 챙기지 못하여 놓고 가거나 창고를 불태우고 갔을 터인데, 이제까지 우리 수군이 점거한 모든 진포의 군량고와 병기고는 마치 청소라도 한 것처럼 깨끗하게 비어 있었지 않소. 이는 철저한 계획하에 체계적인 정리와 철수가 이루어졌음을 말해 주는 것이오. 아무래도 불안하오."

"그야 충청수사가 꼼꼼한 사람이라 그랬나 보지요. 하여간 불과 사나흘의 뱃길이면 도성에 도착할 것인데, 충청수군을 지나치게 두려워하여 머뭇거리는 것은 좋지 않습니다. 우리가 하루 늦게 도착한다면 근왕병이 1000명은 늘어날 것입니다."

"그건 그렇지만……."

신속하게 한양으로 가야 한다는 사실에는 모든 장수들이 동의하는 바였다. 다만 그 과정에서 피해를 입을 가능성이 문제인 것이다. 게다가 충청수군이 뒤에 숨어 있다가 반정군의 한강 진입 뒤에 나타나 한강 입구를 막아 버린다면 퇴로가 끊겨 버린다. 만약의 경우 물러설 길조차 막힌다면 장졸들이 흔들리게 될 게 분명했다. 이때 회의가 시작되고 계속 침묵을 지키고 있던 이순신의 입이 열렸다.

"그대들의 의견이 모두 옳은 면이 있소. 한데 본관이 오늘 낮 바닷가를 보면서 곰곰이 생각해 보았소. 우리의 진군로를 다시 검토해야겠다고 말이오."

"진군로를 다시 검토하신다고요? 통상, 경기도와 충청도 해안에 있는 조운로를 따라 도성까지 가는 것으로 이미 정하지 않으셨습니까."

안위의 의문 섞인 질문에 이순신은 고개를 끄덕였다.

"그렇소, 안 수사. 도중에 진격로를 결정하는 자리에서 안 수사가 우리가 데리고 있는 조운선의 사공들에게 길안내를 시킬 수 있고, 육지를 따라가면 뱃길도 잃을 리가 없으니 조운로를 따라가자고 한 것에 나도 그렇고 다른 장수들도 모두 찬성을 했었소. 또한 배 수사와의 연락도 계속해야 했기에 그동안 해안을 따라 북진하는 길을 택했소. 그런데 충청수군의 매복을 감안하려니 아무래도 조운로를 계속 이용하는 것이 불가하다는 결론을 내렸소."

이순신의 목소리는 낮았지만 장수들은 조용히 이순신의 말에 귀를 기울였다. 늘 그렇지만, 이순신이 말하고 있는 도중에 감히 입을 열 만한 배짱이 있는 자는 없었다.

"내일 아침 해가 뜨면 처음에는 오늘까지와 같이 해안선을 따라 북으로 곧바로 올라가는 것이 어떨까 하오. 그렇게 이동하다가 구례포에 도착하면……."

이순신은 손으로 지도 위를 짚었다. 구례포는 북으로 올라가던 충청도 해안선이 동쪽으로 꺾어지기 시작하는 바로 그 지점에 있는 포구이다.

"……조운로를 따라 동으로 가는 대신, 곧바로 북진하여 덕적도로 직행하는 것이오. 그리고 덕적도에서 내일 하룻밤을 머물며 병사들의 태세를 다시 한 번 가다듬고, 모레 날이 밝자마자 곧바로 돛을 올려 이번에는 경기수영이 있는 교동도를 곧바로 들이치는 거요. 만약 경기수군이 본영을 지키고 있다면 그대로 싸워 무너뜨리고, 이미 움직여서 그 자리에 없다면 우리 의군은 교동도에서 다시 태세를 정비한 후 그대로 강화도 북쪽 수로를 통하여 한강으로 진입하여 도성으로 진군, 무능한 조정 중신들이 이끄는 도성의 관군을 격파하고 주상 전하께서 바른 신하들을 등용하여 국정을 바로잡으시도록 하면 이 거병의 목적은 달성되는 것이오."

이 말을 하는 이순신의 표정은 시종일관 엄숙하게 굳어 있었지만 부하 장수들의 표정도 그렇지는 않았다. '오호! 아하!' 하고 감탄사를 연발하며 이순신의 이야기에 귀를 기울이던 안위는 이순신이 마지막 문장을 입 밖으로 내놓자마자 대놓고 딴청을 피웠고, 배흥립, 우치적 등은 그저 고개를 숙일 뿐이었다. 임금에 대한 존경 따위에는 더 이상 관심이 없다는 것을 노골적으로 드러내기 시작하는 장수들과 아직까지 충성심을 완전히 버리지 않은 이순신 사이의 긴장감 조성을 막으려는 듯, 유형이 얼른 나서서 새로운 진격로 설정에 동의를 표했다.

"소장으로서는 대감의 말씀대로 하는 것이 옳다고 봅니다. 안 그래도 조운로를 그대로 따라 올라갈 경우 충청, 경기 양 수영의 군선이 바닷가에 매복해 있다가 기습할 가능성이 있을 뿐 아니라, 강화도와 김포 사이의 좁은 수로를 통과할 때 양쪽 육지로부터 공격을 받을 수 있다는 점이 크게 마음이 쓰이던 참이었습니다. 하지만 방금 통상께서 말씀하셨듯이 덕적도와 교동도로 우회하게 되면 망망대해 한가운데를 지나는데 누가 어찌 기습을 하겠습니까? 그러니 중도의 위험을 모조리 벗어날 수 있고, 더불어서 진군하는 데 걸리는 시간도 크게 절약할 수 있으니 확실히 바람직합니다."

"분명히 조운로를 따라 북상하면 한강 입구에 이르기까지 나흘 이상은 걸린다고 봐야겠지요. 우리가 전선만으로 이동하는 것이 아니라 조운선까지 끌고 있는 이상 그 정도는 어쩔 수 없을 것입니다. 하지만 지금 유 수사께서 말씀하셨듯이 바다 한가운데로 질러서 간다면 장애물도 없고 기습을 받을 우려도 없으니 마음 편하게 갈 수 있을 것입니다. 다만 문제는 바다 한가운데서 우리가 가고자 하는 섬을 정확히 찾아갈 수 있느냐 하는 점이로군요. 바람이 제대로 불지 않을 경우 조운선이 움직일 수 없다는 문제도 있고요."

잠시 생각을 정리한 배흥립의 신중한 대꾸였다.

"그 문제는 걱정하지 않으셔도 됩니다."

조용히 좌중의 이야기를 듣기만 하던 정 참봉이 쾌활하게 미소를 지으며 나섰다.

"뱃길 안내라면 준비가 되어 있습니다. 이몽학의 난에 억울하게 연루되어 가족을 잃은 세 명의 이 지역 어부들인데, 배 수사께서 이미 연통을 넣어 여기 천리포에 모이도록 안배를 해

두셨습니다. 통상께서 진격로를 바꾸시리라고 미리 생각한 것은 아니고 혹시 몰라서 준비하신 것이지만 유용하게 쓰이게 되었군요. 이들은 조운선의 뱃사람 노릇을 한 적도 있어서 충청도와 경기도 일대의 섬과 바다라면 훤하게 알고 있으니, 덕적도뿐 아니라 교동도까지의 뱃길도 충분히 안내할 수 있습니다. 그리고 만에 하나 바람이 제대로 불지 않는다고 해도 판옥선은 노를 저어서 얼마든지 갈 수 있지 않습니까. 바람이 없으면 움직이기 곤란한 조운선은 줄을 묶어 판옥선으로 끌면 됩니다. 연안에서는 언제 전투가 벌어질지 모르니 그런 짓을 할 수 없지만, 덕적도로 가는 길이라면 그렇게 해도 별 문제가 없습니다. 만약 바다 한가운데서 충청수군이나 경기수군과 만나게 된다고 해도 견인하던 조운선을 풀어놓고 싸움 준비를 시작할 시간은 충분할 것입니다."

정 참봉의 제안은 확실히 받아들일 만했으므로 장수들은 고개를 끄덕거렸다. 하지만 그에 대한 걱정을 잊지 못하는 이도 있었다. 우치적이 조심스레 입을 열어 우려를 표했다.

"통상, 매복을 피하는 것은 좋습니다만 만약 충청수군이 매복을 하고 있다가 우리가 이미 지나간 것을 알고 뒤를 쫓아와 한강 입구를 막는다면 어쩌시겠습니까? 우리는 외로운 군사. 그리되면 적중에 고립된 것이나 마찬가지의 처지가 되니 장졸들의 동요가 클 것입니다."

"그럴 것이오. 하나 이번 의거는 우리 수군 장졸 모두의 목숨을 걸고 벌인 일이 아니오. 이미 호랑이 등에 올라탄 이상,

패하였을 때 도주하여 살아남을 길 따위를 마음에 두고 있어서는 거사를 성공시킬 수 없을 것이오. 아예 올라타지 않았다면 모르되, 일이 이렇게까지 진행된 이상 거사가 성공하지 못한다면 우리 수군에게 내일은 없소. 퇴로 따위는 염두에 두지 마시오."

"알겠습니다, 통상!"

질문을 한 것은 우치적인데 안위가 나서서 신이 난 목소리로 대답했다. 그리고는 곧바로 몸을 돌려 외쳤다.

"여러 장수들이여! 화살은 이미 시위를 떠났소! 과녁을 맞히지 못한다면 만사가 끝나는 것이니 오직 그것에 대해서만 생각합시다. 어디 화살이 빗나갔다고 해서 시복으로 다시 돌아가더이까? 하하!"

군의 자리는 장수들의 웃음으로 가득 찼다. 이순신은 그런 장면을 보면서 말없이 쓴웃음을 지었다. 그 표정이 무척 쓸쓸한 것을 정 참봉은 놓치지 않았지만, 딱히 나서서 입을 열지는 않았다.

*

8월 5일 아침. 오늘 중으로 덕적도에 도착해야 한다는 통제사의 명령이 있었으므로 반정군은 인시정*부터 일어나 출발 준

---

* 오전 4시

비를 서둘렀다. 다행히 남풍이 불어 배를 띄우기 무척 편했다.

"출발이다! 오늘은 가덕도에 도착하여 밤을 보낼 것이니 서두르라!"

아침은 천리포에서 먹고 출발하지만 점심은 배 안에서 먹어야 하므로 지어야 할 밥의 양도 평소의 두 배였다. 그만큼 많은 양의 밥을 하자니 화병火兵들도 바빴고, 지은 밥을 배에 가져다 싣는 것도 큰일이었다.

"전군, 좌군, 중군, 우군, 후군의 순서로 나갈 것이니 각 함대는 주변에 대한 경계를 철저히 하라! 만에 하나라도 사전에 적을 발견하지 못해서는 아니 된다!"

"예이!"

장수들은 휘하 군사들에게 채비를 철저히 하면서도 출정을 서두를 것을 요구했다. 그 결과 묘시정*에는 모든 전선이 돛을 올리고 포구를 출발할 수 있었다.

"평소 해 보지 않던 먼 바다 항해라⋯⋯. 육지를 떠나게 되면 빠르게 가는 것보다는 대열을 유지하는 것이 더 중요하다. 각 위장들은 휘하에 있는 전선들이 좌선을 놓치지 않고 잘 따라올 수 있도록 주의를 기울이도록 하라. 또한 먼 바다로 나가기 전에는 언제라도 연안에서 기습이 있을 수 있으니 주변 경계에도 주의를 기울이도록 하라."

"예, 통상 대감."

---

* 오전 6시

334

이순신은 약간 불안한 표정으로 앞뒤로 늘어선 전선들을 살폈다. 원인을 알 수 없는 불안감이 자꾸 마음 한구석으로 스며들었다.

*

"역도들이 바다로 나섰습니다!"

"좋다. 우리도 출진 준비를 하라!"

충청수군은 소근포진 안이 아니라 반대쪽 해안 기슭에 배를 숨겨 놓고 있었다. 아예 육지로 배를 끌어올리지는 않았지만 포구 깊은 곳에 배를 대고 풀과 나무로 배를 덮어 반군의 눈에 띄지 않도록 하였던 것이다. 실제 소근포 안으로 들어왔던 반군쪽의 사후선도 이들을 발견하지 못하고 금방 도로 나갔다.

"저들은 우리가 당연히 충청도를 떠났으리라 여기는 것이 분명하다! 곧바로 돛을 올리고 출전 준비를 하라! 오늘이 너희가 죽는 날이로다!"

이들이 위치한 곳은 바깥 바다에서 직접 관측할 수 없는 곳이어서 배를 가린 위장을 벗기고 출전 준비를 하더라도 그 모습이 앞바다를 지나가는 이순신의 함대에 보일 리는 없었다. 만약 출전 준비를 하는 중에 갑자기 반군이 소근포로 들어온다면? 이시언은 그럴 경우 소근포 안에서 싸우면 그만이라고 생각할 뿐이었다.

"퇴로가 없는 상태에서 싸우는 것이니 살아남기야 힘들겠지만.”

“예? 뭐라고 하셨습니까?”

“음, 아닐세. 그냥 혼잣말이야.”

이시언은 고개를 저으며 미소를 지었다. 만약에 반군이 소근포로 들어와 수전이 벌어진다면 배수진을 — 이런 경우에는 배육진이라고 불러야 하려나? — 치게 되는 충청수군은 힘든 싸움을 하게 될 것이다. 잠시 상념에 잠겨 있는 사이 언덕 위에 배치해 둔 망보기 군사로부터 보고가 들어왔다.

“수사 나리, 반군의 후미가 소근포를 완전히 지났습니다! 후군은 어제와 같이 여전히 전라우수군입니다!”

병선군관의 보고를 들은 이시언은 쾌재를 부르며 올라서 있던 장대의 방패판 모서리를 힘차게 내리쳤다.

“좋아. 기대했던 대로군! 즉시 전 전선에 출진 명령을 내려라! 전속력으로 소근포를 나가 반적들의 후미를 때려 부순 후 천리포 방면으로 이동한다!”

“출진!”

“출진!”

열두 척의 충청수영 소속 전선들은 양옆에서 하얀 물보라를 일으키며 일제히 바다로 나간 다음 급히 우회전하여 바깥 바다를 향했다. 이시언은 필히 이기리라고 결의를 다졌다. 게다가 그에게는 이순신조차 가지고 있지 않은 강력한 무기가 하나 있었다. 과연 이순신을 상대로 했을 때 얼마만큼의 위력을 발휘할 수 있을지는 모를 일이지만, 적어도 없는 것보다는 나을 것이라고 생각했다.

*

　이순신으로부터 경계를 철저히 하라는 지시가 있었지만 휘하의 수사들 모두가 그것을 철저히 지킨 것은 아니었다. 전군前軍을 이끈 유형은 혹시라도 관군의 기습에 당할세라 전후좌우를 살피는 데 여념이 없었지만, 맨 뒤의 안위는 그에 비해서 훨씬 느긋한 태도를 가지고 있었다.

　"거, 맨 앞에서 유 수사가 철저하게 뒤지고 있잖아? 그리고 그 뒤에 배홍립 영감, 통제 대감, 우치적 영감이 모두 열심히 경계하고 있는데 나까지 그렇게 신경을 곤두세울 필요는 없지 않겠나."

　"우수사 도노, 관군이 후미에서 나타날 수도 있지 않습니까."

　"설마 그럴 리가 있겠나? 사후선에 탄 정탐꾼들이 이미 한 번을 훑었고, 그 뒤로 계속 각 함대가 주변을 살피며 지나갔는데. 복병이 있다면 진즉에 발견되었을 게야."

　"그래도 너무 여유가 있으신 것 같습니다만……."

　안위의 느긋함에 같이 장대에 오른 임승조가 핀잔을 줄 정도였다.

　"전력이 부족한 우리 전라우수영은 앞에 설 수도 없으니 이 정도 여유야……. 잠깐, 저게 뭐야?"

　임승조와 한담을 나누면서 몸을 돌리던 안위의 눈이 휘둥그레졌다. 저만치 뒤쪽, 바로 자신의 함대에서 불과 너덧 마장*밖에 떨어지지 않은 곳에 10여 척의 전선들이 느닷없이 나타난다 싶더니, 그 전선들의 전면에서 포연이 치솟고 안위의 좌선 근방에서 잇달아 물기둥이 피어올랐다. 안위가 미처 지시를 내리기도 전에 사방에서 찢어지는 듯 고함치는 목소리가 들렸다. 수졸들이 당황하고 있었다.

"충청수군이다! 충청수군이 나타났다!"

안위는 이를 갈았다. 하필, 하필이면! 좁은 길에서 아군의 선두를 막거나 중간을 끊는 형태로 기습할 수도 있을 텐데 왜 내가 있는 이곳을!

"제길, 통상 대신 맞는 셈이라고 치자!"

안위는 주먹을 불끈 쥐더니 호랑이가 포효하는 듯한 우렁찬 목소리로 호령하기 시작했다. 방금 전까지 자신과 시시덕거리던 사람이 맞는가 하고 임승조의 눈이 휘둥그레질 정도였다.

"우수영 군사들은 들어라! 저들이 우리를 배후에서 기습함은 우리와 정면에서 싸울 배짱이 없기 때문이다! 그리하여 비겁하게 우리의 배후에서 나타난 것이나, 우리 우수영은 어느 방향에서 나타난 적과도 싸울 수 있음을 보여 주어 저들의 무지몽매함을 일깨워 주도록 하자! 전 함대는 반전하여 저들과 맞서도록 하라!"

"예이!"

---

* 약 2킬로미터

안위의 명령이 떨어지자 옆에 있던 임승조는 고개를 갸웃거리며 의구심을 표했다.

"우수사 도노, 배후에서 적 함대의 기습을 받았다고 그대로 반전하면 대열이 흐트러져 제대로 부대가 구성될 수 없지 않습니까. 차라리 전속력으로 전진한 후 회두하여 다시 함대 전면으로 적과 맞서는 것이 낫지 않은지요."

"그건 자네가 수군 경험이 없어서 하는 소리야. 수군으로 우리랑 싸워 봤으면 그런 말을 못 할걸?"

안위는 딱 잘라서 임승조의 의견을 각하했다.

"왜선은 밑바닥이 뾰족하니 속도는 빨라도 그 자리에서 곧바로 방향을 돌릴 수 없지. 반전한다고 해도 함대가 뒤엉키기 일쑤고 말이야. 그래서 후방에서 공격을 받는다고 해도 그대로 반격할 수 없고 자네 말처럼 앞으로 주욱 도망쳐서 방향을 돌리는 수밖에 없겠지. 하지만 우리 조선 전선은 앞으로 움직일 것도 없이 제자리에서 방향을 돌릴 수 있으니 대열의 좌우만 바뀔 뿐, 그대로 전투에 돌입할 수 있다네. 지금 보면 알 게 아닌가."

안위의 말을 듣던 임승조는 고개를 돌려 주변을 둘러보았다. 정말 우수영 전선들은 어느새 방향 전환을 마치고 다가오는 충청수군과 싸울 준비를 하고 있었다. 몇몇 전선은 전면을 향한 총통에서 벌써 불을 뿜고 있을 정도였다.

"더구나……."

설명하던 안위는 아쉬운 듯 입맛을 다셨다.

"……보면 알겠지만 우리 전선은 전면과 좌우 측방에만 무장과 방패판이 있고 후면은 텅 비어 있단 말이지. 타공*이 갑판에서 키를 잡는 이상 어쩔 수 없는 문제인데, 이런 점을 무시하고 후면을 드러낸 채 도망가다가는 키가 포에 맞아 배가 제대로 움직이지 못하는 상황이 발생할 수도 있다는 거지. 게다가 우리가 지금 전면으로 도주하면 우리 앞의 우치적 영감이나 통상 대감은 무슨 일이 벌어졌는지 제대로 파악도 못 한 상황에서 함대가 섞여서 혼란에 빠질 수도 있으니 그럴 수는 없지 않은가. 우리가 싸우다 보면 분명 증원이 올 것이니 그걸 기다리면 될 걸세."

"그렇군요. 이제야 알겠습니다."

그동안 육전에만 주로 종사한 것이 사실이었으므로 임승조는 안위의 이야기를 들으며 고개를 끄덕거렸다. 안위는 임승조가 아닌 바다 저편, 충청수영 좌선을 보며 씨익 미소를 지었다.

"그래, 한번 붙어 봅시다! 이 수사가 과연 어떤 각오로 통상이 아닌 상감의 편에 섰는지 나도 궁금하구려!"

＊

충청수군 전선들은 전라우수영 군을 향해 맹렬하게 달려들면서 총통을 마구 쏘아 댔다. 안위가 보기에 저들이 총통을 세

---

* 키잡이

심하게 조준하지는 않는지 명중하는 탄환은 거의 없었는데, 그 대신 장전하고 쏘아 대는 속도는 얼마나 빠른지 분명 두 문밖에 없을 전면의 총통이 마치 서너 문쯤 되는 것 같았다. 피어오르는 초연 탓에 대열 후미에 있는 전선의 돛대가 제대로 보이지 않을 정도였다.

"저들이 포만 쏘고 도망가는 것이 아니라 아예 우리 전선에 붙어 단병접전을 시도하려는 모양이로구나! 포만 쏘며 우리의 후방을 교란해도 좋을 것을, 저렇게 달려들다니! 허어, 우리 수영의 진정한 힘을 모르는 무지한 자들 같으니!"

충청수군의 저돌적인 돌격 모습을 보고 있던 안위에게는 이 시점에서 그들을 비웃을 여유가 있었다.

"우리가 비록 기습을 당했다고는 하나 전선 수는 이쪽이 더 많고, 구원을 청하는 신호 깃발도 올렸으니 조금만 기다리면 바로 앞에 가던 조방장 우치적 영감이 배를 돌려 병력을 이끌고 오실 것이다. 어쩌면 통제사께서도 오시겠지."

"저들이 달려오는 것을 바로 맞아 싸울 것이 아니라 통제사 도노께서 지원하러 오시는 것을 기다리면 싸움이 좀 더 쉽지 않겠습니까. 아군의 전선 수가 조금 더 많으니 천천히 물러서며 아군의 품으로 적을 끌어들이고, 조방장 도노와 통제사 도노께서 오시면 합세하여 일거에 섬멸하는 편이 나을 것 같습니다만."

"임 별장 자네 말이 틀린 건 아닌데……."

안위는 잠시 입을 열지 못하고 망설였다. 충청수군을 미리 발견하지 못하고 기습을 당한 것만 해도 이순신 앞에서 얼굴을 들 수 없는 일인데, 몇 척 안 되는 저들을 미처 제압하지 못해 중군에 있는 이순신에게까지 도움을 받는다는 것은 아예 이순신 앞에 나서지도 못하고 쥐구멍을 찾아야 할 일이었다. 만약 충청수군이 달려들지 않고 원거리에서 포만 쏘고 있었다면 이쪽에서라도 먼저 달려들었을 판인데, 저쪽에서 먼저 덤벼 주니 이 얼마나 반길 일인가.

하지만 안위로서는 이런 이야기까지 다 털어놓을 수는 없었다. 요즘 같은 배를 타면서 많이 친해졌다고는 해도 임승조는 분명 왜장이었고 아무래도 말할 수 없는 것들이 있었다. 솔직히 내심을 털어놓는 대신에 안위는 다른 이유를 댔다.

"지금 우리 우수영은 단병접전에 훨씬 강하지 않은가! 솔직히 화포의 수나 화약의 양도 그리 넉넉하지는 않고, 수졸들의 사기도 매우 높다고 하기는 힘드네. 하지만 우리 우수영에는 지금 자네의 수하인 항왜병들이 있지 않은가. 말이야 바른말이지, 임진년 전란 때도 왜병 하나만 칼을 들고 판옥선 갑판에 올라오면 판옥선은 끝장이라고 할 정도였네. 그러니 충청수군이 배를 우리 전선에 바짝 붙이면, 자네들이 건너가 결판을 내면 그만일세. 배 높이도 같으니 자네들이 왜선에 타고 있을 때와 비교하면 얼마나 싸우기 쉬운가!"

임승조 역시 이순신이 오기 전에 공을 세워 자신의 능력을 과시하고 싶은 마음은 안위나 매한가지였다. 확실한 자리가 없이 더부살이 신세로 붙어 있는 객장이라는 처지 때문에라도 공을 세우고 싶은 욕심은 그가 더 큰 것이 당연했다. 자연히 안위의 꼬드김에 솔깃할 수밖에 없었다.

"흠흠, 우수사 도노의 말씀이 맞습니다. 충청수군이 얼마나 잘 싸우는지는 몰라도 칼싸움이라면 저희가 더 낫겠지요. 이번에야말로 통제사 도노께 저희 솜씨를 보일 기회로군요."

임승조는 괜히 헛기침을 하면서 잠시 콧수염 끝자락을 어루만졌다. 마침 갑판 위에서 옷은 조선군의 것을 입었으되 칼은 손에 익은 일본도를 뽑아 들고 있던 항왜병 하나가 장대 위를 쳐다보다가 그와 눈이 마주쳤다. 임승조는 씩 웃고는 안위 못잖은 우렁찬 목소리로 고함을 질렀다. 물론 아직까지 그 자신에게나 수하 군사들에게나 가장 익숙한 말인 일본어였다.

"하야시 대隊의 영용한 병사들이여! 우리는 첫 전장이었던 울돌목에서 우리의 무용을 새 주군이신 통제사께 떨쳐 보이지 못했다! 하지만 지금 우리에게는 새로운 기회가 왔다. 눈앞에 닥치는 적을 훌륭하게 무찔러 통제사께 우리의 가치를 드높이도록 하자! 다 함께 의기를 나타내는 함성을 질러라!"

"이야아아!"

먼저 임승조의 목소리가 닿는 범위 안에 있던 항왜병들이 목이 터져라 고함을 질렀다. 뒤이어 그 옆에 있던 전선에 탑승한 항왜병들도 고함을 지르는데, 같이 타고 있던 조선 수졸들이 저도 모르게 몸을 움찔할 정도로 그 기세가 맹렬했다.

임승조와 안위는 의기양양하게 충청수군을 바라보았다. 멋모르는 하룻강아지 충청수군은 이제 500보 정도밖에 안 되는 거리까지 다가오고 있었다. 다만 충청수군의 포화는 가까워질수록 치열해져서 선두에 있는 몇 척 이외에는 그 모습이 초연에 가려 배의 윤곽이 제대로 보이지도 않았다.

*

"각 전선은 전방을 향한 모든 총통을 일제히 겨누어 쏘아라! 명중하지 않아도 좋으니 신속하게 쏘아 저들의 시야를 가려라! 또한 앞쪽 갑판에서도 신기전이든 호준포든 승자총통이든 불랑기든 쏠 수 있는 것은 무엇이든 쏘아 계속 연기를 피워라!"

이시언의 호통 소리가 포성 가운데서도 우렁차게 울렸다.

"전라우수군은 본래 역적의 일당이 아니다! 전라우수사 김억추 영감이 패주하면서 주장에게 버림받는 바람에 어쩔 수 없이 역도에게 투항한 것이다. 그러니 사기가 무척 낮을 것이며, 포격전이라면 몰라도 단병접전으로 우리와 직접 맞붙을 만한 용기가 없을 것이다! 그리고 시간을 끌면 통제사가 중군을 이끌고 돌아올 것이니 수가 적은 우리 함대는 극히 불리하다. 얼른 저들에게 다가들어 단병접전으로 전투를 끝내고 물러서야 한다! 모두 돌진하라!"

열한 척의 충청수군 판옥선은 이시언이 승선한 좌선을 선두로 하여 첨자진을 짜고 맹렬하게 돌진했다. 전라우수군은 충청수군을 보고 급히 반전하기는 했으나 아직 싸울 태세를 완전히 구축하지는 못하여 포격도 질서가 없고 산발적이었다. 무엇보다 거리가 너무 짧아서 대응할 여유가 없었다. 충청수군의 선두에 있는 이시언의 좌선과 전라우수군의 대열 사이의 거리는 어느새 400보 정도밖에 되지 않았다.

이시언은 회심의 미소를 지었다. 아직은 포를 쏘아 단 한 척의 적선도 깨뜨리지 못했지만 원래 포만 가지고 배를 가라앉히는 것은 극히 어렵다는 것은 그도 알고 있었다. 불화살을 쏘거나 군사들이 건너가 직접 불을 지르는 것이 가장 확실한 방법인 것이다. 그러자면 비장의 한 수를 놓아서 저들의 기를 확실히 꺾어 놓을 필요가 있었다. 잠시 호흡을 가다듬은 이시언은 힘차게 구령을 내렸다.

"기패관! 신호를 보내 귀선을 내보내도록 하라!"

"예!"

힘차게 외친 기패관은 꽂혀 있던 신호기를 들어 휘둘렀다. 그러자 좌선 바로 뒤에서 맹렬하게 포를 쏘며 전진하던 두 척의 판옥선이 양옆으로 움직이며 사이를 벌렸다. 그리고 이제까지 그 뒤에 숨어서 전라우수군의 시야에서 스스로의 자태를 숨긴 채 달리고 있던 한 척의 거북선이 앞으로 나서 맹렬하게 돌진하기 시작했다. 이것이야말로 이시언의 비장의 한 수였다.

이시언이 함대의 선두로 내세운 거북선은 본래 거북선으로 건조한 것은 아니고 정규 판옥선에다가 개판만 씌워 임시로 개장한 것이었다. 사실 이 거북선은 올해 들어 이순신을 부쩍 경계하게 된 임금이 자신의 손에 보다 가까이 있는 경기수군과 충청수군을 강화하여 이순신을 견제하려고 만들라고 한 것인데, 실행 책임을 맡은 이시언은 거북선의 선체는 서두르지 않아도 된다고 여겨 재료를 구하는 대로 개판부터 만들어 두었다. 그러던 참에 정변이 일어나자 다급해진 김에 판옥선 한 척을 끌어다가 얼른 개판을 씌우도록 했던 것이다.

본래 거북선으로 건조한 선체가 아닌데다가 판옥선을 급하게 개조하여 개판만 대충 덮은 것이라 이 배에는 용두가 아예 없고, 장대도 판옥선의 것이 그대로 달려 있었다. 그러다 보니 중심이 높아 자칫하면 방향을 바꾸다가 전복될 우려도 있고 운용이 상당히 불편했지만 수전 한 번도 제대로 치르지 못할 정도의 물건은 아니었다. 비장의 무기인 거북선을 선두로 내세운 이시언은 당당하게 외쳤다.

"자, 통상께서 애용하시던 귀선이오! 나도 한번 귀선으로 전공을 세워 봅시다! 여봐라! 모두에게 미리 일러둔 대로 귀선의 뒤를 따라 전라우수군을 제압하라 이르라!"

이시언이 의기양양하게 고함을 지르자 충청수군 전선들은 한층 더 힘을 내어 노를 저었다. 저 멀리 떨어져 있는 반군의 전선 갑판 위에 서 있던 군사들이 기습적인 거북선의 출현에 놀라 우왕좌왕하는 것이 눈에 보이자 군사들의 사기도 보다 높아졌다.

✽

"거, 거북선?"

"메구라부네다! 메구라부네! 우린 다 죽었다!"

우수영 수졸들의 충격도 컸지만 항왜병들이 받은 그것에 비할 바는 아니었다. 방금 전까지만 해도 살기등등하게 창칼을 흔들던 항왜병들의 태반이 거북선을 보는 순간 백짓장같이 낯빛이 창백해지더니 그 자리에 무기를 떨어뜨리고는 부들부들 떨면서 숨을 곳을 찾아 날뛰었기 때문이다. 그들은 조선 판옥선의 든든한 선체라면 거북선의 포화로부터 자신을 지켜 줄 수 있으리라고 믿는 모양이었다.

어처구니가 없어진 임승조는 장대에서 뛰어 내려가 우왕좌왕하는 항왜병 하나의 멱살을 틀어쥐고 얼굴이 시뻘게져서 외쳤다.

"이 바보 같은 자식! 통제사 나리 앞에서 내 얼굴에 먹칠을 할 셈이냐? 적을 앞에 두고 이게 무슨 꼬락서니냐! 그러고도 네놈이 사무라이란 말이냐!"

본래 하급 사무라이였던 이 병사는 임승조의 무쇠 같은 손에 목을 조여 캑캑거리면서도 거북선에 대한 두려움을 표현하는 데 망설임이 없었다.

"하, 하야시님! 하야시님께서 분로쿠 원년의 싸움에서 한 번이라도 수군에 있으셨다면, 아니면 그때 수군에 속해 있었던 자들에게 직접 이야기를 들으신 적이 있다면 지금 이렇게 침착하실 수가 없습니다! 저건 정말 지옥에서 온 괴물이란 말입니다! 저뿐이 아닙니다. 주변을 보십시오!"

임승조는 움켜쥔 항왜병의 멱살을 내팽개치고 주변을 돌아

보았다. 그리고 수군 출신의 자기 병사들이 죄다 공포에 질려 무기를 내던지고 갑판 위를 우왕좌왕하거나 갑판 위의 문을 열고 격군갑판으로 뛰어드는 모습을 보았다. 조선군 수졸들은 넋이 나간 듯 어처구니없다는 표정으로 그 꼬락서니를 쳐다보고 있었다.

그나마 자신처럼 조선에 와서 육군에만 있었던 병사들은 자리를 지키고는 있었지만, 수군 출신 동료들이 공황에 빠진 것을 보고 조금씩 흔들리고 있는 것이 보였다. 엉거주춤한 자세로 조금씩 몸을 뒤로 빼는 부하들을 보자 임승조는 머리끝까지 화가 치밀어 올랐다.

"이 자식들이!"

허리춤에 차고 있던 일본도를 빼어 든 임승조는 번개같이 칼을 휘둘렀다. 검광이 두 번 번쩍이자 정신을 차리지 못하고 우왕좌왕하던 항왜병 두 명이 그 자리에서 피를 뿜으며 나뒹굴었다. 그 단호한 처사에 주변에 있던 병사들은 조선인이건 일본인이건 가리지 않고 그 자리에서 숨을 멈췄다. 장대 위의 안위조차 순간 굳어 버렸을 정도였다.

"이 바보 같은 놈들아! 네놈들이 지금 여기서 싸우지 않고 도망가면 어디로 갈 셈이냐! 바다 건너 일본으로 돌아가기라도 할 작정이냐? 우리는 지금 조선 땅에 있고 앞으로도 여기서 살아가야 한다. 그러자면 싸워 이김으로써 너희들의 존재 가치를 입증해야 하는데, 저깟 메구라부네가 무섭다고 웅크리면 어쩔 생각이냐? 싸워라! 싸워라! 차라리 싸우다가 죽어라! 그것이

노 젓는 수부들 사이에 숨어 살아남는 것보다 나을 것이다! 싸우기 싫다는 자는 여기서 내 칼에 죽을 것이다!"

임승조의 결의와 위협 덕분에 좌선의 혼란은 진정되었다. 하지만 다른 전선에 탄 항왜병들을 그렇게 진정시킬 이는 없었고, 같은 배에 탄 항왜병들의 법석 때문에 조선 수졸들까지 제대로 싸울 준비를 하지 못하면서 충청수군은 거의 피해를 받지 않고 배를 붙일 수가 있었다. 양측 전선들이 근접하자 장전과 조준에 시간이 걸리는 대형 총통 대신 이제까지 쏘지 않고 있던 화살이 하늘을 날고, 조총과 승자총통들이 서로를 겨누어 불을 뿜기 시작했다. 급격하게 늘어난 사람의 비명과 선체의 파편이 허공을 채웠다.

*

"배를 바짝 붙이기 전에 조란환으로 쓸어버려라! 갑판이 제압되면 격군갑판에 장군전을 쏘아라! 배에 구멍이 나면 불화살을 쏘아라!"

양 함대가 100보 이내의 근거리로 들어서자 총성과 바람을 가르는 화살 소리가 하늘을 덮었다. 그 전장의 소음 속에서도 장수들은 호령을 하며 휘하의 군사를 지휘했다. 양쪽이 같은 배를 타고 같은 무기와 전술을 사용하는 만큼, 싸움은 숫자와 기세가 모든 것을 좌우할 수밖에 없었다. 그리고 지금 전라우수영은 숫자에서는 약간 앞서고 있었지만 기세에서는 확실히 뒤지고 있었다.

"저 역적들은 우리 거북선에 눌려 도망갈 궁리를 하고 있다. 모조리 베어라!"

싸움을 치르기 전에 각 진포에 소속된 장졸들을 차분하게 소집할 여유가 있었던 충청수영 판옥선들은 당연한 일이지만 사부와 포수, 화포장과 같은 전투원의 승선 인원 역시 모두 정수를 채우고 있었다. 자연히 충청수군은 전라우수군보다 화력이 우세했고, 거북선에 겁을 먹은 항왜들 때문에 갑판이 소란스러웠던 전라우수군은 충청수군에게 제대로 응사도 하지 못하고 대열이 무너지고 있었다. 충청수영의 거북선은 교묘하게 배를 몰아 전라우수군 전선과의 직접 충돌을 피하면서 주변에 있는 전라우수군 전선을 상대로 포환을 퍼부었다.

*

"쏘아라! 쏘아라! 거북선이라 해도 총통을 맞으면 깨어지는 법이다!"

장수들의 필사적인 지휘에도 불구하고 전라우수영 수졸들은 거북선을 맞아 제대로 된 저항도 하지 못하고 일방적으로 밀려났다. 화살은 당연히 먹히지 않았고, 아무리 총과 포를 쏘아도 거북선은 끄떡도 하지 않았다. 탄환은 죄다 튕기거나 미끄러졌다.

"제기랄! 저놈들은 배에다 도대체 무슨 짓을 한 거지?"

분개한다고 해서 상황이 나아지는 것은 없었다. 적의 거북선도 판옥선을 개조한 물건이라 포가 설치된 갑판의 높이는 같았지만, 승무원을 완전히 보호할 수 있는 장갑을 갖춘 배와 갖추지 못한 배의 전투력은 다를 수밖에 없었다. 거북선의 오른쪽에 장치한 현자총통이 또다시 불을 뿜으며 조란환 한 무더기를 토하자, 그쪽 면에서 어쩔 줄을 모르고 있던 전라우수영 전선의 방패판이 곰보딱지가 되며 네 명의 우수영 수졸이 피투성이가 되어 그 자리에 나뒹굴었다.

*

자신의 좌선을 타고 거북선 바로 뒤를 따르고 있던 이시언은 거북선의 활약에 매우 흡족했다. 시간을 들여 정성껏 만든 것이 아니라 좀 어설프긴 해도 어쨌건 자신이 만든 물건이 공을 세우고 있는 것이다.

"흐흐. 맛이 어떠냐! 역적 놈들아!"

이시언은 조정의 명에 따라 거북선을 제작하면서 자기 나름대로 설계를 좀 고쳤다. 애초에 조정의 지시도 그저 '거북선을 건조하라.'였지 거북선을 '어떻게' 건조하라는 이야기는 없었으므로, 어떤 형태의 거북선을 만들건 그의 재량대로 할 수가 있었다. 그 결과 이시언의 거북선은 이순신이 전라좌수영에서 만든 것과는 다소 다른 형태가 되었다.

거북선을 건조한다는 과제 앞에서, 처음에 이시언은 배에 탑승한 수졸들을 어떤 적의 공격으로부터도 완벽하게 보호하기 위해 어설픈 나무 뚜껑 따위보다는 확실히 철판을 대는 것이 낫다고 여겨 거북선의 개판을 세 치 두께의 무쇠판으로 만들 생각을 했다. 하지만 그렇게 하려고 해도 지금 조선의 여건으로는 그만한 크기의 통짜 철판을 만들어 씌울 수 없었고, 이순신이 했듯이 나무로 일단 개판을 만들고 그 위에 붙여야 한다는 점 때문에 배가 너무 무거워지는 것이 문제였다. 세 치 두께나 되는 철판을 붙였다가는 속도도 나지 않을 것이고, 배의 무게가 상부에 집중되기 때문에 조금만 잘못 움직이면 분명히 배가 뒤집힐 거라는 배 장인들의 조언을 듣고 이시언도 생각을 바꾸었다. 아무리 방어가 튼튼해도 제대로 움직일 수 없다면 소용이 없으니까.

결국 이시언도 포화를 직접 받을 일이 별로 없는 거북선의 위쪽 개판은 그냥 두꺼운 목판으로 만들어 무게를 줄이고, 적의 등선을 막기 위하여 창끝을 촘촘히 박는 것으로 그쳤다. 어차피 조선 수군의 주적은 조총과 활로 무장하고 등선전투를 주로 벌이는 왜군이니만큼 그 정도면 충분하다고 생각해서였다.

그런데 그것뿐이었다면 지금 거북선이 이만한 활약을 하지 못했을 것이다. 거북선을 설계하면서 이시언이 덧붙인 가장 큰 특이점은 바로 방패판에 무쇠를 입힌 것이었다. 실제로 전란 중에도 왜군은 일반 조총보다 훨씬 큰 구경의 대조총을 운용하여 판옥선의 방패판을 깨뜨린 경우가 있었고, 조선 수군은 틈을 보아 그런 방패판을 교체해 가면서 싸웠다.

하지만 이시언은 뚜껑이 덮인 거북선에서 그렇게 방패판을 교체하는 작업을 하는 것은 힘든 일이라고 생각했다. 무거운 개판을 지탱하려면 방패판도 단단히 고정시켜 벽 역할을 제대로 해야 하고, 돌격선인 거북선이 적진에 뛰어들어 싸우는 중에 방어를 포기하고 방패판을 바꾼다는 것은 생각할 수 없었기 때문이다. 대신에 이시언은 방패판의 겉에 한 치 두께의 철판을 대고 못으로 단단히 고정시켰다. 포를 내밀기 위한 포혈砲穴에도 예전처럼 그냥 구멍만 덩그러니 뚫는 것이 아니라 뚜껑을 달았는데, 그 뚜껑도 두 치 두께의 철편으로 만들었다.

측면에 철판을 씌운 결과는 엄청났다. 전라우수군이 쏘는 화살이나 조총탄, 조란환은 방패판에 맞건 개판에 맞건 모조리 튕겨 버렸다. 든든한 선체에 철판까지 붙여서 아예 탄환이 박히지도 않는 모습을 보자 전라우수군의 사기는 급격히 하락하고 있었다.

문제가 하나 있다면 거북선 내부에 있었다. 선체 전체에 뚜껑이 덮여 있다 보니 포를 쏠 때 발생하는 매캐한 화약 연기가 잘 빠지지 않는다는 것인데, 이시언도 거북선을 제작하면서 이 점을 생각하지 않은 것은 아니었다. 그의 처음 설계에서는 거북선의 용두 하단에 손으로 움직이는 풍구를 달아 전투 중에 나오는 화약 연기를 배출하도록 되어 있었다.

충분한 시간을 두고 이시언의 계획대로 만들어졌다면 이 거북선은 말 그대로 입에서 연기를 뿜는 괴물로 탄생했겠지만 급하게 개조한 이 배에는 용두가 없었다. 임시로 개판에 환기용으로 구멍을 몇 개 내기는 했지만, 효과가 부족해서 거북선 안의 군사들은 눈과 코를 찌르는 매캐한 초연에 시달리며 싸우고 있었다. 하지만 이시언으로서는 충분히 만족할 만한 성과였다.

*

"전라우수군이! 내 피 같은 전라우수군이!"

좌선 장대 위의 안위가 부릅뜬 눈으로 부하들의 패배를 바라보는 모습은 마치 눈으로 피를 토하는 듯했다. 자기 부하들을 진정시킨 임승조가 포성이 울리는 갑판의 혼란을 뚫고 다시 장대 위로 뛰어 올라왔다.

"우수사 도노! 이 상황을 뒤집으려면 방법은 하나뿐입니다. 적의 어립선에 돌입하여 충청수사의 목을 벱시다! 왜국에서도 오다 노부나가 공께서 적수인 이마가와의 공격을 받아 가문이 멸망의 위기에 처했던 일이 있습니다. 이때 오케하자마에서 단 3000의 군사로 3만 대군을 가진 적의 본진을 뚫고 적장 이마가와 요시모토의 목을 베어 단숨에 전국을 뒤집고 살아나신 바가 있습니다. 우리도 지금 위기라 하나, 단숨에 배를 몰아 충청수군 어립선에 뛰어들면 단번에 전세를 바꿀 수 있습니다!"

임승조의 건의를 받은 안위는 잠시 머뭇거렸다. 그가 판단하기에 지금 자신의 군사들을 뒤흔들고 있는 것이 이시언보다는 거북선 같았기 때문이다. 설사 충청수군 좌선에 돌입하여 이시언의 목을 벤다고 해도 거북선이 물러날 리는 없었다. 왜냐고? 간단하다. 사방이 보이지 않아 시야가 좁은 거북선에서는 이시언이 죽었다는 사실도 모를 수 있기 때문이다.

본래 거북선은 시야가 나쁘다. 그나마 충청수영 거북선은 장대가 그대로 붙어 있어서 주변을 확실히 둘러볼 수 있을 것인데, 언뜻 보아도 지금 거북선의 장대에는 처음 그 자리를 지키고 있던 군관 하나와 진무 하나의 시체가 방패판에 걸려 있을 뿐 서 있는 사람이 없었다. 난전 속에서 집중사격의 표적이 되는 것이 두려워 아무도 올라가지 않은 것이다.

"도노! 지금 상황에서 망설여서 얻을 것은 없습니다. 메구라부네는 조총으로도, 화살로도, 조선 수군의 포로도 부서지지 않고 있지 않습니까. 저 빽빽한 창칼 위로 뛰어오른다는 것도 불가능한 이상, 우리는 감당할 수 있는 상대부터 처부수도록 해야 합니다. 저 감당할 수 없는 메구라부네는 통제사 도노께 맡기고, 일단 적장을 벱시다! 성공한다면 적의 기세는 분명 흐트러질 것입니다."

안위는 잠시 고민했다. 이대로 있다가는 얼마 안 가서 후군 함대가 완전히 붕괴할 게 분명했다. 조방장 우치적과 이순신이 구하러 오기는 하겠지만 과연 저 거북선 하나를 믿고 충청수사가 이순신에게까지 도전하리라고는 생각되지 않았다. 전라우수영이 완전히 무너지게 되면 충청수군은 분명히 의기양양하여 빵소니를 칠 것이고, 그러고는 반정군의 북상을 막고자 수시로 배후에서 기습을 가해 올 것이다. 그런 일이 벌어지지 않게 하려면 이번 전투에서 충청수군을 완전히 섬멸해야 했다.

이미 거의 진 싸움이지만 마지막 한 수를 잘 둔다면 다른 함대의 지원을 받아서이긴 해도 전세를 뒤집을 수도 있겠다는 생각이 들었다.

"만약 이대로 충청수군이 승리를 거둔 채 물러가게 만든다면⋯⋯."

"통제사 도노께서 우수사 도노의 목을 치실지도 모르지요! 어서 결단을!"

안위는 무의식적으로 목덜미에 손을 가져갔다. 이순신은 졌다고 해서 안위의 목을 칠 사람은 아니지만, 휘하의 아전들은 치도곤을 맞을 것이다. 게다가 질책은 또 얼마나 받게 되겠는가. 그 자신의 손으로 이 싸움을 이기게 할 수는 없더라도 최소한 다른 이들이 이길 수 있도록 적을 붙들어 놓는 정도라도 해야 할 일이었다.

"좋다! 도노장, 전속력으로 노를 저어라! 타공은 충청수영 좌선 방향으로 키를 잡아라! 우리가 돌격하여 저들을 붙잡아 놓으면 그사이 조방장과 통상 대감께서 우리를 구하러 올 것이다! 나가자!"

안위의 좌선은 곧바로 앞으로 달려 나갔다. 상황이 안 좋기는 해도 좌선에 탄 수졸들은 안위를 믿었다. 그리고 자신들을 구하러 올 이순신을 믿었다. 다행히 양측의 전열이 매우 흐트러져 있었고 이시언의 배가 충청수군의 선두에 있어 중간에 걸리적거리는 배는 없었다.

치열한 조총과 활, 총통의 사격전 끝에 충청수영 좌선과 거의 맞붙었을 때 안위는 문득 뒤를 돌아보았다. 하지만 당연히 오고 있으리라 생각했던 우치적의 우군은 그 자리에 없었다.

"어, 어, 어!"

당연히 도우러 올 줄 알았는데! 설마 후군이 싸우고 있는 것을 알고도 그냥 가 버린 것은 아닐 텐데! 저 멀리 이순신의 중군이 오고 있는 것은 분명히 보이는데 우군은? 어디로 간 거야!

"사또, 부딪칩니다!"

생각을 정리할 틈도 없이 선두무상이 고함을 질렀다. 다음 순간 안위의 좌선은 이시언의 배 선복 한가운데를 정확히 들이받았다. 뱃머리 쪽에서 총통이 연달아 발사되며 엄청난 폭음이 울렸다.

*

"저어! 저어! 어서 저어!"

"도노장, 네 이놈! 속도를 더 내지 못할까!"

"예예! 어서 젓겠습니다, 조방장 나리!"

우치적 휘하의 우군은 후군인 전라우수군이 싸우고 있는 곳으로 가지 않았다. 이들은 전장을 서쪽으로 크게 우회하여 혈전을 치르고 있는 후군을 왼쪽으로 두고 바깥으로 크게 돌았다. 우치적을 비롯한 장수들은 전열을 구성하는 것도 잊은 채 빨리 달리는 것에 온 힘을 쏟았다.

"조방장 영감, 그래도 직접 후군을 돕는 것이 낫지 않았겠습니까? 우회하는 사이 큰일이라도 생긴다면…….”

장대 위에 우치적과 나란히 서 있던 배의 주인 조라포만호 정공청이 조심스럽게 입을 열었지만 마무리는 하지 못했다. 그러나 우치적은 단호하게 고개를 가로저었다.

“아닐세! 우리가 직접 후군을 도우러 간다면 이미 무너지고 있는 후군과 섞여 제대로 대열을 이룰 수도 없을 것이고, 한창 기세가 오른 적과 정면으로 맞부딪치는 것이라 승패를 장담하기 힘드네. 적의 기세가 성할 때는 그 배후를 쳐야 하는 법. 만약 충청수군이 후군을 분쇄하고도 계속 덤비려 한다면 우리가 등 뒤를 잡고 통상의 중군이 정면에 서서 양면을 공격하는 것이 승리의 첩경임은 자네도 알 수 있지 않겠는가. 그리고 저들이 후군만 쳐부수고 도망치려 할 경우에도 그 퇴로를 차단하여 섬멸하는 것은 필요하네. 자, 두말할 것 없으니 도노장은 어서 더 빨리 노를 젓게 하게!”

“예, 조방장 나리!”

*

“쏘아라!”

퍼퍼퍼펑!

안위의 좌선이 뱃머리를 붙이는 순간 이시언의 좌선 우측면 선복에 배치되어 있던 세 문의 현자총통이 뒤에서 대기하고 있던 병선군관의 명령에 따라 일제히 불을 뿜었다. 이들이 잔뜩 장전하고 있던 100여 개의 조란환이 판옥선의 뱃머리를 휩쓸자 안위의 군사들은 무더기로 쓰러졌다. 이시언의 군사들에게 화살과 총탄을 날려 보내던 사부와 포수들은 물론 돌입 준비를 하고 있던 항왜병들도 순식간에 반 이상이 피를 뿜으며 그 자리에 나뒹굴었다. 판옥선의 전투갑판은 측면에만 화포가 있으므로, 이시언 쪽의 포격에 대해 안위는 당장 되갚아 줄 수 없는 상황이었다. 하지만 안위 쪽에서도 일방적으로 당하고만 있지는 않았다.

"천자포를 쏘아라!"

이시언 쪽의 포성과 그로 인한 갑판의 비명 속에서도 안위의 명령은 똑똑히 들렸다. 그리고 그 명령에 따라 노꾼갑판에 설치되어 있는 두 문의 천자총통이 동시에 불을 뿜었다.

펑! 퍼엉!

우지지직!

"으아아악!"

"배가 깨졌다!"

노꾼갑판의 천자총통은 판옥선이 탑재하는 가장 강력한 화포이자 유일하게 전방을 향한 화포이기도 하다. 게다가 낮은 노꾼갑판에서 발사되기 때문에 적함의 선체 아래쪽에 구멍을 내어 격침시키기도 훨씬 좋다. 갑판 위의 중소형 총통은 배 위의 인명을 살상하는 데 효과를 낼 뿐이지만, 낮은 곳에서 발사된 천자총통은 배 자체를 파괴할 수 있는 것이다.

안위의 부하들은 두 자루의 천자총통에 포가 간신히 터지지 않을 만큼 많은 양의 화약을 넣고 최대한 아래쪽으로 겨누어 대장군전을 쏘았다. 이시언의 판옥선 선복, 거의 흘수선 가까이에 약간 비스듬하게 맞은 두 발의 대장군전은 그대로 선체를 깨고 들어가 노를 잡고 늘어서 있던 격군들의 발밑을 스치면서 배 바닥을 그대로 부수어 구멍을 뚫었다. 그 광경을 본 안위가 환호성을 지르며 주먹을 불끈 쥐는데 느닷없는 호통 소리가 들려왔다.

"네 이놈! 네놈이 바로 전 전라우수사 안위로구나! 이런 죄를 짓고 네놈이 어찌 살아남기를 바라느냐!"

이시언이었다. 안위는 이시언과 평소 교류가 없어 얼굴을 몰랐지만 그건 상관없었다. 지금 이시언이 자신을 알아보는 것은 아마도 안위를 본 적 있는 충청수군 군관이 가르쳐 주었기 때문이리라. 눈을 마주친 안위 역시 이시언에게 뒤지지 않는 기세로 눈에서 불길을 내뿜었다.

"이 수사! 귀공도 눈이 있다면 보시오! 금상은 암군은 아닐지 모르나 충신열사를 탄압하여 자신의 안위에만 신경 쓰는 분이올시다. 지난 전란 때도 금상이 도탄에 빠진 백성들의 처지에 대해 좁쌀 한 톨 만큼이라도 신경을 쓰더이까? 그런 임금을 모시고 살다가는 우리는 모두 토사구팽당하고 말 것이오. 그 전에 살 길을, 백성을 위해 사대부 노릇을 제대로 할 길을 찾읍시다! 이 조선 땅에서 진정 백성을 생각하는 이는 통제사 한 분뿐이오!"

"시끄럽다! 내 그 방자한 목을 직접 베어 주상 전하께 바치리라!"

혹시나 해서 도전해 본 안위의 설득 시도는 씨알머리도 먹히지 않았고, 장수들이 격렬한 언쟁을 벌이는 중에도 사격전은 끊이지 않았다. 이시언의 군사들은 안위의 군사들이 올라타지 못하도록 필사적으로 막아서는 한편 총통으로 조란환을 한 번 더 발사하여 안위의 갑판을 쓸어버리려고 했으나, 안위의 군사들 역시 필사적으로 총과 활을 쏘아 장전을 방해했다.

이시언 역시 반정군에 귀순하기는커녕 직접 사격전에 뛰어들어 활을 들고 시위를 당겼는데, 꿩깃이 달린 화살은 아슬아슬하게 안위의 투구를 스쳐 지나갔다. 고개를 숙여 화살을 피한 안위는 잠시 한숨을 쉬더니 갑판을 내려다보며 고함을 질렀다.

"임 별장!"

"명을 받들겠습니다!"

상황은 다 알고 있는 터. 말 한마디가 모두 군더더기일 뿐이었다. 그 순간 뱃머리의 천자총통이 재장전을 마치고 한 번 더 불을 뿜으면서 제대로 움직이지 못하고 있던 이시언의 배에 두 개의 구멍을 더 뚫었고, 기우뚱하는 이시언의 배를 보며 안위의 군사들이 환호성을 질렀다. 그중 왜말로 외치는 임승조의 목소리가 단연 높았다.

"돌격! 적선으로 돌입하여 적을 섬멸하라! 단 전투에 대해 통제사 도노께서 내리신 지시를 위반하는 자는 내가 벤다!"

통제사의 지시란 울돌목에서 전라우수군과 싸우기 전 지나친 살상을 하지 말 것을 명령한 것을 말한다. 저항하지 않는 자, 무기 없는 자, 항복한 자를 해치지 말라는 것은 이순신의 강력한 의지였다.

운 좋게 조금 전의 조란환 사격에서 상처 하나 입지 않은 임승조는 한달음에 몸을 날려 이시언의 배에 뛰어들었다. 순식간에 충청수군 수졸 세 사람의 손에서 무기가 떨어지고 피가 사방으로 튀었다. 그가 뛰어들기 전 외친 일본말 구령과 번개 같은 칼놀림에 당황한 충청수군 수졸들이 급히 뒷걸음질 치기 시작했다.

"왜, 왜병이다! 통제사가 왜병을 풀었다!"

임승조는 자기 앞에서 주춤거리며 뒤로 물러서는 조선 병사들을 보며 입가에 흐뭇한 미소를 띠었다. 용명을 떨친다는 것, 적이 나를 보고 겁을 먹는다는 것은 무사로서 실로 유쾌한 일이었기 때문이다.

"나는 이 충무공 대감 휘하의 별장 임승조다! 충청수사의 목을 가지러 왔으니 당장 내려와 나와 승부를 내어 보자!"

몇 번을 연습한 말이었다. 장대 위에 서서 방금 전까지 안위와 대거리를 주고받던 충청수사는 임승조를 내려다보며 일갈했다.

"왜놈 주제에 감히 이 무슨 망발이냐! 네놈은 이 땅을 침범한 도적의 잔당으로서 마땅히 목을 베어 주상 전하께 바쳐야 했을 것을, 역심을 가진 통제사가 자신의 세력을 키우려고 일당으로 끌어들인 것 아니냐. 내 이참에 네놈의 목도 베어 저 역적 놈들의 수급과 함께 어전에 올리리라!"

"흥! 충청수사께서 그리 떠받드는 임금 도노도 휘하에 수천의 왜병을 거느리고 있건만, 통제사가 왜병 수백을 휘하에 둔 것이 무슨 죄란 말이오? 수사께서 말한 대로라면, 수천 왜놈의 수령인 임금이야말로 조선 최대 규모의 왜놈 집단 두목이니 임금의 목부터 베어야겠구려!"

임승조가 비아냥거리자 이시언의 얼굴은 붉으락푸르락 색깔이 변했다. 다음 순간 이시언의 손에 들려 있던 활이 번개처럼 움직이더니 한 개의 장전이 마치 한 줄기 빛살처럼 임승조의 얼굴을 향해 날아들었다. 이시언의 움직임을 이미 예측하고 있던 임승조가 잽싸게 몸을 움직여 화살을 피하자 장대 위의 이시언은 일갈했다.

"저 왜놈을 잡아라! 감히 주상 전하께 불경한 언사를 내뱉었다. 저자의 목을 베는 자는 내 직접 전하께 표문을 올려 그 공을 아뢰고 벼슬을 받아 자손만대로 그 영광을 누리게 해 주리라!"

하지만 이미 수졸들이 상대해야 할 적은 임승조 하나가 아니었다. 그와 마찬가지로 조란환의 타격을 피한 10여 명의 항왜병들이 잇달아 방패판을 넘어 들어왔고, 임승조를 필두로 하여 갑판을 제압하기 시작했다. 안위 휘하의 군사들은 수가 얼마 남지 않은 것도 있고 하여 조총과 활로 뒤쪽에서 지원하는 데 주력했다.

임승조의 돌입에 일순 당황하여 물러섰던 이시언의 군사들은 수사의 격려에 용기를 얻어 다시 진을 짜고 적들과 맞섰지만 전투력에서 원체 밀렸다. 게다가 배가 기울기 시작하면서 당황한 격군들이 갑판으로 올라와서 양편의 군사들과 뒤엉키는 바람에 싸움이 쉽지 않았다. 이시언 역시 소리만 지르지 않고 직접 활을 들어 안위의 군사들과 화살을 주고받으며 자기 부하들을 지원했지만 위기는 분명했다.

*

"저것은 거북선이 아닌가!"

"예, 통상. 용두는 없지만 거북선이 맞습니다. 개판을 덮었고 아군의 사격이 전혀 먹히지 않고 있습니다."

중군을 이끌고 안위를 지원하러 달려온 이순신은 생각지 못한 거북선의 존재에 잠시 당황할 수밖에 없었다. 그를 보좌하는 장수들도 어쩔 줄 모르기는 마찬가지였다.

"어허, 통제사인 나도 모르는 사이에 충청수영이 거북선을 만들고 있었다니."

"배 조방장과 경상우수사를 부르시겠습니까?"

이순신이 혀를 차자 송희립이 떨리는 목소리로 물었다. 사실 이순신은 물론이고 다른 조선 수군들도 그동안 거북선을 만들어 적과 싸운 적은 많았지만 거북선과 싸워 본 적은 없었다. 지금 전라우수군이 밀리고 있는 것도 무리가 아닌 것이다.

"아니, 그대로 두게! 혹시라도 충청수군과 경기수군이 앞뒤

364

에서 합공하려는 것일 수도 있으니 전방도 경계해야 하네.”

안위가 충청수군에게 기습당했다는 것을 알자 이순신은 자신과 우치적만 반전하여 안위를 지원하고 유형과 배흥립은 그 자리에서 전방을 경계하도록 했다. 만약 이 기습이 주도면밀하게 계획된 것이라면, 아직 남아 있을 경기수군이 앞쪽 어딘가에 매복하고 있다가 튀어나와 반정군을 포위하려 시도할 수도 있었다. 이를 대비하여 두 개 함대를 앞에 남겨 놓은 것이다.

“하지만 상대는 거북선입니다. 거북선을 상대하자면…….”

조카 이완이 말꼬리를 흐렸다. 현재의 전력으로는 충청수영의 거북선을 상대하기에 다소 부족하지 않을까 하는 감이 들었던 것이다. 하지만 이순신은 단호했다.

“아니, 중군의 전력이면 충분하다. 우리는 전라좌수군이 아니더냐.”

전라좌수영은 임란 직전 조선 수군에서 최초로 거북선을 건조했고 가장 오랫동안 운용했다. 당연히 그 장단점과 구조상의 난점을 모두 잘 알고 있어서 거북선을 적으로 마주할 경우에도 가장 잘 상대할 수 있는 집단이라고 할 수 있었다. 곧 이순신의 군령이 떨어졌다.

“각 전선들에게 진군 신호를 보내라! 그리고 후군의 전라우수군은 전장 밖으로 빠지도록 하라. 거북선을 제압하면 나머지 충청도 전선들은 물러설 것이다. 그리하면 우 조방장과 함께 저들을 몰아 싸움을 포기하게 만들 수 있다. 또한 그동안의 싸움으로 지친 후군은 전장 밖으로 철퇴하도록 하라!"

전장을 향해 파도처럼 밀려가는 중군 함대의 선두, 이순신이 직접 좌승하고 있는 상선에서 신호기가 휘날렸다. 아직 충청수군과 맞서고 있는 후군 소속의 전선들에게 전선 이탈을 명하는 신호였다. 싸움이 이제 이순신의 몫으로 넘어온 것이다.

*

"통상의 신호다! 배를 물려 철수하라!"

"물러설 수가 없습니다!"

아직까지 멀쩡하게 남아서 충청수군과 교전하는 전라우수군은 많지 않았다. 진영 중간에 있던 네 척은 거북선의 공격으로 갑판을 완전히 제압당한 뒤 후속하는 전선들에게 불화살 공격을 당해 불타고 있었고, 그 바로 바깥에 자리하고 있던 대여섯 척은 거북선 때문에 놀란 항왜병들이 초래한 갑판의 혼란을 진정시키지 못한 상태에서 포격을 당한 뒤 충청수영 군사들이 먼저 등선하는 바람에 몇 척은 이미 넘어갔고, 나머지는 배 위에서 싸우며 버티고 있었다. 더 바깥쪽에 있던 배들은 어찌할 바를 모르고 주춤대다가 중앙을 돌파한 충청수영 전선들에게 둘러싸여 포화를 맞으며 전장 바깥으로 밀리고 있었다. 좌익은 해변으로, 우익은 먼 바다로 밀려나고 있었던 것이다.

그나마 우익의 전선들은 아예 배를 돌려 먼 바다로 빠질 수 있었지만 좌익 전선들은 갈 곳이 없었다. 잡히면 역적으로 몰려 죽임을 당할 것이 분명한 상황. 악착같이 활과 포를 쏘며 버티는 수밖에 없었다.

"쏘아라! 쏘아라! 통상께서 오실 때까지 버텨야 한다!"

장대에 오른 장수들의 외침은 처절했지만 충청수군의 화살에는 자비가 없었다. 날아온 편전이 두정갑을 뚫고 가슴에 박혔다.

*

이순신의 중군이 접근하는 것을 발견했는지, 충청수군의 거북선은 북쪽으로 뱃머리를 돌리더니 정면으로 다가오기 시작했다. 이순신 휘하의 장수들이었다면 이런 상태에서는 당연히 일단 물러서서 본대와 합류한 후 이동 여부를 결정했을 테지만, 저들은 무슨 생각인지 그냥 접근했다.

"괴이한 일이로세."

"아마 수사 상선이 접전 중이라 명령을 받지 못해 그런 것이 아니겠습니까?"

녹도만호 송여종은 같이 타고 있는 병선군관의 말에 고개를 끄덕였다. 여기서 보기에도 전라우수영 상선과 충청수영 상선이 서로 맞붙어 창칼로 치열한 백병전을 벌이고 있었다. 저런 상황이라면, 두 수사는 휘하의 함대에 명령 따위를 내릴 수 있는 상황이 아닐 것이다. 여기서 보기에도 전라우수군은 지금 완전히 와해되어 개별적으로 항전하고 있었다. 그래서 이순신의 후퇴 신호에도 별로 반응하는 배가 없는 것이다.

마찬가지 상황이라서인지 충청수영 전선들도 후퇴하거나 이순신의 중군 함대에 대응하려는 움직임 같은 것 없이 거북선이 헤집어 놓은 전라우수군의 남은 배들을 먼저 쳐부수는 데 전념하고 있었다. 전라우수군이 아직까지 저항하고 있는 탓도 있겠지만, 아마 수사가 사전에 내려 둔 명령에 따라 그대로 움직이는 면도 있는 듯했다. 아무리 거북선이라 해도 단독으로 적진에 뛰어드는 것은 상당히 위험한 일인데 충청수군은 그 사실을 아직 모르는 모양이었다.

"사또! 상선의 명령이 내렸습니다!"

상선에서 신호기가 나부꼈다. 기패관이 그 신호를 받아 답신하며 우렁차게 외쳤다.

"사열 겹종진四列 袂縱陣이요!"

거북선을 어찌 처리할 것인지에 대해 송여종도 이순신으로부터 언질을 들은 바는 없었다. 하지만 거북선을 정면에 놓고 있는 상황에서 사열 겹종진, 즉 4열 종대 대형을 취하라 함은 그 의도가 충분히 이해가 가는 일이었다. 평소라면 절대 쓸 일이 없는 진형 아닌가. 이순신의 의도를 파악한 송여종도 우렁찬 목소리로 명령을 내렸다.

"명에 따른다! 대열을 맞추도록 하라!"

그동안 연습한 바에 따르면 사열 겹종진을 구성할 때 녹도 전선의 위치는 제2열 선두였다. 가장 앞에서 거북선과 첫 번째로 포화를 교환해야 할 배가 바로 녹도 전선인 것이다. 송여종은 방패판을 쥔 손에 힘을 주었다.

*

상선의 이순신은 신호에 따라 일사불란하게 움직이는 휘하의 전선들을 보면서 말없이 고개를 끄덕였다. 올봄의 전라좌수영 수조에서 갖가지 대형을 연습하며 왜적이 어떤 방식으로 공격해 오더라도 대처할 수 있도록 훈련을 했는데 그것이 쓸모가 있게 된 것이다. 다만 그 훈련의 성과를 적용할 첫 실전이 하필 같은 조선 수군을 대상으로 한 것일 줄은 꿈에도 몰랐지만 말이다.

"상선은 어쩌시겠습니까?"

"두 번째 열 맨 마지막에 두어 거북선의 측면을 지나도록 하게. 정면으로 다가가기는 약간 부담이 있으니."

"예, 통상!"

군관이 달려가 타공에게 명을 전하자 이순신의 명을 들은 타공은 제2열의 맨 뒤, 여섯 번째 자리에 배를 갖다 대었다. 자신의 배를 맨 뒤에 둔 이순신의 의도는 싸움을 피하는 것이 아니라 결과를 확실하게 관찰하는 것이었다.

사열 겹종진은 해상에서 단일 목표에 대해 최대의 화력을 퍼붓기 위해 이순신이 새로이 고안해 낸 진형이다. 작년 가을 임승조가 귀순한 후 이순신은 그에게 일본과 관련된 많은 이야기를 들었는데, 그중에 구키 요시타카가 오다 노부나가를 위해 만들었던 철갑선에 관한 이야기가 있었다. 임승조의 가문은 원래 오다가의 가신이었던 만큼 오다 노부나가와 그의 패업 과정에서 있었던 일들에 대해서는 임승조 역시 잘 알고 있었다.

만약 일본군이 다시 조선에 쳐들어오면서 그런 철갑선을 몰고 온다면 어떻게 해야 할까? 분명 그런 크고 강한 배를 그리 많이 동원하지는 못할 것이다. 나타난다고 해 봐야 서너 척일 것이니 한 번에 하나씩, 총통을 집중하여 파괴한다면 충분히 승산이 있다고 이순신은 보았다. 왜선은 본래 구조가 약한 만큼, 그 크기를 키우고 철갑을 씌워 보아야 화력에서 압도적인 판옥선을 이길 수 없다. 그러니 그 거체를 압도할 만큼의 포화를 퍼부을 수 있다면 승리는 따놓은 것이라고 판단한 것이다.

단순히 종대로 진을 짤 경우, 아무리 배를 바싹 붙인다고 해도 정말로 선수와 선미를 잇대어 쉴 새 없이 포격을 가하기는 힘들다. 하지만 종대를 겹으로 짜서 2열의 1번 전선이 목표를 지나치며 포격을 한 다음, 2열 2번 전선이 포를 쏘기 전에 1열의 1번 전선이 그 사이로 포격을 가하는 것이다. 그 뒤에 2열 2번 전선, 1열 2번 전선의 순으로 포격을 가하면 상대는 정말 쉴 틈 없이 포환 세례를 받게 된다. 이것이 양 측면에서 동시에 가해진다면, 목표가 되는 적선은 쉴 새 없는 포격으로 만신창이가 된다.

이 진형의 최대 단점은 단병접전을 주로 시도하는 일반적인 왜선을 상대로는 전혀 쓸모가 없다는 것이었다. 움직임이 느린 대형선을 상대로만 유효한 전술이며, 호위선이 대규모로 따르고 있어도 사용할 수 없다. 하지만 이번에는 그 조건들이 완벽하게 갖추어진 것이다. 물론 실행 과정에서 자칫하면 1열 전선들이 2열 전선의 뒤통수를 쏘게 될 수도 있지만, 이는 충분한 훈련이 되어 있다면 걱정할 필요가 없는 일이었다.

"충청수영의 거북선을 사이에 두고 포를 쏘아 제압한다. 방포 준비!"

✳

각 열 사이에 20보 정도의 간격을 두고 전진하던 전라좌수영 함대는 충청수영의 거북선이 300보 앞으로 다가오자 약속이나 한 듯 전방을 향한 총통을 일제히 발사하며 양쪽으로 갈라졌다. 그러면서 1열과 2열, 3열과 4열의 간격은 그대로였지만 2열과 3열 사이의 간격은 100보가량으로 넓어졌다.

갑자기 좌수영 군이 둘로 갈라지자 거북선은 어느 쪽을 상대해야 할지 바로 판단하지 못하고 머뭇거리는 모습이 보였다. 시야가 나쁜 거북선으로 어느 한쪽을 향해서 돌진하면 그대로 반대편에 있는 적에게 후미를 드러내게 된다는 망설임에 그랬던 것이겠지만, 노련한 좌수영 장수들이 보기에는 풋내기들의 행동일 뿐이었다.

"겁쟁이들, 거북선은 원래 그렇게 쓰는 건데."

"후속하는 전선이 하나도 없다 보니 그런 것 아니겠습니까. 아무래도 뒤가 불안하면 싸우기 힘들겠지요."

좌수영 군의 선두에 있던 송여종이 충청수군을 비웃자 병선 군관이 살며시 거북선의 역성을 들었다. 하지만 송여종은 코웃음을 칠 뿐이었다.

"거북선은 원래 적진으로 돌격하는 배고, 그래서 개판을 씌운 것이 아닌가. 만약 저들이 이 싸움에서 뭔가 이루기를 원했다면 마땅히 후속하는 병력이 없다는 사실 정도는 무시하고 돌진했어야 하네. 그랬으면 우리 좌수영 함대의 전열도 흐트러졌을 것이고 거북선을 잡는다 해도 그 피해는 무척 클 것이야. 그 사이에 충청수군 본대는 우수영 군을 완전히 소탕하고 우리와 맞설 준비를 하든가, 아니면 철퇴할 수 있었겠지. 하지만 이젠 늦었어."

송여종이 득의만면한 미소를 지었다. 거북선 쪽에서는 이제야 장대 위에 올라온 누군가가 깜짝 놀라 고함을 지르며 뒤쪽의 상선 방향을 향해 손가락질하는 모습이 보였다. 두정갑 차림의 군관이 계단 아래를 향해 소리를 질러 대는 모양새를 보니, 역시 거북선은 좁은 시야로 인해 전국을 제대로 조망하지 못한 탓에 이제까지 뒤쪽에서 벌어지는 상황 따위는 전혀 모르고 앞으로만 달려온 것이 분명했다. 따라오는 충청수영 배가 하나도 없다는 것도 방금 전에야 깨달았으리라.

만약에 거북선에 탄 충청수군 장졸들이 좀 더 일찍 전체 전황을 파악했더라면 상황이 좀 더 달라졌겠지만, 지금은 이미 늦었다. 저들이 장대에 올라 법석을 떤다고 해서 달라질 것은 없었다. 그들이 머뭇거리는 사이 송여종은 이미 거북선을 총통의 사선에 두고 있었다.

"방포!"

펑! 퍼퍼퍼펑!

송여종의 구령 소리와 함께 그의 녹도 전선, 그리고 반대편에 있는 3열의 선두함인 소계남의 발포 전선이 일제히 총통을 쏘았다. 그다음에는 1열과 4열의 선두에 있는 전선들이 잇달아 포를 쏘았다. 쉴 새 없는 포성이 이어지면서 돌과 쇠로 된 수백 수천 개의 포환들이 거북선을 향해 쏟아졌다.

*

"제길! 제길!"

안위는 제대로 된 욕지거리도 하지 못하고 단발성의 신음만 내뱉으며 연신 활시위를 당겼다. 지금 안위의 좌선은 네 척의 충청수군 전선에 둘러싸여 있었는데, 화살과 조총 탄환이 연달아 장대로 쏟아졌다. 갑판 위에 남아 있는 군사도 거의 없어서, 미처 이시언의 배로 건너가지 못했던 항왜병 너덧 명만이 남아 미친 듯이 칼을 휘둘러 싸우고 있었다. 이쪽으로 활을 겨누는 충청 전선의 사부 하나를 활로 쏘아 쓰러뜨리며 안위가 초조하게 외쳤다.

"임 별장, 어서! 우치적, 개새끼! 오오, 통제 대감, 언제 오시는 겁니까!"

안위의 배가 이시언의 배와 충돌하고, 항왜병들이 올라타면서 이시언이 위험해지자 주변에 있던 충청수군 전선 네 척이 아무 지시도 없는데도 몰려왔다. 전라우수군의 다른 전선들이 이들을 붙들어야 했겠지만, 이미 지리멸렬해진 전라우수군에는 그럴 능력이 없었다.

네 척의 충청수군 전선들은 개별적으로 몰려왔음에도 마치 미리 계획한 것처럼 일사불란하게 움직였다. 양 측면에서 접근한 두 척의 판옥선은 총통 일제사격을 퍼부어 안위의 배 갑판을 쓸어버렸고, 당황한 타공과 도노장이 포격을 피하려고 배를 뒤로 물리자 세 번째 판옥선은 방패판이 없는 후방에서 공격을 가해 배 뒤편에서 키를 잡고 있던 타공을 사살, 안위의 배는 제대로 방향도 잡지 못하게 되고 말았다. 그리고 세 척의 충청수군 전선들은 총과 활을 쏘며 안위의 배에 올라타 일제 공격을 퍼부었다. 마지막의 네 번째 판옥선은 잽싸게 이시언의 배와 안위의 배 사이에 생긴 좁은 틈으로 끼어들어 이시언을 막는 방패이자 임승조의 군사들을 가두는 벽이 되었다. 여기서도 탄환과 화살이 쏟아졌다.

이시언의 배에 불이 옮겨 붙을 것을 걱정해서인지 충청수군 전선들이 화공을 가하지 않은 것이 안위에게는 천우신조였다. 하지만 거의 손실이 없는 전선 네 척으로부터 협공을 당하자 중과부적인 안위의 군사들은 순식간에 압도적인 곤경에 처하고 말았다. 네 방향에서 쏟아지는 총탄과 화살, 그리고 창칼은 무자비하게 안위의 군사들을 쓰러뜨렸다.

임승조 쪽도 상황은 극히 나빴다. 장대로 올라가는 계단 앞에까지 다다랐던 임승조는 이시언을 구하기 위해 뛰어든 네 번째 충청 전선의 사격으로 반 이상의 부하를 잃었고, 몇 안 남은 항왜병들과 함께 수십 명의 충청수군 병사들에게 둘러싸여 고군분투하고 있었다. 이순신이 얼른 오지 않는다면 전라우수군은 끝장이었다.

"통제 대감께서 구하러 오신다! 조금만 더 버텨라!"

＊

퍼퍼퍼펑!

이순신의 상선이 거북선의 옆을 지났다. 측면에 장착된 총통들이 연달아 불을 뿜었고, 장대 위의 이순신은 무표정하게 고개를 끄덕였다.

"좋아, 이 정도면 충분해."

전라좌수영의 각 전선들은 너무 빨리 달려 포를 쏘기도 전에 거북선을 지나치지 않도록 배의 속도를 조절해 가며 총통을 퍼부었다. 거북선 쪽은 우박같이 쏟아지는 포격에 대해 거의 반격을 하지 못하고 있었다. 총통이 불을 뿜을 때마다 나뭇조각이 사방으로 날리고 그 속에 쇳조각이 섞여서 튀었다.

"통상! 선두를 회두시켜 한 번 더 치시겠습니까?"

계단을 올라온 송희립이 조심스럽게 물었다. 하지만 이순신은 고개를 저었다.

"아니, 충청수군의 거북선은 이미 무력화되었네. 이걸로 충분하지 않은가."

옆에 있던 아들 이회가 고개를 끄덕거렸다. 제대로 반격도 하지 못하고 수없이 많은 포탄 세례를 받은 거북선은 만신창이가 되어 있었다. 가장 눈에 띄는 거북선의 특징인 개판의 창날도 여기저기 휘고 부러졌으며 선체에도 수없이 많은 탄흔이 있었다. 목제 개판과 선체의 여기저기가 깨지고 구멍이 뚫린 것은 물론이고, 무쇠를 씌운 방패판도 우그러지고 뒤틀려 있었다. 심지어 착탄 시의 충격으로 무쇠판을 선체에 고정시킨 대갈못이 깨지면서 무쇠판 자체가 아예 떨어져 나가 버린 부위도 드물지 않았다. 하지만 전투 상황에서 가장 심각한 피해는 그것이 아니었고, 이순신은 바로 그 점을 지적했다.

"무엇보다, 저들은 이제 움직일 수 없어. 그러니 이대로 놓아두고 가도 우리를 따라오며 공격하지는 못할 걸세."

지금 거북선은 선체 자체도 만신창이였지만 무엇보다도 선체 측면에 달린 노가 포에 맞아 모조리 꺾이면서 물을 밀어낼 수 없게 된 상태였다. 아무리 단단한 나무로 만든 전선의 노라고 해도, 화포로 날려 대는 수천 발의 돌과 쇳덩어리 세례를 무사히 버틸 수는 없었던 것이다. 이순신의 지적은 바로 그 점을 찌르고 있었다.

거북선과 판옥선 같은 조선의 전선들은 노를 저어서 움직인다. 다른 추진 수단으로 돛이 있기는 하지만 이는 어디까지나 바람이 적절한 방향으로 불고, 급격한 기동을 하지 않아도 되는 평시에나 활용할 수 있는 보조적인 추진 수단으로 전투 시의 급격한 이동에는 노를 사용한다. 전투 상황에서 돛을 펴고 있는 것은 불화살의 표적을 제공하는 일일 뿐인 것이다.

실제 지금 눈앞에 있는 충청수영의 거북선은 아예 돛을 달지도 않고 있었다. 돛은 없는데 노는 다 꺾였으니 저들은 바다 위에서 표류하는 것밖에는 할 수 있는 일이 남지 않은 셈이다.

"분명 통상의 말씀대로 이미 싸울 수 없게 된 이들을 치는 것은 옳지 않습니다. 저들이 왜적이라면 마땅히 나뭇조각을 잡고 표류할 정도로 지친 자들까지 하나 남기지 않고 참해야 했겠지요. 하지만 저들은 우리 수군이니까요."

이순신의 마음을 읽은 송희립이 동의를 표하자 이순신은 말 없이 웃으며 고개를 끄덕였다. 그리고 힘 있게 다음 이야기를 꺼냈다.

"어서 안 수사를 도우러 가세. 충청수영 전선들 때문에 위기에 처해 있네!"

"알겠습니다, 통상. 여봐라! 기패관에게 신호를 보내 전 전선으로 하여금 후군을 구원하게 하라!"

"예이!"

＊

칼을 휘두르는 손에서 힘이 빠질 기색이 보인다. 적선 갑판에 뛰어든 뒤 자신의 손으로만 벌써 여덟 명을 베었지만 아직도 충청수군 병사들은 겁먹지 않고 덤벼들었다. 같이 올라탄 부하도 이젠 셋밖에 남지 않았다.

"하야시님!"

"왜 부르느냐?"

임승조는 장대와 자신의 사이에 굳건히 서서 자신을 찔러 들어오는 충청수군 병사의 창을 걷어 올리면서 숨차게 대답했다.

"결국 우리는 조선인들의 창에 죽는 겁니까?"

"부처님의 뜻이라면 그리되겠지."

"하하! 7년간 하야시님 밑에 있었지만 그것도 이제 끝이군요. 모든 게 부처님 뜻대로라면 말입니다."

허망함이 섞인 부하의 말에 대답할 사이도 없다. 창이 허공으로 들린 충청수군의 자세에서 순간적인 빈틈이 보이자 임승조는 손에 든 칼을 그대로 대각선으로 내리그었다. 상대의 가슴이 일직선으로 베어지며 피보라가 튀었고, 순간적으로 장대로 가는 틈이 열렸다.

"가자! 여기가 우리의 오케하자마가 아니냐!"

다음 충청수병이 앞을 막아서기 전 임승조는 양옆으로 칼을 휘두르며 그 틈으로 뛰어들었다. 그의 외침에 고개를 돌린 아직 살아남은 부하들은 포위가 깨진 것에 당황하여 일제히 달려드는 충청도 병사들에게 칼을 휘두르며 접근을 막았다. 임승조가 두 번째로 장대로 오르는 계단에 발을 디뎠다.

*

"이 왜놈이!"

이순신의 중군이 달려오는 것을 알고 필사적으로 휘하 함대의 재편성을 시도하던 이시언은 임승조가 다시 장대로 뛰어드는 것을 한발 늦게 깨달았다. 황급히 시복에 손을 뻗었지만 겨우 단 한 발의 화살을 시위에 걸 수 있었을 뿐이다.

장대를 향해 뛰어오르던 임승조는 얼굴을 노린 화살을 간발의 차로 피한 뒤 계단 중단을 박차며 장대 위로 뛰어올라 이시언을 향해 칼을 휘둘렀다.

"흐아아앗!"

칼날은 방금 전까지 이시언의 목이 있던 곳을 정확히 베고 지나갔다. 이시언 역시 좁은 장대 위라는 불리한 상황에서 잽싸게 몸을 놀려 칼을 피했던 것이다. 임승조의 칼은 이시언의 명줄은 끊지 못하고 활줄을 끊는 데 그치고 말았다. 적수의 날랜 몸놀림에 임승조가 탄성을 발했다.

"호, 이 수사, 대단하시오!"

"닥쳐라, 왜놈!"

이시언은 임승조의 칭찬에 대해 들어 줄 가치가 없다는 태도로 일갈하면서 줄이 끊어진 활을 임승조의 얼굴을 향해 집어던졌다. 코앞에서 얼결에 기습을 당한 임승조가 검을 든 팔을 휘둘러 활을 쳐 내는 사이, 그 틈을 노린 이시언이 그대로 머리를 숙이고 달려들어 임승조의 허리춤을 그러안았다.

"어, 어어?"

"흐흐, 칼싸움이라면 네놈이 유리하다고 생각하고 이리 뛰어들었겠지? 하지만 이 장대 위가 매우 좁다는 건 몰랐구나!"

이시언은 통쾌하게 외치며 임승조를 그대로 들어 바다에 던져 버리려 했다. 이시언은 전란 중에도 왜군과 직접 창칼을 맞대고 싸운 적이 많았고 용력도 강한 편이어서 몇 번 몸부림을 친다고 떼어 낼 수 있는 상대가 아니었다. 임승조가 일본인치고 체구가 무척 큰 편이 아니었다면, 보통의 왜병 정도 체격이었다면 아마 단박에 장대 밖으로 던져졌을 것이다. 다행히 큰 키와 갑주의 무게 덕에 잠시 더 버틸 수 있었다.

임승조는 이시언이 칼을 뽑아 반항하는 경우에 대한 대처는 생각했지만 맨손으로 달려들 것이라고는 미처 예상하지 못했다. 지금의 상황에서 조금만 더 못 움직이면 이시언을 쏠까 봐 머뭇거리고 있던 갑판의 궁수들이 시위를 당길 수도 있고, 그렇게 되면 옴짝달싹못하고 화살의 표적이 될 것이 뻔했다. 마치 조임쇠와 같이 허리를 조여드는 이시언의 두 팔 속에 갇혀 있던 임승조는 언뜻 갑옷으로 가려지지 않은 틈새를 보았다.

"이야아앗!"

"아악!"

다급한 중에도 매섭게 휘두른 임승조의 칼은 두정갑 자락 아래, 눈 밑에 보이는 이시언의 양 종아리를 베었다. 가죽신과 두정갑 사이의 그 좁은 틈을 노린 칼이 정확히 들어가면서 이시언의 입에서는 억눌린 비명이 터져 나왔다. 두 팔은 여전히 임승조의 허리를 단단히 조이고 있었지만 두 무릎은 장대 바닥에 닿았다. 잠시 숨을 돌린 임승조는 날이 아래로 가도록 검을 거꾸로 잡고 힘껏 아래로 내리찍었다. 이시언의 두정갑이 본래 성능을 발휘했다면 칼에 한 번 정도 맞았다고 해서 뚫리지 않았을 것이다. 하지만 베는 것도 아니고 워낙 가까운 거리에서 내리찍은 데다, 칼 자체가 하야시가에서 대대로 전해 오던 명도였던 탓에 갑옷이 뚫리고 말았다.

"커, 커헉!"

"잘 가시오, 이 수사!"

임승조의 칼은 이시언의 왼편 등 한가운데를 찔렀다. 다행히 심장은 비껴 지나갔으나 폐 한가운데를 정통으로 관통하는 상처를 입힌 탓에 이시언을 쓰러뜨리기에는 충분했다. 곧바로 엄청난 출혈이 시작되면서 칼이 들어간 갑옷 등 부분은 물론 가슴께도 피로 물들었다. 칼날이 갑옷 앞면까지 뚫지는 못했지만 몸은 뚫고 나갔던 것이다.

마침내 이시언이 입으로 피를 토했다. 임승조를 틀어쥐고 있던 두 팔에서도 힘이 빠지는가 싶더니, 급속도로 피가 빠져나간 이시언의 몸이 스르르 무너져 내렸다.

"왜, 왜놈 역적……."

임승조는 말없이 검을 뽑은 뒤 자기 허리에 둘러져 있는 이시언의 팔을 풀고 살짝 밀었다. 피범벅이 된 이시언의 몸이 장대 위 바닥에 쓰러지자 임승조가 조용히 입을 열었다.

"이 수사, 하나 물어봅시다. 당신은 예전에 통제사 도노의 부하였다고 들었소. 그럼 이번 싸움에서 당신 군사들을 거느리고 통제사 도노의 휘하로 귀순할 수도 있었을 텐데, 왜 굳이 임금 도노 편에서 싸운 거요? 임금 도노는 당신을 별로 돕지도 않고 그저 죽으라고 내보냈을 뿐이지 않소."

"……사대부의 당연한 도리일 뿐이다. 어서 죽여라!"

쿨룩거려 피를 토하면서도 이시언의 기세는 꺾이지 않았다. 상대의 대답에 고개를 끄덕인 임승조는 검을 고쳐 잡으며 조용히 답했다.

"그대는 참으로 아까운 무사구려. 나 임승조는 그대에게 사사로운 원한은 없으나, 서로의 주군이 다른 탓에 이리 칼을 맞대게 되었소. 잘 가시오, 이 수사. 그대와 같은 무사와 칼을 맞댈 수 있었던 것을 영광으로 생각하오."

"왜놈은 잔말이 많기도 하구나. 죽일 테면 어서 죽이고 아니면 내 눈앞에서 꺼져라!"

오랜만에 벌인 칼싸움에 잠시 들떠 일본에서 하듯 상대에게 말을 걸었던 임승조는 당혹감에 잠시 얼굴을 붉혔다. 하지만 상대가 조선인이라는 것을 생각해 내자 곧 그의 얼굴은 다시 평온해졌다. 존경할 만한 상대라면 그가 원하는 방식대로 대접해 주는 것이 예의일 터였다.

"알겠소, 이 수사. 부디 평안히 가시오."

잠시 치켜들었던 검이 곧 방패판 아래로 사라졌다. 피를 토하면서 내던 이시언의 기침 소리와 신음이 뚝 멎었다.

*

안위는 필사적으로 활을 쏘며 버티고 있었다. 갑판 위에 남은 부하는 항왜병 세 명뿐이고, 격군들은 격군갑판 안에서 갑판으로 통하는 문을 걸어 잠그고 버티고 있었다. 충청수군도 격군밖에 없는 곳을 굳이 건드리려 하지는 않아서, 안위도 그들의 안전은 걱정하지 않아도 되었다. 조총 탄환이 이마를 스치면서 낸 상처에서 피가 흘러 시야를 방해하긴 했지만 화살이 있는 동안은 버텨 볼 작정이었다.

"이 수사는 죽었다. 너희도 포기하라!"

느닷없이 울리는 임승조의 쩌렁쩌렁한 목소리에 안위는 속으로 쾌재를 불렀다. 드디어 해냈구나! 안도감을 느끼는 뒤에 호령 소리가 이어졌다.

"충청수군! 아직 늦지 않았으니 통제사 편에 서라! 아니, 이 수사 편에 남고 싶은 자는 떠나도 좋다! 내 말을 믿지 못하겠으면 이것을 보라!"

안위의 배와 이시언의 배, 그리고 이들을 둘러싸고 있는 네 척의 충청수군 전선들에는 잠시 침묵이 내려앉았다. 사실을 부정하고 싶어 하는 이가 많았겠지만 누구도 임승조의 칼끝에 꽂힌 피투성이의 둥근 물체를 부인할 수는 없었다. 피가 들어가서 제대로 보이지 않는 안위의 눈으로도 투구의 첨두는 분명히 구분이 되었다. 안위는 등골이 서늘해지는 충격을 느끼며 자기도 모르게 탄식을 내뱉었다.

"저 멍청이! 통상께서 수급을 베지 말라고 그리 강조하셨건만!"

잠시 멍해 있던 안위는 자기도 모르게 고함을 질렀다.

"버려! 버려! 임 별장, 이 멍청아!"

잠시 모든 것이 멈춰 있는 것 같던 순간은 안위의 고함으로 깨졌다. 안위의 전선 왼편에 배를 대고 있던 충청 전선의 선장이 ― 안위는 당진포만호 조효열이라고 생각했다 ― 뿌드득거리는 소리가 들릴 만큼 이를 갈더니 이순신의 함대가 오는 북쪽 방향을 흘끗 보고는 외쳤다.

"모두 물러나라! 통제사의 함대가 오기 전에 물러나 수사 영감께서 생전에 내리신 지시를 따라야 한다. 다음 기회를 노리자!"

조효열의 명령을 들은 충청수군 군사들은 썰물처럼 질서정연하게 일제히 물러났다. 당연히 안위는 물러나는 충청수군에게 활을 쏘지 않았고, 항왜병들도 그 뒤를 쫓아 적선에 올라타지 않았다. 아직 살아 있는 자기 고을 군사들을 모두 회수한 충청 전선들은 일제히 배를 돌리더니 남쪽을 향해 노를 저었다. 전라우수군을 완전히 박살 낸 나머지 충청수군 전선들도 연이어 그 뒤를 따랐다. 다만 조효열은 떠나기 전 안위를 향해 외쳤다.

"안위 영감! 지금 세부득이하여 우리 수사 나리의 시신을 뫼시지 못하고 두고 가지만 혹시라도 왜놈이 수사 나리의 시신을 욕보이는 일이 생긴다면 내 지옥 끝까지 가서라도 왜놈과 영감을 함께 쳐 죽이고 말 것이오! 내 말 명심하시오!"

살아났다는 안도감에 맥이 풀린 안위의 귀에는 조효열의 말은 들어오지도 않았다. 안위는 그저 자신도 모르게 그 자리에 주저앉아서는 한숨을 쉬었다. 그를 노린 화살과 탄환으로 장대는 고슴도치가 되었고 갑옷에도 여기저기 화살이 꽂혀 있었다. 정신이 혼미해졌다.

*

이순신 휘하의 좌수영 군이 맹렬히 접근하자 남아 있던 충청수군 전선들은 퇴각하려고 했다. 하지만 그들의 앞에는 우치적이 거느린 우군 소속의 함선들이 이미 길을 막고 있었다. 우치적이 휘하 전선들을 향해 단호한 목소리로 명령을 내렸다.

"포를 쏘아라!"

퍼펑! 펑!

앞길에 포탄이 떨어지자 전라우수영과의 싸움으로 이미 지쳐 있던 충청수군 전선들은 전진을 멈출 수밖에 없었다. 다시 물러서서 다른 방향으로의 탈출을 모색할 생각도 했지만 그럴 여유는 없었다. 이순신의 중군 함대가 도착하여 이들을 완전히 포위한 것이다. 이제 명령 한마디면 충청수군이 소멸할 상황이었다. 한데 포성이 아닌 회유의 외침이 양군 사이에 울려 퍼졌다.

"충청수군에게 고한다!"

아까 거북선을 공격할 때도 선두에 나섰던 송여종의 전선은 지금 일자진을 펼친 중군 전선들 중 제일 끝에 자리를 잡고 있었다. 송여종은 경상우수군을 맞이할 때처럼 이순신의 좌선이 앞으로 나서고 통제사 군관 송희립이 목청을 돋우어 외치는 것을 보고 혀를 찼다. 언뜻 보기에도 전라우수영의 피해는 막대해서 무사한 전선은 서너 척밖에 되지 않는데, 통제사는 아직 충청수군까지 아울러 하나로 만들겠다는 미련을 가진 것일까. 충청수군이 저 정도로 지독하게 싸웠다는 것은 이쪽 편이 될 뜻이 전혀 없다는 이야기일 뿐인데 말이다.

지금 죽었는지 살았는지 알 수 없는 전라우수영 가수사 안위는 고금도를 출발하기 전부터 장수들 사이에 은밀히 이야기를 퍼뜨려 동조자를 모으고 있었다. '우리 수군이야말로 지난 전란에서 나라를 구한 주역이었다. 이제 수군이 다시 한 번 나서서 암군이 된 임금과 무능한 자들로 가득한 조정을 완전히 쓸어내고 백성들의 삶을 구원할 때다.'라는 안위의 선동은 이순신만큼이나 고지식한 태도를 견지하고 있는 경상우수사 유형과 유형을 깊게 따르는 몇몇 장수들에게는 씨알도 먹히지 않았다. 하지만 그 외에 전라도 수군 장수 대다수는 물론이고 상당수의 경상도 장수들에게도 안위의 선동은 충분히 먹혀들어가고 있었다.

"수군이 통상과 함께 수로를 끊지 않았다면 어찌 왜적이 경상도를 침탈하는 데 그치지 않고 도성으로 진군하여 이를 점거하지 못했겠는가? 그리고 계속 그렇게 두었다면 어찌 정유년의 재침이 있었겠는가? 이를 방해한 임금과 조정이 더 이상 존재할 가치가 있는가?"

안위의 속삭임은 왜적을 물리친 자부심과 조정에 대한 원망 등을 근저에 깔고 있던 장수들의 마음속을 독버섯처럼 파고들었다. 애초에 거병 반대파였던 송여종 역시 지금은 안위에게 물든 장수들 중 하나였다.

"통상께서 충청수군을 어떻게 끌어들이실 생각인지 보아야겠군."

"충청수군은 들어라! 지난 7년간의 전란 동안 왜적과 싸우면서 그대들은 무엇을 보았는가? 통상과 함께 무엇을 이루었는가? 그동안 조정이 왜적을 무찌르기 위해 해 준 것이라고는 원통제를 보낸 것이 고작이었다. 최호 수사께서도 조정의 그러한 처사 때문에 순절하시지 않았는가. 통상까지 그리 돌아가시게 할 수는 없다! 이제라도 우리와 힘을 합쳐 조정을, 나라를 바꾸도록 하자!"

잠시 양측의 전열 사이에 팽팽한 긴장감이 흘렀다. 양 진영의 수졸들은 아무 말 없이 서로를 바라보며 활시위와 총통을 잡고 있을 뿐이었다. 송여종은 전혀 항복할 기색이 없어 보이는 충청수군 전선들을 보며 이를 앙다물었다.

"통제사께 답하오!"

송희립의 호소에 응해 나선 것은 당진포만호 조효열이었다. 전투로 지쳐 있었으나 그의 목소리에는 의지가 엿보였다.

"통상께서 억울한 핍박을 당하신 것은 잘 알고 있소. 하지만 이런 식의 행동에는 절대 동참할 수 없소. 주상 전하께서 수군에게 섭섭하게 대한 것은 사실이나, 우리는 전하의 신하로서

나라를 지켜야 하는 의무가 있소. 지금 순절하신 이 수사께서도 그리 생각하셨기 때문에 통상과의 인연이 없는 분이 아니심에도 통상과 맞서 싸우셨고 당당한 최후를 맞으셨소."

이시언이 죽었다는 조효열의 말을 듣고 송여종은 방금 지나쳐 온 안위와 이시언의 좌선을 떠올렸다. 두 척 모두 갑판에는 시체가 산처럼 쌓였고, 갑판과 장대는 피로 도색한 듯 시뻘겋게 물들어 있었다. 화살을 잔뜩 맞은 안위는 살아남은 격군들에게 부축을 받아 장대 위에서 내려오고 있었다. 이시언의 배 위에서 움직이는 몇몇 군사들도 제대로 서 있는 이는 하나도 없고 지친 듯 휘청거리는 걸음들뿐이었다. 그 참상을 생각하니 이시언이 이미 죽었다는 말도 납득이 갔다. 송여종은 속으로 두 배에 타고 있던 군사들의 명복을 빌었다.

"우리 충청수군은 수사 나리의 뜻을 따라 통제사의 길을 막기로 뜻을 모았고, 이에 따라 수사 나리께서 이끄시는 대로 전라우수군과 싸웠소. 수사 나리께서 저 왜놈의 칼에 돌아가시지 않으셨다면 마땅히 싸움을 그치지 않으셨을 터. 소관이 비록 말직이라 하나 장수 된 도리와 고인이 되신 수사 나리의 뜻을 저버리고 구차한 목숨을 잠시 더 부지하기 위해……."

조효열은 잠시 머뭇거렸다. 송여종은 저 말 잘하던 자가 왜 머뭇거리는지 의아했다. 지금 이 말을 해도 괜찮은 것인지 고심하는 표정을 짓던 조효열이 마침내 입 안에서 맴돌던 말을 꺼내놓았다.

"……역당의 패에 동참할 수는 없소!"

면전에서 반정군을 향해 반역의 무리라고 일갈한 조효열의 배짱에 송여종은 감탄을 금할 수 없었다. 주변의 다른 장수들도 화를 내기보다는 역시 충청수군이라며, 3분의 1밖에 안 되는 열세 상황에서도 자기 자리를 지키는 충청수군에 대한 찬탄을 아끼지 않는 분위기였다.

"조 만호! 지금 조정은 부패하고 무능하여 더 이상 이 나라를 이끌어 갈 능력이 없소. 그러니 그만 마음을 돌려 우리와 함께하도록 합시다. 우리는 힘을 합쳐 함께 왜적과 싸웠던 전우가 아니오."

송희립은 포기하지 않고 설득을 시도했다. 하지만 조효열을 비롯한 충청수군 장수들의 태도는 단호했다.

"우리가 왜적을 상대로 함께 싸운 것은 사실이나 지금 우리의 입장은 서로가 너무나 다르오. 통상께 전해 주시오! 우리를 치신다면 맞설 뿐이라고 말이오."

잠시 침묵이 흘렀다. 송희립은 뒤로 물러가 이순신의 지시를 받는 것 같았다. 송여종의 생각에도 왜적이 아니라 아군인 충청수군을 상대하는 데 이순신이 전면에 나서는 것은 모양새가 좋지 않았다. 송희립이 이순신의 의사를 전달하는 편이 더 낫다.

"충청수군에게 다시 고한다!"

양 진영 사이에서 긴장감이 흘렀다. 이제 한마디만 더 떨어지면 총통이 불을 뿜고 불화살이 하늘을 덮으리라.

"나는, 그리고 통상께서도 우리 수군 간에 벌어지는 싸움은 원하지 않으신다. 그대들이 우리의 뜻에 동참하기를 원하지 않는다는 것은 알겠다. 그렇다면 배와 병장기는 그대로 두고 육지에 내리는 것은 어떠한가? 그대들이 계속해서 우리 반정군과 싸우려고 한다면 우리 역시 맞설 수밖에 없다. 그리되면 열세인 충청수군은 전멸할 수밖에 없다. 여기서 싸움을 그치고, 육지로 오르는 것이 어떠한가. 그럼에도 계속 싸우겠다면, 그 뒤에 다시 만나도록 하자."

송희립이 건넨 제안은 반정군 장수들로서도 예상 밖의 내용이었다. 충청수군들도 깜짝 놀라는 기색이 완연했다.

"본관의 말을 믿기 바란다. 그대들이 배와 무기를 넘기고 이곳 해안에 내린다면 추격은 물론 화살 하나 쏘지 않을 것이다. 통상께서 약속하셨다."

또다시 침묵이 흘렀다. 무익하고 확실한 죽음의 길과 본래의 의지에서 다소 후퇴하지만 살아날 수 있는 길 중에서 충청수군은 어떤 길을 택할 것인가? 송여종은 생각했다. 나라면 저 상황에서 어떤 선택을 할까?

"통제사께 전해 주시오!"

조효열의 목소리가 울려 퍼졌다.

"순절하신 수사 나리의 뜻을 받들어 통제사의 편에 들어갈 수는 없소. 하지만 지금 이 상황에서 죽는 것이 통제사의 길을 막는 데는 아무 소용도 없는 죽음이라는 것도 알고 있소. 그러니 통제사께서 빠져나갈 기회를 주신다면 감사히 받아들이겠소. 단, 무거운 총통과 배는 두고 가더라도 창검과 활, 조총은

가지고 가겠소. 그리고 순절하신 수사 나리의 시신을 뫼시고 가게 해 주시오."

송여종의 생각에 지금 상황에서 정말로 목숨을 걸고 믿을 수 있는 것은 전란 초기부터 함께 싸운 전라도, 그리고 경상도 수군뿐이었다. 이렇게 저항한 상대라면 어찌 믿고 이쪽 편으로 받아들일 수 있겠는가. 어설픈 투항자를 받아들이는 것은 그저 장래의 배반자를 키우는 것뿐일 수도 있다. 차라리 저렇게 확실히 거부하는 편이 나을 것이다.

이순신 쪽을 잠시 흘긋 돌아본 송희립이 다시 조효열을 향하여 고개를 끄덕였다.

"좋다. 그대의 요청을 받아들이겠다."

소근포 앞바다에서 벌어진 반정군과 충청수군의 싸움은 이렇게 끝을 맺었다. 이 전투로 앞길을 막아서는 충청수군의 세력을 소멸시키기는 했으나 반정군의 한 축인 전라우수군도 거의 괴멸되었다. 하지만 한강 입구에 도착할 때까지는 이제 그 누구도 반정군을 막아설 수 없게 되었다.

제8장
도성을 덮은 구름

　조정의 분위기는 무척 가라앉아 있었다. 임금의 명으로 각지에서 도성을 지킬 병력을 끌어모으고 도성 주민들 중에서도 장정들을 모아 근왕병을 조직하고 있지만 그것이 그다지 원활하게 이루어지고 있지 않았기 때문이다.

　"경상도와 전라도의 감사와 병마절도사들은 어찌 군사를 이끌고 오지 않는가!"

　"전하, 삼남의 혼란이 갈수록 심해지고 있사옵니다. 애초 지방관들의 장계에 의하면 처음에 봉기한 배설의 무리는 2000에서 3000 정도 되었던 것 같으나 갈수록 그 수가 불어나는데다가 출몰하는 고을도 늘어나고 있어서, 각 고을의 군사는 관아를 수비하고 이를 진압하느라 관할 지역을 벗어나지 못하고 있습니다. 도성과 각 지방을 연결하는 파발들도 무사히 가도를 오가지 못하는 상황입니다."

영의정 윤두수가 침통한 표정으로 임금의 역정에 대답했다. 사흘 전 임금이 명나라 진영에 다녀온 뒤부터 빗발치기 시작한 남도 지방의 대대적인 민란에 대한 보고들은 안 그래도 이순신의 반란으로 충격을 받은 조정을 완전히 뒤집어 놓기에 충분했다.

"이미 말씀을 올렸지만 지난 병자일* 전라도의 열 개 고을에서 처음 배설의 무리가 난리를 일으킨 뒤, 경상, 충청의 각 고을까지 불길이 번져 지금은 최소한 쉰 개 이상의 고을에서 배설의 무리가 날뛰고 있습니다. 워낙 가담자가 많다 보니 관군 중에도 내통자가 있고, 몇몇 고을에서는 이들이 관장을 살해하고 성문을 열어 난군을 맞아들이는 등 그 혼란이 극에 달하고 있습니다. 가히 황건적의 난과 맞먹는 지경입니다."

"병자일이면 겨우 엿새 전이오! 겨우 지난 엿새 동안 삼남이 반역의 무리들로 뒤덮이고 관군은 손도 못 쓰고 반적들에게 당하고 있다는 것이 말이 되는 거요? 군사를 몰아 진압할 엄두도 내지 못할 만큼?"

"전하, 반적들의 수가 관군과 정면으로 싸워 승리할 만큼 많은 것은 아닙니다. 하지만 배설의 무리에 가담한 자들 중에는 전란 중에 의병에 들어가서 왜군과 싸웠던 자들이 많습니다. 이들이 왜병과 싸우던 방식으로 관군을 공격하여, 어둠 속에서

---

* 음력 7월 29일

화살을 쏜 뒤 사라지거나 행군하는 군사들의 측면에서 활을 쏘아 사람을 상하게 한 뒤 사라지는 등 괴롭히니, 관군을 이끄는 장수들도 대적하는 데 곤란을 겪고 있습니다. 대군을 상대로 한 싸움의 경험을 가진 자들이라 쉽게 진압할 수가 없습니다."

임금의 분노가 폭발했다.

"의병! 애초에 그 도적놈들을 받아들여 크게 쓰는 것이 아니었다. 대신들도 알겠지만, 일찍이 태종대왕께서 나라를 평화롭게 하고자 많은 논란 끝에 모든 종친과 대신 들이 가지고 있던 사병을 혁파하여 나라 안에서 사사로운 싸움을 없애셨다. 그러한데 이 의병이란 자들은 정체가 무엇인가? 감히 그 신분이 종친도 아니고 지방 유생에 불과한 자들이 의병장이랍시고 자칭하며 각자 거느린 노복과 백성을 끌어들여 만든 사병에 불과한 것이 아니더냐! 전란 초기 관군이 제대로 싸우지 못했을 때야 그렇다 치더라도, 전국이 안정된 뒤에도 의병이라는 것들의 준동을 막지 못하였으니 이것은 국가의 근본을 위태롭게 한 중대한 실책이었도다. 의병이라 자칭하는 자들을 보면 개중에 정녕 나라와 임금을 위해 충성을 바쳐 싸운 자들도 없지는 않지만, 난리를 핑계로 군사를 모아 제가 마치 원술, 유표인 양 위세를 부리고, 한발 더 나아가 역모를 벌이려 한 자들도 있었음을 내가 안다. 그리고 군졸로서 의병에 가담한 자들은 또 다 무엇이냐? 그자들은 원래 법도에 따르면 마땅히 관군에 들어가 임금의 명을 받으며 싸워야 할 자들이다. 그런 자들이 군역을 회피하고자 의병이랍시고 저들끼리 패당을 만들어 뭉쳐 다니며 인명을 살상하고 재물을 훔치며 도적으로 활동한 경우가 허다했으니 저들이 이런 대역무도한 짓에 가담할 것은 이미 예고되어 있었다. 조정 대신들은 이런 결과를 진즉에 내다보고 사전에 처리했어야 할 것이 아니냐! 과인은 저 도적놈들이 이리 과인을 능멸하고 자신들의 잇속을 차리기 위해 난리를 일으킬 것을 이미 다 짐작하였으나, 앞을 내다보지 못한 대신들의 반대가 심하고 전란 중이라 미처 손대지 못하였던 것이 이런 결과를 빚고 말았다. 아아, 하지만 일이 기왕에 이리된 것을 어이하랴. 이야말로 만시지탄이 아니더냐. 오호, 통재로다!"

임금은 전란 중에도 의병과 의병장들에 대한 견제를 잊지 않았다. 실제로 의병을 자처한 도적 떼가 적지 않았고, 의병장을 자처하면서 휘하의 의병을 자기의 사병으로 여기는 이들도 있었기 때문이다. 그리고 이들이 왜군과 싸우는 후방에서 사회적인 문제를 일으킨 것도 사실이었다. 하지만 그렇다고 해서 모든 의병이 그런 도적 떼가 아니었음은 물론이다.

좌의정 이덕형이 흥분한 임금을 진정시켰다.

"전하, 기실 삼남의 반란을 일으킨 배설의 당은 그 규모가 막대한 것은 아닙니다. 각 고을의 수령들이 올린 보고를 종합해 보면 최초 봉기를 일으킨 자들의 숫자는 그리 많지 않습니다. 다만 워낙 많은 고을에서 일시에 봉기했기에 미처 관군이 한 번에 다 제압할 수가 없었고, 그것을 이용하여 기세를 올리고 있을 뿐입니다. 저들은 필시 통제사 이순신과 연계하여, 관군의 토벌군을 붙잡아 놓아 이순신을 상대하지 못하게 만들기 위하여 전국 각지에서 봉기한 것으로 생각됩니다. 이순신의 군사를 쳐부수고 나면 저들은 자연히 그 기세가 수그러질 것이고, 한양의 군사를 동원하여 차례로 진압하면 적도의 무리는 곧 흩어지고 팔도의 정세가 평안해질 것입니다."

"소신의 생각도 같습니다. 배설의 무리는 결국 도적 떼에 불과하며 나라를 뒤엎을 힘이 없습니다. 이순신의 군사만 쳐부순다면 반적들은 봉기의 중심으로 삼았던 구심점을 잃게 될 것이고, 차츰 사그라질 것입니다. 상께서는 지방의 소소한 반란 같은 것에 괘념치 마시고 역도들의 수장인 이순신의 문제에 대해서만 눈길을 주옵소서. 이순신만 쓰러지면 배설의 무리는 오월의 볕을 만난 섣달 서릿발처럼 사라질 것이옵니다."

병조판서 김명원이 이덕형의 주장을 거들었다. 임금은 두 대신의 발언에 다소 기분이 진정되는 듯 호흡을 차분히 했다.

"알겠다. 그럼 지금까지 도성에 모인 군사는 확실히 얼마나 되는가?"

"훈련도감의 군사를 주력으로 하고, 도성 내외 및 경기도와 황해도에서 소집한 군사를 합쳐 2만이 조금 못 되옵니다. 삼남의 군사는 배설의 일당이 초래한 혼란도 혼란이지만 아직 왜적의 위협을 완전히 배제할 수 없어 함부로 자리를 뜰 수 없고, 북방의 군사도 야인의 위협을 대비하느라 내려오기가 힘듭니다. 전하께서 준비하던 북벌을 중단하라 명을 내리시긴 하였으나 그 준비를 하고 있던 군사를 곧바로 불러올려 이순신을 상대하라 이르기는 곤란합니다."

병조판서 김명원은 차분하게 대답했다. 아까의 흥분 상태에서 가까스로 기분을 가라앉히던 임금의 화가 김명원의 대답을 듣고 다시 폭발했다.

"병판! 역당들이 난을 일으킨 지 거의 한 달이 지났소! 그런데 도성에서 고작 2만밖에 군사를 모으지 못했다니 이게 말이되오? 삼남의 군사가 올라오지 못하는 것이야 그렇다 치고, 북도의 군사들이 내려오는 데 시간이 걸리는 것도 용납한다 치더라도, 도성의 군사와 황해도와 경기도의 군사를 다 모았는데도채 2만이 안 된다니 말이 되냔 말이오!"

지난 한 달 동안 수없이 나타나는 임금의 분노와 마음대로안 되는 상황들을 접하면서 초탈해진 것인지, 임금의 분노에도불구하고 김명원은 별로 당황하거나 난처해하지 않았다.

"전하, 외람된 말씀이오나 호조에서 비축한 군량미가 적어그 이상의 군사를 유지하기가 힘듭니다. 게다가 배설의 무리들이 경기도 남부 일대에서도 출몰하여 한양으로 수송하는 군량미를 습격하고 관아를 공격하여 불태우는 등 소요를 일으킬 기미가 보여 경기도의 군사도 모두 동원하기 힘듭니다. 그나마경기도 북부 지방의 군사들이라도 동원한 것이 다행입니다."

병조판서 김명원은 만사를 초탈한 듯 담담한 어투로 대답을이어 나갔다.

"게다가 해안가 고을들은 역도들이 상륙해서 점거할지도 모르니 병력을 뺄 수 없고, 내륙인 광주목에서는 광주목사를 겸

하고 있던 경기방어사 권준이 이순신에게 가담한 혐의로 의금부에 잡혀온 뒤 미처 후임자를 정해 내려보내지 못한 탓에 제대로 군사가 동원되지 않고 있습니다. 광주목에서는 병력 동원은 둘째 치고 관내의 치안 유지도 제대로 안 되고 있는 상황입니다. 그리고 의금부에서 전하의 명을 받아 포도대장 입부 이순신을 추포하면서 포도청 군사들까지 해산되는 바람에 한양에서 동원할 수 있는 병력이 더 줄어들었습니다. 진즉에 유능한 인재를 천거하여 광주목에 다른 이를 보내고 포도청도 다른 이에게 맡겼다면 이런 위기를 겪지 않았을 것을, 이 모든 것이 전하를 잘 받들지 못한 저희들의 죄입니다."

김명원은 만사를 포기한 듯한 표정을 지으며 일사천리로 대답했다. 지난 한 달, 임금에게 한두 번 볶인 것이 아닌 것이다. 내뱉으려던 말의 선수를 뺏겨 괜스레 무안해진 임금이 화살을 예조판서 심희수에게 돌렸다.

"명나라 장군이 보낸다던 사절 뭐시기는 어찌 되었느냐? 반적 이순신을 만났느냐?"

"송구하옵니다. 천장인 제독 이승훈이 출발은 천장 경리 만세덕이 예고한 대로 닷새 전에 하였으나 제대로 움직이는 것 같지가 않습니다. 지금 수원까지는 내려가 있으나, 딱히 길을 서두르는 기색이 없다는 보고가 올라와 있습니다."

예조판서 심희수가 고개를 숙인 채 쩔쩔매며 대답했다. 그도 느긋한 이승훈의 행보가 답답하기는 마찬가지였지만 일개 배신에 불과한 그로서는 감히 천장을 찾아가 길을 재촉할 수도 없는 노릇인지라, 왕과 명나라 장수들 사이에서 속만 끓일 뿐이었다.

마음에 드는 소식이 하나도 없었다.

"역적 이순신이 언제라도 난군을 몰아 도성을 들이칠지 모르는 이때에, 국가의 근본을 지키는 일을 맡아야 할 대신들이 이렇게 일을 제대로 하지 못해서야 어찌 과인이 마음을 고요히 하고 백성들을 평안히 다스릴 수 있겠는가? 어허, 불미한 신하들로 인해 사직에 누를 끼치게 되었으니 이 큰 죄를 어쩐단 말인가?"

"전하, 저희를 죽여 주시옵소서!"

신하들은 황급히 그 자리에 엎드렸다. 조선과 같은 사회에서, 임금이 아무리 자기 입으로 죄가 있다고 말했다고 해서 신하들이 '그래, 당신 탓이오.'라고 할 수는 없는 법이다.

"경들을 죽여 목을 내건다고 해서 이 난이 가라앉기라도 한단 말인가? 끄응! 난을 진압하는 데 아무 도움이 안 되는 그런 이야기는 아무 소용이 없으니 그만두라."

역정이 난 임금은 그 자리에서 일어섰다.

"과인은 잠시 바람을 쐬어야겠다. 경들은 계속 대책을 숙의하라."

자리에서 일어선 임금은 편전을 나가 뜰을 몇 개인가 지나가다 말고 멈춰 서더니 뒤를 따르는 내관 김양보를 손짓으로 불렀다.

"어제 저녁에 불러 둔 조카 녀석들은 모두 자리를 지키고 있으렷다?"

"예, 마마. 당은군, 익성군, 영제군, 진산군 모두 궁 안에 모여 있습니다."

"진성군과 진양군은 어찌하여 오지 않았느냐?"

"진성군과 진양군은 너무 어려 데려오지 않았습니다. 홀로 되신 군부인께서 군들의 안위를 걱정하여 보내려 하지 않으시는지라……."

"다시 가서 꼭 데려오너라. 임해군 이하 왕자들도 모두 궁궐 안으로 불러들여서 절대 나가지 못하도록 해라."

임금의 눈에는 살기가 서려 있었다.

"만에 하나라도, 그 녀석들 중 단 하나라도 궐 밖으로 어떤 전갈이라도 보내게 해서는 안 된다. 궐 밖에 꼭 전할 말이 있다고 하는 자가 있으면 누구에게 보내는 글이든 꼭 서한으로 쓰게 하여 그 내용을 네가 먼저 읽고, 보내도 괜찮다고 생각되는 경우에만 내보내도록 하여라. 그리고 내게 꼭 보고해라."

"예, 전하."

김양보가 고개를 조아렸다. 그리고 그 자세 그대로 약간 떨어져 있는 주변의 다른 내관이나 궁녀들이 듣지 못하도록 작은 소리로 속삭였다.

"통제사와의 연통을 막으시려는 것이옵니까?"

"잘 아는구나. 그렇다."

임금은 얼굴이 굳어진 채로 고개를 끄덕였다.

"조카건 아들이건, 지금 내가 가장 믿을 수 없는 것이 혈육이다. 그놈들 중 누가 반역의 수괴인 이순신과 결탁하여 왕좌를 노릴지 너라면 알 수 있겠느냐? 법도대로 하면 그놈들 중 어느 한 놈도 왕이 될 수 없다. 그러나 권력이란 부자간의 정도 사라지게 만드는 법. 그대로 두었다가는 그놈들 중 어느 하나가 은밀히 이순신과 결탁하여 과인을 몰아내고 그 보상으로 자신이 보위에 오르려고 할지도 모르는 일이다. 그런 기회는 아예 생기지 않도록 싹을 잘라야 한다!"

임금은 맷돌처럼 악문 어금니 사이로 한마디 한마디를 씹듯이 내뱉었다. 임금의 자식 사랑은 참으로 지극해서, 패악이 극에 달해 백성들에게 잡혀 왜군에게 넘겨졌던 임해군과 순화군을 비롯해 여러 아들들이 온갖 망나니질을 벌이고 다녀도 다 보듬어 안고 뒷일을 수습해 주는 마음 약한 아버지였다. 하지만 그 부친으로서의 정도 권력에 대한 욕심 앞에서는 말할 수 없이 냉철해졌다. 그 자신이 권력을 쥐고 있기 때문에 그 유혹과 독성을 잘 알고 있어서이기도 할 것이다.

"젖먹이 진양군이나 흥안군이라고 해도 마찬가지다. 이순신이 진양군이나 흥안군을 내세워 허수아비 왕으로 앉히고 제 놈이 뒤에서 권력을 휘두르면 어쩌겠느냐? 그러니 그놈에게는 단한 명의 왕손도 넘겨주어서는 안 된다."

"알겠사옵니다, 전하."

고개를 깊게 조아린 김양보가 방향을 돌려 나가려다 말고 다시 돌아섰다.

"전하, 세자 저하의 주변은 어찌하올까요?"

잠시 침묵이 두 사람 사이를 감쌌다. 김양보는 아무 말 없이 그저 눈을 내리깐 채 고개를 숙이고 있었고, 임금은 마치 겨울이 닥치기 직전의 독사와 같이 차가운 표정을 짓고 있었다. 임금의 입이 열렸다.

"세자 역시 마찬가지다. 세자는 과인의 자리를 이을 것이지만, 이를 한순간이라도 빠르게 하고자 어떤 욕심을 부릴지 알 수 없다. 지금 이 시간 이후 동궁을 드나드는 모든 사람은 철저히 수색하여 이순신과 세자의 내통 여부를 확인하도록 하라!"

"어명을 삼가 받들겠나이다."

김양보는 임금에게 고개를 숙여 예를 표한 다음 옆문을 통해 그 자리를 떠났다. 임금은 말없이 담장 한쪽을 쳐다보며 입술을 깨물었다.

*

"그래, 알아보았느냐?"

"예, 저하. 소인이 탐문한 바로는 포도대장 입부 이순신과 경기방어사 권준 두 사람이 통제사 이순신의 사자를 접한 것은 사실인 것으로 보입니다."

"하면 정말로 그들이 통제사에게 동조하여 도성 일대에서 내응하기로 하였다는 말인가? 그래서 의금부에서 국문하고 있는 것인가?"

임금이 신임하는 내시 김양보에게 세자의 주변을 감시하라

명할 무렵, 세자 광해군은 임금의 눈을 피해 몰래 동궁에 들어온 이조좌랑 이이첨으로부터 의금부에 갇힌 권준과 입부 이순신에 대한 소식을 전해 듣고 있었다. 이이첨은 전란 중에 분조를 이끌 때부터 광해군의 손발이 되어 최선을 다한 심복 중의 심복이었다.

"아니옵니다, 저하. 그들은 단지 통제사 이순신이 보낸 사자로부터 동참을 권유하는 서장을 받았을 뿐이고, 이에 대해 단호히 거부했다 들었사옵니다. 경기방어사는 분명 답장도 써 주지 않고 망령된 소리 하지 말라며 그대로 쫓아 보냈는데 어찌 그자가 자신의 서한을 가지고 있는지 알 수 없다 하였으며, 포도대장은 그 사자가 예전부터 안면이 있어 차마 매몰차게 쫓아 내지 못하고 하룻밤 쉬어 가게 하였을 뿐 역모에 동참할 의사 따위는 전혀 없었다고 호소하였다 합니다. 주상 전하께서는 이를 믿지 않으시고 분명 두 사람 모두 역모에 동참하였다 여겨 친국을 그치지 않고 계십니다. 만약 포도대장의 집에 들어갔다 나온 그 사자라는 자를 잡았다면 확실히 역적의 일당이라는 혐의를 잡든, 아니면 누명을 벗든 했겠으나 그자가 포도대장의 집을 나오자마자 행방이 묘연해지는 바람에 상감께서도 확증을 잡지 못하고 계십니다."

"포도대장과 경기방어사의 상태는 어떠한가? 죽을 것 같지는 않은가?"

"두 사람은 아직 숨이 붙어 있으나, 가솔들과 부하 관원들 중에는 벌써 여럿이 형장 아래 죽어 나갔습니다."

"허어, 이것 참 큰일이로다."

광해군은 가만 앉아 있지 못하고 자리에서 일어나 방 안을 맴돌았다.

"그들은 그런 사소한 의심만으로 죽여도 되는 그런 장수들이 아니야. 아바마마께서 이순신의 반역을 크게 우려하시는 것은 알지만, 그렇다고 해서 국가에 대공이 있는 그런 이들을 쳐서 해하는 것은 옳지 않아."

이이첨이 대답했다.

"저하께서 걱정하시는 마음은 소인도 미루어 짐작하지 못하는 바가 아닙니다. 하나 지금 이순신의 반란이 국가를 지극히 위태롭게 만들고 있으며, 마땅히 이루어져야 할 역적의 일가족에 대한 추포도 이순신의 피붙이들이 거주하는 충청 일대가 반란의 늪에 빠지는 바람에 이루어지지 못하고 있는 상황입니다. 게다가 그 두 장수는 과거 수군에 있으면서 이순신의 수족처럼 움직였던 이들이니, 현재 국면에서 이순신의 편에 서서 조정을 위태롭게 할 수도 있습니다. 저들을 잡아들인 주상 전하의 처사를 무리하다 할 일이 아니옵니다."

"나도 저들을 잡아들인 아바마마의 판단 자체는 옳다고 생각하노라. 하나 잡아들였다는 것이 곧 저들이 역당의 일원임을 증명하는 것은 아니지 않느냐. 합당하게 문초를 하여 죄상을 밝히는 것은 마땅히 해야 할 일이지만, 그대가 말하듯이 형장을 가하는 것은 그저 장살杖殺시키려는 것 이상도 이하도 아님을 내 어찌 모르겠느냐?"

쉼 없이 방 안을 맴돌던 광해군이 말을 멈추더니 그 자리에 멈춰 섰다. 불끈 쥔 두 주먹이 부르르 떨렸다.

"그들은 왜적을 막는 데 큰 공을 세웠을 뿐더러 만약 이순신이 정말 도성으로 군사를 몰아온다면 그와 싸워 사직을 지키는 데도 크게 공헌할 수 있는 장수들이다. 조정에서 정 의심을 씻지 못한다면 감군監軍을 붙여 배반 여부를 감독해도 될 것인데, 어찌 역적의 일당으로 몰아 장살시킬 궁리를 꾸민단 말인가? 이래서야 어느 장수가 조정에 충성하고 몸을 던져 적과 싸울 것인가?"

"하나 주상께서는 그런 추상적인 이야기를 들어주시지는 않을 것입니다. 경기방어사와 포도대장이라는 직책은 저들이 이순신의 편에 선다면 너무나도 위험한 것이 사실이기 때문입니다. 만약의 경우 도성 안에서 포도청 군사들이 대궐을 손에 넣고, 광주 군사들이 말 머리를 돌려 다른 군영의 군사들을 공격한다면 고선지의 군사가 갈라록葛邏祿 군에게 배반당한 꼴이 되어 관군은 일패도지하고 말 것입니다. 사태가 그리 진행되면 어가가 몽진할 틈도 없을 것이니 한순간에 사직이 난군의 손에 들어가게 됩니다."

이이첨은 담담하게 이야기를 계속했다. 임금의 경계를 받고 있는 광해군이 이런 이야기를 할 상대라곤 자기뿐임을 아는 까

---

* 탈라스전투에서 군대를 이끌고 아바스 왕조의 이슬람 군과 대치하던 고구려 유민 출신의 당나라 장수 고선지는 동맹군이었던 카를룩족의 배반으로 참패하였다.

닭이다.

"저하, 그들이 살아날 방법은 이미 없습니다. 설사 통제사 이순신이 지금 바로 모든 군사를 해산하고 전하께 투항한다고 해도, 이순신의 가족은 혹시 모르겠으나 그 자신은 분명히 역모의 죄를 물어 처형될 것이고, 포도대장과 경기방어사 역시 역적과의 내통 여부를 추궁당하다가 장살되거나 아니면 귀양 길에 장독杖毒이 올라 죽고 말 것입니다. 공연하게 주상 전하의 뜻을 막아서다가 노여움을 사지 마시고, 일단은 조용히 추이를 지켜보시지요."

"국가와 사직의 안위가 위기에 빠졌는데 그대는 어찌 내게 손을 놓고 보고만 있으라고 말하는가! 나는 이 나라의 세자일 세. 장래 만백성의 어버이가 되어야 할 세자 된 몸으로, 어찌 이런 큰일을 수수방관할 수 있는가? 사태를 가라앉히고, 포도 대장과 경기방어사뿐 아니라 이번 난리로 죽게 될 수많은 군사 와 백성 들의 생명을 구하기 위해서라도 어떻게든 손을 써야 마땅하지 않은가!"

"저하."

잠시 광해군의 말을 듣고 있던 이이첨이 조용히 세자를 불 렀다. 잠시 흥분해 있던 광해군도 침착한 그의 태도에 눌렸는 지 말을 멈추었다. 광해군이 입을 다물자 이이첨이 조용히 입 을 열었다. 그의 목소리는 잔잔하고 고요했다.

"난군도 관군도 모두 저하께서 다스리실 백성. 저하께서 마 음이 아프신 것은 압니다. 하지만 저하께서는 아직 세자, 그것도 지위를 확고하게는 인정받지 못한 세자이십니다. 세자는 원래 아무 일도 할 수 없습니다. 물론 세종대왕께서 선왕이신 태종대왕의 생전에 양위를 받았듯이 저하께서도 전하 생전에 양위를 받으실 수도 있고, 문종대왕께서 그러셨듯이 부왕의 일부 업무를 대행하실 수는 있습니다. 하지만 이는 어디까지나 임금이 세자에게 허용해 준 범위 안에서 힘을 행사하는 것입니다. 아무리 총명한 세자라고 해도 국정에 대해 실행하고 싶은 일을 자신의 생각대로 실행할 수는 없습니다. 만약 마음먹은 대로 국정을 움직일 수 있다면 그 사람은 이미 세자가 아닙니다. 왕이지요.”

이이첨은 말을 멈추었다. 숨이 막힐 것만 같은 침묵이 잠시 흐른 후, 이이첨은 잠시 멈췄던 입을 열었다.

“지금 왕이 되고 싶으십니까, 저하?”

광해군이 멈칫했다.

“무…… 무어라?”

“큰 문제가 없다면, 언젠가 보위는 저하의 것이 됩니다. 하지만 소인은 저하께서 그날을 앞당기고 싶으신 것인지 여쭈었사옵니다. 세자 저하, 훗날 전하께서 자연스럽게 승하하신 뒤가 아니라 지금 바로 보위에 오르고 싶으십니까?”

광해군은 그 자리에 서서 고개를 숙인 채 아무 말도 하지 않았다. 이이첨은 창백해진 광해군을 타이르듯이 천천히 자신의 말을 이어 나갔다.

“세자 저하, 서두르려 하지 마십시오. 지금 서두르는 것은 도리어 저하 스스로를 위험하게 만들 뿐입니다. 혹시 전하께서 적통 대군을 새로이 생산하신다면 저하의 자리가 위험해질지도 모르겠으나, 중전께서는 이미 나이가 많으시고 몸이 약하시어 후사를 보실 가능성이 없습니다. 중전께서 아직 살아 계신 이상 주상께서 새로이 중전을 간택하여 국혼을 치르지도 못하실 것이고, 그러니 저하보다 나은 정통성을 가진 적통 대군이 태어날 우려도 없습니다. 저하께서 주상 전하의 눈 밖에 크게 날 일만 저지르지 않으시면 세자 자리에서 밀려나지는 않으실 것이고 보위는 저하에게 돌아올 것입니다. 전하의 춘추가 이미 어언 마흔다섯이니, 이번 일이 어떻게 마무리되건 길어야 10년에서 15년이면 전하께서 승하하십니다. 저하께서 마음의 여유를 가지신다면 그리 길게 기다리지 않으셔도 될 것이옵니다.”

“하지만 나는 나라에 이런 큰일이 생겼는데 가만히 있을 수가 없다는 말일세!”

광해군이 다시 화를 터뜨렸다. 하지만 이이첨은 계속 냉정함을 유지했다.

“그래도 기다리십시오. 전하께서는 아직 기력이 왕성하시고 권력에 대한 의지도 충만하십니다. 지금 저하께서 보위에 욕심내는 모습을, 아니, 왕권에 손을 대려는 모습을 조금이라도 보인다면 그 즉시 이순신의 역모와 연루시켜 저하를 폐서인하고 새 세자를 들이시려 할 것입니다. 그리고 그리되면 저하께서 그동안 쌓은 능력도 경험도 모두 허사가 될 것입니다. 정 나라와 백성을 구하기 위해 행동하기를 원하신다면 지금은 아직 때가 아니니 더 적합한 때를 기다리셔야 합니다."

힘이 들어가 있던 광해군의 어깨가 처졌다. 방 한가운데에 서 있던 광해군은 자리로 돌아와 보료 위에 쓰러지듯이 앉았다.

"좌랑, 나는 경에게 서찰을 주어 경이 믿을 수 있는 이를 통해 이순신에게 보내려 하였소. 이순신이 이제라도 조정에 귀순한다면 아바마마께서도 위엄을 지키며 그의 일당에게 온정을 베푸실 수 있지 않을까 해서였는데, 그것도 하지 말아야겠소?"

"저하, 아무 일도 하지 마시라 하지 않았습니까. 설사 제가 편지를 무사히 전할 수 있다고 해도, 그리고 이순신이 저하의 서한을 받고 투항한다고 해도 그것이 끝이 아닙니다. 저하께서 전하의 승낙도 없이 사사로이 이순신과 서신을 주고받았다는 사실은 분명히 알려지고 말 것이고, 전하께서는 분명히 이를 역모에 대한 동조로 받아들이실 것이옵니다. 그런 서찰을 보내셔서는 절대 안 됩니다."

광해군의 안색이 창백해졌다. 잠시 말을 멈추고 생각에 잠겼던 이이첨이 뜻밖의 말을 꺼냈다.

"저하, 혹시 서한을 이미 써 놓으셨다면 잠시 보여 주십시오."

광해군은 예상치 못한 요구에 일순 당황하는 표정을 지었지만 옆에 있는 문갑에서 길게 접은 종이를 꺼내 건네주었다. 편지를 받은 이이첨이 물었다.

"이 서한은 언제 쓰셨습니까?"

"오늘 아침에 쓴 것일세. 내가 계속 여기 있었고 누구에게도 보여 주지 않았지."

고개를 끄덕인 이이첨은 편지의 내용에 대해서는 눈길도 돌리지 않고 그 자리에서 일말의 망설임도 없이 편지를 찢어 버렸다.

"좌, 좌랑! 무슨 짓인가!"

소스라치게 놀란 광해군이 손을 뻗었지만 이미 늦었다. 이이첨은 자물쇠처럼 입을 꾹 다문 채 편지를 발기발기 찢었다. 갈가리 찢긴 편지가 엄지손톱보다 작은 크기의 종잇조각이 되자 이이첨은 편지의 잔해 한 줌을 손에 쥐더니 그대로 입 안으로 쑤셔 넣었다. 광해군은 너무도 놀라 꾸역꾸역 종이를 먹는 이이첨을 제지하지도 못하고 눈을 휘둥그레 뜬 채 바라보고만 있었고, 마침내 종잇조각을 다 삼킨 이이첨이 이제야 마음이 놓인다는 듯 미소를 지었다.

"여름이라 화로가 없으니 이렇게 하는 수밖에 없사옵니다. 소인은 이순신에게 보내는 저하의 편지를 받지도 않았고 그 내용을 본 적도 없으니, 행여 무슨 일이 있더라도 저하께 누가 되지는 않을 것이옵니다."

"하지만 이렇게까지는……. 그대가 그냥 전하지 않으면 되는 것을! 서신이야 내가 처리하면 되는 것 아닌가!"

"전하께서 이 큰 종이를 어디에 치우시렵니까? 동궁전의 종이 한쪽도 전하의 뜻대로 숨길 수는 없습니다. 방을 정리하는 나인들이 저하께서 찢어 버린 종이쪽을 주워다가 하나하나 조각보를 모으듯 맞춰 보지 말라는 법이 어디 있습니까? 세자빈마마의 침소에 드셨을 때 내관이 저하의 서랍을 뒤져 전하께 보고하지 말라는 법은 있습니까? 이렇게 해야만 합니다."

"하나 경은 염소가 아니지 않소! 어찌 사람이 종이를……. 촛불에 태워도 되었을 텐데……."

"소인의 장은 보기보다 튼튼하니 너무 심려치 마시옵소서. 그보다 시간을 너무 많이 끌었으니 누구 눈에 띌지 모르겠습니다. 소인은 이만 물러갈까 하옵니다."

이이첨이 일어서자 광해군도 따라 일어섰다. 광해군의 얼굴에는 온갖 만감이 교차하고 있어, 이이첨으로서도 그 감정의 추이를 쉽게 판단할 수가 없었다.

"좌랑, 내가 오늘……."

"저하, 오늘 무슨 생각을 하셨든, 어떤 일도 일어나지 않았습니다. 저하께서는 그저 몸을 조심하시옵소서. 지금 어떤 행동을 하건 그것은 저하께 해를 끼칠 뿐입니다. 지금 일어나는 일들은 좋은 일이건 나쁜 일이건 모두 주상 전하의 몫입니다. 저하께서는 그저 조용히 자연스럽게 저하의 때가 오기만 기다리십시오. 그 뒤에는 만백성이 저하의 앞에 무릎을 꿇고 그 명을 따를 것입니다."

이이첨은 조심스럽게 동궁전을 나서며 깊게 생각했다. 지금 임금은 권력욕 때문에 제대로 된 사리 판단을 못 하고 있고, 세자가 왕위에 오르는 편이 이 조선을 위해서는 훨씬 낫다. 그렇다면 지금의 이 반란은 세자의 즉위를 빠르게 하는 데 큰 도움이 될 수도 있다. 하지만 세자는 참을성이 약간 부족한 성품인데다 공을 세워 부왕에게 인정받고 싶다는 욕구에 시달리고 있으니, 섣불리 행동하다가 부왕의 경계를 불러일으켜 처단당할 가능성이 있다. 일단은 그저 조용히 있어야 한다.

"이조좌랑께서는 잠시 멈추어 주시지요."

"무슨 일인가?"

내관들이 이이첨을 둘러쌌다. 그 뒤에는 두 명의 내금위 군사들이 무기를 쥔 채 살벌한 표정으로 이이첨을 경계하고 있었다. 여차하면 칼을 뽑을 기세였다.

"죄송하오나 동궁전에서 나오시는 것을 보았습니다. 혹시 수상한 물건을 가지고 계시지 않은지 확인해야 합니다. 소인들의 무례를 용서하여 주십시오."

"뭣이라! 이놈들이 감히 어디에 손을 대느냐!"

이이첨이 벌컥 화를 내자 내관들이 주춤거리며 물러섰다. 이이첨이 한마디 더 비난을 퍼부으려는 순간 높고 가늘지만 위엄 있는 목소리가 그의 행동을 막았다.

"너희가 어명을 받들지 않을 셈이냐!"

고개를 돌리자 김양보가 거기 서 있었다. 내수사 부제조, 이이첨 자신보다도 품계가 높고 임금의 최측근인 내관이다. 임금의 수족이라 할 수 있는 그가 어느새 나타나 있었다.

"동궁전을 출입하는 모든 이의 몸뒤짐을 하여 혹시 수상한 물건을 가지고 있지는 않은지 꼭 확인하라는 주상 전하의 어명이 계셨다고 하지 않았느냐. 그 누구도 예외는 없다! 네놈들이 일을 제대로 하지 않는다면 모조리 역당의 일원으로 간주되어 의금부에 갇히게 될 것이다!"

김양보의 일갈은 내관들을 상대로 한 것이었지만 사실상 이이첨에게 외친 셈이었다. 이 수색의 의도와 주체가 그에게도 확연히 전달되었기 때문이다.

"드, 들으셨지요? 좌랑께서도 소인들을 원망치 말아 주시옵소서."

김양보의 매서운 눈초리를 등에 받는 것과 함께 내관들이 자신의 소맷자락과 허리춤을 더듬는 손길을 느끼면서 이이첨은 내심 안도와 우려의 감정이 교차하는 한숨을 쉬었다. 편지를 먹어 치워 증거를 없애 버린 데서 오는 안도감, 난국을 맞은 임금이 본격적으로 세자를 견제하기 시작한 데서 오는 우려였다. 살아남기 위하여, 그리고 무사히 다음 임금이 되기 위하여 세자 광해군은 어떤 길을 걸어야 할 것인가? 세자가 기필코 다음 임금이 되기를 바라는 그로서는 풀어야만 하는 난제였다.

*

"끄응. 도대체 통제사의 군사는 얼마나 될까?"

"장군, 전라좌우수군을 모두 합치고 경상도 수군까지 더하면 1만 명 정도 되지 않겠습니까? 새삼스레 적당들의 숫자는 왜 거론하시는지요."

"그게 1만 여가 전부가 아닐 것 같으니 그러지."

도순변사 이일은 얼굴을 잔뜩 찌푸린 채 뒷짐을 지고 회의실 안을 이리저리 돌아다녔다. 먹구름이 잔뜩 낀 그의 표정을 보며 부하 장수들은 목을 움츠렸다.

"통제사 이순신의 반군은 얼마나 되며 지금 어디 있는가? 우리는 반군의 위치조차 파악하지 못하고 있다. 하삼도가 배설 일당의 책동으로 혼돈 속에 빠지면서 지방 수령들의 장계가 제대로 올라오지 않고 있어. 이래서야 이순신의 역당들이 바다를 따라 올라와서 한강으로 들어올 것인지, 아니면 경기도 해안 고을을 점거하고 육로로 도성을 노릴 것인지, 그것도 아니면 충청도쯤에서 상륙하여 하삼도의 불만 세력을 모아 대군을 편성하여 남쪽에서 경기도로 올라올 것인지 알 수가 없어! *끄응.*"

"장군, 일단은 도성에 모인 군사의 훈련을 시키면서 기다리시지요. 반군은 결국 도성을 노릴 수밖에 없으니, 분명 도성으로 올 것은 확실합니다. 만약 도성의 군사를 하삼도로 잘못 내려보냈다가 반군이 한강을 타고 한양으로 밀려들기라도 하면 정말 큰일이 아니겠습니까. 적당들의 소재와 이동 방향이 명확하게 밝혀질 때까지는 도성에서 대기함이 옳으리라 보입니다."

종사관 정충신이었다. 이제 겨우 약관을 넘은 젊은 나이지만 명석하고 현명하기로 이름난 정충신의 발언에 다른 장수들도 고개를 끄덕였다. 사실 도성에서 보기에 하삼도는 지금 도대체 어디가 적당들의 활동 지역이고 어디가 관군이 확실하게 장악한 지역인지도 알 수 없었다. 경기도는 아직 배설의 일당

414

이 점거한 고을이 하나도 없고 각 수령들과의 연락도 유지되고 있었지만, 배설 일당이 여기저기서 출몰하고 있다는 사실이 보고되고 있는 것은 마찬가지였다. 잠시 더 방 안을 걷던 이일은 한쪽에 앉아 있는 신임 경기수사 최원에게 시선을 돌렸다.

"경기수사, 만약 적당들이 한강을 거슬러 오른다면 경기수군이 막아 낼 수 있겠소?"

"이를 말씀입니까. 수군이 좁은 강으로 들어온다 함은 육군이 산길로 들어가 협곡을 통과하는 것과 같습니다. 게다가 강은 여울이 많고 수로가 좁아 구석구석 나 있는 물길을 알지 못하면 제대로 배를 몰지 못하는데, 먼 남도에서 온 저들이 어디서 한강의 뱃길을 알려 줄 길잡이를 구하겠습니까? 비록 저희 경기수군이 반적들의 전선에 비해 가진 전선의 수효가 적다고 하나, 수로를 막고 저들이 도성을 범접하지 못하게 하는 정도는 얼마든지 할 수 있사옵니다. 장군께서는 한강의 수로는 걱정하지 마시고 역당들을 토멸하는 일에만 힘을 쏟으소서."

"그렇다면 내 믿어 보리다."

자신감 있는 대답을 듣고 알겠다고는 했지만 이일로서는 경기수사의 태도가 믿음직스럽지 못했다. 마땅치 않은 표정을 보았는지 최원이 한 번 더 나서서 호언장담을 했다.

"경기수군은 지금 상류인 용산 앞에 진을 치고 있으니, 이순신의 반군이 한강에 나타났다는 보고만 받으면 곧바로 득달같이 하류로 내달아 저들을 무찌를 것입니다. 설사 저들이 남양 일대에 상륙하여 육지로 도성 공략을 시도한다 해도 경기수군이 막고 있는 이상 한강을 건널 수 없어 도성에 손을 댈 수 없을 것입니다. 그러니 도순변사께선 군을 몰고 하삼도로 내려가 적당들을 그 본거지로부터 쓸어 없애시는 것이 어떠하신지요. 도성의 방어는 제가 경기수군을 이끌고 기필코 이루어 내겠습니다."

자신감 있는 태도에도 불구하고 최원의 발언을 대하는 장수들의 태도는 시큰둥했다. 경기수사 최원은 임진년에 전라병사로 있었는데, 근왕을 하겠답시고 기껏 군사를 이끌고 도성 인근까지 올라와서는 도성을 점령하고 있는 왜군과 싸우기가 두려운 나머지 진군 방향을 돌려 강화도에 틀어박혀서는 자신이 끌고 올라온 군사들로 강화도를 철통같이 지키게 하며 자신의 보신만 꾀한 전력이 있는 인물이다. 이일을 비롯한 장수들로서는 과연 저자가 통제사 이순신을 상대로 제대로 싸울 수 있을지 의구심이 들 수밖에 없었다.

"수사 영감의 말씀이 그럴듯하기는 합니다."

정충신이 다시 입을 열었다. 어째 그보다 높은 무관들이 자기들보다 높은 품계를 가진 최원을 공박하는 껄끄러운 일을 하급자에게 떠미는 모양새였지만, 정충신 본인은 별로 괘념치 않는 모양이었다. 날카로운 지적이 이어졌다.

"만약 반군이 한강 이남에 상륙하여 육로로 도성을 향한다면 도강하는 것만 막으면 되니 수사께서 말씀하셨듯이 경기수군이 단독으로도 저들을 막을 수 있을 것입니다. 하지만 도순변사께서 도성의 군사들을 이끌고 남으로 가신 뒤에 반군이 한강을 통해 나타난다면, 어찌 경기수군이 모두 막아 낼 수가 있겠습니까? 반적들의 전선은 전라, 경상 양도의 수군을 거의 아우르고 있으니 적어도 쉰 척은 족히 될 터. 경기수군의 사기가 아무리 높다 한들 가진 전선이 열 척밖에 안 되는데 모조리 쳐부술 수 있을 리가 없습니다. 아까 수사께서 말씀하신 것처럼 수로를 지키는 것은 길목을 막는 것과 같으니 잘되어도 적의 전진을 막을 수 있을 뿐, 적을 섬멸할 수는 없습니다."

최원의 얼굴이 붉으락푸르락하는 것을 보면서도 정충신은 말을 멈추지 않았다.

"그뿐이 아닙니다. 수사께서 말씀하신 대로 반적들이 배를 타고 경기수군과만 싸운다면 혹 모르겠으나, 일부 전선으로 하여금 경기수군과 싸우게 하고 나머지는 마포나루에 군사를 내려 곧바로 도성으로 진격하게 한다면 어찌시겠습니까? 어쩌면 아예 한강으로 들어오지 않고 임진강으로 들어가 그곳에 군사를 내려 북쪽에서 육로로 도성을 노릴 수도 있습니다. 만약 저들이 그런 움직임을 보인다면 경기수군은 도성을 지키는 데 아무 도움도 되지 않을 것이고, 텅 비어 있는 도성은 그대로 저들의 손에 들어가게 될 것입니다. 그러니 도순변사께서는 적도들의 움직임이 완전히 파악되기 전까지는 도성에 머무르셔야 합니다."

"그대의 생각이 내 생각과 같다."

이일은 크게 고개를 끄덕였다. 전란이 터지던 해 열일곱이었던 정충신은 권율의 휘하에서 연락, 정탐 등으로 큰 공을 세웠고 이항복의 가르침을 받은 인연도 있어서 꽤 빨리 출세를 하고 있었다. 스물넷의 나이에 종사관이라면 전쟁 중이라고 해도 엄청난 출세다.

"장군, 너무 심려치 마시지요. 통제사 이순신의 군사가 비록 물에서는 조선 최강이라 하나, 육전에서는 제 구실을 하지 못할 것입니다. 판옥선이 강하다 하나 육전에는 전혀 쓸모가 없으니, 어찌 뭍에 오른 거북이 꼴이라 아니하겠습니까. 장군께서는 훈련이 부족한 군병을 조련하며 반적의 동태를 파악하십시오."

"그대의 생각이 옳다."

이일은 고개를 크게 끄덕이며 당장 군사를 남으로 움직이지는 않을 것임을 분명히 했다. 주장의 자신감 있는 태도에 다른 장수들이 안도하고 있는데, 한쪽 구석에 앉아 있던 오위장 한명련이 조심스레 입을 열었다.

"도성의 군사를 함부로 움직이지 말자는 정 종사관의 의견에는 동감하는 바입니다. 한데 명나라 군사들은 어찌하고 있습니까? 만약 이순신의 군사가 도성으로 쳐들어온다면 천병이 저들을 진압하기 위해 출동할 것 같습니까, 아니면 그저 진영 안에 틀어박혀 있으면서 구경만 할 것 같습니까?"

"천병은 움직이지 않을 것 같소."

이일이 씁쓰레한 목소리로 내뱉었다. 이 문제는 그에게도 해결되지 않는 고민이었다.

"제장들께서도 아시겠지만 용산의 천병 진영은 어제도 오늘도 악공들이 울리는 풍악 소리와 여인네들의 교성, 주연의 고성과 술잔 부딪히는 소리로 가득하오. 군사들이 창칼을 닦거나 대오를 정비하는 모습은 눈 씻고 찾아도 볼 수가 없으니, 천병이 반군을 토벌하러 내려가는 것은 바랄 수 없을 게요."

"그렇다면 이순신의 반군이 도성 코앞에 나타나도 천병이 움직이지 않을까요? 소장이 생각하건대, 천병이 그저 반군의 앞에 나타나는 것만으로도 이순신이 거느린 반적들은 공격을 주저할 것입니다. 수군이 한산에서의 무너짐을 빼면 왜적에게 단 한 번도 패하지 않은 강골이라 하나, 설마 천병을 공격할 배짱이 있을 리가 없지 않습니까. 천병이 가지고 있는 대국의 군사라는 위상이 있는데, 설마 반군이 천병을 공격하겠습니까?"

한명련은 수군이 명군에 대해 어떤 감정을 가지고 있는지는 잘 몰랐다. 그래서 그가 열을 내어 주장하는데 옆에서 끼어드는 목소리가 있었다.

"아니요, 공격할 거요."

한명련의 발언에 침울한 표정으로 제동을 건 것은 그동안 묵묵히 입을 다물고 있던 전 함경북병사 오응태였다. 그는 임금의 명에 따라 북병영에서 북벌을 준비하고 있다가 북벌을 준비하는 데 있어서 열성을 다하지 않는다 하여 해임되었고, 후임 함경북병사 이수일과 교체되어 지금은 잠시 한양으로 소환되어 있었다. 그런데 하필이면 바로 지금 이번 난리가 터지면서, 오는 길에 임금의 명을 받아 이끌고 왔던 소수의 함경도 병사들과 함께 토벌군에 편성되고 만 것이다.

그런데 오응태는 지금은 조정 편에 있지만 무술년*부터 한동안 충청수사로 재직하고 있으면서 이순신 휘하에 있었던 전력이 있었다. 그것 때문에 임금의 경계를 사지 않을까 하여 이 일이 주재하는 회의에서도 웬만해서는 입을 열지 않는 등 한껏 조심하고 있었다. 조정에서의 정탁과 마찬가지인 셈이다.

"병사 영감, 그게 무슨 말씀이십니까? 수군이 천병을 공격할 거라니요? 어찌 감히 그런 생각을 할 수 있습니까?"

눈이 휘둥그레진 한명련과 다른 장수들을 둘러본 오응태는 한숨을 푹 쉬더니 꾹 다물고 있던 입을 열었다. 그동안 명나라 군대를 받들어 모시느라 쩔쩔매던 육군 장수들에게는 청천벽력 같은 내용이었다.

"육군은 모르겠으나 수군은 명군에게 유감이 많소. 그나마 육군은 명군 없이는 싸움이 무척 힘들다는 것을 알고 있고, 그래서 명군의 눈치를 많이 보지만 수군은 그렇지 않아요. 수군은 명나라 수군이 없을 때도 왜군을 상대로 져 본 적이 없고, 명나라 수군과 함께 싸울 때도 명나라 수군을 싸움에 걸림돌이 되는 방해물 정도로밖에 보지 않았소. 명나라 수군이 있어서 왜군을 견제해 주었기 때문에 싸움이 좀 쉬워지긴 했지만 말이오. 게다가 명나라 수군도 육군이나 마찬가지로 제대로 싸우지도 못하면서 우리 백성들을 수시로 노략질하고, 공에 대한 욕심도 많아서 우리가 벤 수급을 강탈해 가곤 했지⋯⋯. 통상 대

---

* 1598년

감이 아무 짓도 하지 말라고 꼭 억누르지 않았다면 쥐도 새도 모르게 목이 잘려 남해 바다에 처박혔을 명나라 수군의 숫자가 수백은 족히 되었을 게요."

그의 말을 들은 장수들은 입을 떡 벌렸다.

"그, 그래서요?"

"그래서는 무슨 그래서. 안 그래도 원래 명나라 군대에 별 호감이 없는 수군 군사들이 자기네 앞에 포진해서 반정을 막으려고 하는 명나라 군사들을 보게 되면 서슴없이 천자총통을 갈길 거라는 이야기요. 저들은 이미 통상 대감을 따라 반정에 동참하여 이 나라의 역적이 되었는데, 명나라 군대를 공격한다고 해서 상황이 더 나빠질 건 또 무엇이겠소? 어차피 통제사 편에 선 군사들의 입장에서야 반정이 실패하면 죽기밖에 할 것이 없을 것이고, 성공하면 명나라도 자기들을 건드리지 못할 거라 여길 게요. 수군이 그렇게 마음을 먹고 있는데 명나라 군대를 끌어냈다가 천자총통 세례를 받게 하면 그놈들이 죄다 흩어져 도망갈 것은 틀림없고, 그 꼬락서니를 본 우리 군사들도 죄다 몸을 빼서 도망갈 거요. 그러니 천병이 진영에서 나오지 않겠다고 한다면 그냥 내버려두는 게 낫다고 생각하오."

오응태는 한숨을 푹푹 쉬며 넋두리를 늘어놓았다. 정충신이 조심스레 말을 건넸다.

"그렇다면 결국 우리 군사들만으로 통제사의 반군을 진압해야겠군요."

"그렇소."

침울해진 장수들은 명나라 군대가 그냥 진영 안에나 잘 처박혀 있기를 바랄 수밖에 없게 되었다. 사실 명군이 나서지 않아서 실망한 것보다는 명군이건 뭐건 앞을 막으면 다 날려 버리겠다고 나설 만큼 독이 오른 반정군에 대한 두려움 때문이겠지만, 기가 죽은 장수들을 본 이일이 일갈했다.

　"천병이 도와줄 것이라고는 다들 애초에 생각하지 않았잖소! 새삼스레 뭘 그렇게 실망하고 그러는 거요? 그리고 오 영감! 확실하지도 않은 낭언으로 군중을 불안하게 하면 그대가 병사의 자리에 오를 만큼 지위가 높았다 해도 군율에 따라 곧바로 참할 것이오! 그 입 다무시오!"

　"예, 대감."

　오응태는 곧바로 침묵했다. 그는 방금 전에 입을 연 것도 이미 후회하는 참으로, 조용히 있으면서 아무 말도 하지 말걸 그랬다고 자책하고 있었다. 상황이 급박한 나머지 다른 장수들이 잠시 잊고 있던 자신과 이순신의 친분을 자기 스스로 털어놓은 셈이 되었고, 애초에 별로 높지 않은 관군의 사기를 더 떨어뜨린 것도 사실이었기 때문이다. 게다가 이일은 정말 필요하다고 생각되면 위협한 대로 목을 베고도 남을 사람 아닌가. 이일은 군율을 어겼다는 이유로 부하를 처형하는 일이 잦아서 예전부터 조정에서 종종 문제를 일으킨 적이 있었다. 장수들이 침묵하자 이일이 침통하게 내뱉었다.

　"으음, 충청수군이 어찌하고 있는지만 알아도 반적들을 막는 데 정말 큰 도움이 될 것인데! 파발을 보낼 수 없을 만큼 육로가 불안하다면 수로를 통해 전갈을 보내도 될 것인데, 충청 수사가 그 생각을 못 하고 있는 것인지 이미 패멸하여 소식을 보낼 수도 없는 것인지 알 수가 없군. 차라리 경기수군처럼 한 강에 들어와 있으면 소재라도 확실하니 마음이 편할 것을."

"주상께서 결정하신 일이라……."

최원이 겸연쩍은 표정으로 머리를 숙였다.

"알고 있네. 휴우! 이렇게 우리끼리 한숨만 쉬어 봐야 될 일도 아니 되겠지. 밤도 깊었으니 각 장수들은 자신의 군영으로 돌아가 군사들을 살핀 뒤 쉬도록 하시오. 어차피 군사를 몰아 남으로 내려가려 해도 주상 전하의 윤허가 없이는 아니 되니까 말이오."

"알겠습니다, 장군."

*

"오래도 계시는구려. 형은 집에 안 가시오?"

"갈 때가 되면 어련히 알아서 갈까. 고향 집에 가면 이 재미 있는 구경을 못 하지 않는가. 조정 소식을 가장 빨리 들을 수 있는 곳이 이곳인데 내가 어디를 가겠나. 그러니 조정 이야기나 해 보게."

인경을 칠 때가 되어서야 집으로 돌아온 이덕형은 오늘도 자기 보료 위에 유들거리며 누워 있는 이항복을 보아야 했다. 이덕형이 피식거리며 핀잔을 주었다.

"그럼 차라리 아프다는 소리를 말고 조정에 등청을 하시오."

"그건 싫네. 그 골치 아픈 곳을 뭣하러 다시 들어간단 말인가? 게다가 나는 아직 정신이 혼미하고 기력이 쇠하여 오래 앉아 있을 수가 없네."

"그런 양반이 매일 한나절씩 어딘가로 외출을 하는데다, 식사로 저녁마다 닭 한 마리를 먹고, 수시로 내 집 비녀婢女들을 이불 속으로 끌어들이시오? 안채에 계시는 어머님께서 마땅치 않아 하시니, 정말 환자연할 생각이거들랑 최소한 사랑채 정돈하는 비녀들이라도 그만 건드리시구려."

"어허, 그야 몸이 안 좋으니까 당연히 몸보신을 해야 할 것 아닌가. 안 그래도 요즘 날이 더워 몸이 허하다네."

"뭐 형이 그런 사람인 걸 모르는 건 아니니."

사랑채 주인이나 되는 것처럼 편안히 누워 태연히 대답하면서 빙글빙글 웃는 표정으로 천장을 쳐다보고 있는 이항복의 태도에 이덕형은 고개를 내저으며 느긋하게 옷을 갈아입었다. 벌써 열흘이 넘도록 이항복은 이덕형의 사랑방에서 기식하며, 낮에는 글을 읽거나 낮잠을 자고 밤에는 이덕형과 이순신의 역모에 대한 이야기를 나누는 나날을 보내고 있었다.

"그나저나 오늘은 조정에서 무슨 이야기가 있었나?"

"늘 똑같소. 하삼도는 배설의 일당이 온통 뒤흔들어 놓았고, 그놈들을 부추긴 거나 마찬가지인 통제사는 도대체 어디 있는지도 확인이 안 됐소. 상감께서는 역정이 나셨는지 중간에 바람을 쐬러 나간다고 편전을 나가시더니 끝내 날이 저물도록 돌아오지 않으시다가 바로 침소로 드셨고, 그런 상황이다 보니 오늘 회의도 영 결론이 안 나더구려. 윤근수 대감 주장대로 흩어 놓은 충청수군으로부터는 아무 연락도 없고, 통제사가 얼마나 많은 군사를 거느리고 어디 있는지도 모르겠고, 배설 일당은 설치고 있고 그렇다오. 그놈의 배설 일당이 움직이면서 관군을 괴롭히는 것을 보니 우리 의병들에게 된통 당하던 임진년 왜군들의 모습이 떠올라 안쓰러울 정도요. 이것 참, 내가 왜놈들에게 동질감을 느낄 줄이야."

"어쩔 수 없는 일이지. 그나저나 상께서는 몽진은 생각하지 않으시는 건가? 반군이 도성에 접근한다면 만약의 경우를 위해 잠시 옥체를 피하시는 편이 좋을 텐데 말일세."

이덕형은 자리에 앉으며 고개를 내저었다.

"아직은 도성에 계실 모양이오. 다만 왕자들 전부와 하원군의 자제분들을 모두 궁궐 안으로 소집하여 두셨다오. 혹시 한 사람이라도 통제사의 손에 들어가면 통제사가 그를 허수아비 임금으로 세우고 권력을 잡을까 우려하시는 듯하오. 삼별초가 승화후 왕온을 왕으로 내세워 개경 왕실과 맞섰던 것처럼 말이오."

이항복은 들고 있던 부채로 탁자 모서리를 탁탁 두들겼다.

"그건 상감께서 지나치게 민감하게 보시는데. 내 사태가 시작될 때부터 누누이 이야기해 왔지만 통제사는 그런 일을 꾸밀 사람은 아니라고 보네. 그동안 여기저기서 들은 이야기들을 정리해 보니 통제사의 의도는 정말로 자신이 살아남는 것뿐인 것 같은데. 자기를 모함해서 죽이려는 조정의 권신들을 물러나게 하는 정도라면 모를까, 주상을 몰아내고 자기가 권좌에 오르려는 의도는 없을 거라는 생각이 드는데, 자네 생각은 어떤가? 주상께서 통제사의 목을 치려고만 하지 않았으면 이 난리는 일어나지 않았을 것이 아니냐 말이야."

"뭐 내가 보기에도 사실은 그런 것 같지만, 그걸 우리가 안다고 해서 이 난리를 수습할 수는 없어요. 이미 이렇게 큰 반란이 된 이상 조정에서는 관군을 동원해 통제사의 군을 진압해야만 하죠. 일단 그동안 통제사를 비난해 온 조정 대신들부터도 자기들이 물러날 의사는 애초에 없으니 말이지요. 게다가 상감께서는 이순신이 옥좌와 권력을 탐낸다고 확신하고 계시니 어쩌겠소. 그래서 모든 상감과 비교적 가까운 혈연의 왕족들이 죄다 정릉동 행궁에 가 있는 것 아니겠소. 아마 전하께서는 생각 같아서는 전주 이씨의 피를 받은 후손이란 후손은 모조리 자기 손에 쥐고 싶으실 테지만……."

이덕형이 피식거리며 웃자 이항복이 눈시울을 찌푸렸다.

"그렇다고 해서 모든 왕손들을 전하 곁에 두는 것은 좀 불안하지 않은가. 백성들이 불안해할 수 있으니 내전과 세자 저하는 일단 전하 곁에 두더라도 왕자들은 피난을 시키는 것이 낫지 않겠나 싶은데. 혹시 무슨 일이라도 생기면 왕실의 대가 한 번에 끊길지도 모르는 일 아닌가. 혹여 만에 하나, 통제사의 반군과 조정의 관군이 도성 밖에서 대치하는 중에 도성 안 백성들이 난리라도 일으킨다면 주상께서는 어쩌실 셈이란 말인가?"

"안 그래도 조정에서도 그 문제로 말이 나왔지요. 우리 장인인 영돈녕부사 대감이 조심스럽게 왕자들이라도 몸을 피하시게 해야 하는 것 아니냐고 말을 꺼냈었소. 그랬더니 주상께서 대성일갈하시며 왕실 내부의 일에 대신들이 관심 가질 것 없다고 역정을 내시더군요. 그 뒤로 아무도 왕자와 종친들의 피난에 대해 입을 열 수 없었소이다."

"아니 왜? 그렇게 아들들을 귀하게 여기시는 주상께서 조카들이야 믿지 못한다 치더라도 왜 왕자들까지 몸을 피하지 못하게 하시는 건가? 임진년에도 몇몇 왕자들을 평안도로 가는 전하와 달리 강원도와 함경도로 보내서 군사를 모으려고 하시지 않았었나. 영돈녕부사 대감이 맞는 말을 한 것 같은데."

이덕형의 이야기를 들은 이항복이 혀를 찼다. 하지만 이덕형은 태연하게 이항복이 빠뜨린 점을, 그리고 임금이 그렇게 행동하는 이유에 대한 자신의 생각을 설명했다.

"형은 그렇게 강원도와 함경도로 간 두 왕자들이 어떻게 되었는지 잊으셨소? 그곳 백성과 향리들에게 패악질을 부리다가 임해군과 순화군 모두 백성들의 손에 잡혀 왜군에게 넘겨지지 않았소. 상감께서 그 일을 잊으셨을 리가 있겠소? 왕자들을 지방으로 보냈다가, 또 민란이 일어나 난민들에게 붙잡혀 험한 꼴을 당하거나 배설 일당에게 넘기기라도 하면 어쩌겠소? 지방의 민심은 임진년 때보다 더 나빠져 있고, 왕자들의 막돼먹은 성질은 그대로이니 그런 일은 충분히 일어날 수 있소. 그리고……."

"그리고?"

"이건 나 혼자 생각이지만, 전하께서는 혹시 왕자나 조카들 중 하나가 제 발로 전하 곁을 빠져나가 통제사의 진영을 찾아가서 자기를 왕으로 받들어 주면 이제까지 벌어진 일을 모두 인정하고 반역을 저지른 죄도 모조리 용서해 주겠다고 제안할지 모른다고 생각하시는 것 같소. 만약 그런 일이 일어난다면 전하께 불만을 품은 자들이 조선 팔도 전체에서 몰려들어 '새 조정'에서 한몫 잡으려고 할 게요. 어떻소? 형도 생각만 해도 끔찍해지는 일 아니오?"

이항복은 온몸을 부르르 떨었다.

"으으, 생각하고 싶지 않네그려. 한데 그런 일을 벌일 만큼 배짱 있는 왕자가 있겠는가? 내 생각에 그런 일을 제대로 꾸밀 만큼 배짱이 있는 왕자는 세자 저하 한 분뿐인 것 같은데. 임해군께서는 장자이면서도 세자가 되지 못한 것에 불만을 품고 계시니 통제사와 손을 잡아서라도 장자로서의 자기 자리를 되찾고 싶은 생각이 있겠지만, 성격이 워낙에 포악하고 인망이 없으니 통제사도 임해군을 왕으로 받들고 싶지는 않을 걸세. 순화군과 정원군은 임해군을 능가할 만큼 포악한데다가 그런 기회……를 살릴 만한 머리도 없고, 다른 왕자들은 나이가 어리니 아예 그런 일을 생각할 배짱이 없겠지. 당은군, 익성군, 영제군이라면 연륜도 능력도 있으니 혹 욕심이 생기려나?"

"그래서 상감께서 조카들도 몽땅 행궁 안에 데려다 놓으신

게 아니겠소. 형의 말마따나 정말 그런 일을 꾸밀 능력과 배짱, 명분을 모두 갖춘 사람은 세자 저하가 유일하지만 저하께서 정말로 일을 꾸미다가 까딱해서 들통이라도 나면 주상 전하께서 세자 저하의 목부터 쳐서 날릴 것이니, 쉽게 할 수는 없을 거요. 어이쿠, 벌써 시간이 이렇게 늦었군."

두 사람이 이야기에 빠져 있는 사이 달이 서쪽 하늘로 넘어가고 있었다. 이덕형이 사랑채를 맡은 시비들을 불러서 두 사람 몫의 금침을 깔게 하려는 참인데 뭔가 생각하던 이항복이 손짓으로 그의 행동을 제지하면서 말을 건넸다.

"여보게, 한음! 자네 생각에 만일 지금 상황에 세자 저하께서 보위에 오른다면 사태에 대한 대처가 금상과 어떻게 달라질 것 같은가?"

"세자 저하시라면 아마 통제사의 군사를 힘으로 진압하기보다는 어떻게든 회유하여 주저앉히려 하시겠지요. 통제사도 사람이 사람이니만큼, 세자 저하께서 달래시면 기꺼이 검을 버리고 어전에 엎드려 석고대죄하지 않을까요."

"음, 나도 그럴 것 같네. 하지만 밤이 늦었으니 오늘은 이만 이야기를 마치고 얼른 자도록 하세나. 얼른 시비를 시켜 금침을 차리도록 하게."

"그러지요. 여봐라, 게 누구 없느냐!"

어느새 다시 누워 있던 이항복이 이덕형의 부름에 변죽을 울렸다.

"참, 기왕이면 자색이 고운 애로 불러서 시키게나."

"형도 참 대단하시오."

*

"형님, 설마 아바마마께서 우리 형제들을 다 죽이려고 하시는 것은 아니겠지요?"

"무슨 말을 그리하느냐? 아바마마께서 우리 형제들을 얼마나 끔찍하게 아끼시는지 너도 알지 않느냐. 만약 아바마마께서 그리 모진 분이셨다면 네 녀석은 이미 저 함경도 어디 산골에서 피눈물을 흘리고 있거나, 남해의 절해고도에서 위리안치당해 가시덤불에 주먹질을 하며 손에서 피를 흘리고 있을 게다."

정릉동 행궁의 한 전각 안. 임해군 이하 왕자들과 당은군 이하 그들의 사촌들은 오늘 아침부터 이 안에 모여 앉아 불안한 마음을 달래고 있었다. 처음에는 비교적 장성한 이들만 이곳에 모였지만 오후에는 어명이라 하면서 아직 젖먹이인 진양군까지 불려 왔다. 그랬다가 아무래도 돌보기에 불편하였는지 세 살이 안 된 진성군과 진양군은 역시 어린아이인 왕자 경창군의 모친인 정빈 홍씨의 처소, 젖먹이 흥안군의 모친인 온빈 한씨의 처소로 보내졌다. 동생들과 만났다가 다시 헤어지자 더 불안해하는 사촌들을 흘깃 쳐다보며 순화군이 큰형님 임해군에게 코웃음을 쳤다.

"흥! 지금까지 아바마마께서 우리가 하고 싶은 대로 하도록 놓아둔 것은 우리가 무슨 짓을 해도 그게 보위를 노린 것은 아니기 때문이지 않습니까. 아바마마는 왕권을 지키는 문제에 있어서는 아주 철저하신 분이고, 지금 세자 자리에 있는 광해 형님이라 해도 조금만 눈 밖에 나면 그대로 내치실 겁니다."

"그럼 네놈은 지금까지 하던 대로 지내면 될 것이 아니냐. 그러면 아무 일 없을 것이니까."

왕자들 중 가장 장자인 임해군은 이복 아우를 비웃듯이 입술을 일그러뜨렸다. 그들 형제는 어려서부터 인간 망종으로 악명이 높았고, 조선 백성들의 손에 잡혀 왜군에 넘겨지면서 그 명성에 정점을 찍었다. 하지만 왜군에 포로로 잡혀 있다가 돌아와서도 그 미친 짓거리가 그치지를 않으니, 도성의 백성들 사이에서는 '왜놈들도 두 왕자의 미친 지랄에 질려 볼모로 잡지 않고 돌려보낸 것이 분명하다.'는 이야기까지 돌고 있었다.

"지금 아바마마의 심사가 지극히 뒤틀려 있으니 문제지요. 이순신 그 역적 놈이 역모를 일으킨 이상, 제 놈이 살아남으려면 어떻게 해서든 아바마마를 몰아내려고 들지 않겠습니까. 그러고 나면 차마 제 놈 스스로 보위에 오르지는 못할 터이니 적당한 왕손과 손을 잡고 그를 임금으로 추대하여 자신의 세력으로 삼고자 하겠지요. 과연 그럴 만한 이가 누구이겠습니까?"

"그야……."

임해군은 입을 열려다 말고 입이 턱 막혔는지 말을 멈췄다. 그에게도 떠오르는 후보자는 명확했던 까닭이다. 할 말을 찾지 못하는 형 임해군을 보며 순화군이 음흉한 미소를 지었다. 스물밖에 되지 않은 순화군이 스물여덟 살의 임해군보다 더 노회해 보이는 순간이었다.

"형님께서는 이제야 그 문제에 생각이 미치셨습니까? 후보는 뻔합니다. 세자 저하, 아니, 광해 형님이 첫 번째 순위겠죠. 광해 형님은 전란 중에 분조를 이끌면서 나름대로 공을 쌓았죠. 그렇게 광해 형님이 편안히 보위를 물려받을 준비를 하고 있는 동안 저와 형님은 반역도들의 함정에 빠져 왜놈들의 포로가 되었지요. 간신히 돌아온 그날까지 우리가 겪은 그 많은 고초가 기억나시옵니까?"

순화군은 도리어 임해군에게 입술을 일그러뜨려 보였다. 임해군이 이를 악물었다. 실제로는 왜군도 이들을 박대하지는 않았지만 자존심의 상처는 컸다. 공통된 경험을 겪은 그 일 뒤로 이들 둘은 묘하게 더 가까워진 상태였다. 순화군의 설득이 이어졌다.

"형님, 생각해 보시지요. 만에 하나 이대로 이순신 놈의 역모가 성공한다면, 놈은 분명 광해 형님을 보위에 추대할 겁니다. 그러면 우리가 살아남을 수 있을 것 같으십니까? 본래 세자위는 광해 형님이 아니라 형님의 것이 되어야 하는 자리였습니다. 그런 자리를 차지한 광해 형님이니, 보위에 오르고 제일 먼저 내릴 명령은 형님을 처단하라는 지시일 게 분명합니다. 아마 일단은 귀양을 보낸 다음 쥐도 새도 모르게 처치하라는 밀명이 내려가겠지요. 그리고 조정에서는 형님이 알 수 없는 병으로 갑자기 죽었다고 하고 끝낼 게 분명합니다."

"……."

임해군은 망설이는 태도를 보였다. 비록 자기 세자 자리를 빼앗아 간 원수라고는 해도 광해군은 어디까지나 자신의 하나뿐인 친형제, 공빈 김씨 소생의 동복동생이었다. 그 동생이 자길 죽일 거라는 이복동생의 말을 받아들이기는 감정적으로 힘든 법이었다. 잠시 생각에 빠졌던 임해군이 무겁게 입을 열었다.

"세자는 굳이 반역도들과 손을 잡지 않아도 앞으로 10년에서 15년만 기다리면 아바마마께서 승하하신 뒤에 보위에 오를 것이다. 기다리기만 하면 보위가 자기 것인데, 그런 세자가 굳이 위험부담을 무릅쓰고 이순신과 손을 잡을까? 그보다는 당은군 형제들이 역도의 편에 설 가능성이 높지 않겠느냐. 세상이 완전히 뒤집히기라도 하지 않는 이상 저들은 절대 왕이 될 수 없으니까 말이다."

이들의 큰아버지인 하원군의 아들이자 이들 형제의 사촌인 당은군, 익성군, 영제군은 모두 임해군보다 나이가 많았다. 게다가 이들의 아버지인 하원군은 덕흥부원군의 장남이므로 3남인 지금의 임금보다 어떻게 보면 정통성 면에서 앞선다고 할수도 있다. 하지만 지금 상황에서는 이들에게 계승권은 없다고 봐도 좋은 셈이었다. 죄다 서자이기는 해도 임금에게는 무려여덟 명이나 되는 왕자가 살아 있지 않은가.

"임금이 될 수 없는 사람을 임금 자리에 앉혀 주면 그만큼 큰 은혜를 베푸는 것이고, 이순신 놈이 권력을 잡을 기회도 크다. 당은군은 우리 왕자들을 제외하면 아바마마의 가장 가까운 친족으로 하원군의 장남이기까지 하니 욕심을 낼 만하지 않으냐?"

임해군은 순화군의 등 뒤를 흘깃거렸다. 저쪽에 자기들끼리 뭉쳐 앉은 사촌들은 자기들 나름대로 뭔가 꿍꿍이를 꾸미는지 자기들끼리 소곤대며 이야기를 나누고 있었다.

"봐라, 저놈들도 뭔가 수군거리고 있지 않으냐. 지금 형제들끼리 짜고 이순신과 줄을 댈 궁리를 하는 중일 수도 있다."

"형님, 정말 그렇게 생각하신다면 어서 선수를 치셔야 합니다. 당은군 일당이 역도들과 손을 잡는다는 사실을 아바마마께 알려서 처단하시거나, 아니면……."

순화군이 숨을 들이쉬었다.

"……형님께서 먼저 이순신에게 손을 쓰시는 것도 한 가지 선택입니다. 만약의 경우, 이순신이 역모에 성공을 하건 못 하건 간에 이는 형님께서 빼앗긴 옥좌를 되찾을 수 있는 기회가 될 수 있습니다. 광해 형님을 처리해 버리시고 말이지요. 꼭 죽게 만드시라는 말씀이 아닙니다. 세자 자리에서 몰아내기만 하면 될 것 아닙니까. 그를 위해서는 약간의 수고로움이면 족할 것입니다. 그리되면 세자위는 본래의 주인이신 형님께 돌아올 것입니다."

임해군은 아무 말 없이 팔짱을 끼었다. 권력의 향배를 둘러싼 갈등은 이곳에서도 나타나고 있었다.

*

　왕자들과 종친들이 밤새 형제들끼리 무리지어 앉아 수군거리고 있는 것을 보았지만 그들의 감시를 맡고 있는 내시 김양보는 그들의 행동에 크게 간섭하지는 않았다. 이순신의 반군은 도성으로 다가오고 삼남 각지는 배설 일당의 봉기로 인해 들끓는 상황. 여기에 종친인 자신들은 마치 적국의 볼모라도 되는 양 궁궐 안에 감금당해 있는 입장이다. 저들이 동요 없이 조용히 있다면 그게 도리어 이상한 일이었다.

　"대감, 저들의 이야기 내용을 들어 두어야 하지 않겠습니까? 혹 불온한 언사라도 있으면 어찌하겠사옵니까."

　"놓아두어라. 괜찮다."

　김양보의 지시를 받고 전각 주변을 둘러보던 젊은 내관이 다가와 걱정을 표했지만 김양보는 고갯짓 한 번으로 돌려보냈다. 혹시라도 반역에 동참할까 하는 마음에 붙잡아 놓았다고는 하나, 저들은 이 나라에서 왕위에 가장 가까이 있는 왕족이었다. 임금의 근친이라는 지위는 마땅히 존중받아야만 했다. 물론 역모 주동의 첫째 후보로서 감시를 받는 것도 당연하지만, 왕족으로서 존경의 대상이 되는 것도 당연했다.

　그리고 자신의 권세는 임금의 총애에 기반을 둔 것이니만큼 임금의 심기를 거슬러서는 아니 되었다. 자신이 왕실의 일가를 확실한 증거도 없이 반역자로 간주한다면 임금도 그다지 유쾌해하지는 않을 것이었다. 임금은 지금 아들과 조카들이 반역자라고 생각해서 구금한 것이 아니고 반역자가 되지 않도록 하려고 '보호'하는 것이니까.

"하지만 저들의 언동이 아무래도 수상하옵니다. 상선께서 엿듣지 말라 하시어 누구도 가까이 가지 않고는 있사옵니다만, 시중을 들러 들어가거나 할 때면 수군대던 목소리가 갑자기 뚝 그치는 것을 누구라도 알 수 있사옵니다. 당은군 이하 3형제와 임해군과 순화군, 두 분의 동태가 가장 수상하옵니다."

"다른 분들은 어찌하고 계시더냐?"

"아직 연소한 여러 군들께서는 밤이 깊어 피로하셨는지 방 한구석에 누워 수면을 취하고 계시옵고, 정원군께서도 아무 걱정이 아니 되시는지 느긋하게 아우들의 곁에 누워 코……를 골고 계시옵니다. 오직 다섯 분만 아직 이야기를 나누고 계시옵니다."

정원군이 코를 골며 자고 있다는 말에 김양보는 쿡쿡거리며 터져 나오는 웃음을 참았다.

"그럼 됐다. 어찌 우리 내관들이 저토록 귀한 분들의 말씀을 엿들을 수 있다는 말이냐? 주변을 둘러싸서 잡인이 접근하지 못하게 하고, 조용히 주무실 수 있게 하여라."

"하지만 대감, 만약 저들 중 어느 하나라도……."

"됐다니까. 지금 저들은 궁 바깥에 있는 이들과 사사로이 연락을 할 수도 없고, 궁궐 안에서 사람을 쓸 수도 없다. 사가에 편지를 보내려고 해도 모두 내가 읽어 본 뒤에야 보내도록 되어 있지 않느냐. 설사 저들이 무슨 음모를 꾸미려고 획책한다

해도, 이 안에서는 아무것도 할 수 없다. 그러니 안심하고 네게 맡긴 일이나 하도록 하여라."

"예……. 알겠습니다, 대감."

젊은 내관은 불만이 가득한 표정으로 김양보의 앞을 떠나 불이 밝혀진 전각 앞쪽으로 돌아갔다. 조용히 너털웃음을 웃는 김양보의 옆을 또 다른 내관이 흘끔거리며 지나갔다. 궁궐 안의 분위기 때문인지 종종걸음이 다소 불안해 보였지만 김양보는 별로 신경 쓰지 않았다.

＊

"아직 이야의 위치는 파악되지 않았는가?"

"예, 대인. 수원에 머무르고 있는 제독 이승훈도 이야의 정확한 소재지를 파악하지 못하여 이동할 수가 없다는 전갈을 보내왔습니다. 이야께서 지금쯤 어디를 지나고 계실지 예상만 할 수 있더라도 미리 가서 기다릴 수 있을 것인데 안타깝다 합니다."

"흐음."

낮 동안에 진영 내를 채우던 주연의 소음도 없는 밤중. 만세덕은 뒷짐을 진 채 자기 방 안을 맴돌았다. 이순신을 만나 반란을 그만두게 하려는 그의 계획은 일단 이순신을 만난다는 첫 단계에서부터 심히 어긋나고 있었다.

"해 부총병, 이 제독이 겁을 먹고 내려가지 않고 있는 것은 아닌가? 충청도와 전라도가 지금 심히 혼란스러운 것은 나도 알고 있네. 혹시 대국의 장수라고 해도 난군 중에서는 보호받지 못하고 살해당한다거나 할까 봐 이 제독이 뭉그적거리고 있으면서 이야를 찾을 수 없다고 보고만 올리고 있는 상황이 아니냔 말이야."

명나라 장수들이 얼마나 겁이 많은지는 만세덕 스스로도 잘 알고 있었다. 지난 전란 동안 만세덕의 전임자들이 왜군과 싸우면서 가장 많이 한 일 중의 하나가 머뭇거리며 전투를 기피하는 장수들을 다그쳐서 싸움터로 몰아내는 일이었다.

"필시 이야는 수로로 오실 것이다. 그러니 이 제독에게 날이 밝는 대로 전갈을 보내어 내륙인 수원에 머무르지 말고 해안으로 이동하여 해안에서 이야의 통과 여부를 확인하도록 이르라. 수원에서 곧바로 서쪽으로 가면 남양 도호부에 이르게 되니, 그곳에서 대부도, 영흥도, 덕적도 등 근처의 섬에 사람을 보내어 혹시 이야의 함대가 통과하였는지 묻고 아직 통과하지 않았다면 오기를 기다려 붙들어 놓도록 하라. 만약 이미 통과하였다면, 해안을 따라 가능한 한 빠른 속도로 북상하면서 이야를 찾아 진군을 멈추게 하고 도성으로 보고하게 하라."

만세덕은 탁자 위에 놓인 조선 서해안의 지도를 보며 일일이 손가락으로 섬 이름을 하나씩 짚었다. 지도는 조선 조정에 강하게 요구하여 억지로 받아낸 것이었다.

"조선 관군보다 빨리 이야와 접촉해야 한다는 사실을 꼭 강조해라. 이 제독이 조선 관군보다 먼저 이야를 만나 붙잡아 놓

438

는 데 성공하면 그 보고를 받는 즉시 내가 현지로 갈 것이다. 기다리는 동안 조선 관군이 현장에 당도하면 내가 곧 도착하여 이야와 회견을 할 것이니 절대 이야의 군사들을 건드리지 못하게 막도록 하라. 만약 조선 관군이 이미 이야의 군사와 교전을 하고 있다면 천자의 깃발을 들고 그 사이에 뛰어들어 싸움을 중단시키고 역시 본관에게 알려 본관의 도착을 기다리게 하라."

만세덕 앞에 한쪽 무릎을 꿇고 있던 해생이 고개를 들며 물었다.

"알겠습니다, 대인. 한데 만약에 제독 이승훈이 이야를 끝내 따라잡지 못하여 이야가 먼저 한양에 도착하면 어찌하시렵니까?"

만세덕은 그런 당연한 것을 무엇 때문에 물어보느냐는 듯 눈썹을 찌푸렸다.

"그렇게 되면 당연히 내가 한강으로 나가서 곧바로 이야를 모셔야지! 정일품 도독의 직급을 가진 이야께서 도성에 오셨는데 어찌 내가 이 자리에 느긋하게 앉아 이야를 기다릴 수 있겠느냐. 당장에 용산 강변의 모래톱으로 뛰어나가 두 무릎을 꿇고 이야를 맞이할 것이다. 그리 알고, 혹시 그런 일이 생길 경우에 대한 채비도 해 두도록 하여라."

"예, 대인."

질책을 받은 해생은 황급히 고개를 숙였다. 그렇게 잠시 생각에 잠긴 듯하던 해생이 조심스럽게 입을 열었다.

"그런데 대인, 이야를 뫼시어 거병을 중단케 하신 다음 어쩌실 생각이십니까?"

"내가 일러 주지 않았던가?"

잠시 고개를 갸웃거리던 만세덕이 쓴웃음을 지으며 혀를 찼다.

"그때 자네가 없었구먼. 좋아, 말해 주지. 우리는 이야를 대국으로 뫼시고 가야 하네."

"예엣?"

해생의 눈이 놀라움으로 커졌다. 만세덕은 흥분에 찬 목소리로 이순신을 명나라로 데려가야 하는 이유를 말했다.

"어차피 이야는 조선 임금의 입장에서 보면 역신일세. 이번 한 번은 우리가 중재해서 반란이 진압되고 끝난다고 하더라도 과연 이런 일이 또 일어나지 않을까? 임금은 한 번 반란을 일으킨 전력이 있는 이야를 믿지 않을 것이고 이야는 자신을 죽이려고 했던 임금을 믿지 않을 것이야. 그러니 그 갈등이 또 폭발하지 않게 하려면 이야를 우리 명나라로 모셔 가 버리는 것이 서로에게 좋은 일 아니겠나. 그뿐만이 아니야. 이야 휘하의 조선 수군 군사들도 모조리 데려가는 걸세! 어차피 그들은 조선 임금의 입장에서 보면 역도의 일당. 모조리 처형하고 싶을 테니 우리가 데려가서 임금 앞에서 사라지게 해 주는 거지."

"그, 그럴 필요가 있겠습니까?"

"있고말고! 우리 명나라에도 강력한 수군이 필요하네. 왜놈들이 이번에는 실패했지만 혹시 다음에는 아예 배를 타고 직접 명나라를 치겠다고 나설지도 모르지 않는가? 그것들을 막자면 사선이나 호선 같은 코딱지만 한 배가 아니라 조선 전선 같은 큰 배에 화포를 싣고 싸우는 것이 필요해. 화포는 우리 명나라 것을 써도 되니 괜찮지만 조선 전선을 만들려면 배 만드는 장인들도 구해서 데려가야 하겠군."

해생은 눈이 휘둥그레지고 입은 크게 벌린 채 아무 대답도 하지 못했다. 만세덕의 눈은 야망으로 불타고 있었다.

"전투 경험이 풍부한 수천 명의 조선 수군과 수십 척의 전선! 그리고 그들을 지휘하는 이야까지! 이 많은 선물을 황제께 바치면 얼마나 큰 포상이 있을 것인지 생각해 보게! 그대도 나도 명나라 최고의 공신이 되어 평생 부귀영화를 누릴 수 있을 것이야."

"과, 과연 잘될지 소인으로서는 모르겠습니다. 그런데 반역 도배로 취급받은 이야나 이야의 휘하 장졸들은 그렇다 치고, 엄연히 조선 조정의 것인 전선이나 화포를 저희가 가져가도 괜찮겠습니까?"

"아니, 그럼 저 먼 명나라까지 수천의 군사들을 걸려서 보내란 말인가? 당연히 타고 온 배를 그대로 타고 가는 것이 이치에 맞지. 그리고 만약 조선 조정에서 그 문제를 가지고 항의하면 배 값과 화포 값을 돈으로 치러 주면 될 것 아닌가. 배 두 척 분량쯤 되는 은자를 주면 만족할 거야. 그래도 우리는 손해를 보는 게 아닐세. 이야 한 사람만으로도 스무 척에 실을 만한 은자 이상의 가치가 있으니까!"

만세덕은 주먹을 불끈 쥐었다. 이순신은 명나라의 국방을 지금보다 더욱 튼튼히 할 수 있는 인물. 꼭 중국으로 데려가고 싶었다. 그리고 그 덕에 자신의 출세도 이룰 수 있다면 그보다 더 좋은 일은 없을 것이었다.

＊

"하루가 또 지났는데 아직도 역도들의 행방을 모른다는 것인가! 비변사는 대체 무엇을 하고 있는가!"

"전하, 송구하옵니다."

정릉동 행궁에서는 날이 밝기가 무섭게 또다시 회의가 열렸다. 임금은 오늘도 이순신에 대한 분노로 몸을 떨었다.

"그 역적 놈의 일당이 언제 도성으로 내달아올지 모르는데 소재도 파악하지 못한다면 대신들은 도대체 하는 일이 무엇인가! 모두 꿀 먹은 벙어리처럼 입이나 다물고 있으면 만사가 어떻게든 되어 가리라고 여기는 것인가!"

영의정 윤두수 이하 중신들은 그저 임금의 말대로 꿀 먹은 벙어리가 되어 고개를 숙이고 있는 수밖에 없었다. 지금 이 자리에서 중신들을 닦달해 봐야 신통한 결과가 나올 게 없다는 생각이 들었는지 임금은 화제를 돌렸다.

"과인은 다른 한 가지가 또 염려스럽다. 혹시 반적들이 천병과 협력하여 도성을 공략하려 들지는 않을 것인가?"

"예, 예에?"

임금 앞에서 고개를 들지 못하던 신하들은 예상치 못한 임금의 언급에 다들 눈이 휘둥그레졌다. 명군이 이순신을 비호하는 정도가 아니라 아예 이순신의 편을 들어 정변에 개입한다고? 그것이 가능할 것인가? 임금은 잔뜩 인상을 찌푸리며 역정을 냈다.

"경들은 잊었는가? 이순신 그놈은 가당찮은 명나라 벼슬을 얻었답시고 그 오만방자함이 끝을 찾지 못할 정도였다. 지금 천병을 이끌고 있는 천장들은 이순신이 간악한 역적임에도 불구하고 그를 꼬박꼬박 '이야'라고 부르면서 떠받들고 있으니, 이순신이 뇌물과 계교로 유혹하면 그 꼬임에 넘어가 반적들과 연합하여 반역 도배 이순신을 이 나라의 임금으로 추대하지 말라는 법이 어디에 있겠는가!"

도성에 주둔한 명나라 군대는 철기 3000이다. 만약 그들이 정말로 이순신의 반정군과 손을 잡는다면 관군에게는 심대한 위협이 아닐 수 없다. 군사 숫자야 관군이 여전히 유리하지만 조총 탄환도 튕겨내는 무거운 갑옷으로 무장한 철기 3000이라면 두 배쯤 되는 군사를 동원하더라도 막기 어려웠다. 게다가 명나라 군대의 전력도 전력이지만, 감히 '천병'과 맞서 싸운다고 하면 상대의 위세에 질려서 도저히 무기를 들지 못할 군사들의 수도 많을 것이다. 만에 하나, 그런 명군이 이순신의 군사와 대치하고 있는 관군의 측면으로 쇄도한다면⋯⋯.

"전하, 설마 그런 일이 있을 수 있겠습니까? 저들 천장이 역적 이순신을 여전히 '이야'라고 부르며 존칭하고 있다 하나, 그

것은 전하께서 말씀하셨듯이 이순신이 명나라 벼슬을 가지고 있기 때문이며 아직 명나라 조정에 대하여 직접적으로 적대하는 행위를 한 일은 없기 때문입니다. 때문에 저들이 직접 이순신을 쫓아 출진하지 않고 조정과 이순신 사이를 중재하겠다고 나서기만 한 것이 아니겠습니까. 전하의 우려를 거스르는 말씀을 아뢰옵기 망극하오나 명나라 군대가 반군의 편에 서리라는 걱정은 기우가 아닐까 사료되옵니다. 그러한 우려는 하지 않으셔도 되리라 생각하옵니다."

영의정 윤두수가 임금의 걱정을 달랬다. 좌의정 이덕형이 조심스레 말을 보탰다.

"전하, 우리 조선에 와 있는 명나라 군대가 지금 그들을 지휘하는 만세덕, 파새 등 장수들의 짧은 생각으로 역도 이순신을 지지한다는 것이 정말로 있을 수 없는 일은 아니옵니다. 하지만 그것이 명나라 조정의 의견이겠습니까? 단연코 아닙니다. 명나라 조정이 이순신을 지지한다는 것은 곧 전하와 왕실을 인정하지 않겠다는 것이며 더 나아가 조선이라는 나라 자체를 인정하지 않고 우리와 전쟁을 하겠다는 이야기가 되는데, 도리를 아는 천자의 나라로서 그것이 가능한 일이겠습니까?"

이덕형은 잠시 말을 멈추고 대신들의 안색을 살폈다. 모두가 자신의 다음 말을 기다리는 기색인 것을 보고 이번에는 만약 만세덕이 확실히 이순신의 편으로 돌아설 경우에 대한 대비책을 제시했다.

"만에 하나 만세덕이 이순신을 편들어 군사를 움직이려 한다면 이는 천자의 군사를 자기 멋대로 움직여 자신과 자신의 친우인 이순신 두 사람과 그 일당의 사익을 취하고자 함이니, 마땅히 조선에 대한 적대일 뿐 아니라 천자께 있어서도 반역일 것입니다. 그런고로 만세덕의 군사가 불온한 움직임을 보인다면 우리가 직접 손을 대기보다는 북경의 명나라 조정에 표문을 올려 명나라로 소환케 하시면 간단하게 해결할 수 있습니다. 저들의 기병 3000이 아무리 강력하다 해도 고작 그 정도 숫자로 표문이 오가고 천자의 소환 명령이 내려지는 그 순간까지 삼천리 조선 땅을 완전히 침탈할 수는 없습니다. 우리 조선은 먼저 명나라에 대한 사대관계를 배반한 적이 없고, 이번 전란에서도 명나라까지 침공하려 획책하는 왜군을 우리 땅에서 물리치기 위해 많은 희생을 치른 바 있습니다. 명나라 조정에서도 이런 사정을 모르는 것이 아닌 바, 아무리 이순신이 명나라 벼슬을 가지고 있다 하더라도 명나라 조정이 이순신의 편을 들 까닭이 없사옵니다. 만에 하나 만세덕이 무도한 행동을 한다고 하여도 북경의 조정은 절대 그럴 리가 없습니다. 그리고 만세덕 자신도 그런 사실을 모르지는 않을 것입니다."

"그렇다면 좌의정은 천병이 이번 변란에서 이순신을 편들어 개입하지 않을 것이라고 본다는 말인가?"

이덕형은 임금의 물음에 고개를 끄덕였다.

"만세덕은 아마도 이순신의 편에 서고 싶을 것입니다. 하지만 차마 군사를 일으켜 이순신의 편에 서지는 못할 것이고, 기껏해야 지금 하는 것처럼 조정과 이순신의 반군 사이를 중재하려 드는 것이 고작일 것으로 소신은 예상합니다. 그 뒤에 이순신을 비호한다고 해 봐야 명나라로 데려가는 것 정도가 아니겠습니까. 이미 전란 중에도 명군 진영에 있는 통변들이 천장들이 '이야를 명나라로 데려가야 한다.'고 서로 소곤대며 논의하는 것을 들었다 알려 온 바가 있습니다."

그 말을 들은 임금은 갑자기 분노하며 책상을 후려쳤다.

"바로 그래서 이순신을 꼭 죽여야 하는 것이다! 당장 과인의 눈앞에서 사라진다 하여 이순신을 명나라로 보낸다면, 그 역적 놈은 분명 더러운 욕심을 채우기 위하여 명나라 군사를 이끌고 다시 쳐들어올 것이다. 전조인 고려조에서 원나라에 부역하여 원나라 군대를 이끌고 그 힘으로 고려의 권좌에 오르려 했던 기씨 일문과 덕흥군 일당의 행각을 잊었는가? 이순신 그놈이 순순히 명나라로 간다고 하면 그것은 제 놈이 지금 군사가 적고 힘이 약하여 천명을 뒤집을 수 없음을 알기에 그런 것이다! 그러니 절대 그 역적 놈을 명나라로 보내서는 안 된다! 대신들은 대책을 마련하여 역적의 수괴 이순신이 천장들과 아예 접할 수 없도록 하라! 둘 사이에 편지도, 사자도 오가서는 절대 아니 된다!"

"알겠사옵니다, 전하. 명군 진영 주변에 대한 감시를 강화토록 하겠습니다."

윤두수가 얼른 나서서 답했음에도 임금의 분노는 가라앉을 줄을 몰랐다. 이덕형은 다른 중신들에 앞서 임금의 분부를 받들면서 고개를 숙이는 윤두수를 보며 자신도 이항복처럼 병이 났다고 하고 집에 들어앉아 버릴까 심각하게 생각하기 시작했다.

✳

"하아아아."

자신이 처한 고난을 표시하듯 무저갱처럼 깊은 한숨을 내쉬며 진영 내를 맴도는 이일의 한 섞인 표정에 다른 장수들은 영문을 알 수 없어 서로의 눈동자만 쳐다보았다. 무슨 영문인지는 알 수 없지만 비변사에서 보낸 파발이 다녀간 뒤 이일은 죽을상을 한 채 한참 동안 군막 주위를 맴돌기만 했다. 그러기를 한 식경이나 하고 나서야 이일은 주요 장수들을 자신의 군막 안으로 불러 모았다. 장수들이 탁자 주위에 모여 앉자 이일의 입에서 나온 첫마디는 이것이었다.

"아니, 도대체 지금 본관에게 내려온 명령은 무엇인가? 전생에 내 무슨 죄를 지었기에 7년 전란을 치른 것도 모자라서 이런 일까지 해야 한단 말인가?"

"장군, 무슨 일이기에 그러십니까? 비변사에서 무슨 무리한 명이라도 내려온 겝니까?"

양주목사 겸 경기방어사 고언백이 조심스레 말을 건넸다. 그는 전란 중에도 왜군을 상대로 용명을 떨친 장수로, 한양과 가까운 양주가 임지인 덕에 일찌감치 군사를 소집하여 이끌고 와 관군에 가담한 터였다.

"말도 마시오. 세상에, 용산의 명군 진영을 둘러싸서 출입하는 자들의 몸을 뒤지고 엄중히 출입을 통제하여 저들이 이순신의 역당들과 교통하는 것을 막으라는 것이오! 아니, 어찌 그것이 가능할 턱이 있겠소? 만약 우리 군사가 진영을 출입하는 명나라 군사의 앞길을 가로막고 '어명이 계셨으니 네놈의 품속을 뒤져야겠다.'고 한마디 했다가는 설령 그 상대가 말단 군졸이라고 해도 그 자리에서 명나라 군사들에게 맞아죽을 것이오. 아무리 전하의 뜻을 받들어 비변사에서 내린 명이라 하나, 어찌 그런 말도 안 되는 일이 가능할 것이오?"

"으음."

장수들로서는 도저히 실행이 불가능한 명령 앞에 고민할 수밖에 없었다. 명나라 군대의 위세를 생각하면 그 진영을 둘러싸서 외부와 차단한다는 것이 가능할 수가 없었기 때문이다. 명나라 군사는커녕, 진영 내에서 허드렛일을 하는 조선인 일꾼들의 몸이라도 제대로 수색할 수 있으면 다행일 터였다. 그들 중에서 명군의 위세를 등에 업고 호가호위하여 못된 짓을 하는 이들은 또 얼마나 많은가.

"왕명이니 수행해야 하긴 하겠지만, 명나라 군사들을 수색할 수는 없습니다. 그러니 명나라 진영을 빙 둘러싸기는 하되 접근하는 우리 백성들의 몸만 수색하는 것이 좋을 듯합니다. 그리고 명나라 쪽에는 '이순신의 편을 드는 간자들이 천병의 진영에 불을 질러 혼란을 초래하고 조정과 천병 사이를 갈라놓으려 한다.'고 고변한 자가 있었다고 함이 어떨지요. 그리고 명나라 군사가 영외로 나올 때마다 우리 군사들을 따라붙게 하여 어떤 이를 만나는지, 무슨 대화를 주고받았으며 어떤 물건을 주고받았는지 감시하게 하면 되지 않을까 합니다. 그리고 그들이 만난 우리 백성들의 뒤를 캐 보면 직접 천병의 몸을 뒤지지 않아도 저들이 우리 모르게 이순신 일당과 연락을 하는지 하지 않는지 파악할 수 있을 것입니다."

정충신의 제안이었다. 장수들은 나쁘지 않은 방법이라고 여겨 고개를 끄덕였다. 이일 역시 찌푸리고 있던 얼굴이 밝아지더니, 크게 치하하며 정충신의 생각을 받아들였다.

"좋소, 그렇게 하도록 합시다. 한데 반적들의 움직임에는 아직 별다른 소식이 없소?"

경기수사 최원이 고개를 숙이며 답했다.

"아뢰옵기 송구하오나, 남양부와 영종진 등 경기도의 각 수군 진영에서는 아직까지 아무런 보고도 들어오지 않고 있습니다. 이순신의 수군이 나타났다면 필시 보고가 있었을 터인데 이제까지 아무 보고가 없었던 것으로 보아 이순신의 일당은 아직까지 충청도 일대에 머무르고 있을 것으로 사료되옵니다."

"확실하오?"

"서해를 거슬러 오르는 뱃길은 조운선이 다니는 수로를 기본으로 하옵니다. 한데 그 길은 육지 가까이를 지나므로 바닷가에 있는 수군의 각 진영 앞을 지나지 않을 수가 없습니다. 게다가 물자가 부족한 이순신 일당은 분명 각 진영에서 화약과 군량을 얻고자 할 것이므로 저들이 수로를 따라 북상한다면 각 군영에서 필시 파발이 달려올 것입니다. 소관이 비록 모든 전선을 한강으로 인솔하여 오기는 하였으나, 각 군영에는 수비하는 군사를 남겨 놓았으니 어찌 연락이 없겠습니까? 아직까지 그 연락이 없다는 것은 경기도 수군의 관할 수역에 이순신이 미처 발을 들여놓지 못했다는 뜻이오니 염려 놓으시옵소서."

이일이 고개를 돌렸다.

"또 다른 역적인 배설의 일당 쪽은 어떠한가?"

한명련이 나서서 답했다.

"경기도 남부 쪽에서 준동하던 배설의 일당은 요 이틀 사이 씻은 듯이 잠잠해졌습니다. 하지만 하삼도 지방에서는 여전히 날뛰고 있는 바 이것을 보자면 경기도에서 준동한 것은 저들의 벌군이 아니었을까 생각됩니다. 그저 관군의 태세를 살피고자 북상하였던 것이지 본격적인 상경을 시도한 것은 아니고 다시 본군과 합류한 것이라고 보이옵니다. 하지만 저들이 하삼도를 어지럽히고 있는 것이 아직 진정되지 않은 데다가 북진할 가능성이 아예 사라진 것도 아니라고 할 수 있습니다. 때문에 하삼도에 있는 각 고을의 군사들을 도성으로 불러올릴 수 없고, 수원에 집결해 있는 경기도 남부의 군사들 역시 도성으로 부를 수 없습니다. 그보다는 북도의 군사들을 어서 부를 수 있는 만큼 부르는 것이 긴요할 것이옵니다."

"으음, 귀공의 말이 맞는 것 같소. 그럼 이제 명군 문제를 좀 더 구체적으로 처리해 봅시다. 포위에 두는 군사를 어느 정도로 하고 누구를 책임자로 보낼 것인지……."

이일이 막 논의를 시작하려는 참에 갑자기 군막 밖에서 웅성거리는 소리가 들려왔다. 장수들 모두가 말을 멈추고 귀를 기울였다. 어느 순간부턴가 진영 내에 폭풍 같은 함성이 울려퍼지더니 경천동지할 소리가 들리는 것이 아닌가.

"통제사다! 이순신이 왔다!"

"전선 수천이 한강을 거슬러 온단다! 모두 도망쳐라!"

이일이 당장에 자리를 떨치고 일어났다. 시뻘게진 얼굴이 마치 대춧빛 같았다.

"어떤 놈이 저런 유언비어를 퍼뜨리는가? 당장 붙잡아라! 경기수사가 말했듯, 수군의 각 진영으로부터 아무 연락도 없었는데 어찌 이순신의 역도들이 한강을 따라 도성으로 들어올 수가 있다는 말이냐? 제장들은 어서 나가 휘하의 군사들을 진정시키도록 하시오!"

장수들이 모두 뛰어나가 군사들을 가라앉히자 혼란은 얼마 안 가서 진정되었다. 2각* 뒤 군막 밖으로 나간 이일은 포박당해 무릎을 꿇린 군사 하나를 마주할 수 있었다. 진영 내의 모든 장수와 군사 들이 그를 둘러싸고 있었다.

"네놈이 역도 이순신의 군사가 군선을 몰아온다고 소리를 지르며 뛰어다닌 놈이렷다?"

"그, 그렇습니다, 대감."

---

* 30분

"네놈은 우리 관군의 진중에 혼란을 초래하여 적당들에게 유리하게 만들고자 일부러 그런 짓을 한 놈이 분명하다! 내 네놈을 이 자리에서 직접 베어 적당의 간자들에게 시범을 보임으로써 일벌백계하고 다시는 그런 짓을 할 엄두도 내지 못하게 만들겠노라!"

이일은 서슴지 않고 그 자리에 선 채로 환도를 빼어 들었다. 얼굴이 새파랗게 질린 군사는 꿇어앉아 있던 자세 그대로 뒤로 도망치려다가 엉덩방아를 찧고는 그대로 엉금엉금 뒤로 물러서며 다급하게 말했다.

"대, 대감! 제 말을 들어 보시옵소서! 소인은 행주산성에 있는 망루에서 번을 서던 망지기 군사이옵니다. 좀 전까지 망을 보다가 수자기를 단 전선이 다른 전선 수십 척을 이끌고 한강을 올라오는 것을 보고 급히 말을 얻어 힘껏 달려온 것입니다. 소인의 소임을 다한 것이 어찌 죽을죄인 것이옵니까!"

"네놈이 진짜 망지기 군사인지도 알 수 없거니와, 진짜라 해도 역도의 편에 넘어갔는지 안 넘어갔는지 알 수 없다. 그리고 무언가를 목격한 것이 사실이라 해도, 그것이 과연 적도들의 전선인지 그저 평소처럼 한강을 올라오는 조운선이나 어선인지 어찌 아느냐? 네놈이 무엇인가를 보았으면 마땅히 윗사람에게 일러 내게 보고가 들어오게 하였어야지, 네놈이 한 것처럼 진중에서 무턱대고 고함을 질러 전군이 동요하게 만든 것은 만 번 죽어도 갚을 길이 없는 큰 죄다. 네놈 탓으로 죽는 것이니 나를 원망하지 마라. 게다가 반적들은 아직 경기도 수역에도 들어오지 않았다, 이 어리석은 놈아."

"하, 하지만 제가 본 것은……."

운 없는 망지기 병사는 마지막 말을 미처 끝낼 수도 없었다. 이일이 휘두른 환도가 그대로 그의 목을 베었기 때문이다. 이일은 쓰러진 병사의 옷자락에 칼날을 닦으며 주변 군사들에게 지시를 내렸다.

"이자의 목을 완전히 베어 군문에 효수하라! 망언에 혹해 경거망동하는 자들의 말로를 보여 주는 표본으로 할 것이다. 그리고 모든 군사들은 자기 군막으로 돌아가 이 소동으로 망그러진 진영을 다시 정비하고 출영 준비를 갖추도록 하라. 내 한 시진 후에 진내를 돌면서 모든 것이 제대로 정돈되었는지 살필 것이다."

"예, 대감."

이일 주변의 군사들은 아무 소리 없이 흩어져 명령을 수행했다. 다소 불만과 불안이 보이기는 했으나 군사들이 진정되고 막사로 돌아가는 것을 확인하자 이일은 한숨을 쉬며 장수들을 다시 불러 모았다. 이제 자신의 군막으로 들어가 비변사의 명에 따른 명군에 대한 대처 문제를 다시 논의하려는 참인데, 웬 말 한 마리가 미친 듯이 진내로 달려 들어오는 것이 아닌가. 방금 처형한 군사의 수급을 진문에 매달려던 군사들이 질주하는 말에 놀라 피하느라 펄쩍 뛰는 것이 보였다.

"저자는 누구인가?"

"아침에 인천부 쪽으로 보낸 파발인 듯싶습니다만…… 아직 돌아올 시간이 아닌데요."

한명련이 고개를 갸웃거렸다. 뜻밖의 상황 전개에 놀란 장수들이 그 자리에 서 있는 사이, 파발마에 타고 있던 군관은 도순변사의 군막 앞에 무리지어 있는 장수들을 확인하고 미친 듯이 달려왔다. 이일의 앞에서 뛰어내리듯 하마한 군관의 첫마디는 늘어서 있던 장수들 전원의 낯빛을 백짓장처럼 새하얗게 만들기에 충분한 것이었다.

"도, 도순변사 대감! 반적 이순신의 전선들이 지금 양화나루 지척까지 와 있습니다! 당장이라도 양화나루에 적당들이 상륙할지 모르니 어서 대책을 세우셔야 합니다!"

군관의 고함 소리에 기껏 진정되었던 주변의 군사들이 일제히 이쪽으로 고개를 돌렸다. 이일 역시 눈이 휘둥그레진 채 말을 잇지 못했다. 그가 머뭇거리는 사이 정충신이 잽싸게 나서서 나지막한 목소리로 군관을 다그쳤다.

"군사들이 동요하니 목소리를 낮추어라! 그리고 반적들이 양화나루에 와 있다고? 어서 상세히 말해 보라!"

"예! 소관은 인천부에 가서 부사에게 전할 서한을 전달하라는 명을 받고 도성을 여유 있게 출발하여 양화진에서 나룻배를 기다리던 참이었습니다. 그런데 나루터에서 나룻배를 기다리고 있으려니 하구 쪽에서 장삿배 한 척이 마구 노를 저어 상류로 올라오면서 통제사가 온다고 강변에다 대고 고함을 질러대는 것이 아니겠습니까? 저 미친놈이 무슨 헛소리를 하나 싶으면서도 도대체 무엇을 보고 그런 소리를 질렀는지 궁금하여 아이놈 하나에게 높은 곳으로 올라가 강 아래쪽을 좀 보라 하니, 옆에 선 나무 꼭대기에 올라가자마자 커다란 배 100여 척, 아니, 200여 척이 보인다고 고함을 질러 대는 것이 아니겠습니까. 크게 소리쳐 무슨 표식이 없는가 하니, 셋째 줄에 있는 배에서 커다란 깃발이 휘날리는 것이 보이는데 무슨 글자인지는 모르겠다고 하였습니다. 이에 소관이 직접 상황을 살피기 위해 말을 달려 언덕배기에 올라가 보니 이미 구경꾼이 빽빽한데, 정말 200척은 아니지만 50척은 족히 되어 보이는 전선들이 한강을 거슬러 올라오고 있고 그중 셋째 줄 가운데에 있는 다른 전선보다 큰 전선에는 통제사의 거대한 수자기가 걸려 휘날리고 있었습니다. 더 이상 지체하다가는 도성에 알릴 시간도 부족하겠다 싶어 살피는 것을 그만두고 필사적으로 말을 달려 이렇게 돌아온 것입니다."

정충신의 주의를 받은 군관은 숨을 몰아쉬면서도 목소리는 한껏 낮추었다. 불안한 시선으로 이쪽을 쳐다보는 군사들의 시선을 외면한 채 정충신은 빠르게 다음 질문을 내놓았다.

"확실히 그 전선들이 반적 이순신의 것이 맞는가? 충청수군이나 황해수군의 전선이 아닌가 말이다."

"충청수군의 깃발도 황해수군의 깃발도 없었습니다. 그리고 황해수군에는 전선이 없고, 충청수군에는 전선이 있지만 그리 많을 리가 없지 않습니까. 분명 통제사 이순신이 이끄는 반적들이었습니다!"

절망적인 소식을 전한 군관의 말에 여러 장수들은 충격에 빠졌다. 오응태가 허탈한 듯 목소리를 흐리며 말했다.

"경상우수군과 전라좌수군의 전선 수를 합치면 거의 쉰 척이 됩니다. 통제사의 군략은 실로 범접할 수가 없군요. 전라우수군과 충청수군을 모두 쳐부수면서 자기편 전선은 거의 잃지 않았다는 이야기이니⋯⋯."

"지금 그걸 감탄할 때가 아니지 않은가!"

어느새 정신을 회복한 이일이 버럭 소리를 질렀다.

"어서 군사들을 채비하여 출진 준비를 갖추라! 이미 늦긴 했지만⋯⋯. 으으, 최 수사! 그대가 이야기했던 철통같은 연락망이 바로 이것이란 말인가!"

최원이 주춤거리며 물러섰다.

"도, 도순변사 대감. 저도 이것이 어찌 된 영문인지 모르겠습니다. 이순신이 조운로를 따라 북상했다면 인천과 강화를 거치지 않을 수가 없고, 분명 연해에 있는 모든 고을에서 파발이 달려왔을 것입니다. 바깥 바다를 돌아서 한강 하구로 들어오는 바닷길은 무척 험하고 항해가 어려울 뿐 아니라, 설사 그렇게 한다고 해도 한강 입구를 가로막고 있는 교동도는 피할 수가 없습니다. 교동현감 홍가신은 임지를 굳게 지키며 적도들을 기다리고 있⋯⋯."

"잠깐! 교동현감이 홍가신이라 하였소?"

"그렇습니다. 무엇이 잘못되었는지요?"

이일의 눈이 화등잔만 해진 것을 보자 최원이 한발 더 물러섰다. 다른 장수들이 뭐라고 끼어들 틈도 없이 이일이 신음을 토했다.

"으으으! 홍가신은 반적 이순신 놈과 사돈지간이란 말이오! 그대는 홍가신의 4남 홍비가 이순신의 딸을 계실로 맞았다는 사실을 몰랐단 말이오? 마땅히 이순신과 함께 파직되어 그 죄를 받았어야 할 자가 아직도 한강의 관문인 교동현감 자리를 지키고 있었다니!"

계실繼室은 두 번째 아내를 뜻한다. 홍비는 첫 아내가 신행을 마치기도 전에 일찍 죽어 버렸기 때문에 이순신의 딸에게 새장가를 들었던 것이다. 게다가 홍가신은 애초에 유성룡, 이순신과 가장 친한 친구 중 하나였다. 입부 이순신과 권준이 체포되는 동안 홍가신이 무사히 자리를 지키고 있었다는 것은 확실히 놀라운 일이었다. 이일이 날 선 목소리로 최원을 질책했다.

"그대가 홍가신을 교동도에 두고 온 것은 한강 하구로 들어오는 관문이자 경기수군의 본영인 교동도를 그냥 이순신에게 갖다 바친 것과 마찬가지라 할 수 있소. 아아! 최 수사! 설사 모르고 한 일이라 하더라도 그대의 죄는 도저히 그대가 감당할 수 있는 수준이 아니구려! 귀공도 혹시 이순신과 이미 내통한 것이 아니오?"

이일의 매서운 눈길에 최원은 주춤거리며 뒤로 물러섰다. 그는 식은땀을 흘리며 아직 칼집에 들어 있는 이일의 환도를 공포에 질린 눈으로 쳐다보았지만, 다행히 최원은 이일이 이 자리에서 그대로 베어 버리기에는 지위가 너무 높았다. 입이 얼어붙은 최원이 한마디도 하지 못하자 이일이 이를 갈며 외쳤다.

"내 이 자리에서는 그냥 넘어가지만, 그대의 죄에 대해서는 후에 반드시 물음이 있을 것이오! 내 주상 전하의 이름으로 그대가 역적들과 연루되었는지 꼭 캐내고야 말겠소. 마땅히 내 주상께 알려 다른 이를 경기수사로 명해 달라 하겠으나, 아직은 사람이 없으니 일단은 귀공의 전선으로 돌아가 반적들과 맞서 싸울 준비를 하도록 하시오!"

"아, 알겠습니다, 대감."

최원은 어깨를 늘어뜨리며 고개를 푹 숙였다. 잠시의 부주의 때문에 경기수사 자리가 날아가는 것은 물론, 역적의 일당으로 취급당해 목숨 그 자체도 위태롭게 된 것이다. 아마 운이 좋아야 낙도로 귀양 가는 정도로 그치게 되리라……. 그 자리에 있던 장수들 모두가 최원의 장래를 전망할 수 있었다.

"아니, 저기 오는 저자는 또 무언가!"

"대, 대감! 또 파발입니다!"

장수들이 웅성거리며 휘하 군사들을 불러내려는 참에 또 한 마리의 말이 질풍처럼 진문을 통과하여 이일의 앞으로 바람같이 달려왔다. 다만 이번 말은 강물에 뛰어들었다가 나온 듯 온몸에서 물을 줄줄 흘리고 있었고, 타고 있는 군관 역시 물에 빠진 쥐처럼 온몸이 흠뻑 젖은 상태였다.

"무언가? 무슨 일이기에 이리 급한가!"

이일이 달려오는 말 앞에 나서 호통을 쳤다. 군관은 급히 말

고삐를 잡아채며 소리쳤다.

"대감! 반적들이 몰려오고 있습니다! 배설의 당에 속한 반적 3000여 명이 병장기를 갖추고 양화리 쪽에 집결하여 양화진에서 강을 건너려 하고 있습니다. 저들이 이순신 일당의 배를 타고 강을 넘어오기 전에 막아야 합니다!"

"뭐? 배설의 당?"

연달아 들어오는 흉보에 이일 휘하 장수들은 정신을 차리지 못할 지경이었다. 특히 그 자신의 입으로 배설의 당은 하삼도로 내려갔다고 보고했던 한명련은 순간적인 화를 이기지 못하고 군관의 멱살을 잡은 채 고함을 질렀다.

"뭐? 배설? 배설의 당이라고? 그놈들이 여기 있을 리가 없다! 이미 이틀 전에 경기도 땅에서의 난동을 멈추고 충청도로 내려간 놈들이 어떻게 양화진 건너에 있느냐 말이다!"

"소, 소인도 어찌 된 영문인지 모르겠습니다! 소인은 그저 혹시라도 불온한 낌새가 없나 돌아보던 중에 수천의 군세가 배설 일당의 검은 깃발을 들고 행군해 오는 것을 급작스레 대면하였을 뿐입니다. 저들의 전초가 소인을 발견하고 붙잡으려 하기에 냅다 도망쳤고, 나룻배를 기다릴 여유도 없어 그대로 강에 뛰어들어 말을 헤엄치게 하여 건너왔습니다. 건너오던 중 이순신의 선단이 강을 거슬러 올라오는 것을 목격하였고, 이대로 두었다가는 두 적당들이 합류하여 그대로 도성을 범할 것이라 판단되어 뭍에 오르자마자 있는 힘껏 달려왔습니다. 제, 제발, 수, 숨 좀 쉬게 하여 주시옵소서!"

한명련은 힘줄이 잔뜩 솟아오른 두 팔을 부들부들 떨다 말고 군관을 놓아주었다. 캑캑거리며 숨을 들이쉬는 군관을 뒤로한 채 한명련이 분노의 일성을 뱉었다.

"어, 어떻게 이럴 수가! 어떻게 이렇게 중간에 단 한 번의 보고도 없이 적도들의 대군이 수륙 양면에서 도성에 쇄도할 수가 있다는 말인가! 임진년에도 이러지는 않았거늘!"

"이는 필시 내통한 자들의 탓이 분명합니다. 적도들의 진격로에 있는 고을에서 적도들의 통과에 대한 보고가 아예 올라오지 않았다는 것은 그곳 수령들이 적도들의 편에 섰다는 이야기가 아니고 무엇이겠습니까?"

고언백이 분개하며 나섰다. 그는 반란군이 지나쳐 오지 않은 한양 북쪽에서 왔으니, 이 문제에 있어서 완전히 자유로운 몸이었으므로 거칠 것이 없었다.

"교동현감 홍가신은 물론이고 양천현감 김영국도 적당들과 내통한 것이 분명합니다! 김영국은 그 출신이 미천한 침의鍼醫에 불과한 자인데, 침술이 좀 뛰어나다 하여 사방 백리를 다스리는 수령의 자리에 올랐으니 일신의 영달 이외에 무엇을 더 추구하겠습니까? 그리고 소장이 생각하건대 수원부사인 최산립 역시 의심할 만합니다. 수천이라는 대규모의 군세가 자기 관할 지역을 통과하는데 알아채지 못하였다니, 이것이 말이 되는 일이겠습니까!"

이일 주변의 장수들은 아무도 입을 열지 않았다. 변호하기에는 고언백이 언급한 수령들의 잘못이 너무도 명백했고, 그들의 생각으로도 선뜻 이해가 가지 않았기 때문이다. 싸워서 패한 것도 아니고 그냥 통과를 시켰다니, 도저히 납득이 되지 않았다. 여기에 고언백의 분개가 계속 이어졌다.

"장군, 이는 절대 단순한 내통이나 배반이 아닙니다. 담당한 고을에서 적도들을 통과시킨 수령이 교동현감 하나뿐이었다면 역도 이순신과의 인척 관계 때문에 동조했다고 볼 수도 있지만, 다른 수령들이 줄줄이 놈들과 손을 잡은 것이라면 다른 것을 의심해 보아야 합니다. 반적들을 이용해서 정권을 잡으려는 누군가가 반적들을 통과시키라고 연변의 모든 수령들을 상대로 밀명을 내린 것이 분명합니다!"

"누가, 그 누가 감히 그런 지시를 수령들에게 내린다는 말입니까? 역도들이 도성을 범하면 세상이 뒤집히는 것은 불을 보듯 뻔한 일인데……."

장수들 중에서 나온 떨리는 목소리 하나가 이의를 제기했다. 하지만 고언백은 입 안에 있던 말을 거리낌 없이 내놓고 말았다.

"반적들의 목표가 무엇이겠습니까? 그들은 도당을 결성하여 난을 일으킨 이상 대역죄를 면할 수 없고, 이를 피하자면 다른 이를 임금으로 세울 수밖에 없습니다. 지금 임금 자리에 올라가기에 적당한 후보자가 얼마나 많습니까? 주상 전하의 근친이라 하여도, 개중에는 보위를 차지할 욕심에 이순신 일당을 사면하고 스스로 그들의 일당이 될 이도 분명히 있을 것입니다! 예로부터 권력이란 부자지간도 형제지간도 갈라놓는 마물이 아니었습니까?"

"하지만 여러 종친들 중 누군가 보위를 욕심낸다 하여도 어찌 그런 일이 가능할 수가……. 종친들은 지방 수령과의 연계도 별로 없는데 어찌 교동, 양천, 수원 등의 요지에 있는 수령들을 시켜 반적들에게 협조하게 만들 수가 있단 말인가?"

고언백의 주장에 충격을 받았는지 잠시 입을 다물고 뒷전에 머물러 있던 이일이 나섰다. 그 역시 지금의 어처구니없는 상황을 해명해 보려고 필사적으로 사고하는 중이었다. 그래야 임금에게 지금 벌어지는 사태의 연유에 대해서 보고를 할 수 있지 않겠는가.

"장군, 생각해 보십시오. 주상 전하께 가까운 종친이 여럿이라 하나 몇 가지 조건을 겹쳐 보면 후보는 금방 나옵니다. 보위에 가까이 있어서 만약 주상 전하께 불상사가 생길 경우 논란의 여지 없이 곧바로 보위에 오를 수 있는 자. 또한 각지의 수령들을 쉽게 자기편으로 만들어 두었다가 유사시에 급한 전갈을 한 통 보내는 것만으로도 자기편에 서서 군사를 일으켜 행동하게 만들 수 있는 자. 그러면서도 그 수령들이 자신의 행동을 역모라고 생각하지 않도록 만들 수 있는 자. 자, 과연 그 세 가지 조건을 모두 충족하는 이가 누구이겠습니까?"

누구도 입을 열지 못했다. 이일은 입을 딱 벌린 채 고언백을 바라보았고 오응태, 한명련을 비롯한 노장들도 침묵을 지켰다. 정충신조차 할 말을 찾지 못했다. 말을 잇지 못하는 주변 장수들을 보며 고언백이 힘 있게 발언을 계속했다.

"그 모든 조건을 만족하는 종친은 단 한 사람, 세자 저하뿐입니다! 전하께서 불측한 일을 당하신다면 곧바로 보위에 오르실 분이 세자이십니다. 그리고 세자 저하는 분조를 이끌고 나랏일을 직접 돌보면서 많은 수령, 관리 들과 친분을 쌓았습니다. 또한 어느 누가 세자 저하의 명을 따르면서 스스로의 행위가 역모라고 생각하겠습니까? 지금 반적들이 도성으로 달려오는 태세를 보면 세자 저하가 저들을 도성으로 불러들이고 있다고밖에 생각이 아니 됩니다! 이 어찌 신후가 견융을 끌어들여 권좌를 노린 행위라 아니하겠습니까? 이를 그대로 두고 보아야 하겠습니까?"

신후는 자기 딸이 왕비 자리에서 쫓겨나자 야만족을 끌어들여 왕을 죽였던 서주 시대의 신하다. 세자의 짓이 이와 같다며 격분한 고언백의 노성에 답하는 이는 여전히 아무도 없었다. 상황이 너무도 절묘했고, 증거는 하나도 없었지만 고언백의 추리도 아귀가 딱 맞아떨어졌다. 잠시 더 유지되던 정적을 깬 것은 가장 먼저 정신을 차린 정충신의 다급한 목소리였다.

"도순변사 대감! 지금은 내통자 찾기 따위 신선놀음을 하고 있을 때가 아니옵니다! 어서 두 반적들이 연합하여 강을 건너는 상황을 막아야 하지 않습니까!"

"그, 그렇지! 최 수사, 최 수사!"

정충신의 제언에 황급히 정신을 차린 이일은 고개를 휘두르며 우선 경기수사 최원을 찾았다. 앞으로 나서는 최원을 바라보는 고언백의 머릿속에는 어젯밤 왕궁으로부터 전달받은 딱 한마디 말이 조용히 메아리치고 있었다.

"요搖*!"

임해군의 밀지를 받은 내관은 조용히 그의 군막을 찾아와 그 단 한마디를 속삭이고 갔다. 잡혀서 들통이 날 우려가 있는 편지도, 긴 전언도 없었다. 임해군은 고언백이 그 한 글자면 자신의 뜻을 충분히 깨달을 것이라고 보았고, 고언백 역시 그 한마디면 자기가 해야 할 일을 충분히 알 수 있는 사람이었다. 그리고 오늘 벌어진 일들은 임해군의 밀지를 완벽하게 수행할 수 있는 조건을 조성해 주었다.

임해군의 성격이 포악하다고 해도 그것은 부수적인 문제일 뿐, 장자가 살아 있다면 세자 자리는 마땅히 차자가 아닌 장자에게 주어져야 했다. 어릴 때의 치기야 누구에게나 있는 것이 아닌가. 임해군 역시 일단 보위에 올라 국사를 다스리게 되면 성군은 아니더라도 평범한 군주는 될 수 있을 것이다. 고언백은 그리 믿었다.

무고하게 누명을 쓴 광해군에게는 조금 미안한 일이지만 고언백은 임해군이 부왕의 뒤를 이어 임금이 되는 편이 나라의 질서를 유지하는 데 더 낫다고 생각하고 있었다. 아들이 없는 임해군의 뒤를 광해군이 잇는다면 지금 세자 자리에서 밀려나

---

* 흔들어라!

더라도 그 보상으로는 충분할 것이었다.

＊

"최 수사! 지금 당장 경기수군을 몰아 적도들의 함대를 요격할 수 있겠는가?"

"……죄송하나 불가하옵니다. 여기 서대문 밖에서 한강진漢江津까지 제가 내려가야 하고, 그리고 군사와 군선의 채비를 차려 출진하려면 적어도 지금부터 두 시진이……."

지금 당장 함대가 출동할 수 있다고 호언장담을 했다가 실행하지 못한다면 목이 달아날 것이 두려웠는지 최원은 그 자리에서 출진이 불가능하다고 털어놓았다. 이미 간당간당한 목인데 이일의 칼에 떨어지고 싶지는 않은 것이다. 맥없는 최원의 말을 들은 이일의 얼굴에 다시금 핏줄이 솟았다.

"으으, 그러고도 네놈이 수사란 말이냐? 언제 역도들이 들이닥칠지 모르는데 출진 준비도 제대로 해 놓지 않다니!"

분노한 이일의 손이 당장이라도 칼자루를 잡을 듯 부르르 떨렸다. 하지만 그는 최원을 베는 대신, 홱 몸을 돌려 옆에 서서 어찌할 바를 모르고 우왕좌왕하고 있던 군관들에게 노호성을 질렀다.

"무엇들 하느냐! 어서 북을 쳐서 군사들을 모으지 않고!"

"예, 예! 대감!"

둥! 둥! 둥! 둥!

신호를 맡은 군사들을 부르러 갈 것도 없이 군관들이 직접 북을 쳤다. 장수들도 황급히 자신의 군사들이 있는 곳으로 달려갔다. 허겁지겁 갑주를 걸치며 군막 밖으로 뛰어나오는 군사들을 보면서 이일은 길게 탄식했다.

　"군사, 군사가 부족해! 겨우 4000으로 지금 저들을 막기에는 턱도 없지 않나!"

　"어차피 이곳 서대문 밖에 모든 군사를 집결시켜 둘 수는 없었습니다, 대감. 지금 소장이 파발을 보냈으니, 각 군영의 군사들이 모두 채비를 하여 양화나루 앞으로 모여들 것입니다. 이곳 본영의 군사 4000을 가지고는 이순신의 수군만이라면 모르되, 배설의 무리까지 상대하기는 확실히 무리입니다. 안타깝지만 전군이 모일 때까지 잠시 기다리시지요."

　종사관 정충신이 이일을 달랬다. 그동안 도성에 모인 관군의 수가 2만의 대군이라고 하나 그 많은 병력이 한곳에 집결해 있기는 너무 힘들었다. 그래서 한양 성벽 내외의 각 군영에 몇천 명씩 흩어서 배치해 두었던 것이다.

　"아직 이순신이나 배설 그 역적 놈들이 한양에 가까이 왔다는 소식도 없었기에 흩어져 있는 군사들을 모으지 않았는데, 그것 때문에 이리될 줄이야!"

　"대감, 그만 고정하시고 군사들을 지휘하셔야지요. 그리고 상감께 지금 상황에 대해서 보고도 하셔야 하지 않습니까."

　정충신이 임금을 언급하자 이일은 마치 찬물이라도 뒤집어 쓴 사람처럼 고개를 마구 내젓더니 정신을 차렸다. 그러고는 지나가던 군사를 시켜 자신의 막사에서 지필묵을 가져오게 했다.

"맞네, 상감께 지금 벌어진 일을 아뢰어야지! 으으, 그러고 보니 상감께서 명나라 군대와 이순신이 접하지 못하게 하라 하셨지! 여보게, 정 종사관! 자네 혹시 남문 밖에도 양화나루로 집결하라는 전령을 보냈는가?"

"예, 당연히 보냈습니다. 동원할 수 있는 군사라면 마지막 하나까지 소집하여 이순신과 배설의 군사에 맞서야 하지 않겠습니까."

정충신은 깜짝 놀라서 대답했다. 이일은 그의 대답에 응하지는 않고 잠시 입술을 깨물며 생각에 잠겼다. 도성 남문 밖 용산 인근에는 경기감사 김신원이 5000의 경기도 군사를 거느리고 주둔하고 있었다. 잠시 망설이던 이일이 결단을 내렸다.

"전령을 시키지 말고 자네가 곧바로 말을 몰아 경기감사에게 가게. 그리고 경기감영의 군사 5000을 동원하여 용산의 천병 진영을 그대로 막아 봉쇄해 버리도록! 그대로 두었다가 만에 하나라도 천병이 이순신의 반적들에게 합세라도 하는 날에는, 아니, 적어도 그놈들을 편들어 우리가 진압하지 못하게 하는 날에는 난의 진압은 난망한 일이 될 것이야! 그러니 아예 저들이 진문 밖으로 나오지 못하도록 하게. 당장의 군사 5000보다 천병이 개입하지 못하게 하는 것이 더 중요하이!"

잠시 생각하던 정충신은 곧 고개를 끄덕였다.

"알겠사옵니다. 천병의 장졸들이 진 밖으로 나오려고 하면 난리 중에 반적들에게 위해를 당할 수 있으니 진내에 머무르도록 하라고 권하며 막겠습니다."

정충신이 곧바로 말을 타고 떠나자 이일은 초조하게 주변을 돌면서 병사들의 채비를 살폈다. 아무래도 이순신의 군사가 육지에 내리기 전에, 시간에 맞춰 군사를 움직일 수 있을 것 같지가 않았다. 이일은 다시금 이를 앙다물고 오응태를 불렀다.

"오 별장!"

"예, 대감."

"그대의 기병들은 채비가 다 되었소?"

오응태의 군사는 함경도 기병 200기였다. 북변에 있으면서 늘 싸움에 이골이 난 정예병들이라 출진 준비도 빨랐다.

"예, 대감. 당장이라도 출진할 수 있습니다. 먼저 나가서 적의 동태를 살필까요?"

"아니, 다른 일을 명하려 하오. 지금 당장 귀공이 거느린 기병 전부를 출동시켜 양화진에서 마포에 이르기까지 경강 강변에 소재한 모든 배와 객주, 창고, 민가를 막론하고 모든 건물에 불을 놓도록 하시오. 반적들의 상륙을 막을 방법은 그것밖에 없소!"

"뭐, 뭐라고 하셨습니까? 어디에 불을 놓으라고요?"

나지막한 목소리로 내리는 이일의 명령을 들은 오응태는 말 그대로 눈알이 튀어나올 만큼 놀랐다. 강변에다 몽땅 불을 지르라고? 그는 분명 이일의 말을 자기가 잘못 들은 것이라고 생각했다. 이일이 거칠게 반복했다.

"강변에 있는 모든 배와 건물에 불을 지르시오! 저 역도들이 상륙할 수 없도록 말이오!"

잘못 들은 것이 아니었다. 이일이 너무도 급한 위기를 접해 정신이 나간 것이라고 확신한 오응태는 필사적으로 그의 지시를 번복시키려고 했다.

"대감! 다시 한 번 생각하시옵소서. 어차피 이순신이 끌고 온 배가 있으니 큰 효과는 없겠지만 배설 일당의 도강을 조금이라도 저지하기 위하여 강상의 배를 죄다 불태우라는 말씀은 충분히 이해할 수 있습니다. 한데 나루터 일대에 꽉꽉 들어찬 그 많은 백성들의 집을 모조리 불태우라고요? 어찌 그런 명을 내리실 수 있습니까? 명을 거두어 주십시오!"

오응태는 아까의 소극적인 태도가 어디로 사라졌나 싶을 정도로 격렬하게 이일의 명령에 맞섰다. 북변에 있으면서 야인들의 마을을 불태우는 것 정도야 이골이 났지만, 조선 백성들이 살고 있는 동네에 불을 지르라는 것은 어불성설이었다. 그것도 도성 코앞에서!

"대감! 경강 일대에 살고 있는 백성들의 수가 얼마나 많은지 잊으셨습니까? 그리고 경강을 오르내리는 온갖 장삿배들이 쌓아 놓은 물자는 또 어떻게 합니까? 경강 변의 창고에 상인들이 쌓아 놓은 곡식을 다 태워 버린다면, 당장 내일부터 도성에서는 곡식을 구하기 힘들어질 것이옵니다. 그보다 중요한 것은 너무도 급격한 사태에 놀라 미처 피난도 하지 못했을 백성들입니다. 경강변의 여러 나루터 근처에 살고 있는 수천의 백성들은 지금 반적들의 함대가 출현한 데 놀라 허둥지둥하며 피난 보따리조차 꾸리지 못하였을 것입니다. 그런 그들의 집을 불태우라니, 진심이십니까?"

"그럼 다른 방책이 있단 말인가!"

이일 역시 오응태 못지않게 격분해 있었다.

"이순신의 수군이 경강 위에 떠 있고, 양화나루 건너에는 배설의 무리들이 있네! 지금 당장이라도 놈들이 강을 건너 도성으로 쳐들어올지 모르는데, 우리 군사들은 힘을 합쳐서 맞설 준비가 안 되어 있고 한강진의 경기수군도 놈들을 저지할 준비가 안 되어 있다 하네. 이런 상황에서 귀공은 어떻게 놈들의 도강을 막겠다는 것인가? 주상께서 피하실 시간도 벌어야 하는데 지금 이대로 반적들이 도성으로 쇄도하게 두어야 한다는 것인가! 그대에게 다른 방책이 있으면 말해 보라!"

"아, 저, 그것이……."

오응태는 입을 벙긋거리기는 하였으나 이일이 원하는 대답을 선뜻 내놓을 수는 없었다. 딱히 이순신과 배설의 군사들이 강을 건너지 못하게 할 방책을 임기응변으로 만들어 낼 만한 능력이 없었던 것이다. 하지만, 하지만 상황이 아무리 나쁘다고 해도 백성들이 살고 있는 동리에 불을 지를 수는 없었다. 오응태는 필사적으로 지략을 짜냈다.

"사자를 보냅시다! 사자를 보내어 이순신이 감히 신하의 신분으로 군사를 일으킨 무도한 행위를 꾸짖고, 지금이라도 군사를 해산하고 상감께 죄를 빌라고 요구하여 붙잡아 놓는다면 도성 안팎의 군사를 모을 만한 시간은 벌 수 있을 것입니다."

"말이 되는 소리를 하시오! 도성까지 올라온 반적들이 전하의 정식 효유문도 아니고 우리가 적당히 적어 보낸 그 말을 들을 리가 있소? 게다가 그 사자는 백이면 백 죽게 될 텐데 누가 그 일을 맡아서 가겠소?"

"소장이, 소장이 가겠습니다! 소장이 옛 친분을 이용해서라도 어떻게든 이순신과 배설의 발을 묶을 테니, 제발 그 명령은 거두어 주십시오!"

오응태는 피를 토하는 심정으로 외쳤지만 그 발언 직후 실수를 깨달아야만 했다. '옛 친분'이라는 문구를 분명히 들은 이일이 비릿한 미소를 지었던 것이다.

"그렇게 가서 저쪽 진영에 눌러앉을 생각이오? 귀공도 반적들의 편에 설 생각이라면 차라리 당당히 그렇게 밝히고 떠나지 그러시오?"

"아닙니다! 어찌 그런!"

오응태가 울컥하며 반발할 기미를 보이자 이일이 더 이상의 대화를 거부하겠다는 의사로 들고 있던 등채를 들어 오응태의 얼굴을 겨누었다. 그 시선에는 냉혹한 단호함이 뚜렷하게 나타나 있었다.

"그러하다면 명을 따르라! 이것은 군령이다!"

오응태는 더 이상 이일의 지시를 거부하지 못했다. 어깨가 축 처진 오응태는 이일의 앞에서 물러나 자기 군사들을 향해 갔다. 곧 200기의 함경도 기병들이 진영 밖을 향해 달려 나갔다. 이일과 오응태의 격론을 듣지 못한 다른 장수와 군사들은 진영을 먼저 빠져나가는 그들을 어리둥절한 표정으로 바라보며 출진 준비를 계속했다.

*

"다급하긴 했구먼. 도순변사께서 똥줄깨나 타시겠어?"

"푸하하하!"

경강변에 무리지어 선 배설의 부하들은 폭소를 터뜨렸다. 경강 북안. 평소라면 빽빽하게 정박한 장삿배와 오가는 사람들로 북적거렸을 강변은 지금 연기와 불길에 휩싸여 있었다. 간간이 불타는 건물 사이로 관군 기병의 모습이 엿보였다. 그들은 아직 불이 붙지 않은 초가지붕에 횃불을 던져 불의 벽을 쌓고 있었다.

"수사 어르신, 처음 계획대로 통제사 대감과 힘을 합쳐 단박에 도성을 들이치지는 못하게 되었습니다. 어찌할까요?"

업쇠라는 별명으로 불리는 대장장이 출신의 부하가 한쪽에 따로 떨어져서 서 있던 배설에게 다가왔다. 배설은 말없이 시선을 돌려 한강 북안의 불타는 벽을 바라보았다. 꾹 다물고 있던 입술이 무겁게 열렸다.

"기다리도록 하자. 보아하니 한강진까지 가야 강을 건널 수 있을 것 같은데 그곳에는 명나라 놈들의 진영이 있지 않느냐. 만에 하나라도 놈들이 관군을 편들어 싸움에 끼어들면 우리에게는 크게 불리해진다. 그놈들은 통상의 위명에도 큰 영향을 받지 않을 것 같으니까. 게다가 우리 군사들도 명나라 놈들이라면 아무래도 크게 주눅이 들어서 싸움을 시작하게 되니 곤란하지 않겠느냐."

"알겠습니다. 그런데 정말 안타깝습니다. 관군의 눈을 정말 더 이상 완벽할 수 없을 만큼 멋지게 속여 넘기고 여기까지 왔는데, 군관 한 놈에게 들키는 바람에 이렇게 됐다니요."

"그러게 말이다. 나도 아깝구나. 모든 것이 우리가 예정한 대로 되었다면 지금쯤 이미 강을 건너 미처 관군이 대응하기도 전에 도성 문을 깨뜨리고 있었을 터인데 말이다. 한데 강변이 온통 불바다가 되어 도무지 강을 건널 재간이 없으니……. 하지만 좋게 생각하자꾸나. 우리 군사들이 관군에게 들키지 않고 대부분 경강까지 도착한 것만 해도 대단한 것이 아니냐."

찌푸리고 있던 얼굴을 편 배설이 통쾌하다는 듯 웃음을 터뜨렸다. 사실 이일 휘하 장수들의 추측과 달리 배설의 군사들은 대열을 이루어 이동하지 않았다. 이들은 집결 날짜를 정하고 모두 흩어져서 변장을 하고 도성으로 올라왔던 것이다. 그저 난리를 피하려고 도망치는 피난민 일가로 위장한 이도 있었고, 상여를 메고 고향의 장지로 가는 상여꾼으로 변장하기도 했다. 심지어 개중에 체구가 작은 자들은 여장을 하고 끼어들어 한패의 변장을 더 그럴듯한 것으로 만들기도 했다. 무기는 상여를 멘 이들이 주로 운반했지만 관군의 검색 같은 것은 받지 않았다. 이 조선 땅에서 어느 미친놈이 남의 상여를 열어 본단 말인가?

"아버님, 통제사 쪽으로 가 보셔야 하지 않겠습니까?"

"알겠다. 내려가자."

아들 배상충이 언덕 위로 올라와 군례를 올리자 배설은 고개를 끄덕이며 발걸음을 옮겼다. 배상충이 연달아 감탄사를 발하며 뒤를 따랐다.

"어찌 이리 절묘하게 양 군이 조우를 한단 말입니까? 실로 감탄하지 않을 수가 없습니다. 조정에서는 지금 북새통이 벌어졌을 것입니다."

"이 애비가 수로로 북상하는 통제사 및 정 참봉과 수시로 편지를 주고받은 것도, 충청도에 도착한 통제사에게 미리 수배해 두었던 어부들을 보내 빠르게 북상할 수 있게 한 것도 모두 이 계책을 완수하기 위함이었지 않느냐. 그동안의 노력이 결실을 맺은 것뿐이다. 만약 예정대로 되었다면 도성에 있을 임금이 성 밖으로 도망치기도 전에 도성을 완전히 포위해 버릴 수도 있었을 텐데, 그것까지는 이루지 못한 것이 유감이로다."

배설의 손끝이 강물 위에 떠 있는 경상우수영 전선들을 향했다. 한때 배설 자신이 이끌었던 전선들이었다.

"보아라! 저것은 남도의 민심이, 수군의 군심이 지금 어디에 있는지 보여 주는 명확한 증거다. 지금 도성에 있는 육군은 아직 임금 놈에게 충성을 하고 있지만 이제 치르게 될 일전에서 우리 반정군이 대승을 거두고 나면 놈들도 생각이 달라질 게다."

코웃음을 치는 부친을 보며 배상충이 조심스럽게 질문을 건넸다.

"아버님, 반정이 성공하면 정말로 지난번에 말씀하신 대로 실행하실 생각이십니까?"

"당연하지! 저 빌어처먹을 놈의 왕실은 그 씨알머리도 살려 놓을 가치가 없다. 지금 옥좌에 앉아 있는 정신병자 새끼는 목을 쳐서 남대문에 매달아야 하고, 종실이란 것들 중 사내새끼들은 젖먹이까지 줄줄이 엮어서 남해 바다에 수장시켜야 할 것이다. 계집들은 관노로 만들어 집안 자체를 완전히 지워 버려야 한다."

배설의 과격한 언사에 놀랐는지 배상충이 말을 더듬었다.

"하, 하지만 아버님. 그것은 너무 심하지 않습니까. 반정의 목적대로 임금만 바꾸면 되는 거지, 왕실 일가를 몰살할 것까지는……. 게다가 세자 저하께서는 상당히 영민하시니 저희의 사정을 이해하시고 앞으로 나라를 잘 이끌어 나가시리라 생각합니다. 세자께서 보위를 물려받도록 하면 안 될는지요."

우물쭈물 부친의 눈치를 보며 한 발언은 예상대로 치도곤을 맞았다.

"이놈! 너는 지금 저기 불타는 집과 배 들을 보면서 임금이라는 작자가 하는 짓에 대해 호의적으로 볼 기분이 나느냐? 저기 사는 이들은 모두 우리 조선의 백성이고 저곳은 그 백성들의 삶의 터전이다! 우리 반정군의 발길을 조금 늦추겠다고 어부의 고깃배와 농부의 초가를 불태우는 자, 장사꾼의 창고와 여행자를 위한 객주를 불태우는 자가 어버이로서 만백성을 보살피는 임금의 자리에 오르는 것이 가능하다고 보느냐? 그리고 그 영민한 세자도 결국은 지금 임금 놈처럼 이씨의 핏줄이 아니더냐. 그 피가 언제 발작하여 지 애비처럼 의심병으로 미쳐 날뛸지 모를 일이다. 그런 자를 보위에 올리는 것은 먼 훗날 우리가 마시게 될 사약 그릇을 미리 준비하는 꼴서니가 될 뿐이고, 종실 중에서 어떤 놈이 왕위에 오르건 그것은 마찬가지일 것이다. 기왕 칼을 들고 나라를 뒤집어엎었다면, 마땅히 임금의 자리도 바꾸어야 한다. 역성혁명을 이루었다면 전조의 왕실은 처단되는 것이 당연한 터. 이씨들도 왕씨들을 모조리 바다 한가운데서 수장시키지 않았더냐."

배상충은 고개를 푹 숙인 채 말을 잇지 못했다. 부친의 분개에 답할 말이 떠오르지 않았던 것이다. 배설은 굳어졌던 표정을 풀며 아들을 다독였다.

"상충아, 큰일을 이루려면 피를 흘리지 않고서는 불가능하다. 옥좌를 차지한 이씨들을 모조리 쓸어 내고 나서 통제사를 용상에 올리게 되면 확실히 새로운 세상이 열릴 것이다. 그 세상은 지금의 세상보다는 확실히 나을 거다. 우리 같이 그 나라를 만들어 보자꾸나."

배설은 고개를 숙인 아들을 뒤에 따라오게 한 채 성큼성큼 걸어 강변을 향했다. 통제사의 상선에 올라 불길이 가라앉은 뒤 군사를 어떻게 움직일지 논의해야 했다. 이 싸움만 이긴다면 모든 것은 끝날 것이다.

*

너무도 어처구니없는 광경이었다. 눈앞의 모든 것이 불타고 있지 않은가. 반정군 장졸들은 도저히 자기 눈을 믿을 수가 없었다. 도성으로 들어가는 입구가, 경강변의 모든 가옥이 불길에 휩싸여 있었다. 이제 도성으로 들어갈 참에 이게 무슨 대화재란 말인가. 북쪽 강가에는 남쪽에서 급히 건너온 어선과 나룻배 등 작은 배들이 불길을 피해 강물에 뛰어든 사람들을 건지고 있었다.

"통상, 명을 내려 주시옵소서. 어서 저 불을 끄고 백성들을 구해야 합니다!"

어느새 자기 배에서 내린 유형이 통제사 상선 옆에 사후선을 대고 고함쳤다. 하지만 이순신도 그저 불구경을 하고 있는 것은 아니었다.

"우수사, 저렇게 큰 화재를 우리 군사들이 어찌 진압할 수 있다는 말인가? 어찌 저런 큰 화재가 갑자기 발생했는지는 알 수 없으나, 우리 군사들이 나선다고 해도 저기에서 불타고 있는 저 많은 가옥과 백성을 모두 구할 수는 없네."

"통상, 지금 저 불은 실화나 우연이 아닙니다! 관군이 질렀다 합니다!"

"무엇? 관군이?"

유형의 사후선에는 재와 그을음이 묻어 온몸이 시커먼 여인네 하나가 통곡하고 있었다. 통제사에게 오는 길에 건져 온 것이다.

"누가 시켰는지는 알 수 없으나, 알아듣기 힘든 말을 하는 기병들이 가옥 사이를 누비며 집집마다 지붕에 횃불로 불을 붙이고 관솔을 던져 화재를 일으켰다고 합니다. 이 여인은 서방이 고기를 낚으러 나간 사이 그렇게 일을 당하는 바람에 방에서 자고 있던 아이 셋을 모조리 잃었습니다. 반기를 든 것도 아닌 백성들에게 이런 짓을 하다니, 이게 조정입니까! 이런 짓을 하라고 무장들에게 명령할 수 있을 만큼 조정 대신들은, 그리고 임금은 백성들의 안위 따위는 관심이 없단 말입니까!"

유형의 피를 토하는 절규를 들은 상선의 장졸들은 입술을 꽉 깨물었다. 이순신조차 뱃전을 쥔 손에 힘이 들어가 하얗게 변할 정도로 감정이 격해진 모습을 보였다.

늘 냉철하고 침착하던 유형이 이 정도로 분노하는 모습은 그들도 본 적이 없었다. 유형이 저 정도이니 만약 안위가 이 자리에 있었다면 당장 불길 속으로 뛰어들어 임금의 목을 베러 가겠다고 했을지도 모를 일이다.

"우수사, 그대의 말은 잘 알겠네! 하지만 저 불길은 우리가 잡을 수 있는 수준이 아니네. 그러니…… 불길을 피해 강으로 뛰어드는 백성들이라도 건지도록 하세. 저 참사를 저지른 자에게는 필히 그 대가를 치르도록 할 것이네."

지옥의 겁화처럼 타오르는 불길을 바라보는 이순신의 눈 속에서도 불꽃이 일렁였다. 모든 것을 태워 버릴 것 같은 불꽃이. 그리고 그 불꽃 속에는 새 나라를 만들고 말겠다는 의지가 불타고 있었다.

《이순신의 나라》 1권 끝, 2권에서 계속